徳間文庫

交戦規則 ROE

黒崎視音

徳間書店

プロローグ

……ここはどこだろう、と李潤花《リユンフア》は思った。

目の前に広がるのは一面の花畑。黄色、薄桃色……大地には、華麗な絨毯《じゅうたん》が敷き詰められていた。燦々《さんさん》と注ぐ光が、地表でけぶっている。

潤花は自分の身体を見下ろした。ところどころ引き裂かれた迷彩フィールドジャケット。汗と泥、それに誰のとも知れぬ血の固まった登山用トラウザス。

そして手には……、ＳＤＶドラグノフ狙撃銃を握りしめていた。

――どうして私、こんな格好してるの……？　潤花は左手をあげた。干物みたいで、傷だらけだった。顔をしかめると、肌から汚れか乾いた血のどちらかが、ぼろぼろと剝《は》がれる感触がした。きっと顔も手と似たようなものなのだろう。

でも、どうして……？　思い出せなかった。

ただ、すべてが平和で、満ち足りたこの場に相応《ふさわ》しくない。

「……誰？」呼びかけられた気がして、甘く濃い薫《かお》りのなか、顔を上げた。

花の絨毯は、緩やかな丘になって空に伸びていた。そして、頂上に青空を背にたたずむ人影が一人。あれは、誰だろう……？　なんだかとても懐かしい、あれは――

「……お母さん！」潤花は叫んだ。

端整な顔立ちが、泣き出しそうに歪む。そうだ、忘れっこない、あれはお母さん！

「お母さん！」とめどない感情に突き動かされ、潤花はよろよろと走り出した。花の茎が足を取るのか、上手く走れない。じれったい！

潤花は腰から下で花の海をかきわけ、腕を大きく振って走りながら、邪魔になる右手のドラグノフを投げ捨てた。「お母さん！」

早く早く……！　急がなければ母が消えてしまう気がして、潤花は走った。身体が重い。鉛の鎧《よろい》を着せられたようだ――。

「……お、母……さん！」激しい呼吸で破れかけた胸をさらけ出すように、潤花は迷彩ジャケットを脱ぎ捨てた。鼓動だけが宙を飛んでいるような感覚。

花の丘を駆け上ってゆく。人影が近づくにつれ、燦然たる光は強まり、視界を白く染めてゆく。もう少しだ――。懐かしい……、なにより優しい、夢にまでみた笑顔。

「ああ……」潤花はようやくたどりつくと、喘《あえ》ぎとともに声を押し出す。「……お母さん」

次の瞬間、潤花の視界は強烈な白光に包まれた。

潤花はなにもかも白く漂白される前に、優しい母の微笑《ほほえ》みを確かに見た気がした。

第一章　情報将校

……ひとは夜に、なにを求めるのだろう。

家族との団欒《だんらん》か、恋人との刹那《せつな》的な情交か、それとも日常から解放される、いぎたない眠りそのものか。だとすると――。

「……空疎なだけね」水原佐由理《みずはらさゆり》は覆面パトカーの助手席で身を固めながら、呟《つぶや》いた。

ただ待つためだけに費やされる夜……、薄闇の中、隣の運転席で、男の煙草の吸えない苛《いら》立《だ》ちを、聴覚と嗅覚で知る夜は、特に。

「なにか、言いました？」煙草を我慢している男が言った。

「いいえ」胸の内で続けた。――眠りもなく、安息もない夜は、ただ過ぎてゆくだけよね……。表情を変えず、ふと小さな息をつき、水原は肩をすぼめた。

都内多摩川に近い丸子橋付近。

その夜、警視庁公安部外事二課、水原警部補をはじめ六名の捜査員は、三台の覆面車両に分乗し、ある軍事評論家の自宅マンションを視察下に置いていた。

水原は黒目がちな印象の強い瞳を上げ、築十年、六階建てのマンションの三階、西端の対象者の部屋を見た。薄いカーテンに動くものはなく、特異動向は見受けられなかった。

「それにしてもやっこさん、大人《おとな》しくお仕事か。……なにも起こりませんね」

「ええ、そうね」水原が抑揚なく応じると、運転席で男は黙り込んだ。

張り込み、それも車両からの〝遠張《とおば》り〟が長引けば、自然と捜査員達の口は重くなってゆく。けれど、水原の素っ気なさは終始一貫していた。男は白々した薄明かりに浮かぶ水原の端整な横顔から、やがて視線を逸《そ》らす。まるで、複雑な方程式だという風に。

「――私は」水原は男を見ず口を開いた。「動きのなさすぎが、気になるんです。この一ケ月間、ほとんど外出せず、収集日にもゴミは出さない、誰も訪ねてこない……」

組んで楽しいとは言えない上司がようやく答えると、運転席の男は、ええ、と安堵《あんど》のため息をついた。「対象者は半年前に離婚してるんでしょう？　傷心抱えて、部屋で一人で過ごしたいんじゃないですかね。それに行動確認《こうかく》の買い物内容からも自炊してるのは間違いありませんし、仕事も出版社とは、メールのやり取りで済ませられる訳だし」

「確かにそうですね。離婚に加えて、仕事もはかばかしくないと報告にあったし、奥さんの強い希望だったマンションのローン返済も、滞りがちらしいから……。でも」水原は言葉を切った。「お酒の量が増えてる」

「そりゃ、飲みたくなるのは人情でしょう」男は自分も飲みたい、という顔で苦笑した。

水原は微笑み一つ返さなかった。男は納得できない理由を挙げ、退屈を埋め合わせているだけだ。――長い夜だ。いちいち返事をしてては、きりがない。

ダッシュボードで専務系無線が鳴った。男が伸ばす腕より早く、水原はマイクをとった。

「マル対318視察の各局、こちら視察163。〝お客さん〟は自宅を出た。人着《にんちゃく》は白っぽいトレーナー及びジーンズ、靴はスニーカー。持ち物なし。煙草を吸っている」

「こちら視察161より、318視察中の各局、待機。――現認《げんにん》次第、報告」

水原は短く指示し返答を待つ。マイクを攫《さら》われて文字通り手持ちぶさたの男は、一顧だにしない。フロントガラスに目を凝らしたが、対象者はここからは見えない。部屋の窓には、灯《あか》りはついたままだ。

「視察162より、各局。マル対を現認。一階玄関から出てくる。……煙草に火をつけている。自転車置き場には寄らず、西方向に歩き出した」

「視察161より162、様子は？」水原がマイクに質《ただ》した。

「161へ。……下を向いて、煙草を盛んに吸いながら歩いている」

「161了解。162は降車して徒歩で尾行。気付かれないように、充分留意して」

「162、了解。徒歩にて尾行する、以上」無線が切れた。

散歩か、ちょっとした買い物か、それとも、〝デッドドロップ〟で情報資料の受け渡しか……？　それにしては鞄など持ち物がないのは変だ。ふっと息をつき、マイクを戻した。

「——電気をつけたまま、ね」そこが気にかかるという口調で水原が呟く。

「倹約精神が欠けてるな。女房に逃げられる訳だ」男は所帯臭い感想を漏らした。「それほど遠くには行かないってことでしょう」

「なら助かるけど」

「それほど神経質になる必要も——」男は煙草を取りだしかけて、水原のはらった視線に気づいて上着にもどし、わずかにうんざりした口調で言った。「大体、端緒の提報者が気に入りませんよ。……〝さくら〟なんでしょう？」

水原は無言で、少しだけうつむけた顔を男——工藤達也にむけた。

工藤は三十代後半の巡査部長で、警部補の水原は三十路《みそじ》に踏み込んだばかりだった。

……水原は階級では如何《いかん》ともしがたい経験の差は仕事への献身で、そして自分自身は底の知れない表情で守ってきた。自分では絶対に見たくないと思う表情で。

「……解ってますよ、仕事、仕事。——解ってますけどね……」

「——煙草、どうぞ吸ってください」水原は前を向いて、言った。

工藤は顔にささやかな喜色を浮かべ、いそいそとくわえた煙草にライターを近づけた瞬間だった。無線機から、慌てた声がライターの火に浮かんだ車内に流れ出した。

「こ、こちら視察162から、マル対318視察中の各局！　至急至急！　マル対を自宅より三百メートル西の路上で失尾《しつび》！——繰り返す、見失った！」

水原は反射的にドアを開け放って路上を踏み、駆け出した。一服もしなかった煙草を灰皿に投げた工藤も、運転席から追う。

靴音の響きが集まってきた。街灯の光の中に集まった捜査員の顔はどれも強張《こわば》っている。

「失尾地点を中心に五百メートル四方を集中検索……！」指示を与えると捜査員達は散って行き、水原もまた走り出していた。

十一月の初め、雨が近いのか湿度の浮く晩秋の夜気は冷たく、所々、灯《あか》りに切り取られてはいたけれど、路上を蹴る水原の目には朧腑を絞る焦燥とともに、暗い街角が自分を拒絶して見えた。……

一時間後。

水原は携帯電話で呼ばれ、枯れ草が足下を覆う堤防をパンプスで駆け上がっていた。開けた視界に、コンクリートの護岸が縁取る黒い川面《かわも》が広がり、先着した数人の捜査員の怒声が聞こえた。転がるように斜面を下り、河川敷の砂地を蹴った。

「引き上げろ！」

「一一九番、急げ！」

捜査員の人垣を押しのけ、水原は川面を見た。……護岸から五十メートルは離れた黒い水面に、よほど注意しなければ見分けられない、風ではない波紋が立っていた。それ自体が死の宣告のように弱々しく、はかなげに、水面から盛り上がった男の背中が揺れるたび、広がっている。

——手繰《たぐ》り寄せる糸が、切れてしまった。

水原は悔恨より激しい空しさに肩を押されてきびすを返し、川に浮かぶ男に背を向ける。同僚達が携帯電話で消防に状況を伝え続けている。望みをつなぐように。

無理よね、……と水原はひとりごちた。対象者の男が胸になにをしまい込んでこんな結果を選んだかは知らないが、いま男の胸にあるのは聞き出したいことではなく、都市排水の混じった水だ。

水原は淡く暈《かさ》の掛かった月を見上げて、はっと息をついた。「——見つけたのは?」

「ぼ、僕です……」罪を犯したようにまだ若い捜査員が答えた。「もしかしてと……そしたら……、最初はゴミか何かだと……、何気なく光を向けただけだったし、……でも」

「——いい勘してるわね」皮肉ではなかった。

振り返り、浮かぶ背中を見据えながら胸の中で続けた。……男の死を止められれば。

消防のサイレンが重なって近づき、救助工作車、救急車が赤色灯を煌《きら》めかせ、河川敷に進入してくると、辺《あた》りは赤い光に満たされた。

捜査員が、駆けつけた救助隊員と救急隊員に事情を説明している。別の救助隊員達は手際よく資器材を取りだし始めている。

救助工作車のライトが川面の対象者を白く照らすと、見守る捜査員達から嘆息に似た声が上がった。

「――間違い、ないな」書類に書き込むような捜査員の声を背に、水原はうなだれたまま救助工作車後部に回り、携帯電話を取り出した。

耳に当てながら、相手が出るのかは分からなかった。あと一時間ほどで日付が変わるが、まだ職場かもしれない。そこは携帯電話は通じない。回線の接続音が響き――、呼び出しに変わる。無意識に喧噪から庇《かば》い、左手を携帯電話に添えた。

「桂川《かつらがわ》です」電話から静かな固い声が聞こえた。

場違いなほど端然とした声は、相手――桂川雅志《まさし》をずっと待たせていたような錯覚を、水原に持たせた。それほど、桂川の声は待つのに慣れた者のそれだった。

「――あの」相手の落ち着きに励まされて言いかけたが、あなたはいったいいつ眠り、どんな夢を見るの……？　脈絡のない思いがふと心に浮かび、言葉を忘れさせた。

「水原さんでしょう？　なにか？」

どうしてこの人に電話を……。今更ながらぼんやり考えた。対象者が死んだ、とただひとこと言えばいい。けれど用件だけでなく、感情が桂川との接点を求めたのか……。

「――ごめんなさい」水原は唾液一つのんで言った。「今は……、ごめんなさい、またかけます」

電話を切り、近所の住人が集まりはじめた現場に、野次馬を抜けて戻っていった。

上空で、仄《ほの》かに霞んだ月の下を低い雨雲がよぎってゆく。——

同日の夜。

深夜営業を料理の味とともに売り物にする、都内の高級中華料理店の個室。

店内のざわめきが廊下に反響し、テーブルにつく二人の男の耳にも届いていた。

二人の男の年齢は大きく隔たっていたが、国籍も人種も違っていた。

慣れない箸で、器用に酢豚を口に運ぶ男は上背のある若い白人だった。もう一人の回鍋《ホイコー》肉《ロー》を皿に取る男は、小柄な初老のアジア系だった。白人は縁の太い眼鏡をかけていた。

「失礼します。——お待たせしました、紹興酒をお持ちしました」

ドアが開き、制服を着た若い女が盆に酒瓶を載せて入ってきた。

「君は、見かけない娘だね」初老の男が、酒瓶をテーブルに並べる女に声を掛けた。「……この店は何度か来させて貰ってるが」

「はい、初めまして。本日は御来店いただきまして、ありがとうございます」

空《あ》いた皿を盆に載せ、微笑して軽く会釈した。柔らかい笑顔が初々《ういうい》しい。

「いや、綺麗な方だ。ここの料理は素晴らしいが、君のような人がいるとますます来るのが楽しくなるよ。もっとも——」目尻に皺《しわ》を寄せる独特の笑顔を作って、続けた。「こちらの御仁が一緒でなければ、私もこの店に来れないが」

「こんなとこで寝るな」桂川は、言うだけ言ってがくりと頭を下げた播磨を、苦笑してもう一度つついた。播磨が家庭に抱える事情を知っていた。「帰らなくていいのか」

「……あ、おまえか」播磨はようやく、胸元のレンジャー徽章が見えるくらいに顔をあげ、団栗眼《どんぐりまなこ》をしょぼしょぼさせた。「いま何時だ？」

「もう二十二時に近いよ。……ほら、来ないか。眠気覚ましにコーヒー淹《い》れてやるから」

「……ああ」播磨は口の中で呟き、転がっていた制帽を取って立ち上がった。

肩を並べて歩き出すと同じ制服でも、二人は対照的だった。

桂川は白皙《はくせき》細身で身長は百七十を少し超えるくらい、播磨は日に焼けた赤銅《しゃくどう》色の顔にぎょろりとした眼が印象的な、背の高くない堅太りの男だった。

二人は防衛大学校、そして久留米の陸上自衛隊幹部候補生学校の同期だった。体型から性格まで、正反対だったけれど、防大入校後、同じ学生隊になると不思議に馬が合った。二年生で初めて許される外出も連れだって出かけ、制服着用での外出義務のために、学生同士で借りる日曜下宿も共同で借りた。

任官後は、桂川が九州を守る西部方面隊第四師団、播磨は長官直轄の習志野第一空挺団に配属されたこともあり時折、電話で連絡を取り合うだけになった。だが――。

「情報本部で、播磨と勤務とはね」

「ああ、そうだな」播磨は笑ったがすぐに野戦指揮官の表情になった。「発隊すれば、陸自の切り札となる。——俺達、特戦群がな」

特戦群……、特殊作戦群。

陸自十四万人から選りすぐられた最精強の第一空挺団と、もっとも苛酷なレンジャー課程修了者を中心に、全国から志願者のみで構成される精鋭部隊だった。

「もっとも、本部管理中隊と三個中隊三百名……、まだまだこれからだ」

〝群〟とは通常、支援部隊を含め千二百人程度の連隊規模だが、特殊作戦群は名に比して大きな部隊ではない。だが任務は、都市型近接戦闘《CQB》、対テロリズム、コマンド掃討、そして敵後方地域での隠密活動といった特殊作戦遂行にある。

「張り切ってるね」

「そりゃそうだ」播磨は鼻息を吐く。「これまではレンジャー課程はあっても資格だけだったんだぞ。叩き込まれた技術を生かせる部隊が、レンジャー有資格者の希望だった。

——まあ、長年想定した相手がソビエトで、マスコミの目もあったからな」

長らく〝防衛対象国〟、——仮想敵国は大規模な戦車、装甲車部隊が中心の旧ソビエト連邦であり、なにより市街戦訓練さえ治安出動の準備、とマスコミに捉《とら》えられるのを恐れて自粛してきた。しかし、冷戦の終結と二〇〇一年の同時多発航空機テロ事件以降、にわかに対テロリズムに傾いた世論に陸自が飛びついた結果、特殊作戦群は建制された。

「空挺団内の部隊が、もう人目を忍んで備える必要もない、って訳だね」

それはG小隊と呼ばれ、外部に公表されたいかなる編成図にも記載されなかったこの部隊は、他の師団、旅団、連隊に臨時編成されるレンジャー小隊同様、空挺団内で指名された隊員が演練を重ね、首都を守る無言の盾をはたしてきた。

「まあ、募集は空挺団本部への転属って形でこっそりやってるが……、もうじき俺に続いた奴らが、フォート・ブラッグの隊付き勤務を終えて戻ってくる。忙しくなるぜ」

ノースカロライナ州フォート・ブラッグは合衆国陸軍空挺の聖地であり特殊部隊の故郷だ。さらに独国南部、ヴァインガルテンの国際長距離偵察パトロール学校《ILRRPS》で、同校の実質的な指揮官である英国特殊空挺任務部隊、SAS中佐の指導を受ける。

「特殊部隊解禁は対遊撃戦には結構だけど」桂川は言ったものだ。「募集ポスターの〝時空をこえた戦士〟ってフレーズ、なんとかならないか？　時空を超えちゃまずいだろ」

「いいんだ」播磨は答えた。「部隊章がかっこいいからな。俺はもうなんだって許す」

G小隊当時にはもちろん徽章などなかったが、部隊として正式に認められたいま、日の丸の下地に三日月、上を向いた剣、そして鷹をあしらった部隊章を制定している。

A棟廊下を欠伸《あくび》をしながら桂川に続く播磨の制服には、部隊秘匿の観点から部隊章はつけていない。〝東〟を図像化した東部方面隊章だけをつけている。

各棟を結ぶ地下通路を歩いてゆく。播磨はまだ眠そうだった。

「一体どれだけ呑んだんだ」桂川が振り返った。

「ちょっとまあ、喉を湿らせた程度……かな?」

「湿らせたくらいで寝込んだのか」桂川は小さく笑う。

「こんな筈じゃあな……。年はとりたくねえな」播磨はぼやいた。

「まだ三十だろ、俺たち」

終日の雨が湿気となって入り込んだ地下通路を行き、階段を上るとC棟の玄関ホールだった。課業時間が過ぎてひっそりと静まり、足音だけが追いかけてくる。

そこは自衛隊三幕の機密が集中する、と信じられている統合幕僚会議直轄の情報本部だ。信じられてはいるけど、と桂川は思う。自衛隊も役所には違いなく、縦割り行政の弊害も他人事《ひとごと》ではない。陸海空、それぞれが情報収集専任部隊を持ち、肝心な情報は取り込まれる。それを是正するための陸海空合同の情報本部ではあったが、どれほど機能しているかは、勤務する桂川自身、疑問を持つことがあった。

「広報課の先輩に捕まったのが、まずかったよなあ……」播磨はまだぶつぶつ言っている。

「でもよ、机に張り付きっぱなしの辛気くさい任務、飲まずにやってられるか!」

桂川は小さく息を吐く。播磨に悪意はない。ただ、戦闘に直接関わる兵科の連中……戦闘職種の本音にすぎない。戦前戦後を問わず、この国の国防機関では情報と、それに携わる者は正当に評価されないのだから。

重厚長大な正面装備優先の自衛隊にあって、職種を象徴する隊旗も徽章も与えられないまま、情報勤務者は、〝普特機《ふとっき》〟と呼ばれる戦闘職種の、いわば陽の当たる者たちの陰で、ひっそりと陰性植物として生き続けてきた。かつては日陰者と呼ばれた集団の中にあってさえ、秘匿という闇の中で。

――情報を得る手段は限られ、関わる自分達はあまりにも少なすぎる。しかし……。

「あのな」桂川は苛立ちをおさえた素っ気なさで言った。「おまえらが十九時以降、酒かっくらって伸びてられるのも、毎晩うちに帰れるのも、情報勤務者が二十四時間、周辺国の動態を監視してるからだ」

「そうなのか？」

「そうだよ」桂川は前を向いたまま肯《うなず》く。「感謝してくれ」

「すまんすまん」播磨は頭を掻《か》く。「生え抜き情報幹部の誇りって奴だな」

二、三年で幹部――将校は異動を繰り返す。情報機関もまた例外ではなかった。

けれど桂川はほとんど戦闘職種、――歩兵である普通科、砲兵である特科、戦車である機甲科、戦闘工兵である施設科への配属経験がない。胸元には交差した小銃と月桂冠をあしらった普通科徽章こそつけているが、幹部学校卒業後に新米三尉として、三十人の部下を率いる普通科小隊長を、二年間務めたに過ぎない。

「誇り、か」桂川は小さく笑った。「なかなか認めてもらえないけど」

なにしろ小隊長を経て入校した調査学校では幹部特技課程の一つ、心理防護課程を修了したのだが、調査学校はその後、隊の運営全般を教育する業務学校と纏《まと》められ、所在地から小平学校に改称されてしまった。調査学校はロシア語、中国語、朝鮮語を〝露華鮮〟と称して重点的に語学要員を養成したが、日米安保条約の必要上、実はもっとも力を入れられたのは英語で、桂川の専攻した朝鮮語は一番人員が少ない学科だった。

以来ずっと、情報幹部として隊歴をつんでいた。様々な部署、部隊を経験するゼネラリストたる防大出身者としては異例だが、その萌芽は卒業論文にあるのかもしれない。

「いわゆるゲリラ・コマンドによる不正規戦の事例研究及び考察と対処計画の試案」。これは教官達の間でも物議をかもした。

現在でこそ注目を浴び、各部隊ごとで訓練と装備が整いはじめた対遊撃戦も、このころはまだ御法度《ごはっと》だった。

桂川は声高《こわだか》の主張は好まなかったが、防衛庁はこのような幹部の部隊勤務を望まなかった。桂川は調査学校を履修後に陸幕調査課に転属し、それから情報本部分析部へと異動した。防大出がエスカレーター式に昇任できる最後の階級、一尉に昇任する一年前だ。

そして本部内の桂川の補職、つまり役職は桂川の為につくられたようなものだ。

対遊撃検討専任班。名前こそ勇ましいが、部下には三等陸尉、二等海曹が二人だけの、吹けば散ってゆく班だった。——

C棟ホールを横切る桂川と播磨を、壁面を大きく飾る情報本部のシンボル、赤い雉《きじ》だけが見送る。これは戦術教育の際、よくたとえられる桃太郎の昔話で、雉が情報収集で一行を助けたのに由来する。自衛隊情報機関の象徴は鳥が多く、旧調査学校の象徴は日本神話の八咫烏《やたがらす》だ。岡山出身の桂川には、ちょっとした親近感がないでもない。

エレベーターで地階に下り、桂川は認識装置に身分証と暗証番号を確認させてドアを開き、分析部の大部屋に入った。

ずらりと並ぶ机の上はどれも綺麗だ。――不用意に書類を置きっぱなしにしない。その鉄則を守る部員達の机が、蛍光灯の白けた光の下で鈍く光った。

「別に缶コーヒーでも良かったのに。コーヒーなんて、みんな同じだろ」少し意識が清明になったのか、いまさらのように播磨が言った。

「張り合いのない奴だな。まあ座って」自分の持ち込んだコーヒーメーカーに向かいながら、桂川が答えた。「近代装備は石油で動き、精強なる隊員は焼酎を糧《かて》とし、我ら情報勤務者はうまいコーヒーで働く。……そう習っただろ」

「石油と焼酎は知ってるが、最後のは聞いたことない」播磨はどかりと腰掛けた。

豆を缶からコーヒーメーカーに入れ、ミネラルウォーターを注いでから、桂川も手近な机に腰を預けた。「そういえば、播磨がいつも連れてるあいつは？」

「安田か？　もう帰らせたよ。特に何があるわけでなし。……そういうお前もまだ退庁してなかったのか」

安田とは、播磨の部下の安田紀彦の事だった。二メートル近い長身の、無口な巨漢だ。

「うん。まだ少し仕事が残ってて陸幕まで。その帰りに播磨を見つけたって訳だ」桂川は言って腕時計を見た。「俺ももう少ししたら、帰らなきゃ」

ポットから芳香が広がり、桂川は机を離れてマグカップにコーヒーを入れ播磨に渡した。二人はがらんとした大部屋の片隅で、熱いコーヒーを啜《すす》った。一口のんだ播磨は、桂川がわざわざ連れてきて飲ませるだけあって悪くない、と思った。

「な、……みっちゃんは元気?」桂川はマグカップを口許に寄せ、呟くように尋ねた。

「ああ、おかげさんで元気にしてる。お前にも会いたがってるぞ」

播磨は何気なく答えたけれど、播磨の娘、未知は重度の肢体不自由児なのだった。生活はほとんどベッド上で、移動は車椅子を使わねばならず、食事も排泄も介護の手を必要とした。半年ほど前、習志野の播磨の官舎を訪ねると、未知は顔をくしゃくしゃにして「かぁつぅうらぁ」と不明瞭ではあるが元気な声で歓迎してくれたものだ。

「そうか、良かった。……真理子さん――奥さんは?」

「うん、元気だよ。退官した時は途方に暮れてたが、いまは開き直ってる」

播磨は立ちのぼる湯気を頬にあてながら、桂川が付け足しのように言ったことこそ本当は聞きたかった事ではないのかな、と思った。

播磨の妻、真理子も防大同期の元幹部自衛官だった。豪放磊落《らいらく》な性格の播磨とまず親しくなり、そして桂川とも親しくなった。

　女性の自衛官志望者は運動に長《た》けた者が多い。真理子も父親仕込みの剣道三段の腕前で、道場で竹刀《しない》を構えた凜《りん》とした姿形と、なにかの拍子にこぼれる笑顔が魅力だった。三人は校外でも、世間一般の学生生活からは偏って窮屈だったとしても、若い楽しい時間を共有したのだった。

　桂川、播磨、そして瀬田真理子のそれぞれが、それぞれに想いを持っていたとしても、互いが防波堤となり、それを口にすることはなかった。

　けれど桂川と播磨が陸上要員、瀬田真理子が海上要員に決まったと教官から告げられたある日、播磨は瀬田真理子に想いを告げた。

　防大卒業後、幹部自衛官を目指す学生は、さらに三自衛隊それぞれの〝幹候校〟――幹部候補生学校で専門教育を受ける。陸自は福岡県久留米市、海自は旧海軍時代からの伝統の地、広島県江田島で行われる。

「なあ、……桂川よ、俺さ、……なんて言うか、抜け駆けするつもりなんてなかったんだ、ほんとだぜ。でもよ、あいつが江田島に決まったって聞いて、頭に血がのぼっちまって」

　校庭の片隅、ようやく蕾《つぼみ》から開きかけた桜の下、播磨は桂川に土下座でもしそうな勢いで頭を下げた。「すまん！」

「いいよ」桂川はどこかぼんやりした微笑みで答えた。

「お前、怒ってるだろ」頭だけ上げて、播磨は言った。

「そんなことないよ、どうして？」

「本当か？」播磨は言いながら、上半身を起こす。

「ああ」桂川は笑った。「それより瀬田の答えは？」

「ああ、……うん。その――〝私にも帰ってくる港ができたのね〟ってさ」

「良かったな、播磨」桂川は親友の肩をぽん、と叩いた。

それから共に〝二度とくるめい〟と卒業者達が言い習わす、幹候校での厳しい訓練と座学漬けの毎日をこなしながら、播磨は桂川から真理子に想いを告げる機会を永遠に奪ったことに、播磨なりに悩みはした。だが、桂川はおくびにも出さず、これまでと同様に励まし合って任官まで漕《こ》ぎ着けたのだった。

そしていま、目の前の桂川も、どこか茫洋とした凪《なぎ》の海のような表情だった。

「俺に出来ることがあれば何でも言ってくれたらいいよ。……及ばずながら、な」

「すまねえ、やっぱ持つべきものは良き友、良き同期だぜ」

「感謝してもらえるほどにはできないよ、たぶん」

「そんなことねえよ。あいつさ、喧嘩になるといつもお前の名前を出すから、かなわん」

桂川はどこか翳《かげ》りのある小さな笑みを浮かべた。「お前を、大切に思ってるからだよ」

「そうかねえ？」播磨は思案顔になる。「ま、俺に何かあったら真理子と未知を頼むぜ」

桂川はぼんやりした表情を吹き消した。「そんなこと、冗談でも言うな」

「――そうだな、悪かった」播磨は言った。「でもな、半分本気なんだ。この商売、何があるかわからんからさ」

空挺、特殊部隊の必修、落下傘降下で事故の可能性は数万回に一度はある。殉職した隊員もいる。

「まあ、播磨の部隊は確かにな。……でも、そんなこと考えちゃだめだ」

二人の幹部は、ささやかな笑顔を取り戻すと、コーヒーを飲み干した。

桂川は、某重工の社名入り寄贈時計を見上げた。「……こんな時間か。もう本当にいかないと」

「なんだよ、用事かよ?」庁舎内に居座り、三食ほとんどを〝貧民食堂〟、陸幕直営食堂で摂《と》り、一ヶ月に何度か営外居住のアパートへ寝に帰るだけの男が、と素朴な好奇心の表情だった。学生時代からの親友でいまも業務で毎日、顔を合わせながら私生活を感じさせることは滅多にない。

「やけに慌ててるじゃねえか。……デートかよ」播磨も腰を上げながら言った。

桂川は先にドアを開け、振り返った。「まあ、そういえなくもないな」

播磨が大部屋を出ると電子ロックで施錠する。今度こそ本当に珍しい、という顔をする播磨に、桂川は苦笑に似た表情で、答えた。「……相手は女だから」

おう、いいぞ、深夜の密会だ、もっとやれ、と嬉《うれ》しそうに騒ぎ立てる播磨を残して、桂川はロッカー室へと廊下を歩いた。

東京駅南口にほど近い地下に、そのレストランはあった。

桂川は入り口で、自分はいつも地下だなと、どうでもいい感慨をちらりと覚え、口許で笑った。壁を鏡と真鍮《しんちゅう》が飾った階段を下りると受付があり、そこに所在なく若い女が、レインコート姿で、ぽつんと壁に身を寄せて立っていた。

水原佐由理だった。疲れで眉がひそめられた顔を、うつむけている。――桂川はそんな女性の姿が嫌いだった。だから、水原が顔を上げる前に声を掛けた。「水原さん」

「――ああ」水原は左肩を壁にもたれたまま微笑み、首を傾《かし》げた。……随分待った、と揶揄《や》揄《ゆ》含みの、それでも疲れた女の笑顔だった。「どうも」

「おそろいですか?」無線のヘッドセットをつけた黒い制服の女性が問うと、水原は、ええ、と頷《うなず》いて見せた。「お客様二名様、ご案内します……傘はこちらに」

間接照明で灯りの抑えられた店内は、料理別に区画が分かれている。

桂川と水原は寿司のカウンターの席に座っていた。目の前をすしの皿が、ロの字形のベルトコンベヤーに載せられて行き過ぎてゆく。

「遅れて申し訳ない。それで、用件を――」桂川は水原と若い女性に挟まれて、身を小さくして言った。座る前、勤め帰りの若い女性客と狭い通路ですれ違いながら、制服でなくて良かった、と考えたが、一難去ってまた一難だ。金属製の徽章や階級章が多い制服は、人混みや満員電車には向かない。

自衛官の制服にまつわる悲哀など眼中にない水原は、店員に飲み物を注文するのももどかしく、早くも皿に手を伸ばす。「ちょっと待ってよ。……私、昨日からほとんど何も食べてない。食べたかもしれないけど思い出せないし、思い出したくもないものだと思う」

「そりゃ大変だ。気長に待つよ」桂川は諦《あきら》めて暗い天井を仰いだ。

「そうしてくれる？　一日中焦りまくった男どもに囲まれて、そのうえ狼狽《うろた》えまくった上の人達をなだめるのがどういうことか解る？」

「……なんとなく解るような気がする」

「どうかしらね、その口振りだと」水原は憤懣《ふんまん》をささやかに桂川にぶつけてから、カウンター内の職人に声を掛けた。「クロワッサン巻き、お願い！」

「なんだいそりゃ」

「あなたも食べるでしょ？」水原は桂川に笑いかけた。「ね、半分こしよ？」

桂川は応じながら、水原がいつもそんな表情で振る舞える女性とも思っていなかった。

ほどなく威勢の良く突き出された、クロワッサンに巻かれた寿司を箸でつまみ、口に入れた。充分な咀嚼《そしゃく》もせず、胃袋に落とす。シュレッダーになった気分の桂川を、水原が感想を求めて見ていた。

「……複雑な味だ」桂川はナプキンを口許に当てた。「――で、お腹《なか》にきちんと入れたところで、用件を教えてくれると嬉しい」

「車の中で、話すわ」水原は三皿目の中トロを頬張ったまま、言った。いつもの答えだった。テーブル席に着かなかったことで予想できる事ではあった。

密談はいつも通り水原の私有車、シビックでだった。

「あなたから提報を受けてから……ちょうど一ヶ月経過したところだった」

助手席の桂川は、一瞬目を見開いて、息を止めた。それから、はあっと短く太い息を吐いた。「死因は？」

「監察医務院の死体検案書では、死因は溺死。薬物反応、外傷はなし。……遺体の写真を見て直接確かめる？」

「遠慮しとく。二、三日眠れなくなる」

「軍人さんが、だらしのない。ま、そう思って写真は持ってきてないの」

「俺は穏健派なんだ。それに場数を踏んだお巡りさんの目を信じるよ」

人ひとりの死をどんな軽い言葉で欺《あざむ》こうとしても、誤魔化しきれることではなかった。

「……ね、あの古田って男に、本当に北から情報が流れてたと考えてるの？」

「〝北〟の経済情報や軍事情報もこと細かく雑誌に出してた」

〝北〟。この国の各官庁の情報関係者、そして末端隊員から背広組の内局員まで含めた自衛隊員がこの言葉を使うとき、それは単に方角を意味しない。

朝鮮民主主義人民共和国――。

「気を悪くしないで欲しいけど、……自衛隊内部や公安調査庁、米軍筋に情報源を持っていたとは考えられない？」

「いや」と桂川は言った。「新装備の配備先どころか、〝女軍〟、つまり女性兵士の生理用品の納入状況まで雑誌に掲載してた。なんとか裏はとった。……事実だったよ」

「でも――」知り得る方法は幾らでもある、そう水原は続けようとした。

「俺たちに解るんだったら、古田氏にも調べがついたんじゃないか、そう言いたいんだね？　だが一介の在野の軍事研究家がとれる方法で確認した訳じゃないんだ」

情報に携わる者の慣習で、確認した方法には触れなかったが、防大の同期で任官せず商社に就職した男に依頼し構築した、中国と北朝鮮国境の朝鮮族自治州延吉《エンキツ》を中心とした情報網、そして韓国の〝友人〟に確認させたのだった。

「それに、俺は半年以上前から古田氏の書いた雑誌記事を分析してるんだ。明らかに北が任意の情報を故意に流させて、こちらの反応を窺《うかが》った形跡がある。――情報の〝放流〟、軍事用語で言う威力偵察《いりょくていさつ》だよ。北の管理者に運営されてた可能性が高いな」

「安心した」水原はちいさく笑い、内ポケットからコピー用紙を取り出し、ルームランプをつけた「……見て」

「それは？」

「古田の預金通帳の写し。――先月六日、それから先々月の九月十八日を見て。それぞれ五十万円ずつ振り込まれてる。そして……、三日前には二百万円、大金ね。いずれも振り込んだのは〝ダイアナ企画〟。――捜査したけどもぬけの殻、実体らしきものもない。要するにダミー会社ね」

桂川は紙片をランプの光で子細に眺めた。「なるほど……、読者の限られた軍事雑誌が主な仕事の人間には、悪くない副業だな。――入水する前の二百万、てのが気になる。よほど秘匿性の高い情報と見るのが自然だけど、それと同時に……」

「死に至らしめる心労を与えるものだった、ってことよね」

「あるいはそういう結果を招くなにか、だな」

「良くできました」

「で、古田氏の取材源には当たってみた？」にこりともせず、桂川が言った。

「洗い出してるけど商売柄、接触してた自衛隊関係者が多くて、今の陣容では難しいわ」

「そう……、じゃあ今後の捜査に期待してるよ」

当然のように言った桂川に、水原は反駁《はんばく》した。「ちょっと待ってよ。自衛隊にも防諜組織や規律保持組織はあるんでしょ？　当該部署が動けば……」

「無理だと思う。警務隊は人数が少ない上に、新隊員の素行や借金の有無を確かめるだけで精一杯だ。情報保全隊はあるにはあるが、今の段階で動くのは難しい」

自衛官と警察官は、それぞれの立場を抱えて、黙り込んだ。

桂川はあくまで捜査権を持つ水原に期待した。水原は水原で思惑もあり、何より外周からの捜査では、範囲が広くなりすぎる。ここは自衛隊内部の桂川こそが動くべきではないかと思っていた。けれど結局、先に口を開いたのは水原だった。

「やれやれね、そんなことで自衛隊は大丈夫なの？」捨てぜりふのように吐く。

「頼みます、水原さんにしか頼めない」桂川は身を水原に向けた。「どうか、お願いだ」

出せる限りの殊勝な声を出したところで、聞いてくれる女がいるだろうかと桂川は思ったけれど、……水原はあっさりと、ため息混じりの笑みを浮かべた。「せいぜい頑張るわ」

「そう言ってくれると思ってた。本当に申し訳ないが、今は動けない」

「解った。……だからあなたも、私には出来るだけ情報を分けて――お願いだから」

水原のまっすぐな眼差《まなざ》しが、闇でちいさく光るのを桂川も見つめ、頷きかえした。

互いの瞬きを数えているように見える二人の間に、薫《かお》るような沈黙が、落ちた。

それから不意に水原は表情をかえないまま、結び目がほどけるように身をしならせて腕を伸ばし、桂川の首に巻き付け、抱き寄せた。桂川も水原の胸が柔らかく形を変えるのを感じながら、髪の間から漏れた女のなま暖かい芳香に鼻孔を満たされていた。

最初の接触で同じことをされたとき、桂川は驚かなかった。それは、水原が通りかかった知人から、咄嗟《とっさ》に顔を隠すためと思ったからだ。けれど三度目のいま、この女は抱きしめられるのではなく、ただ抱きしめたいのだと思い至った。

相手の男には顔もいらず、もちろん言葉もいらない……互いの鼓動を感じ、伝えられれば。——怜悧《れいり》に生きようとするほど、周囲の意識からは女性であることが削られてゆく。十人並み以上の容姿を持ちながら、一人の女としての華やぎや安らぎが、決して満たされない日常を生きるが故に、それがまだ自分の中にある確認を、切実に求めてしまう。日常を囲む輪から外れた、無言で抱かれてくれる男。……それが桂川雅志、自分なのだ。

そうして顔のない自分は肉体としてのみ求められ、水原の心の悲痛を感じながら、応える鼓動の高まりをもたない。——不思議だ、と桂川は抱き合いながら思う。なにも考えず抱き合い続けている自分にも、水原佐由理という女にも。

水原警部補とは数ヶ月前、警視庁と防衛庁が災害対処計画の一環として行った、警備計画を想定した図上演習で知り合った。

桂川は都市型対遊撃戦の担当として出席し、水原は公安部公安総務課の一員として。警視庁の会議室での演習中、滅多に笑顔を見せない女性警官というのが、桂川の最初の印象だった。それが変わったのは、図上演習三日目の休憩時、廊下で自衛官が〝煙缶〟とよぶ灰皿で煙草を灰にしていたときだった。

「中尉さん」向き直った桂川に、水原はにこりともせずに言った。「会議室でお呼びです」

「解りました、どうも。――ところで、警部補さん」

「……え？」スーツの背を見せて行きかけた水原は、きびすを返した。

「どうでもいいのですが、私の階級は一等陸尉、旧軍では陸軍大尉になります」

「…………」水原の端整な顔立ちの中で口許が広がり、視線が尖《とが》った。

桂川は笑って続けた。「不公平だと思いませんか、世間では警察官の階級は知ってるのに、自衛官の階級は知らないなんて」

抗議ではないと悟ると水原は、近寄りがたい表情を和ませ、微苦笑した。

「あの、……できるだけ偉く呼んで差し上げようと思ったんですけど、一つ低く言ってしまったんですね？　失礼しました」水原は笑顔のまま頭を下げ、小声で悪戯《いたずら》っぽく付け加えた。「……自衛隊の方に言うのも変ですけど、私も警部補って好きじゃないんです。なんだか、警部の補欠みたいでしょ？」

それから二日続いた演習中、水原はすれ違うとき、小さな笑みを浮かべるようになった。以来、違う組織に所属する者同士、会う機会もなかった。

だが、状況が変化したのは古田義輝氏に興味を越えた疑念が募ってからだ。

そして、疑念を決定的にしたのは、古田は現職自衛官に取材を通して接近し、そのうち何名かに報酬をちらつかせ、取材を越えた要求を依頼しようとした、という隊内の〝友人〃の警告だった。古田が、自分の組織に近づき、浸透することを桂川は懸念した。

桂川はさらに情報を収集し、分析し、海の向こうの〃友人〃の知恵も借り、熟考したすえ、方々に連絡してから警視庁に電話を入れた。

公安部独特の、部署名ではなく内線番号だけで応える硬い声をたらい回しにされたが水原と連絡が取れ、古田義輝への内偵を依頼したのだった。

……抱き合ってから十数分が過ぎた。

水原は桂川の首に回していた腕をほどき、一瞬、憑《つ》き物が落ちた表情で見た。運転席で居住まいを正し、エンジンを掛けた。桂川も座り直し、ネクタイと上着の乱れを直した。

「どこまで送ればいいの？」水原が何の色香もない、静かな声で桂川に尋ねた。

「市谷、防衛庁まで頼むよ」

「まだ仕事が？」

「ああ、まだ仕事がね。——仕事が俺の鎮静剤なんだ」

十一月十五日。

霊峰富士を望む、標高八百メートルの広大な荒れ地。富士山の被った雪の冠と、轍《わだち》だらけの黒い焼砂《やきすな》が自然のコントラストとなっている。澄み渡る空の微風は、もう初冬の気配だった。

陸上自衛隊、北富士演習場――。

富士教導団、戦車教導隊の一個中隊十二両が、枯れススキの繁《ボサ》みに挟まれた不整地を、縦列で行進してゆく。中隊は、地を這《は》う濃緑の竜に見えた。

先頭の四両、第一小隊は九〇式戦車で、積み木を重ねたような鋭角の重々しい姿を見せている。千五百馬力のディーゼルエンジンの吐き出す排煙、車体重量五十トンを支える無限軌装が泥を蹴り出し、焼砂に轍を刻印して前進していた。肉食獣が獲物を前に喉を鳴らすようなエンジン音と、履帯を巻き上げる金属音が、まるで音の決壊だ。

「……中隊長車《マルマル》から、各小隊指揮車へ」その九〇式の中隊長車から無線が飛んだ。

五十トンを超える第一小隊の九〇式に比べると、続く第二小隊の七四式改は小ぶりで、優美な曲線の砲塔が特徴だった。その砲塔上、車長用ハッチで上半身を乗り出して警戒する山本大輔《やまもとだいすけ》は、戦車帽《ヘルメット》とヘッドセットに覆われた頭を上げ、角張った顎《あご》によせたリップマイクを戦車手袋をはめた手で寄せた。さて、きたぞ……！

「目標、正面の仮設敵！　第一小隊《マルヒト》、第二小隊《マルフタ》は横隊に展開し各個に射撃しつつ突撃せよ、第三小隊《マルサン》はその場にて射撃支援！」

「中隊長車《マルマル》へ、第二小隊長車《マルフタ》了解！」山本は胸元の、通称〝亀の子〟スイッチを中隊波から小隊内通話に入れる。「第二小隊長《マルフタ》より第二小隊《マルフタ》全車、接敵機動に展開！　戦闘操縦、ハッチ閉め！」

「小隊長車に続け、前へ！」小隊陸曹の声が無線から間髪容れず聞こえた。

山本は指揮する三両の七四式改の砲塔に車長と装填手がもぐり、操縦手もハッチを閉じるのを見定め、自分も立っていた丸い車長席に屈《かが》み込んだ。ハッチを閉めた途端に、きつい軽油、潤滑油の臭いに押し包まれる。10ZF22WTエンジンの高鳴りが、鼓膜だけでなく身体全体を振動させる。戦車兵――機甲科隊員には馴染みの感覚だ。

「操縦手、速度増せ！　遅れるんじゃねえぞ！　砲手、榴弾つっこんどけ！」

　山本はすべての開口部を閉じた薄闇の中、ハッチの周囲の透視窓ごしに警戒を続ける。四角い光が、細めだが意志的な目許だけを、薄暗い戦闘室に浮かせた。閉塞感軽減のため、車内は白く塗られていたが、閉所恐怖症の人間なら数秒と持たないだろう。

　褐色のボサを抜けて開豁《かいかつ》地に飛び出し、〝射点〟へと急ぐ各小隊のエンジン音と起動輪が履帯を噛む音が高まる。十二両で五百トン近い、山が崩れるような音。

「車長より操縦手！　なんか振動がきつくないか？　乗車前点検《A整備》じゃ問題なかったが」

　天井の取っ手を握りしめ、クッションも背もたれもない車長席に腰を押しつけて山本は言った。押し上げられた後には地に沈むほど、圧倒的な車体重量に巻き込まれ、身体が押し下げられる。腕と下腹から力をぬけば、内臓がカクテルになる。一度経験すれば、戦車開発にかかる十年の歳月に、誰もが納得できるはずだ。この揺れに耐えて戦闘しなければならない。

「脇腹でもぶつけましたか」ヘッドフォンに、すこしからかう声が返る。

「馬鹿いうんじゃねえ、張り倒すぞ！」インターフォン越しに怒鳴りつけたが、頼りになる部下達なのは間違いない。練度の高さを誇る戦車教導隊にあって、射撃競技会を優勝で飾れたのは部下達のおかげだ。

　どうしてそんなに戦車にこだわるの？　そう、たしかその夜だ、妻の聡子が聞いたのは。官舎の流しで、三次会の片付けをしながら。乗り心地だっていいとは思えないけど、と。

　四年前に結婚した聡子は、面倒見の良い山本の性格を反映して官舎まで押し掛ける若い部下達にも、迷惑な顔ひとつみせない鷹揚《おうよう》さもあり、申し分のない妻ではあったが、そこはやはり、自衛隊とも戦車とも縁のない、お嬢様育ちの女だった。

「ばかいえ」山本は苦笑まじりに応えたものだ。「乗用車で、〝てえぇっ〟の号令がかけられるか？」

　普通の車は選ばれた者の乗り物ではない。そして、山本が愛してやまない瞬間が文字通り目前に、車長用潜望鏡《J3》ごしに迫っていた。

「砲手！　千五百、十一時方向、堆土右、対戦車！」山本は、足下に座る砲手に告げた。

「確認！」砲手は砲塔を左に向けた。目を潜望鏡から照準眼鏡《がんきょう》に変え、射撃統制装置《FCS》のスイッチを入れる。レーザーが目標との距離、砲の状態、装薬温度など必要なデータをデジタルコンピュータに入力し、算出された数値が、瞬時に山本の見る潜望鏡の視界内に表示された。

「装塡――」装塡手は後部弾薬架から二十キロの対戦車榴弾を、戦闘室中央につきだした砲尾閉鎖機の、U字形の窪みに滑り込ませる。自動で閉鎖機が閉まると安全装置を押した。「よし!」

「照準よし!」砲手は準備完了を告げた。

「よしよし……」まだ他の戦車は――、すべてをコンピュータが取り仕切る最新の九〇式でさえ発砲していない。山本は声を絞った。「てぇぇっ!」

「発射!」砲手は宣言すると同時に、撃った。

ドオォォォン! 地響きに似た衝撃、発射音と同時に、砲口に車体より大きな発射炎の火球が出現する。一〇五ミリ砲の全長は五メートル強、重量は三トン、閉鎖機だけでも五十三キロある。その閉鎖機が反動で蹴りこまれ戦闘室に下がり、熱い金色の筒――撃ち殻、つまり薬莢《やっきょう》をカゴに吐き出し、バネの力でもとの位置へ即座に戻る。

狭い戦闘室に充満するガスを嗅《か》ぎながら、山本は照準潜望鏡で土埃《つちぼこり》とガスの向こうに、戦車砲弾の特性である低伸弾道を網膜に映していた。行け、吹き飛ばせ……!

左右の僚車も次々と砲声を響かせはじめる。

目標まで一千メートル、弾着まで一秒足らず。熱を纏って空を裂く砲弾を、狭い潜望鏡の視界に捉え続けるには、相当の熟練を要する。けれど山本は幹候校を卒業後、希望通り機甲科配属が決まり、教育が始まって程なく、弾道を追えた。理由は解らない。素質があったのか、幼い頃から続けている空手が、動体視力を鍛えていたのか。

そしていま放った砲弾は予想通りの軌跡を描き、停弾堤《バックストップ》の幕的を撃ち抜き、炸裂した。吹き飛んだ土砂が、跡形もなくなった弾着点に降り注ぐのが見えた。

左右の幕的も、僚車の射撃でほとんど同時に粉砕され、爆発した。

「命中！　撃ち方やめ、……よっしゃ、下田、相変わらずいい腕だ」

「任せてください！」足下で砲手が答える。「撃ち抜けないのは女心だけです！」

「馬鹿野郎、気ぬくんじゃねえ！」山本は言った。「操縦手、前へ！」

とはいえ、目標発見から初弾発射まで、三秒弱。悪くない。〝初弾必中〟〝人車一体〟。これだな、胸の中でひとりごちる。コンピュータにも出来ないことを、俺はできるんだ……！

「こちら中隊長車《マルマル》、さらに前進」

「第二小隊長車《マルフタ》、了解。――秋田、慌てるな、いつも通りで行こうぜ」

……一時間後、戦教第一中隊が休憩する業務用天幕、通称〝業天〟と呼ばれる大型テント脇に、教導団本部の新七三式小型トラック、通称パジェロが停まった。

「よう山本、久しぶり」降りたのは、迷彩服姿の播磨だった。背を伸ばして天幕の中で部下と談笑する山本を見つけると、迷彩色の学生食堂のような賑やかさの間を抜けて歩み寄り、声を掛けた。「元気か？」

「お、なんだ、播磨じゃねえか。珍しいな」

山本はツナギ服のように着られる迷彩服の胸元のファスナーを下げ、戦車靴《タンカーブーツ》のストラップを緩めて座り、砲手の下田士長、装塡手の蒲田二士、操縦手の広岡と馬鹿話に興じていたが、立ち上がり、笑顔で応えた。

播磨も長身とは言えないが、山本はさらに小柄だった。しかしその体軀《たいく》までふくめ、戦車に乗るために生まれてきたような男だった。

播磨は純朴そうなジャガイモ面《づら》だが、山本は色の白い、顎は細く引き締めた唇が頑丈そうな、いかにも鼻っ柱のつよい顔立ちをしていた。

「おい、誰かお茶を一杯出してやってくれ」

「あの、山本二尉、お友達ですか」下田が紙コップにお茶をつぎながら尋ねた。

「ああ、同期の播磨ってんだ。習志野で蛇やカエルを喰ってるやつらだ。――だろ？」

レンジャーをからかう常套句に、播磨はにやりと笑って差し出されたお茶を受け取る。

まあ、〝山ウナギ〟やカエルは最終手段で、常食にしてる訳じゃあないが……。

「あれは、慣れたら癖になるんだ。……ちょうど喉が渇いてた」

播磨は麦茶を飲みながら山本を窺ったが、屈託もなく笑っていた。山本は同期だが二年前、交通事故に巻き込まれ半年の療養を余儀なくされ、昇任が遅れていた。

播磨と山本は、希有なことに桂川を通じて親交ができた。もっとも、冗談ばかりとばしていた播磨がいないと、桂川と山本は播磨からすれば得体の知れない抽象的な哲学論争ばかりしていた。山本と桂川がヘーゲルについて話していた時、「お菓子の家が出てくるやつか」と聞いて、呆《あき》れられたものだ。

「で、今日はどうした？　いまは陸幕っていってたろ」

「いや、今日は若い奴に任せて富士訓練センター《FTC》で練度維持。長い間お天道様を見てないと、身体がなまるからな。団本部に顔出したら、便乗させてくれた」

「ムショ帰りか」山本は笑った。

　富士訓練センターは、普通科、特科、機甲科、施設科の運用研究、教育指導を施す富士学校の隷下《れいか》にある。連隊長経験を持つ一等陸佐が指揮する部隊訓練評価隊によって、実任務さながらの訓練が行える施設だ。

「そういや桂川はどうだ？　この間の同期会も来なかったしな。一緒の勤務なんだろ？」

「いや……それもあって、な」播磨は声を落とした。

　仲間内の話と察し、短い挨拶を残して部下がいなくなると、山本は言った。「で、……桂川が、どうした。忙しいのか？」

「ああ、一ヶ月のほとんどを庁舎で過ごしている。……休暇も取らず、休みにも出てきて机の前に座ってる」

「まあ、部隊勤務と違って激務だからな」

部隊勤務は概《おおむ》ね定時に課業は終わるし、多忙な幹部といえど残業は毎日二、三時間だが、防衛庁勤務となれば、ひたすら業務が終わるまで課員は働く。

「そうなんだが……」と播磨はつづけた。「しかし、あいつはあの性格だ、いつも顔を合わせてる俺が声を掛けても、生返事だ」

「――だろうな」山本は答え、くわえ煙草で通り過ぎた若い隊員に、煙缶のそばで吸え、と注意してから、播磨の方を向いた。「初級幹部課程《BOC》の時のこと、話してくれたよな」

「ああ、……あの馬鹿」播磨は苦い顔になった。

初級幹部課程は幹候校を卒業して部隊勤務を前に、小隊の指揮要領を学ぶ訓練だ。富士学校の熟練した教官達から直接指導され、教導部隊が学生の指揮で行動する。

問題はその後の打ち上げ会の時だった。自衛隊では伝統的に訓練終了時は、演習場での簡単な宴会で互いの労をねぎらい、親睦を図る。学生は幹部とはいえ、訓練に協力してもらった立場だ。酒をすすめられれば、飲まない訳にはいかない。しかし、桂川は水筒のカップに注がれた焼酎を、頑として口にしなかったのだ。

「まあまあ、三尉殿、お堅いのは立派ですがね、これくらい飲めなきゃあ、自衛官やっていけませんぜ」

取りなし顔で曹士《そうし》の元締め、ごま塩頭の曹長が口を挟んだ。口調とは裏腹に、目の奥には抑えた苛立ちと怒りがあった。演習場では二百人近くが騒いでいたが、桂川をとりまく一角だけは、空気が漂白されたようになっていた。

「――申し訳ありません」桂川は静かに頭を下げた。

酒精のせいではなく顔を赤く染めた曹長が、どういうつもりだ、俺の酒が飲めないのか、と怒声を発しようとした瞬間、播磨が飯盒《はんごう》を持って割って入った。

「社長！……じゃなかった曹長！　自分が！　自分がこの下戸《げこ》野郎になりかわり、杯を戴かせて貰うでありまーす！」

年季の入った曹長は心得た様子で雰囲気の転換を図り、白けた空気は消えたが、桂川がそっと姿を消すのを、播磨は曹長と飲み比べながら横目で見ていたのだった。

「播磨から聞いて、……正直、やっぱりな、と思ったな。――嫌いなものは酒と宴会とカラオケだって、仲間内とはいえ口に出す奴だからな。おまけに〝築城〟もしない」

山本もふん、と鼻で息をはいた。〝築城〟とは本来、施設科の構築作業だが、麻雀《マージャン》の隠語でもある。

「確かに本庁勤めは厳しいがな、……でもさ、頭には切り替えが必要だろ？　行進の大休止、小休止みたいなもんだ。で、どうかな、今度お前さんが上京する機会でもあれば、三人で飲まないか？　山本が来るって言えば、さすがに断らんと思うんだが」

「そりゃかまわんが……」山本は言った。「あいつ、女はどうなんだよ？　いい年だろうが。そんな生活ぶりじゃやっぱ無理か」

「そうなんだけどなあ……。影らしきものは見えるが、本当のところはちょっとな」播磨は嘆息した。「……どうでもいいが、いつも一緒にいると奴の部下の若いのが〝お二人って、夜もバディなんですかあ〟なんて聞きやがる。あいつはどんな指導してるんだ」

「播磨とか？」山本は吹き出した。「そりゃ桂川の方が気の毒だぜ」

一緒になって、播磨も笑った。

「解った。ちょうど技本四研に用事がある、俺が買って出るよ。その帰りにでもな」

技術研究本部は自衛隊の技術開発の元締めで、第四研究所は戦車の開発を担っている。

「すまん、そうしてもらえるとな。やっぱ、持つべき者は良き同期だぜ」

「お前、みんなにそう言ってんだろ」山本は口の端で笑った。「でもお前、優しいよな」

「——なんで？」播磨は真顔で聞き返す。

「いや。瀬田とおまえら三人、仲良かったもんな。……それでお前は、桂川に引け目みたいなのがあって、あいつを連れ出してやりたいんじゃないか。——間違ってたり、気に障ったら勘弁な」

播磨は田舎のあぜ道にたつ地蔵のような顔で思案したが、口を開いた。

「まあ、どうだかな」播磨は言った。「端《はた》から見てるとあいつ、何だか過去しか見てないような、そういう顔ばかりしてるんだ。あいつの考えていることは……ほんといってわからんことが多いよ。――でもそれが、俺たちの学生時代のことだったら……俺も苦しいし、奴にとってもあまりいいことじゃないんじゃないかって、な」

「お前、やっぱりいい奴だな」山本は本心から言った。

「茶化すなよ」少し苦しそうな顔で、播磨は答えた。

「あほ、素直に受け取れよ」山本はにっと笑った。

播磨は目を逸らし、不意に表情が翳った。「それに……」

「ん？　どうしたんだよ」山本は播磨の横顔をのぞき込んだ。

「いや……俺は何だかあいつが……」播磨はちょっと黙った。「どこか、違ってきてんじゃないかって、思うことがある……」

人は変わるものだ、と山本は言おうとして止《や》めた。同期で桂川を最も良く知り、いまも共に業務に就く播磨が、桂川の様子に何かを感じている。

漠然として確信もないが、理由が言葉になるまえに。

――播磨、お前……。

その時、「状況開始！」と号令が響き渡り訓練再開が告げられた。煙草をもみ消し飲みかけの紙コップを放り出し、愛車へと駆け出す隊員達が二人の幹部の肩先をかすめてゆく。

「小隊長！　急いでください！」砲手の下田が駆け抜けざまに叫んだ。

「おしっ、すぐ行く、準備しとけ！――じゃあ播磨、行くぞ！」

山本は一瞬で戦車指揮官の顔に変貌し、走り出していた。

「ああ、休憩つぶして悪い！　連絡してくれよな！」

整然と並んだ九〇式、七四式へ殺到する迷彩色の人波の中の山本に、播磨は両手を口許に添えて怒鳴りかえした。


播磨の予想通り、桂川はその夜も遅くまで、情報本部分析部の大部屋に居残っていた。周りの机に課員はまばらだった。デル社製パソコンのキーボードを叩く微《かす》かな音しかしない。播磨はスパイソフトによる情報漏洩事件以後、私物撲滅を掲げて大量購入されたパソコンが米国製なのを見て、「兵器は米国、パソコンは国産だろ。逆じゃねえか。貧乏な役所はやだね」とぼやいていた。

まあ、どこの国製だろうと不都合はない……。それに静かだと仕事がはかどる。

昼間は播磨の副官、安田紀彦二等陸曹がくっついて離れなかったのだ。

「……煙草は？」桂川は館外の喫煙所で、箱から一本振りだしてすすめてみた。

「いえ、自分は吸いません」

そんな身体に悪いもの、誰が吸うかという目の巨漢の特殊作戦群隊員に、ああそう、と胸の中で答えた。上官は不在、おまけに身体を動かせない窮屈さと情報勤務の場違いさから、鬱憤《うっぷん》ばらしに追いかけ回されている、と疑っていた。

「……自分に何かできることはありますか」安田は今日何度めかの台詞《せりふ》を口にした。

いまのところない、と言いかけて財布をとりだし、小銭を渡した。「それじゃ悪いが自販機で買ってきてくれないかな」

「二本ですか？」渡された硬貨をみて安田が聞いた。

「ああ。一本は、君のだ」解りました、ときびすを返す安田の大きな背中に言った。「コーヒーじゃない方がいいな」

やれやれと桂川は白い顔に微苦笑を浮かべた。が、それも長くは続かない。

「あ、桂川一尉！」

「班長、探しましたよ」書類を抱えた神田真希《かんだまき》二曹と、汐見孝典《しおみたかのり》三尉がやってきた。

神田は海自からの出向で物怖《ものお》じしない一般大学出《U》の曹候補士出身、汐見は防大出身で桂川より五期下で、鼻筋の通る顔立ちのいい男だった。どちらも対遊撃検討専任班、桂川の二人しかいない部下だった。

「緊急・動態部からの回覧資料をお持ちしました。あ、それから空間情報の方は……」神田は歯切れ良く話していたが、急に口ごもらせた。

「あれは急がない、ありがとう。——これくらいなら、今夜中に読めるかな……」

渡された資料の厚みを手のひらで測っていると、神田はじっと見ていた。「どうした？」

「あの、一尉。失礼ですけど、自宅にはいつ帰っているんですか」

「月に三日は帰ってる。どうした？　俺の夜の生活が気になるか。それとも惚れたか？」

「まさか、全然。私、ちゃんと彼氏いますもん」

「え、そうなの」汐見が意外そうに聞き返す。

三人の自衛官の会話は民間会社のそれと変わらない。

「そりゃ残念、と形だけでも言っておく」桂川は苦笑した。「じゃあ早く、彼氏のところへ行ってやれ。今日は、定時退庁日だ」

どこかのお節介な暇人が提唱した、特別の用件がない限り定時で退庁しろとの、制服通勤と同じくらい非現実的なきまりだった。

「残念、今日は彼とは仕事で会えません。でもこの週末、韓国海軍の駆逐艦が来日するでしょ、横須賀まで一緒に見に行く予定なんですよ。ええと、〝広開土王〟だったっけ」

そういえば、韓国海軍〈広開土王〉ＤＤ９７１による親善訪問が行われると、朝雲新聞で読んだのを思いだしながら、口を開く。

「あれは〝こうかいどおう〟じゃなくて、〝クァンテトワン〟と読むんだ。高句麗《こうくり》時代、百済《くだら》と戦った王だよ。日韓併合の根拠とされた、中国吉林省に残る碑文が有名だ」

「……さすがにお詳しいですね」ちょっとだけ感心した声で神田が言う。

今度こそ本当に桂川は苦笑した。「当たり前だ、俺を誰だと思ってる。調査学校で一番専攻の少ない、朝鮮語修了者の変人幹部だぞ」

「そうだよ、神田。ハングル文字くらい読めないと。僕は少し覚えた」

少し自慢げに口を挟む汐見に、桂川はからかうように言った。「おいおい、ハングルのハンは、〝大きく、立派〟って意味で、グルは——単独ならクルと濁音なしだが、〝文字、言葉〟なんだぞ？　だからハングル文字なんていったら、〝アラーの神〟と同じくらい初歩的な間違いだ」

「そ、そうでしたっけ」と、汐見は頭をかいた。

折良く、スピーカーから「本日は定時退庁日です。業務に支障のない方は……」と放送が流れ出した。神田には言うまでもなかったが、自分も残るとしゃちほこばる汐見を追い返し、ようやく静寂を手に入れたのだった。

本当に好きなのはこれじゃないのか、と桂川は尉官用の片袖机で、ふとディスプレイの数字の羅列から目を上げて思った。任務が、ではなく、ひとり静かに没頭できる時間——。

机の上の電話が鳴る。催眠術から冷めたように目を瞬かせて受話器を取る。「桂川一尉に外線、五番をおとりください」

礼を言って回線を切り替える。「桂川です」

「月が綺麗な晩だな、よく眠れるか」名乗りもしない相手の淡々とした声が耳朶《じだ》に流れた。

「ああ、半月は好きだよ。——おやすみ」

桂川はまともではない会話を終えて受話器を戻すと、いそいそと書類を引き出しに片づけて施錠する。イーグル社製の丈夫なソフトアタッシェを手に大部屋を出た。着替えて更衣室を出ると、うらさびしい、深夜の学校じみた廊下を幹部が歩いてくる。

旧陸幕二部別室時代から情報本部の主力、全国九カ所の通信所——、電波傍受施設を統括する電波部の三佐だった。

「お疲れさまです」桂川が先に口を開いた。

「ああ、桂川、……か」中年の三佐は視線を止めた。

「なにか?」桂川は尋ねた。

「うん、……いや」

「お疲れのご様子ですね。コーヒーでも淹れますが?」桂川は水を向けた。

「まあ、ちょっと息抜きはしたいんだがな……。じゃあ、缶コーヒーなら」

播磨もそうだが、なぜ自衛官は美味《うま》い一杯のコーヒーの効用が判らないのか……。桂川は、三佐と自動販売機のある一角に足を運び、相手の分の硬貨も投入した。

「すまんな」三佐は受け取り、プルタブを引いた。

「いえ、どうかされましたか」

三佐は桂川が絶対に口にしないと誓う缶コーヒーを旨そうに一口のみ、話し出した。

「いや、……労働党三号庁舎からの無線系統が、急に増えた」

三号庁舎。——北朝鮮の首都、平壌《ピョンヤン》の政治中枢の一つ。拉致などの謀略を実行する特殊機関の代名詞だ。

「414連絡所から、ですか」桂川は飲みかけたジュースをおろす。「珍しいですね」

かつて北朝鮮は韓国及び日本に潜入、浸透した工作員を、平壌放送のA1からA3の無線指令で運用していた。もっとも情報機関が多用したA3は、情報の世界で〝一回限り《ワンタイム》・暗号表《パッド》〟と呼ぶ、発信者と受信者が同じ乱数表を参照しなければ解読不可能な暗号を、アナウンサーが読み上げるもので、誰でも簡単なラジオの改造で聞けた。受信者は冒頭に読み上げられる番号と、北朝鮮の軍歌で指名された。

だが二〇〇〇年を境にA3放送は廃止され、かわりにより伝達量の多い、電子メールなどが多用されていると見られている。

「なんらかの工作が北朝鮮国外で進行中、ということですか」桂川は呟いた。「それとも、映画の大好きな首領様が、いかがわしいビデオの大量注文を指令してるのかな」

「そこまではわからんが……」三佐は疲れた顔で苦笑した。

「414連絡所経由の指令となると、……自前の無線施設を持つ統一戦線部以外、対外連絡部、作戦部……、それと35号室、ですか」

「理屈では、そうなるが……」三佐は缶コーヒーを飲み干した。「いや、帰り際に呼び止めてすまん。コーヒー、ごちそうさん」

「いいえ。お先に帰ります」桂川は一礼すると、帰路についた。

庁舎から市ケ谷駅へ、待つ者のためでなくただひとりきりになるために、足を急がせる。高田馬場駅で降りた桂川は、駅に近いアパートのドアを開く。

「お帰り、はい、ただいま」ひとりおどけているのか、真面目なのか判らない声を出してあがる。玄関脇の使われた形跡のない流しを通りすぎると八畳一間で、書籍の臭いが籠《こ》もっている。電灯をつけると書棚に挟まれた部屋に、布張りのソファと細い楕円形のテーブル、折り畳み式ベッド、そしてアームチェアがあった。小さな留守番電話機が、テーブル下に転がっている。

桂川はアームチェアに座り込んだ。肘掛けからたれた右手のアタッシェを、そのまま床に置く。しばらく姿勢を変えなかった。何かを待っているようにも、中空を見入っているようでもあった。棚に並ぶ本の背表紙を視線でなでる。ハングルの印刷された本もかなりあった。都内の洋書店で買ったものだ。

自分と朝鮮半島のえにしは、いつからだろうか……。

桂川は岡山県、瀬戸内海に面した牛窓《うしまど》という町で生まれた。海水浴場として賑わう夏以外は農作物、とくにオリーブの産地として知られた、古びた家屋の建ち並ぶ海辺の故郷だが、江戸時代に瀬戸内航路を通過する朝鮮通信使が宿泊した町としても知られていた。その名残で、通信使に飲料水を献上した井戸が残っている。

幼い桂川の聞く、町の故老の昔語りに登場する通信使一行は華やかで、想像する手がかりさえないのに、心に異国の香りを伝えてくれた。

「……父さん、この海の向こうに、いろんな国があるんじゃなあ」

「おう、何でもあるぞ。アメリカもイギリスも、海はどこともつながっとる」

晴れた日にはよく二人で、港の周りを散歩しながら話したものだった。

そして小学五年生の時、一人の編入生が、桂川のクラスにあった。

在日朝鮮人の子で父親はおらず、何か事情ありげな母親と二人でひっそり暮らしていた。名前は金といい、陰のある表情のあまり活発な子ではなかったと記憶している。

子供は無邪気な分残酷だった。集団から離れていつも校庭の隅にいる金少年を、「金たま、金たま」とからかった。桂川とは帰り道が一緒で、自然と仲良くなった。

「カツラ」と、帰り道で金が桂川に言った。

夏の気《け》だるい空気の中、黒いランドセルを背負った背中が熱かった。すでに制服の白いカッターシャツと下着はぐっしょり汗で濡《ぬ》れていた。坊主頭にのせた旧海軍の戦闘帽そっくりの学童帽子も、布地が汗を吸って気持ちが悪い。

「僕は桂川、じゃ」

「ええもん、見せちゃろうか」

桂川の抗議に金少年は頓着せず立ち止まり、灼《や》けたアスファルトにランドセルをおろして開き、なにやら探し始めた。その間、桂川は熱気から逃れたい一心で、辺りを見回した。

ふるい木造家屋に落ちた軒先の影が、なんだかとても涼しそうだ。

「これじゃ」金少年は白紙の帳面をめくりながら、立ち上がった。

「なんじゃ、これ」差し出された帳面の白さに眼をしばたたかせ、隣の金に聞いた。見たこともない模様が整然と並んでいた。

「ハングル、言うんじゃ」

「……朝鮮の字か」それくらいは、桂川も知っていた。「はじめて見た」

「でもカツラ、ひとに言うたらおえんで。母さんから人に見せちゃおえんっていわれとるけえ。家で母ちゃんから習ろうとるんじゃ。内緒で、おめえとわしの」

「ああ、言わん言わん。だれにも言わん。……でも」たどたどしい字をじっと見つめながら、桂川は呟いた。「綺麗な形の字じゃなあ」

その後、金少年は六年生に進級する前に、町から姿を消した。おそらく家庭の事情だろうが、先生も両親もなにも言わず、小学生だった自分に理由は解らなかった。

それ以来、桂川は韓国語に興味を持ち続けた。文法は日本語と同じで、極端にいえば単語さえ覚えれば会話できたし、なにより暑い盛りに目を射た、ハングルの輝き。外国語習得には特別な根気や才能がいると思われがちだが、子どものころに感じた驚きにまさる動機はない。……

——幾ばくかの時間が過ぎて腕時計をのぞき、煙草をさがして上着のポケットをまさぐった途端、電話機が鳴った。

「……俺だが。この電話は大丈夫か？」庁舎でとった電話と同じ、海を挟んだ〝友人〟が、朝鮮語で言った。

「ああ。その筋専門の仲間が、毎日掃除してくれてるよ」桂川も朝鮮語で答えた。

「お前、欲求不満か？　特高の雌犬と夜中に抱き合ってるとはな。自分の立場が解ってるのか」

何か急に、自分の私生活に興味を持つ人間が増えてきたような気がした。何度かの接触で水原に多少とも情が移ったのか、加えて猫のような羞恥心で、桂川は自分の声が、抑えられ低くなっているのを聞いた。

「知ってるかな？　そっちの国で、推理小説が発達しないのは、警察や軍の権限が強くて、怪しい奴をふんじばれば力ずくで吐かせるかららしいな。……彼女は思想警察じゃない。国を守る警察官だ。——俺たちと同じ、な」

「国を守る。……お前がか？　お前のは復讐だろう」

「どうした、〝花郎《ファラン》〟、……すこし変だぞ」桂川は声を和らげた。

相手は束の間黙って、一息はいてから、言葉を出した。

「……かもな」相手の、陸上自衛隊幹部学校留学の経験を持つ大韓民国陸軍少領は、静かな声で認めた。「すまん。不愉快な気持ちにさせたな。こっちも訳ありなんだ」

「聞かせてくれるな？」

「実は、内谷洞《ネゴクトン》の連中が、急に口が堅くなってる。探ってみたら流入してる情報が増大してる。——特に、日本からな」

「どういうことだ」桂川は背もたれから身を起こし、眉を険しくした。「そういえば、こっちでも新しい特殊機関系無線が傍受されたと、小耳に挟んだ」

内谷洞。情報機関は本部の地名で称されることが多いが、これもそうだった。

韓国、国家情報院。——男を女に、女を男にする以外は何でもできる、と自らの権限の強大さを豪語した、かつての国家安全企画部が再編された姿だ。

「まだはっきり調べがついていない。……それからさっき無礼なことを言っちまったが、お前が追ってた軍事評論家——、どうやら日本空軍の人間から国防秘密を受け取って、〝北〟の人間に流していたらしい」

「人物の特定材料になるものは？」

「そこまではわからん。そっちで調べてくれ。……もし俺たちの不利益になるようなら」

韓国軍少領は言葉を切り、続けた。「ためらわず、な」

「……解ってるよ、同志」桂川は小声で答える。

「また何かあれば伝えるよ。抜かりなく頼む。……同志。じゃあな」

桂川は受話器を見詰めていたが、やがて電話機を膝に置いてからボタンを叩いた。

「――教官、自分です。実は……」桂川は非礼も詫《わ》びず、用件に入った。

船体を叩く潮騒の中から、一旦停止していたエンジンが動き出すのを音と振動が知らせてくる。すでに船橋の灯りが落とされて久しい。周りを取りまく海と空は、闇の濃淡でしか見分けられなかった。月もなく、二メートルほどの波頭も見えない。

計器の小さな照明だけが淡く船橋内を照らし、操舵員は無言で舵を握り、船長は双眼鏡をかまえていた。

階段を昇る靴音がして、船橋のドアが開けられた。アジア系のその男は濡れたタオルで顔を撫《な》でてから報告する。「同志船長、〝客人〟を船倉、特別区画に案内しました」

「ご苦労だった」船長は双眼鏡を下ろした。

「……しかし、急な命令でしたね」髪を拭《ふ》きながらタオルの男――、航海長は口を開いた。

「そうだな……、しかし会合に間にあって良かった」船長は、煙草を吸いに船橋から張り出したウィングに出ようかと迷った。「こんな闇夜だ、互いの位置を見失いかねんかったからな」

「ええ、確かに。……ですが、人目に付かなかったのは幸運でした」

中国、上海沖約二百キロの海点。

乗組員は全員北朝鮮人だが、船籍はパナマに置くこの貨物船は、一時間前に洋上で補給船から給油を受け、その際に特別な人間が三十人、乗船していた。

「それにしても」航海長はようやく手を止めて、声を低めた。「連中は一体……？」

航海長は外洋航路の経験は長いが、工作活動の経験はほとんどない。反対に船長は党作戦部海上処での経験が豊富で、偵察活動にも従事していたことが、航海長にも船長の言葉の端々から知れた。

船長はちらりと鋭い目で航海長を見てから、無言でウィングにでた。航海長も続いた。

船上の風は、湿度こそ含んでいたがひどく寒く、露出した肌を震わせるに充分だった。

「……連中か、あいつらは――」

船長は煙草をくわえ、手元で庇ったライターの火をつけた。痩《や》せた顔が照らし出される。吐いた煙を顔にまとわりつかせたまま、聞かせる相手がいないかのような声で、言った。

「――化け物だ」


十一月十六日。

澄み渡った空と、沖合に向かうにつれて青さの増す海原は水平線で溶け合い、穏やかだが鮮烈な風景を形作っている。房総半島の南東部に位置する千葉県鴨川市、太平洋を眼下に望む墓地に、波の音が繰り返し繰り返し、崖の下から響いていた。

李潤花《リユンファ》は花束を手に足を止め、潮騒に耳を澄ませて、墓石の合間の小道を歩き始める。秋晴れの日曜日、時期はずれもあって墓地を訪れた人影はないようだった。尾行する影も。

――最初で最後の墓参を、邪魔されたくない……誰にも。

階段状に連なる墓石を一つ一つ確かめ、潤花は姿勢の良い、女性にしては上背のある身体を、無駄のない動きでしなやかに運ぶ。

墓石はまるで行儀よく、海の四季を永遠に見守る観客のようだ。人間は生前がどうであれ、墓に収まれば行儀よくなる。

潤花は一つの墓のまえで立ち止まる。――これね、と一人合点する。

そのこぢんまりした墓には、もう何年も参る人もいないらしく、青い苔《こけ》が海風に干涸《ひか》らび、墓碑銘を埋めていた。潤花は家名も、手入れをする者もない理由も知っていた。

「――初めまして、お祖父さん、お祖母さん」潤花は、白い端整な顔立ちに、柔らかい微笑を浮かべてた。「私、あなた達の孫です。……これを」

腰をかがめて花を差し出し、墓前に置いた。百合の花だった。

「私は、あなたたちの孫と証明する物をなにひとつ持ってない。……でも、この花なら解るでしょう？　これは、お母さんが好きだった花だもの。私の生まれた国ではペカップと言うけれど、日本ではユリというのよね」

一呼吸おいて、そっと呟く。「お母さんの本当の名前と一緒」

母、百合子。ずっと昔、富山県のたまたま訪れた親戚のいる海辺の街から、北朝鮮工作員に拉致された十二歳の少女。遊びにでかけた帰り、突然現れた屈強な男達に、頭から麻袋をかぶせられ、抵抗する幼い身体を苦もなく押さえられた。混乱、恐怖……、運び込まれた工作船の灯りとてない船底で、百合子は泣き叫びながら夜通し揺られ続けただろう。潤花は拉致した者から、直接、当時の様子を聞いた。あの夜、月はなかったが日本海は凪いでいた、と。多分それだけが救いだった。一千キロ近く海上を隔てた、昼なお暗い広大な暗渠《あんきょ》、崖に穿《うが》たれた咸鏡北道の清川連絡所の待避壕の埠頭は、母の泣きはらし光を忘れた瞳には、どう映ったのか。

風の流す髪を、潤花は耳元でまとめながら続けた。「あなた達の育てたお母さんは、立派な人でした。誰よりも優しく、誰にでも慈悲深い人でした。私はそんなお母さんが大好きでした。そして、お母さんのお母さん、お父さんってどんな人？　っていつも想像してた。きっと、同じように優しい人なのね、って」

しばらく無言で、風と波音を聞き続けた。返答を待つように。

収容された招待所で百合子は、三年ほど南朝鮮の社会や文化、ハングルを勉強し、日本から運ばれた新聞、雑誌を読み、知識を蓄えた。生きる手段として、いつか日本で暮らす両親のもとへと戻るために、学んだ。そうする他に、なにができただろう？　どんなに芯が強くても、この世で疑うべきものを幾らも知らない少女は、受け入れるしかなかったのだから。でも、と潤花は思う。母は強い人だった。

学習の成果が認められると、平壌の中心から二十キロほど外れた、労働党作戦部の養成機関、金正日政治軍事大学へ移された。龍城区域新美里と平壌市兄弟山区域鶴山里、二つの行政区を跨《また》ぐ広大な敷地にあった。百合子は拉致された日本人教官の助手として働いた。きっと大勢の日本人に会って驚き、懐かしさと悲しさ両方を嚙みしめたに違いない。

「だからかも知れない……周りからワヌン、チョッパリといじめられても、耐えられたのは」日本人の、そして日本人を親に持つ者の蔑称を、無表情に呟いた。

「私は、優しいお母さんから血を受け継いだんだもの。——でも、そのお母さんも……」

何かに書き込むように、そっと目をうつむける。「死にました。私が八歳の時に」

死者と潤花の間に、潮騒だけが遠く響いた。

運命は少し、母に味方してくれた。北朝鮮では女性の婚期は二十歳前後と早く、母は出会った人に柔和な印象を必ず与えたけれど、顔立ちは——娘のひいき目でも、ごく十人並みだったと思う。それが、下卑た馬鹿な幹部どもの毒牙から母の貞淑を守った。北朝鮮では、女はどんな恥辱を男から受けようと、訴え出る手段も場所もなく、潤花も体験からそれを知っていた。さらに意に添わない女性を理由をつけて告発し、〝山おくり〟——強制収容所に陥れる、人でなしの党幹部もいるのだ。

けれど——、潤花は生まれた。

生まれて来なければ良かった、と潤花は思う。自分のせいで母は任を解かれ、大学敷地内の130連絡所に軟禁生活を強《し》いられたのだから。母の暖かい胎内で殺してくれれば……母は職と生き甲斐を失わずにすんだのに。百合子は教えることに意味を見いだし、それが生き甲斐だったのに。自らの運命を崩壊させた、おぞましい拉致に関わる者たちを前にしてさえも。潤花は知らなかったが、他の教官がいないとき、学生に「幼い子供は、攫わないでね」と小声で頼むことも忘れなかった。

けれど、暗愚な男の優柔不断のせいで結局、私は生まれた。生まれてしまった。

「そう、今からもう十五年も昔。……ごめんなさい。このことを最初に言わなきゃいけなかったのに。でも……、もしかすると天国で会って、話してるかもしれないわね」

潤花は無理に微笑み、顔を上げた。「私が……お母さんが自慢してくれるような娘なのかは、解らない。もしかすると、悲しませる娘なのかもしれない……。でも、あの犬野郎《ケセッキ》は――、父親は喜んでるでしょうね。掛け値なしの屑《くず》だから」

軟禁とはいえ、大多数の人民のように飢えの苦しみはなかった。けれど党の幹部で、妻の実家からの援助でのみ出世した、腰砕けで甲斐性なしの生物学上の父親は、恥知らずにもたびたび、母のもとを訪れた。欲情の消化だけが目的の逢瀬《おうせ》の後、男は潤花に一瞥《いちべつ》もせず、運転手付きベンツで走り去るだけだった。

「――ごめんなさい。こんな話ね、したくなかった」言葉に込めた憎悪に気づき、口調を和らげた。「……あいつは父親なんかじゃない。お母さんにひどいことをして、捨てて、何年も掃き溜めのような生活をさせて、寿命まで縮めたあいつ。ううん、それだけじゃない。――あいつは私の弟も見殺しにした」

弟を身籠もった百合子は、入院した党作戦部専用の兄弟山区域9・15連絡所病院で、日本では考えられない医師の不適切な医療行為と稚拙な設備のために、子宮外妊娠が原因で死んでしまった。……人民のための診療所とは比較にならない、北朝鮮国内では最高の治療を行う9・15連絡所病院でさえ、その程度の水準なのだ。

生物学上の父は眉毛の薄く細い、小賢《こざか》しそうな痩せた顔を、病室に一度も見せなかった。潤花は母と弟を一人見送った。弟は一度も地上の空気を吸うことなく、天上へ逝《い》った。

男が母と弟に、ほんの少し、毛の先ほどの愛情でも持っていたのなら、二人とも死なずにすんだ。いまでも潤花はそう信じている。微塵の疑いもなく。

それから、潤花の天涯孤独と、生きる為の闘いが始まったのだ……。

「でもね、お祖父さん、お祖母さん。……お母さんは、あなた達の娘は、決して私の生まれた国を裏切らなかった。――愛情をもった訳じゃない。ただ、あなた達の娘は、……私のお母さんは、身の回りの人たちを大切に思わずにはいられない人だったって、思うの」

潤花は膝を伸ばして立ち上がり、静かに微笑んだ。「……だから、私も祖国を裏切らない」

腕をさしのべて、そっと病人の頬にするように、指先で墓石に触れた。その手は、北朝鮮人民軍の使用する、ほとんどの兵器を操ることができる。

「そして、……赦《ゆる》して欲しい。私たちが、あなたたちの同胞を手に掛けることがあっても」

潤花は腕をおろした。「私には……、死んでしまった弟の代わりに、たくさんの違う弟ができたの。彼らを守ってあげたい」

そのとき、死者の悲痛な代弁のように、海から突風が吹いた。両肩からあふれた髪が、潤花の顔を取り巻いた。潤花は目を閉じて、髪を風にされるまま、そこに佇《たたず》んだ。

風がおさまると潤花は微笑み、目を開いた。

「ごめんなさい……。でも、あなた達が娘を愛したように、私も母を愛します」

もう一度、潤花は敬意を込めた眼差しを墓石の下に眠る祖父母に注いだ。

「じゃあ、もう行くわ。……天国で、お母さんにゆっくり親孝行してもらってね」

北朝鮮で国際的謀略の中枢、通称〝三号庁舎《サムホチャンサ》〟に所属しながらも、朝鮮労働党組織指導部第一課の直接指揮下にある、対日浸透、破壊工作専門部隊〝江西党《カンソンタン》〟所属、李潤花上《じょう》尉《い》は、百合の花だけを残して、墓地から立ち去った。

十一月十七日。

「……で、どう思う」播磨が小便器の前に立ち、隣の山本に尋ねた。

「桂川か？　そう、だなあ。……」山本も思案顔で答えた。

山本は昨日、練馬の東部方面総監部で、研究本部技官に七四式改の運用状況と搭乗員としての意見を提出した。夜、播磨が土曜くらい休めと、ほとんど連行か拉致に近い形で連れ出した桂川と三人、久闊《きゅうかつ》を叙したのだった。

「だから！」播磨は酒で顔をさらに赤黒くして、喚《わめ》いた。「たまには羽目をはずせって」

「俺だって、羽目を外すことはあるよ。防大時代の月給《一番安い給料》を初めて貰ったときは、その足で歌舞伎町の裏路地を、非合法写真集を求めてさまよったもんだ」

「情けねえ、二次元かよ。俺なんか貰ってすぐ風俗にまっしぐらだ！　でも、その店の娘は……」そこで播磨は芝居がかった調子で、くっ、と言葉を切る。「……ロシア人だったんだあ！　お、俺の童貞は……、英霊たちに申し訳がない、不覚！」

周りにいた居酒屋の酔客たちが笑った。

「馬鹿野郎！」山本がコップをカウンターに叩き付けた。「女と戦車は国産に限るんだ！違うか？　お前はすけべ売国奴だ！」

今度は酔客たちがやんやの喝采をした。

飲んで沈没と復活を繰り返す播磨と、どれだけ飲んでも顔色を変えないザルなみの山本に挟まれて、桂川はつきだしばかり箸でつついていたが、それでも少しは飲み、笑顔で同期達の近況や昔話に花を咲かせた。

新宿で三軒の安い店を飲み歩くと、すでに最終電車にまにあう時間ではなかった。山本が投宿する練馬駐屯地の幹部宿舎棟に、ほかに出張者がいないのを幸い、播磨と桂川も強引に泊まり込んだ。そして起床ラッパの放送で朝を迎えたのだった。

仕事を増やされた当番の一士の視線を背中に感じつつ、三人は制服を着込み、練馬駐屯地を巨大な通信塔に見送られて後にし、東武練馬駅から東京駅にやって来ていた。

そして構内のトイレで、播磨は御殿場へと帰る山本に、桂川の印象について質している。

「……どこといって、あまり変わってるとも思えんが」山本は言った。

「まあ昨日だけなら、そうなんだけどよ。あいつはあいつで、いろいろある。――いろいろあるが、そのいろいろがどこまで広がってるのか」播磨は息をつき、ズボンのファスナーを上げた。

「あいつは頑固者だ」山本も便器から播磨に向き直った。「……その分、純粋なのかもな。だから俺らが仕方がない、これが現実だと受け入れたことと、いまだに摩擦を起こしてる」

「この年になってもか？」

「いくつになっても変わらんところ、播磨にもあるだろ。考えてみりゃ、こんな商売選んだことそれ自体、俺らが一生〝男の子〟したいと思ってる証拠だろ。違うか？」

「変わらない、そいつがそいつである証拠、か」播磨が呟いた。

「あいつは悪い人間じゃない。なろうたって無理だ。その点は安心していいんじゃないか」

「そうか、そうだな」播磨はうなずく。

「まあ、そういう奴の方が、一旦悪党になると手がつけられんけどな」

「脅かすな」播磨は顔を歪めて笑う。「どっちか解らなくなる」

二人は手を洗ってトイレから出て、ホールで待つ桂川のところへ戻った。

「えらく長かったね」桂川は山本にバッグを渡しながら言った。

「すまんすまん」おまえの精神状態を検討してたんだ、とは播磨は言えず、はぐらかす。

「――なにぼんやり見てたんだ?」

「人を」と桂川は微笑んだ。「いろんな人間がいる。……飽きない」

朝と昼に挟まれた中途半端な時間と日曜日でもあり、行き交う人達も、勤め人らしい姿はさすがに少ない。

「そういえば、昨日はちゃんと家に連絡したのか?」桂川は言った。「俺、どんなに播磨から恨まれてもいいけどさ、……奥さんやみっちゃんに恨まれるのだけは、嫌だからな」

「わかってるわかってる。ちゃんと連絡しとくよ、……俺が真理子の尻に敷かれてるみてえじゃねえか」播磨は内心、心遣いに感謝しながら、ぶっきらぼうに答えた。

「それくらいでちょうどいいんだ」山本が生真面目に言った。「男は仕事してりゃあ、当然敵はできる。女房まで敵に回したら、どこで安心できるんだよ？　あ、いかん、土産を忘れてた」

慌てて妻と中隊への土産を買いこむ山本に、桂川と播磨も付き合った。

「うちの、これが好きなんだ」山本は菓子の紙袋を受け取りながら嬉しそうだった。「東京行って、〝東京ばな奈《な》〟買って帰らなきゃ殺される」

「怖《こえ》えなあ」播磨が笑うと、「少しは見習ったらいいと思うな」と桂川も笑った。

改札まで来ると、山本が振り返った。「じゃあ、またな」

「ああ、しっかりな」播磨が言い、「うん、気を付けて」桂川も答えた。

昨夜の酒で多少もつれていた三人の足と背筋が自然と伸びた。制帽を直し、挙手の敬礼を交わした。人の列がひっきりなしに通り過ぎてゆく中、かなり目立つ光景だが、それらの人達から見れば、三人は若い男盛りの自衛官だった。……すくなくとも見かけ上は。

その若い三人の自衛官の視界から、隠れるようにそっと歩き出した長身の女性がいた。

部屋の灯りは、点《つ》けられていなかった。

東京都内、世田谷の古びたマンションの一室で、点《つ》けっぱなしのテレビに青白く照らされながら、板張りの床で李潤花は膝を抱えて座り込んでいた。

テレビの他に何の調度もない。ブラウン管では水着姿の女性タレントと司会者が、意味もなく嬌声を張り上げていた。テレビには目を上げず、潤花は床に置かれた二枚の紙片と筆記具、そしてノートパソコンの待機画面を見つめている。

……〝東京都内の安全家屋1923号に移動せよ〟

ありふれた広告に電子迷彩処理《ステガノグラフィー》されたメールで、命令を受けたのが三日前の深夜だった。潤花は働いていた日本国内の土台人《トティン》、つまり協力者の飲食店から即座に行動を開始した。店の主は朝鮮総連系の在日朝鮮人だったが、不審がられる恐れはなかった。

情報機関の〝摂包《ポスプ》〟、協力者獲得工作に、在日朝鮮人が皆喜んで応じるわけではない。だから、摂包される在日朝鮮人――土台人《トティン》は北朝鮮国内にいる肉親、親戚がどうなるか解らない、と暗に〝山おくり〟を示唆され、心ならずも職や、〝掩壕土台〟――工作拠点となる住居を提供する場合がある。

潜伏先の老主人夫婦の態度や冷ややかな眼差しから、本国に何かの事情を抱えているのは潤花も気づいていた。だからこそ、打算を捨てて老夫婦を支え、気遣い、実の娘のように尽くした。最初は差し伸べた手を邪険に払われたが、一年ほどして誠意が通じたのか、老夫婦は潤花に話してくれた。

「慈江道に甥《おい》がおってな……。洪水で、田畑が荒れてしもうて……。知っとるだろう、〝新しい土地探し運動《セタンチャッキ》〟で……」

飢餓状態を改善すべく山々を削ってのトウモロコシ栽培事業。偉大な首領様の思いつきが、逆に自然破壊をもたらし農地を荒廃させ、日々の生活にも困窮する甥に、自分たちももう歳で、これ以上の仕送りは無理であることを。

――だからこんなことをしている。仕送りしても、党幹部の贅沢な生活のためにむしられて、甥の手元に届くのはわずかなんだよ……。

老人が茶碗に目を落としたまま胸の内で続けるのを、潤花も食卓で湯飲みを手に、〝家族〟として聞いたような気がした。

潤花は老夫婦には内緒で、接線《ジョプリン》してきた工作員に、すこしでも老夫婦の甥に配給を増やしてくれるように頼んだ。

――少しは寂しがってくれるかな……。潤花はあてがわれた飲食店二階の部屋から抜け出し、しんと音もない夜の路地を行きながらふと思ったものだ。

家族、肉親。私がいなくなっても、心から案じてくれる人などいないんだ……。その思いが、これまで足を向けるのさえ考えなかった、祖父母の墓へと誘ったのかもしれない。

けれども――、青白い光に縁取られて、電子メールでの指令を待ち続ける潤花の姿は、待つのに慣れた兵士のそれだった。

潤花はちらとテレビへと視線を向けた。半裸ではしゃぐ娘達はまるで〝喜び組《キップムジョ》〟だ。

――ほかにいくらでも仕事はあるだろうに……。

確かに北朝鮮では娘たちは、日本の〝県〟にあたる各〝道〟の芸術学院から、首領様の周りにはべる淫靡《いんび》な〝喜び組〟に進むことを望む。でも……。

――家族を養うため……。生きるためだもの。お母さんのように……。

日本の娘達は皆が〝喜び組〟に入りたがっているように見えた。色仕掛け――〝美人計《ミインゲ》〟が専門の、偵察局〝牡丹花小隊《モランファ》〟だけはごめんだ、と潤花は思う。

無表情な視線を戻す。と、パソコンのタスクバーにメール受信の表示が出ていた。

潤花はあぐらを組み、前屈みになってタッチパッドに指先をあてた。

受信者、八〇六一九番。それが潤花の〝統一事業番号《コードナンバー》〟で、生まれた六月十九日に由来した。……母は好きな日本人作家、太宰治と同じだと喜んでいたっけ。

本文は暗号で〝318・18、259・12、258・13……〟と続いていた。潤花は注意深く、手元に引き寄せた薄い油紙の乱数表に指をはしらせ、シャープペンで別の紙に解読した本文を書き取ってゆく。

作業を続ける潤花の表情は、潜伏先の飲食店で客の注文を取っていたときと同じだった。すべてを変換し終わると、メールを抹消する。

「……戦闘課業、受領」潤花は無味乾燥に呟き、ノートパソコンの電源を落とした。

すると急にテレビからの笑い声が、鼓膜を不快に打った。見ると若い女性が、何がおかしいのか大口を開けて笑い転げている。

ハードディスクの内容は、他の工作員が物理的に処理してくれるので証拠隠滅の必要はない。だが……潤花は、許されるならテレビを持ち上げて床にたたきつけ、粉々にしてやりたくなった。

第二章　殺戮

十一月十八日。

テラス状の通路にドアが並んでいた。世田谷区にある十階建ての、とりたてて特色のないマンションだった。

長い髪を派手に染めた若い女が、暢気《のんき》な足取りで歩いてゆく。女性にしては背が高く、エルメスのショルダーバッグを肩越しに背中からぶら下げていた。

足を止め、部屋番号しか記されていない表札を見上げる。ガムを噛む口のなかで、ここか、と呟く。どこか崩れた印象の女だった。

女はドアの脇にある呼び出しベルを押した。

「……どなたです」インターホンのスピーカーから、鼻にかかった男の声が響く。

「どうも、……お電話もらって」女は色香を吹き込むように、顔をスピーカーに寄せた。

「何かの間違いだ、お引き取り願いたい」機械の合成音じみた声で応じ、受話器の置かれる音がした。

「ふざけないでよ、呼んだのはそっちでしょ！　さっさと開けなさいよ！」女は不快感を露《あら》わに、爪先でスチール製のドアを蹴った。

「帰ってくれ、何かの間違いだ」再びスピーカーから声が流れた。

女は急に甘えた口調になった。「ねえ、開けてよ。こっちも商売だからさ、もらうものもらえないと帰れないの、解るでしょ？　絶対、損はさせないって。すっごくサービスしちゃう。えへへ」

「何かの間違いだ、帰ってくれ」押し殺した声が繰り返す。

「若い美人を呼んどいて、そのまま帰らせるわけ？」女はまた喚く。「どうでもいいけど、キャンセルでも半額もらわないと、あたしも帰れないのよ！」

「……ちょっと待て」短く言葉が吐かれ、受話器が置かれた。

ドア一枚を隔てて何人かの気配と、覗き窓から観察する視線を女は肌に感じたが表情には出さず、背後の空を見上げたりしていた。乾燥した空気に、空が青い。

時刻は午後三時を過ぎ、ほかの部屋からは、物音もしない。

――好都合だ、と女は思った。無用な詮索《せんさく》も好奇心もいらない。

ドアが開かれる。チェーンをつけたまま、戸口から髪を刈り込んだ肩の厚い男が、女を観察した。もう一度ドアが閉まり、チェーンを外されると、女は肩の厚い男のそばを抜け、ぶらぶらと玄関に入った。

六畳ほどの殺風景な台所だった。生活臭はなかったがテーブルはあり、飲料水のペットボトル、菓子の袋が乱雑に散らばっていた。そして、奥への廊下を隠すように、六人の背広の男達が立っていた。どの男も体格が良く、動きに無駄がなかった。

生活感のないマンションに集う、精悍《せいかん》な六人の男――。尋常でない光景だった。

「へえ、男だけの秘密集会でもやってるの？」女はガムを噛んだまま、臆しもせず男達の無表情な顔を眺め回し、どこか面白そうに言った。

二人の男が進み出て、女を服の上から調べ始めた。バッグも別の一人に取り上げられ、テーブルの上でひっくり返された。

「乱暴ねえ。何なら服も脱ぎましょうか？　お相手するのは一人って聞いてたけど」

されるがままになりながら、女はくすりと笑う。男達は何も見つけられずに無言で下がる。中身の戻されたバッグが差し出される。

「そういえば、これはいる？」女は受け取ったバッグから薬の包みを一つつまみ上げ、顔の前で振って見せた。「ちょっとお爺さんって聞いたから、……ね。よく効くのよ、これ。――怖いくらいすごく」

蠱惑《こわく》的な笑みも忘れない。

男達の間に、視線が行き交った。「――朴《パク》さんが、呼んだのか」

「お前ちょっと、確かめてこい」

囁《ささや》きがかわされ、頷いた一人が背中を見せた、その時。

「いるのね。……やっぱりここに」女は床にガムを吐き捨てた。

「なに？」男達がはっと見直すと、女の崩れた表情と物腰は消し飛び――、潤花は鍛えられた戦闘員の殺気を発散していた。

取り囲まれる前に、背中を向けた男をまず、長い足で蹴り倒す。さらに左肘を別の一人の顎にたたきつけ、もう一人の股間を右膝で蹴上げた。男達が、短い嘔吐のような濁声《だみごえ》をもらし、股間を両手で押さえて床に沈む。「ぐ……がっ……！」

「貴様、北韓の……！」怒声をあげた男に上着の襟を摑まれると、腕をすくい上げるように回して相手の関節を決め、無防備な脇腹に膝頭を突き込む。うっと息を詰めて腰を折った相手の腕を逆関節で力を込めると、骨の外れる音とともに手が上着から離れた。

――つぎ……！　荒い息を吐いた途端、潤花は背後から襟首を摑まれ、腰に丸太が衝突したような激痛が奔《はし》った。潤花は歯をむき出して食いしばり、襟を摑まれたまま、舞踏のように身を翻した。

色黒の男が、血走った目に混じりけ無しの殺意を込めて睨《にら》んでいた。男の最大の急所をめがけて跳ね上げた膝は、同じく男の膝で防がれた。男も跆拳道《テコンドー》の使い手だ――。

引き離せ……！　潤花は咄嗟に、襟首を摑む男の手首を握りしめた。頭をそらし、渾身の力で男の鼻に打ち下ろす。額で柔らかいものを叩きつぶした感覚と、しめった小枝の折れるような音がした。男の顔半分は、鼻孔から流れた血で染まった。痛みで顔が歪んでいる。潤花がもう一度頭突きをくれると、男は襟を摑んだまま膝を折った。

糸がはじけ、布の裂ける音がする。男の体重で、潤花のジャケットとブラウスの右半分が引き剝がされてゆく。すると防刃防護衣に包まれただけの上半身が、露わになった。身体検査を予想して、スペクトラ繊維の防護衣はごく薄く、形の良い豊かな乳房も、引き締まった腰のくびれもさらけだされ、裸も同然だった。

だが恥じらいもなく顔を血で隈取った潤花は、凄艶な闘いの女神に見えた。

瞬く間に武術に長けた四人の男を床に這わせた潤花に、無事な男が慌ててショルダーホルスターからワルサーPPに似た自動拳銃を抜いた。

「……よせ！」床で悶絶しながら、男の一人が必死に喉をふるわせた。

銃を構えた男の動きは充分な訓練を積み、無駄はなかった。けれど潤花は、それを越える雷光の俊敏さを閃《ひらめ》かせた。

男の意志が右手の人差し指に伝わるまえに、潤花の左手は鞭のしなやかさで拳銃の上部の可動部分、スライドを摑んで押し下げながら踏み込んだのだ。ジャキッ！　と金属が擦《こす》れてかみ合う音が響いて拳銃の薬室から、弾丸が空中にはじかれた。

スライドが後退したままでは撃鉄がおりず、発射できない。「北韓の雌犬……！」

「……南朝鮮の豚！」潤花は間髪容れず男に身体をぶつけた。よろめいた男の顎を、曲げた肘で押しあげた。

と、男の腰が硬いものにぶつかって上半身が仰向《あおむ》けになり、足が宙に浮いた。――テーブルだった。ペットボトルが払い落ち、蓋の開いた何本かは市松模様の床に中身をこぼし、黄色い液体を広げた。男の背中が食べかけのスナック菓子を粉砕してゆく。

潤花は歯をむき出した凄まじい形相で覆い被《かぶ》さり、左手で拳銃を握ったまま、右手を上半身だけを卓上に横たえた男の顔面に伸ばした。目を潰《つぶ》そうとしたのだ。だが、男も顎を振って噛みつこうとする。下手をすれば指を食いちぎられる。潤花は歯の間から獣じみた荒い息を繰り返してテーブルをよじ登った。男の上半身を両太股《ふともも》で挟んで馬乗りになり、目を狙うと見せて喉を摑んだ。男も必死に潤花の首に手を掛け、自由な膝で潤花の背中を蹴りつけた。そのたびに、潤花の上半身が嘔吐の前兆のように揺れ、胸が重たげに弾んだ。

「あき…らめ…ろ！」潤花は男と互いの首に指を食いこませながら囁く。拳銃を逸らし手首を折り曲げるように、力を込める。まっすぐ向ける力は優れていても、人の身体は横への力には弱い。じりじりと男の手首は折れ、拳銃を握る指が自然と開いてゆく……。男は人体の構造上、仕方がないとしても、自分の右手が意に反して開いてゆくのを絶望を持って見ている。「苦しまずに……いかせて……や……る！」

男の指が震えながら半ば開いた途端に拳銃は消え、喉に食いこむ潤花の左手も離れた。

――！　顎で胸を突く勢いで男が首をもたげたその刹那、潤花は馬乗りのまま両手で拳銃を構え、銃を男の口に押しこむ——。

一瞬、拳銃をかまえる潤花と銃口をくわえた男は、視線を交わしたまま、ぴたりと動きを止めた。時間の隙間に置かれたように。

だがそれも、男が絶望的に上半身を起こそうとして、終わった。潤花がためらいなく引き金を引くと口腔でくぐもった発射音が響き、潤花の引き締まった腰の下で男の腹が跳ねた。脱力した両腕がテーブルの端から垂れ、足はしなびた野菜のようになる。薬莢が床の飲み物の水たまりに落ちて、しゅっと音を立てた。

拳銃を奪うのにかかったのはほんの数秒だ。床に倒れていた男達はようやく、苦悶の表情とともに、懐に手を入れている。機会を与える訳にはいかない。与えれば、自分が死ぬ。

潤花は死体にまたがったまま男達から目を逸らさず、片手でテーブル上に残っていたペットボトルを摑むと銃口に飲み口をあてがい、撃って、撃って、撃った。男達一人ひとりを採点するような冷徹さだった。発射されるたびに、ペットボトルの破片と中身が飛び散り、水中で花火が破裂したような音が上がった。

「緊急事態だ！……早く応援を！　だから！　何度も言わせるな！　ここの電話も携帯電話も通じないんだ！」奥の部屋では、横倒しにしたテーブルの陰で、指揮を執る立場らしい一人の男が、無線機にむかって怒鳴っていた。——

その男、朴のほかに二人の男が床に伏せていた。それは先日、都内の高級中華料理店で向かい合っていた小柄なアジア系の老人と、若い白人だった。

「ああ、主よ、お助け下さい……！」

「救われるにもそれなりの資格があるはずだがね……。いまは目を開けておきたまえ」

頭を抱えて震えながら祈りの言葉を唱える若い白人に、老人は冷たく言って時折、首を伸ばして様子を窺った。自分達を監禁する男達が慌てる事態なら、なんであれ歓迎だった。

「銃声もしてるんだ！　いいから日本警察に電話しろ！……何してる、伏せてろ！」老人を見とがめて、朴は怒鳴りつけた。

不意に、銃声が消えた。朴は無線機に喚くのをやめ、ドアを振り返る。

しん、と安心より猜疑と不安を掻きたてる沈黙が、ドアの向こうに満ちた。生き残ったのはどちらなのか？　仲間か、それとも……？

息をとめてそばだてた三人の耳に、引きずりもつれた足音が近づいてくる。と、こつこつと規則正しいノックが、場違いに響く。

「だ、だれだ？」朴が無線機を口許によせたまま拳銃を構えた。

「――白《ペク》……です」ドアの向こうから仲間の声がする。

「な、何があった？　もう、大丈夫なのか」

「……入っても、いい、ですか……」

「あ、ああ。だが、ゆっくりとだぞ」テーブルから朴允一は目だけを覗かせて、答えた。

ノブが回り、ドアがゆっくりと開く。そこには両手を腰に回し、長い髪を垂らしてうなだれた女と、その後ろに白と名乗った男が頭から血を流して立っていた。

「……そいつだけか」

「……ええ」白は血の気の失《う》せた蒼白の顔で、呟くように答える。

「ほかはどうした？　金《キム》は、黄《ファン》は？　尹《ユン》はどうした」

潤花はうなだれていた顔と上半身をおこし、白の代わりに答えた。「――死んだわよ」

――！　すべてを悟った朴は拳銃を構え直そうとした。

だが、潤花が後ろ手に握っていた拳銃を構える方が早かった。潤花の後ろで、白は床へと崩れてゆく。太股を撃ち抜かれ、両手首の骨を砕かれてハンカチで縛られた白は、潤花が後ろ手にベルトを持って支えていたのだ。

拳銃の照星と照門の重なった先で、朴は額から血を流し、後頭部から脳漿《のうしょう》を壁に吹き付けてテーブルの陰に消えた。何の感興もない。自分を殺そうとした人間を、殺しただけだ。

潤花は振り返り、廊下を這って逃げ出していた白の後頭部を無造作に撃ち抜くと、大きく一息つき、言った。「……お迎えにあがりました」

そのころ、ようやく玄関に警察官三名が駆けつけてきた。三十代後半、土気色の面長《おもなが》な警官が、真新しい絨毯のような床一面の血だまりに眉をひそめながら、転がった男達の内、上半身を壁にもたれさせ、まだ意識のある者に屈み込んだ。

「何があったんです?」四人が拳銃で射殺され、目の前の一人も瀕死の状態だというのに、それは奇妙で不気味な質問だった。

「わ、我々は……大韓……民国——」男は警官の感性に疑問をもつ余裕などなく、すがるようにかすれた声を出した。

「知ってるよ」警官は楽しげに軽く応じ、腰から拳銃を抜く。それは警察の制式拳銃ではなくブローニングに似ていた。さらにこれも制式ではあり得ないサプレッサーをねじ込む。

「な……に?」男の顎が驚きで力を失い、ひゅっと息が吸い込まれる。「お、お前ら……!」

「おとなしく死ね」警官は笑顔で言いくるめるように呟くと、男の額を撃ち抜いた。男は壁に鮮血の飛沫を残して横向きに、黒さの増した血だまりに倒れた。

警官がサプレッサーを外した拳銃を腰に戻す内に、奥から潤花に支えられた初老の男、——北朝鮮労働党幹部と、粘着テープで縛られた白人男性が姿を現した。

「ご無事で」警官は威儀を正して幹部に向き直った。

「遅かったな」初老の男は嫌悪を隠さず、口許を手で押さえた。「……ここは戦場か」

台所を一目見るなり胃の内容物を喉から溢《あふ》れさせた白人を、あからさまに蔑視しながら、警官は答えた。「他に方法がありませんでしたので」

「そうだな。しかし昼間からとは、恐れ入ったよ」

「昼間の方が、手薄でした。ところで、この男は？」

空《から》えずきを繰り返しながら、呆然とした表情で、若い白人はのろのろと首を動かして呟き続ける。「なんてことだ……、なんてことだ……」

「私の飼い犬だ。しかし同志少佐、君の任務には無用な詮索も含まれているのかね」

「失礼しました」丁元鳳《チョンウォンボン》北朝鮮人民軍少佐は抑揚もなく答え、潤花を見た。「よし、我々の仕事は終わりだ、行くぞ」

「君らが護衛してくれるのではないのかね？」

「我々は顔をさらしています。ご心配なく、精鋭が命に代えてもお守りします」

潤花は頭髪に手を掛けた。ずるりと長い派手な色の髪が除かれ、乱れなく三つ編みにした黒髪が見えた。

救急隊員に扮した男達が、ストレッチャーを押してやってきた。

「さ、これに横になって下さい。……あなたもだ、アメリカ人」

助け出された二人がストレッチャーに乗せられて出てゆくと、丁と潤花だけになった。

「……久しぶりに、お前のそういう姿を見るな、え？」

凄惨な殺し合いの余韻が漂う部屋で、あからさまに淫靡な視線を向ける丁元鳳から、潤花は恥じらいより嫌悪に眉を寄せて顔を背けた。

「こんな時にこんな場所でなけりゃ、また可愛がってやるんだがな。……寂しいだろうが、今は無理だ」

「――誰がっ……！」潤花は吐き捨てた。

「チョッパリの雌犬を抱いてやる奇特な奴はそうはいない、感謝するんだな。……まあい い、これを着ろ。行くぞ」

通り過ぎながら、丁は潤花の胸に白い服を押しつけた。受け取って広げてみると、それは看護師の制服だった。

潤花は黙って着替え始めた。


生物学上の父親以下のろくでなしの男がいるとしたら人民軍偵察局少佐、丁元鳳こそがそれだった。……もっとも、生物学上の父親には、わずかばかりの感謝の念が無くもない。

北朝鮮では〝出身成分〟がすべてだ。国民を三階層、五十一成分に分ける王朝じみた制度が、生まれや思想信条で、生活のあらゆる場面で差別するのだから。

認知されていないとはいえ父親は党幹部であり、もっとも恵まれた〝核心階層〟、中身も赤いという意味の通称〝トマト階層〟であったから、母の祖国で任務に就けたのだ。

だが、綿の欠片《かけら》ほどの感謝もここまでだ。

母亡き後、潤花は金日成政治軍事大学を退官した元教官の老女に引き取られ、拉致された日本人達を世話する仕事を得た。孤独と不安の重石《おもし》を乗せられた日常を送る日本人達には可愛がられ、潤花が洗濯物や身の回り品を持って訪ねるのを心待ちにする者も多かった。

——楽しかったな……、でも私は、二度も母を失った……。

「……あたしは、幸せだったよ」亡くなる前日、老女は潤花がつくった夕食を摂り、箸を置いてから言ったものだ。

「どうして？　お婆ちゃん」潤花は流しに食器を運びながら尋ねた。

長く対南工作に従事し、相当な辛酸をなめたのだろう。潤花が母と呼ばなくても、小さく笑って許してくれた養母だった。

「夫をもつことも、とうのむかしに諦めたのに、この年になってこんないい娘を授かった」

「もっともっと、長生きしてね」潤花は微笑んだ。

次の日の朝、寝床で養母は息を引き取っていた。安らかな死に顔だった。

十四歳にして二人の母を見送った潤花はある日突然、父親の使いを名乗る男に連れられ、自動車で平壌中心部に向かった。初めて大学の敷地から出て都市を眼にしたけれど、それは百合子の話す日本の街とはほど遠い、色あせた何の彩りもない不毛な街並みだった。

「今日からここで暮らしなさい。荷物はあとで取りに行かせる」連れてゆかれた4号住宅、党幹部用の高層住宅で待っていた父親が無表情に告げた。

嫌です……！　そう叫びたいのをなんとか飲み込み、潤花は心で百合子に詫びながら、言った。「――学校には、通わせてもらえますか」

大学で雑用係をしていた潤花は同年代の学校へは通えず、大学の教官や学生から勉強を教えてもらっていた。学生達も実の兄のように優しかったし、図書館の係員が目こぼしをしてくれて、本も読めた。

だから読み書きは完全だけれど、きちんとした教育を受けてみたかった。そして新しい世界が広がるささやかな期待と、母と養母を見送った地を、すこし距離をもって見つめたい、少女らしい気概も。

潤花は金正日大学から、父親の家に移り住んだ。――召使いとしてね……。

あてがわれたのは日当たりの無い湿気の漂う小部屋で、学校には通わせてもらえなかった。引き取られた理由はすぐに解った。急に帰郷した使用人の代りを探していた矢先、「あら、そういえば一人いるじゃないの」という妻の一言で、奴は私を思いだしたという訳だ。

百合子も意志を踏みにじられてこの国に連れてこられたが、潤花もまた、大切にしてくれた人たちに一言の挨拶も許されぬまま、拉致同然に引き取られた。

「ワヌン」「チョッパリ」と挨拶代わりに罵《ののし》られ、こき使われた。この家には二人、同世代の姉妹がいたが、あからさまに蔑視の表情で、汚れた服しか着せてもらえない潤花を見ていた。母親によく似た性悪な人間だった。

——どんなに厳しくても、あいつらと一つ屋根の下よりはましな筈だった……。だから私は十七歳になると、軍を第三の家に選んだ……。

祖国の為に身を投げ出したいと告げると、父親は喜んで送り出した。その表情に潤花は殺意さえ覚えたが、その憎悪こそが入営しての新兵大隊訓練で狙撃や格闘術——〝撃術〟の素質を向上させ、周囲に一目置かせたのかもしれない。

砲兵司令部、女子高射機関銃旅団に配属され、鋳型にはめられた軍隊生活を、義務に忠実に送ったおかげで三年目、二十歳の上級兵士の時に、忠実な無事故兵士として、優秀軍人票が授与された。

ある日訓練を終え、装備の手入れをしていると副小隊長の特務上士に呼ばれた。軍官室では小隊長である、女軍の少尉が待っていた。

「御苦労ね、同志李上兵」少尉は用件を切り出した。「あなたを下士候補に推す予定だけど、それだけじゃなく、祖国と偉大な首領様の尖兵になる覚悟はある？」

軽歩兵か偵察兵だ、と思った。苛酷という言葉では言い表せない訓練は伝え聞いていた。ついに帰ってこなかった者のことも……。でも——。

「もちろんです」

表面上は逡巡なく答えた。「同志少尉殿」

新たな配属は軽歩兵教導指導局の、第38航空陸戦旅団、女子落下傘小隊だった。

――私は特殊部隊の一員となり……、そして対日特殊機関への道もそこで開いた。

ある夜、低高度開傘訓練で使用した自由－91型落下傘を、広い営舎でひとり床に座り込んで整備する潤花に、人民服姿の高官とおぼしい人物が話しかけてきた。

「〝こんばんは〟」頭上から降ってきたのは流暢な日本語だった。

潤花は息を呑んだが顔を上げず、止まりかけた手を励まして作業を続けた。……反応してはいけない。この男は誰……？　なんのために私に……？

密告者に溢れたこの国での、当然の処世術だった。託児所時代からの思想教育で、少年少女は〝赤い青年近衛隊〟で実の親さえ告発する。軍はさらに厳しく、兵士十人に一人の割合で潜り込んだ保衛司令部のスパイが、習った韓国軍軍歌を寝言で口ずさんだだけで強制収容所送りにする。だから、潤花は日本語など知らないふりをした。

「警戒しなくてもいい、同志李中士」男は頑《かたく》なに無言の潤花に言った。「日本語を同志が理解するのは解っている。……私は党秘書局の命でここへ来た」

潤花は初めて顔を男に向けた。

――母さんが教えてくれた日本語のおかげよね……拉致された娘の子供としてではなく、学生として金正日政治軍事大学に戻れたのは……。

六ヶ月の新兵訓練課程。傾斜四十五度の山を三百メートル駆け上り、背嚢《はいのう》を背負って山岳地を十数キロ、夜、短時間で走破。首領様の誕生日には〝忠誠の行軍〟と称して百六十キロを行軍した。水中戦闘訓練ではシュノーケルのみの〝半潜水〟、アクアラング使用の〝完全潜水〟行動訓練。

耐えられたものだけが金正日政治軍事大学入学を許され、潤花もそのひとりだった。

――精鋭部隊で鍛えられてはいても……支えてくれたのはやっぱりお母さんだよね。

より苦しめば苦しむほど、自分は母を身近に感じていられた。

朝鮮戦争の戦訓から人民軍は山地機動、夜間行動に重点が置かれるため、行軍訓練は続いたが、戦闘訓練も開始された。

「ＡＫ74を我が国で生産した六八式は、構造の簡素さや堅牢さで信頼性に優れた兵器だ」

戦闘訓練教官は、突撃銃を潤花たち学生に示した。「だが連射では初弾以後の命中は難しい。構造上、銃身が跳ね上がるからな。しかし――、おまえ達は数人で歩きながら精確に照準し、銃身を過熱させず的に当てろ」

慣れないうちは、潤花も肩があざだらけになった。各国の特殊部隊と同様、平時に一般部隊が一年間で消費する量を一日で消費した。

そして、十数人を相手にする格闘――〝撃術〟訓練は、気絶するまで行われた。

雑用係ではなく学生として戻ってみて、潤花は学生達の自意識の幼さに気づいた。仕方がないのかも知れない。まだ十代の少年少女が、自分たちは特権階級だと刷り込まれ、猛烈に競争意識を煽《あお》られるのだから。加えて苛烈な訓練は精神を歪ませるのに足りた。――

幼い私には、みんなとても優しかったのに……。

学生達は大学を離れた訓練では、その幼い自意識の牙を存分に出したが、数年の軍務を経た潤花は無縁だった。厳しい行軍中に見かけた、ぼろを纏《まと》う子供にそっと貴重な食料を分けてやり、お食べ、と立ち去ったこともあった。

学生の自意識の牙はしばしば教官にも向けられ、拉致訓練となれば仮想目標の教官に、訓練を口実に暴行した。さらに学生たちは外部からの派遣教官を徹底的に侮《あなど》り、態度が悪い、成績が思うようなものではなかった、と理由をつけて殴った。学校は狼藉を働いた学生を指導せず、身も心もぼろぼろにされた派遣教官が去ると、次の派遣を待つだけだった。

だが、――侮るどころか学生に恐れられた派遣教官がいた。

それが、馬東煕偵察学校から派遣された丁元鳳《チョンウォンボン》だったのだ。

丁は特殊旅団、それも本部中隊……部隊運営だけでなく〝行動中隊〟ともいい、開戦となれば敵戦線後方に深く侵入し、要人暗殺も含めた後方攪乱《かくらん》戦を行う部隊出身だった。

偵察局の〝軍官〟――将校の教育は、民間人工作が主の金正日政治軍事大学の比ではない。それは圧倒的な敵正規軍の中に自ら潜入し、孤立し何の支援もない状況下での戦闘が任務だからで、偵察学校は、兵士を人の知恵をもった獣にかえるといわれた。

「私が拉致訓練の目標になろう」丁元鳳は削《そ》げた頬に冷笑を刻み、唇の端を釣り上げて学生達に宣言した。「君らにその勇気があるならば、だが」

学生はこの冷徹端正な教官を、仲間内で最初に拉致する栄誉を競った。

だが――、誰もが失敗に終わった。それどころか、失敗した学生達は裸にされて縛られ、校庭の隅でご丁寧に偽装されたあげくに一夜を過ごすことになった。三回失敗が繰り返されると、試みる勇気のある学生はいなくなった。

――あの犬野郎は、最初から私に色目を使ってた……、だから近づかないよう気を付けてたのに……。

「李潤花、ついてこい。訓練の準備に手を貸せ」

「はい」潤花は不承不承、丁の背中に続いた。「ほかの学生は来ないのですか」

「あとから来る。早くしろ」

向かった場所は、大学内の納屋だった。

「……教官？」潤花が先に中に入った教官の姿を求め、薄暗がりで呟いたその時だった。

突然背後から口をふさがれ、鳩尾《みぞおち》に当て身をいれられていた。

あっと思ったときは力が抜けた身体を抱きすくめられ、藁《わら》を積んだ納屋の隅まで引きずられていた。鋼鉄のような強靭な腕が身体を締め上げ、抵抗を許さない。口をふさぐ手に歯を突き立てたが感覚がないかのように、丁は無視した。

藁の上に投げ出され、身体が弾んだのを感じて初めて、潤花はただの暴力ではない恐怖に直面し、圧倒された。……いやだ！

覆い被さった丁の下腹を膝で蹴り上げるが、トラックのタイヤのような感覚しかない。後は――布が引き裂かれる音と耳元の丁の獣じみた息づかい……いや、行為の最中の抵抗を容赦なく顔を殴られて封じられ、そのたびに気が遠のいたことしか……。

「ふん、お前、初めてだったんだな」丁は立ち上がって筋骨逞しい裸身をさらし、潤花を見下ろしていた。獲物を評する猟師の優越感じみた声だった。

「……悪くない。いいからだをしてるな」

潤花は泣いていた。丁が投げ与えた防水用のカンバスを胸元まで引きあげ、顔を藁に押しつけ声を殺して、泣いていた。力ずくで辱《はずかし》められた嫌悪、そして無法に侵入された恐怖とで。丁の卑猥な口調が、それを倍加させていた。

――母さん、母さん……私……。

いつか誰かと結ばれるとは漠然と思っていた。そして初めて結ばれた後、浮かべるのは恥じらいか、相手への好意の確認の笑みの筈だ。……少なくとも殴打されて血を流し、屈辱の涙にまみれた顔ですすり泣くことではない。

私は無力じゃない……。それなのに……！　私が女だから？　女だからこんな酷いことされるの？

そうかも知れない……。それが、欲望の泥に汚れた靴で踏みにじられた潤花の心に、ある決意を持たせ、顔を丁に向けさせた。口許に笑みさえ浮かべられた。

「……ようやく俺の師弟愛がわかったようだな。……して欲しいのか」

さあ、はやく……。艶然と微笑み、ゆっくりと胸元のカンバスをおろし、豊かな胸を露わにさせた。丁がにやっと笑ってのし掛かり、潤花の唇を吸おうとした、次の瞬間。

一瞬で潤花の口許が割れ、山猫のような低いうなりとともに、丁の喉元に食らいついていた。丁は息を奪われ、口を半開きにして舌先をはみ出させた。「あ！　……がっ！　……」

食い破った丁の喉からだらだらと血が流れ、潤花の桜色の唇を赤く染め、おとがいから乾いた藁へと、湿った音を立てて垂れてゆく。

「……もう一度してみろ、今度は――」潤花は抱きすくめ、歯形を刻印しながら続けた。

「殺してやる！」

これで互いに口外しない、と密約を交わしたのと同じだった。

所定の指導を終え丁が偵察学校へ戻った後、汚辱感で押しつぶされかけた潤花の心を明るくしたのは「南朝鮮生活訓練館」、「以南環境館」、「以南化環境館」……様々な名称で呼ばれ、学生も正式名は知らされない施設での訓練だった。

平壌龍城区域、隆骨山の地下に長さ十キロ以上に渡り、韓国、米国、そして――日本の街並みが再現されていた。

――初めて入ったときは、まるでお伽《とぎ》の国に迷い込んだと思った……。

何もかも停滞した国の中で、そこだけは別世界だった。優に北朝鮮の都市ひとつがまかなえる電力を使って再現している、と教官は説明したが、ならば国全体がここと同じように輝いている母の国の豊かさはどれほどのものなのだろう……。

自分たち以外に女はおらず、本物の紙幣を使う相手も教官の〝敵地化教育〟だったが、この国に行ってみたい、と強く思った。

――母の母国へ。母が生きる筈だった国へ。

苛烈な克己を必要とした六年の後、潤花は語学力と狙撃能力を買われて党作戦部海上処、清川連絡所に三つある〝方向〟、百人前後で編成された任務部隊に配属され、月のない夜、日本に潜入したのだった……。

桂川は、走っていた。十七時を過ぎ、ビルが夕日で紅く染められた逢魔《おうま》が時《とき》の雑踏を、着替える暇《いとま》を惜しんで制服姿のまま、邪魔になる制帽は小脇に抱えて走っていた。

だが、走り回っているのは桂川ばかりではない。都内中で、警察車輛が赤色灯をぎらつかせ、サイレンの怒声をあげ疾走していた。自分の息づかいばかり聞こえる桂川の耳にも、どこか遠くからサイレンが微かに響いてくる。

――あんな事案が発生すれば、当然か……。

世田谷区マンション襲撃の一報を受けた警察は迅速に動き始めたが、防衛庁、とくに情報勤務者達もまた対応を検討した。

「二時間前の世田谷区銃撃事案に関し、警視庁に〝新月〟情報、つまり朝鮮半島不審小型《K》船舶《B》情報と平壌放送について情報提供を求められた」

防衛庁C棟、情報本部の地下三階の会議室で司会する桐野副本部長が口を開いた。

ロの字形に並ぶ机には一番内側の列を一佐たる部長、その後ろに幕僚、もっとも外側の列は副官達がつき、桂川と播磨も、壁際の隅の席だった。

「提報の際、説明は？」緊急・動態部部長が質問した。

「いずれはあるだろうが……、報道より早いことを祈る」

桐野の言葉に居並ぶ情報幹部達は苦笑した。

「だが関係省庁と密な連携をとるのは当然だが、現時点で我が方が得ている情報を整理、周知しておきたい。〝北〟が関与しているのは間違いない」

電波部部長が立ち上がり信号情報を報告したが、三佐から聞いた以上の内容はない。

「それが今事案に関係する明確な証拠は」

「出現した時期以外は……」電波部部長は歯切れ悪く答える。

「だが……関係あるとすれば、内容は？」

答えられる者はいなかった。

「当該国内、特に非武装中立地帯《DMZ》付近の動態はどうか」

「美保《みほ》通信所、及び空自、第十九警戒群《SS》にも目立った機影は捕捉されていません」

航空自衛隊は日韓国境、対馬の最北端、周囲わずか四キロの海栗島《うにしま》にレーダーサイトを保有し、日本本土よりも韓国に近い、文字通りの最前線だ。ここの三次元レーダーは目標の高度にもよるが、覆域はＤＭＺにまで達し、捉えた機影は、自動警戒管制システム《BAGE》の専用デジタル回線を介して、空自総隊司令部作戦指揮所に伝達される。

「部隊間無線はどうか」

分析部部長、恩田陽二一佐が、並んだ背中の向こうで立ち上がった。

「北朝鮮の陸上戦力については国境付近、海州が司令部の第4軍団、平康の第5軍団、反航空司令部と一般部隊間で緊要な内容の交信は見られません。——主食の米が足りないので融通して欲しい、との交信もありました。また徳川の軽歩兵教導指導局も同様です。空軍も同様で、平常業務を越える内容のものはありません」

無線通信は軍隊の神経系を構成し、それに変化が——増えれば何らかの計画的か突発的な事態が、極端に減れば無線封鎖して戦闘準備中と考えられる。だからこそ韓国軍も国境線近くに傍受部隊を二十四時間体制で待機させ、北朝鮮側も党作戦部の４１４連絡所、別名〝電波間諜所〟という出先機関を置いている。

「つまり現時点では半島情勢に顕著な動きは見られない、と結論していいのだな」

「はい。——しかし、事態はなお流動的です」

聞き耳を立てていた播磨が呟く。「ようするに何も解らねえんじゃねえか」

「……黙って聞いてろ、情報関係者《俺たち》は〝耳〟がいい」

隣でレポート用紙にメモをとりながら、そっとたしなめはしたが、桂川自身、各幕の情報を出し惜しみしていた時代よりはいくらかましだが、それを持ち寄っても統合情報に達しているとは言えない、と思った。

情報もなく、治安事件だけに防衛庁としては打つべき手は、未だ限られている。第一義的には、まだ警察の管轄だ。

「諸官――」会議の締めくくりは、牧畑光成陸将補の上座からの言葉だった。

情報畑を長く歩き、防衛駐在官としての勤務も長い。風貌はどこかの田舎の校長といった、灰色の髪の持ち主だが、自衛隊の情報人脈の草分けなのだった。

「我々の任務は、言うまでもなくあらゆる情報を収集、整理して作戦情報とし、さらに現場部隊へ提供することだ。現段階でいかなる判断もすべきではないが、カルト集団の地下鉄特殊武器使用殺傷事件、阪神・淡路大震災の轍を踏むことは許されない。……警察力のみで解決するならばそれでよし。しかし、万が一の事態に備え、指揮権者を情報で補佐するのが我々の責務だ。

我々情報業務に関わる者が、平時にも有事を生きていることを示して欲しい」

陸海空、所属は違うが情報を預かるという任務は共通する全員が顔を上げて、肯いたものだ。以後は尉官以上の会同《かいどう》、待機となったが――。

「今夜は帰れるかな……。ちょっと家に連絡しとくか」播磨は退出した者達が廊下で時間つぶしの雑談をする中、言った。「いいよな、独り者はよ。気楽なもんだ」

「ああ」桂川は肯いた。「……でも、おかえり、と迎えてくれる人はいない。今日の出来事を話してくれたり、話せる相手もいない。誰もいない、真っ暗な部屋だ」

「そうだな。……くだらんことを言った。すまん」

「いや。まあ、心配はされないけど、気楽なのは間違いないから」

二人は束の間黙った。桂川の口許で、煙草だけが短くなってゆく。

「――でもな、桂川。……さっき気楽って言ったの、未知のことじゃないぜ」

「解ってる」桂川は口から煙草をとり、正面に見た。

播磨は赤銅色の横顔を見せて続けた。「俺はさ、……いままで自分が強い人間だと思ってた、小さな頃からな。強くなることばかり考えてたよ」

播磨は訥々《とつとつ》と続けた。「ほんというと……こんな事、口に出しちゃいけないんだろうが、強くなければ生きてる価値もない、――弱い者の価値を認めていなかったのかもな。防大受けて任官したのも、俺が入れば、隊が少しでも強くなるんじゃないか、……とな」

播磨が置いた間《ま》に、同僚達の雑談がざわざわと割り込んだ。

「でも、生まれてきたのが未知だ。――最初は悩んだよ、人並みにな」播磨は、どこか寂しそうに微笑んだ。「今でも強くなりたい。……でもそれは前とは違う。今は自分より弱い人間を……未知ももちろん含めてだ、できるだけ多くの人たちを背中に庇いたいからだ」

「――お前も、成長したな」心から、そう言った。

「よせよ、こっぱずかしい。俺たちゃ、自衛官だぜ」播磨は照れくさそうに前を向いた。

そのとき会議が終了したらしくドアが開かれ、幕僚が散会を告げた。そんなことだろうと思った、と自衛官達は息を小さくそれぞれ吐き、会議室から退出した佐官以上の幹部と一緒になって、部署に戻り始めた。

「河辺《かわべ》二佐」桂川は、通りかかった幹部の一人に声を掛けた。

「なんだ、桂川。何か用か」野太いが無表情に答えたのは、河辺健吾《けんご》二佐だった。陸幕調査課に所属し、〝カバ〟と陰で呼ばれる顔を背けるようにしている。

河辺は四十代後半で一般大出身者だった。以前は機甲科幹部だったが、四年前の異動で情報関係に携わるようになった。だが、命じられた他の戦闘職種の幹部の多くが感じるのと同様、閑職に回されたと忸怩《じくじ》たるものをわだかまらせているのは、桂川のように隊歴のほとんどを情報関係に費やしている者への態度で解った。

「は、ご無沙汰しております。年度統合情報見積用の資料をお持ちしましたが――」

「見たよ」とぼそりと河辺は顔を逸らしたまま言った。

「内容について、なにか……」

「内容についてだあ？　そのまえにどういうつもりだ、ええ？」

「は、……なにか」

「馬鹿か、お前はっ！」初めてこちらを直視して河辺は声を荒らげた。

廊下をゆく人々が振り返り、播磨が表情を強張らせる程の声だった。桂川は罵声の前に立ちつくしていた。

「人の机にぽんと投げ出しといて挨拶もなく、何日もほっといたままで内容は、だあ？」

「………」立ち竦《すく》んだまま、表情がどこかに吸い込まれてゆくのを自覚した。

播磨が表情を歪めてわきを向くのが横目に映った。きっと神妙な顔をしてみせて、この場を納めてしまえ、と思ってるに違いない。……いま俺はどんな表情なんだろう。反抗的な鉄面皮に見えるのだろうか……。

実際、播磨は壁を見ながら、桂川の奴は底意がないが、こういう表情は反抗的ととられたり、開き直りととられやすい男だ、と思っていた。一般部隊の勤務経験があれば上官への〝威力偵察《いりょくていさつ》〟、顔色窺いでそういうことが解るのだが。なにより河辺は、部内評では気に入った人間以外は徹底的に嫌うらしい。そして桂川は気に入らない一人だ。それだけではなく、見下し、軽侮している。こんな場面を見るのは、播磨も初めてではない。

「普通なら内線でもよこして、命じられた通りに提出しましたがいかがでしょうか、とそう言うのが筋だろうが。違うのか、え？」

「……課長が出張中でいらしたので、……副官の方にお渡ししました」

「同じ事だろうが。提出すればあとは知らん顔か、ああそうですか一尉殿」

「――申し訳ありません。以後注意します」

頭を下げたが、河辺は唾でも吐きたいような表情で、背中を向けた。「勝手にしろ」

河辺が行ってしまうと、はっと息を吐いて長椅子に腰を下ろした。何度も深呼吸して、気を静めた。――いまは我慢するんだ、いまは……。

「なんだよ、あの言い方。とても元部下への指導じゃないぞ」

「……いいんだ、俺にも落ち度があった」床を見たまま、硬い声で答えた。

「お前、腹立たないのかよ。陸幕の時も、何度も人前で些細《ささい》な理由で怒鳴られたって聞いたぞ。俺が見たのだけでも二度目だ。……聞いてたこっちの方が頭にきたぞ」

他人が熱くなれば、その分自分は冷静になってゆく。そんな自身の天の邪鬼さが胸を冷やしてゆくのを感じながら言った。「記憶は、焼け跡に似てると思わないか。……なかなか腐って消えないくせに、もう元にもどす事はできないんだから」

前置きのように呟き、播磨の顔を見ないまま続けた。「この間、山本と三人で呑んだときさ、……お前も山本も、俺に早く相手を見つけて結婚しろって言ったよな」

「ああ、言ったよ」

酒場の喧噪の中、山本と播磨は所帯を持てと唆《そそのか》し、播磨は「なんなら俺がカナテコかなにかで足の骨を折ってやろうか、そしたら中央病院の看護師と仲良くなれるぞ」とも言った。することをしてしまい、後は諦めて結婚しろと。

俺は恋愛感情と性欲を区別してるだけだ、と澄まして答えたのだが――。

「いたんだよ、俺にも……、そういう女性が」

一番親しいはずの自分が知らなかった、そんな表情で播磨は横顔を覗き込んできた。

でも、と続ける。「――いろんな事情があって別れて、……俺に原因があったんだけどな」

何か言いたげな顔で、播磨は聞き続けた。

「……本当にいいひとだった。その別れが、重荷になってるのかもしれない。……今も」

「あー、それはいつ頃だ？　その、かみさん……じゃなくて真理子と俺がつきあい始めてからか？――ああすまん、答えたくなければ、いいぞ」

言いにくそうに口を開いた播磨に、苦笑を一つみせた。「防大四年から幹候校、それから……隊付き勤務までかな」

「そうかあ、そうなのか。あ、でもさ、防大の卒業パーティーではお前……」

「来なかった。……来たがらなかったから」

防大では卒業時、都内の高級ホテルの大広間を借り、一学年時から強制的に集められていた資金で、礼装着用の上ダンスパーティーを催す。ただし、相手の女性は個人で見つけるか、大学校当局が声を掛けた女性同伴でなければ、入場できない厳しい伝統行事だ。

「――彼女と別れてから」桂川は淡々と続けた。「何かへの執着も、他人に強い感情を持つことも、できなくなった気がするんだ……」

過去に心を囚《とら》われて生きる男と、重い障害を持った娘を案じる男は無言になった。

「そうだよな、お前も男だもんな」先に言葉を発したのは、やはり播磨だった。「よくわからんが、良い女性だったってことくらいは、俺にも解る」

「ありがとう。……だから、そういう訳だ」これまで胸に閉じこめていた事柄を話して、淀んだ空気が吹き払われた気持ちになったのも事実だった。

「あのさあ……後学の、というか真理子だけに話すからよ、その人の名前、教えてくれよ」

「はあ？　よせよ、聞いてどうする」怪訝《けげん》さと苦笑が混ざった顔で、播磨を見た。

「いや、俺さ、お前のこと見直したんだ、本当だぜ。だからさ、お話にヒロインの名前は付き物だろ。……な、教えろ。白状しちまえ」播磨は大まじめだった。

「うまいこと言って、同期会で暴露する気だろ」

「そんなことしねえから、教えろ」

桂川は小さく笑った。「春香《はるか》だよ。……たった今、防秘〝機密〟に指定された」

あの日は――、東京には雪が降っていた。……そしてそれが、春香との出会いのきっかけだった……。

電車は急にごとん、と車体を揺らして停まり、そのまま動かなくなった。車内に車掌のアナウンスが流れる。「現在、積雪のため運転を見合わせ……」

桂川はため息をついて、吊革から手を離した。車窓を見上げると、朝から降っていた牡丹雪が、さらに酷《ひど》くなっている。

しばらく待ったが日曜下宿への到着時刻、防大への帰隊を考えると、うんざり顔の乗客達を眺めていられず電車を降りた。

雪の降りしきるホームで駅員に食ってかかる中年男のそばをすり抜け、陸橋を渡って駅構内へと急いだ。自動改札を抜けると、売店で傘を買う。丁度どこかへ置き忘れていたので、一時しのぎにしては値の張るものを買った。

駅舎の外へと早足で向かった。タクシーなら間に合うかもしれない。……学生とはいえ特別国家公務員で給与は出ているものの、痛い出費だったが。

駅舎の外は、斑《まだら》な銀世界だった。薄く積もった雪は靴底や車両のタイヤで、ぐちゃぐちゃした灰色の不潔な固まりになりかけていた。

傘を差そうとした桂川の顔に、雪が降りかかった。――遠征訓練で訪れた北海道の雪はさらさらだったが、東京の雪は髪や服ですぐに正体をなくし、不快な湿気となってまとわりついた。――この街は、降る雪まで不愉快なのか。

八つ当たりを胸の内で呟き、傘を半ば開いて薄い雪に踏み出した桂川はふと、駅舎の庇《ひさし》の支柱に凭《もた》れ、顔を上げている女性に気づいた。

足止めされて困っているのか、それともただ雪をながめているのか。……その若い女性は、ただ静かに空を仰いでいた。

服装は白い厚手のセーターに、紺のダッフルコートとジーンズの簡素なものだったけれど、雪の描く緩やかな曲線と、口許からおとがいの柔らかな線は風景の中で溶け合い、不思議と桂川の足を止めさせた。

視線の先で、若い女性は雪の中へと歩き出した。自分との距離は少なくとも三メートルはあったと記憶している。その数メートルをどうして歩き出せたのか。街で見知らぬ女性に声を掛ける勇気など、過去にもそれ以後も持ったことはない。

ただ、その女性の雪に頓着しない、それどころか手を差し伸べて素直に贈り物を喜ぶような表情が、雪の白さと渾然となって目を奪った。……そして、気がつくと女性を追って汚れた雪を踏んでいた。

「あの、……傘、良かったら、使ってください」

振り返った女性は、警戒とわずかな戸惑いを感情をよく映す目に浮かべた。「え、……

いいです、悪いから。——どうもありがとう」

「いや、自分はここからタクシーに乗りますから、構いません」

「あの、……本当に」

「濡れますよ、風邪を引いたら大変だ」

桂川は傘を差し出した。力が入りすぎ、武器貸与式で小銃を差し出す隊付き陸曹のようになってしまう。

女性は戸惑いより警戒心が先に立った瞳を傘に落とし、形の良い柔らかな唇がわずかに引き結ばれた。仕方がない、という風に、傘へ白く細い手を差し出した。

「もう、本当にいいのに」受け取りながら、女性は呟いていた。

桂川は女性の口にした韓国語に思わず顔を見直していた。そして、気づくと趣味と将来のために独習していた韓国語で、答えていた。「まあ、そういわないで」

え？という風に女性は桂川を見上げていた。

それから紐がほどけるように微笑んだ。柔らかな白い頬に、小さなえくぼが浮かぶ。

「——カムシャカムシャ」

「……いえ」桂川は中途半端な笑顔が精一杯で、思わず目を逸らしてしまう。「やっぱり、お節介でしたね」

「すこしだけ……。韓国は雪が多いから、私は慣れてるの」

「普段はこんなお節介はしないんだけど」桂川は相手の目を見ながら言った。

「ええ、それは解るわ」女性は外国で母国語を聞いた気安さからか、答えた。「――不親切、って意味じゃないけど……、なんとなく」

「――どうしてだろう？」桂川は本心から答えを求める自分の声を、他人のそれのように聞いた。

二人の間を雪が落ち、周りを人の流れが通り過ぎてゆく。

お前は誰だ、と桂川は自分自身に胸の中で尋ねた。……こんな鬱陶しい雪の日、通りすがりの女性へ強引に傘を持たせようとする自分。連帯行動が基本の防大生活のなかでも、親しい播磨や山本、瀬田ともどこか堀を挟んで接してしまう自分。……それなのに、見ず知らずの女性に、こんな問いを本気でしてしまう自分は。

「もう、行かなきゃ」娘は視線を落とした。「せっかく借りたのに、濡れちゃう」

「ああ、……それじゃ」桂川は羞恥心に突き動かされ、逃げるように立ち去ろうとした。

一体、何をしてるんだ……。帰隊時間遵守《じゅんしゅ》が危ぶまれているのに柄にもないお節介を焼いて、あげく馬鹿な質問をして不審がられるとは。人の話なら呆れるしかないが、いまあるのは、他人に心の内を見せないというささやかな自負の消滅だった。

毎朝、顔は鏡で見てるだろう。……それが、桂川が自分に下した評価だった。

「あの、……ごめんなさい、ちょっと待って」

桂川は足を止めた。浅い呼吸をひとつしてから、振り返る。

「……なにか？」平静な口調をつくることに成功した。

飾り気とは無縁の黒い傘の下で、女性はどこか曖昧《あいまい》な、躊躇《ためら》いと迷いを含んだ微笑で桂川を見ていた。「ええ。――連絡先を教えてくれます？　傘を返したいから」

桂川は迷わずきびすを返して女性のもとに戻り、連絡先を教えた。

……もう今から七年前の、忘れたことのない最初の邂逅《かいこう》だった……。

――なんであんな昔話をしてしまったのか……。

黄昏《たそがれ》、空のあかね色と街の明かりが境界を作りはじめる時間帯の雑踏を、制服姿で走り抜けながら、桂川は思う。疲れてたんだな、と自分を慰めた。

いや、――もしかすると己に確認したかったのか……。

どちらにせよ、目下の懸案は別にあった。北朝鮮が関与した襲撃に関して、防衛庁の収集した情報では埒《らち》があかない、となれば取るべき手段はひとつしかない。

水原は待ち合わせた神田神保町の三省堂前に立っていた。大きな窓から漏れる光に縁取られた、ひっそりした秋物のコート姿は、寂しげな影絵に見えた。桂川が声を掛けると、疲れのにじむ笑みとともに身体を向けた。

「忙しいのに済まない。入ろうか」桂川は地下のドイツ料理店に降りる階段へ促した。

「え……？　ここへ？」水原は躊躇って真顔になる。——ただの待ち合わせ場所と思ってたのに。

水原はそれほど暢気にしていられる身分ではない。「でも……」

桂川は自然に身をかがめて水原の手を取る。小さく、冷たい手だった。「行こう。時間のかからない料理を頼めばいい」

短い階段を下りてガラスのドアを押し、ロココ調を模した落ち着いた店内に入る。夕食にはまだ早く、客は一組だけだ。案内されて、二人は奥まった席に着く。

「桂川さんて、優しいんだ。……ちょっと強引だったけど」

「まあ、大概の人には」桂川は制帽をテーブルに置いた。

「でもやっぱり目立つんじゃない？　制服」

「隊の連中はこういうところへは来ない」

自衛官の多くは職業柄、食事に時間をかけたり、味覚を量に優先する習慣がない。自衛官の妻が普通の食事がしたい、とため息をつくのもそのためで、駐屯地近くで食べ放題の看板を掲げた店が続かないのも同じ理由だ。

「……そうね。どんな制服を着ていても、お腹は減るものね。——レストランでディナーか」水原は微笑んだ。「……うれしいな」

簡単な肉料理のコースを注文した。

「久しぶりに――」水原は微笑んでナプキンを口に当てた。「美味《おい》しいもの食べた」

「それは良かった。そういってくれる女性ばかりなら張り合いも出るんだけど」桂川は笑顔で答えながら、食べるそばから消化して、すでに腸に落ちてるんじゃないかと思っていた。播磨じゃないが、自分は自衛官だ。

「そんなにたくさん誘ってるの？……うそばっかり」

ウェイターが皿を下げ、二人は食後のお茶を注文する。

「食事の余韻に浸る暇がなくて悪いけど――」

「仕事の話ね」

水原はコーヒーカップを皿におき、桂川を見た。目には、一線の公安捜査員の鋭さが戻っている。

「事案発生は十五時七分、世田谷区下馬のマンション。当該マンションの付近住民が〝銃声様《よう》の物音が複数した〟と公衆電話で架電、通報した。――ここで注意して欲しいのは」

水原は声を低めた。「有線、携帯電話両方が、使用不能だったこと。……検証結果、当該マンションの電話線は切断されてたわ。それにＮＴＴ移動体通信基地局にも、何者かが侵入、破壊工作の形跡があったそうよ」

「その破壊工作について、具体的には？」

「詳しくは聞いてないけど……」

そう、と桂川は頷いてから、言った。「携帯電話の仕組みは、知ってる？」

「――番号を押すと電波が飛んで、相手が出てくる」

桂川は小さく笑った。「移動体通信の基地局は、概ね千五百メートル四方の覆域しかないけど、それがたくさん重なり合っているから、移動中でも途切れずに通話可能なんだ。通話不能だったのは現場周辺すべての基地局を周到につぶしたってことで、手際と準備の良さを示している。……たいしたもんだ」

「ともかく――」水原は続けた。「必要最小限で最大の効果が上がる工作だったらしいわ」

桂川は口許に組んだ手の向こうで、水原を見ていた。

「所轄勤務員の現着時には男性五人が死亡、一人は重態。いずれも銃創による失血死。使用された拳銃は、その場に遺《のこ》されてたわ。どうも、襲撃者側が所持してたんじゃなくて、死んだ男達の銃が奪われて、使用されたのね」

「病院に搬送された男は？」

「そのまま、ってこともあり得るし、意識が戻っても完黙の可能性が高いわね」

「非合法なら、なおさらね。……男達は、やはり」

「いずれもアジア系で、所持していた銃器――大宇《デーウー》DH380から思慮して、韓国国家情報院《NIS》の可能性が高いわ。……けれど襲撃した方については、鑑識の採証活動でもめぼしいものはまだ……。ただ、女性がひとり、部屋に入ってから事件が発生したこと、7・65ミリ×17弾が一発だけ遺されていたこと。そしてご丁寧に支援要員らしい数名が、警察、消防に化けて駆けつけたそうよ」

「証拠を消して、何かを持ち去ったか、連れ去ったんだな。――それについては」

「男性が二人、担架で運ばれたって目撃情報があるけど、でも」

「でも？」桂川は問い返した。

「一人は髪の色から考えて、年輩の男性らしいこと。もう一人は……白人男性らしい」

桂川はふっと息をついた。「たしかに、おかしな組み合わせだな。確かなのかな？」

「それはまだ……。乗り捨てられた偽のＰＣや救急車からも、なにか見つかったって報告はまだないわ」

「一発だけ残されてた７・65ミリ弾について、もう少し詳しく」

「ええと、ちょっと待ってね」水原は私物の手帳を取り出した。「口径はさっき言った通りね。線条痕は、右回りで四条。……これでなにか解る？」

「北の工作員達は、ブローニングを装備することが多いんだけど、……失礼」

桂川は煙草を取り出してくわえ、火を点けた。「よく似た七〇式って拳銃も国内で生産している。……これが７・65×17なんだ。それに最近の拳銃弾の趨勢《すうせい》は９ミリだ」

「それじゃ――やっぱり？」

頷きを一つ水原に見せただけで、桂川は考え込んだ。

北朝鮮特殊部隊の犯行にまず間違いないが、拉致された二人のうち白人男性とは何者か。武器輸出で貴重な外貨を稼ぐあの国なら、イランかパキスタンの線はありえ、アラブ系なら解るが、――一体何者なのか。

「その白人ってのが気になるね」

「偽札を注文したマフィアが、北と交渉中にＩＮＳに襲われたんだったりして」水原が思案顔になった桂川に、冗談めかしていった。

「おもしろいね、それ」桂川は真顔で答えた。「それはこっちでも調べてみる。ただ、その白人の事は、厳重に情報保全した方がいい。……密会の理由が解らなければ、どういう要素になるかまだ解らないからね」

「もちろん。厳重に保秘されてるわ」

唇は笑みの形をつくっていたけれど、桂川を見る目は、もっとも情報管理の厳しい警視庁公安部が、防衛庁如きの指図は受けない、とでも言いたげな強い眼差しだった。

すっと表情を変えて、水原は続けた。「……桂川さんはどう思う？　今回の事案を」

「これほど派手にしでかしたんだ。しかも、用意は周到だ。……いざっていうときの手段まで動員したんだろう。そうしてでも、確保する必要のある人物だった、という事だね。――なにかの交渉の場が襲われたのか、それとも、……ＮＩＳは連れ去られた老人と白人男性を監禁していたのかも知れないな」

「一体、北が連れ去った二人ってなんなの？」

「さあ、……でも捕まえてみれば、解るさ」

簡単に言った桂川に、水原はわずかに冷ややかさを含んだ目で応酬した。

「言われなくてもやってるわ。警備部を動員して幹線道路で検問……幸い目撃者は多かったから似顔絵を配布してあるし、判明してる協力団体の監視……」

「そうだね。だが、護衛して国外に連れ出すための奴らが、どこかに潜んでる、……間違いなく。とても一筋縄ではいかない相手だ。拉致された二人を確保している部隊と、襲撃して護送のため待機している部隊が合流する前に、個別に押さえるんだ」

「出来ることはやってるわ。まだ都内に潜伏してる筈よ」

「それじゃあなおさら、海保と合同で港湾の船舶検査」

「そこまでする、根拠がないわ。でも、日本海側の各管区警察局、府県警本部には海岸部の巡回強化の通達が出されてるし、海上保安庁も巡視を強化してる」

水原は知らなかったが、海上保安庁は霞が関の本庁運用指令室より第一、第二、第九、第八、第七、第十の各管区本部に警戒配備を発令していた。また、それら管区本部に所属する、通称〝海の機動隊〟こと警備隊と、——切り札ともいえる特別警備隊《STT》も大阪特殊警備基地で待機態勢に入っている。

「いまできるのは、それくらいか……」桂川は呟いた。

「そういうことね。——ところで」と、水原は話題をかえた。「例の評論家については？」

「まいったな……、そうくると思って、十日分の俸給を張りこんだんだけど」

「ないの？」

「一つだけね。どうもかの人物が有力な情報源にしていたのは、空自の人間らしい」

「所属は？」

「それはまだ」桂川は素っ気なく言った。

水原は束の間、視線を据えた後、小さく頷く。「解った、洗ってみる」

二人は立ち上がり、桂川の財布から支払いをして出口に向かう。

「おいしい夕食をありがとう」

「いや、……そっちも大変だろうが、頑張って。何かあったら、連絡お願いします」


「もしもし、俺だけど」桂川は電話ボックスの受話器に、朝鮮語で言った。

「ああ」相手——韓国陸軍少領が答えた。「そっちはおかしな状況になってるな」

「なら、話は早い。……襲撃されたマンションから連れ出された二人について知りたい」

「その前に、この電話は大丈夫か。何だか騒がしいな、明洞《ミョンドン》にでもいるのか」

「ただの公衆電話だ、そっちが大丈夫なら心配ない」桂川は、コンビニエンスストアで買ったテレホンカードの度数が、高速エレベーターなみに減るのを見ながら言った。

「そうか。……ひとりは白梁善《ペクリャンソン》」桂川は頭の中のファイルをめくって、即答した。

「〝一号庁舎〟の大物だな」

〝一号庁舎〟――正式には党中央委員会一号庁舎と呼ばれ、指導者執務室など政治権力が集中する建物だ。指揮下に海外での非正規戦を担当する党対外情報調査部、通称35号室がある。一九八七年、日本人親娘に偽装した工作員の大韓航空機爆破事件が有名だ。

「確か……、餓死者が多いのによく太った指導者の覚えのいい、ここに来て急に出世した奴だろ」桂川が言った。

「白が多額の外貨を、非合法手段で稼ぎ出した功績からしいな」

「ああ。エジプト大使館勤務時代に犯罪組織と繋がって、な。――〝白桔梗《ペクトラジ》〟で」

経済的破綻が誰の目にも明らかになり、世界の情報関係者は武器輸出の監視と同じく、北朝鮮の非合法活動に強い警戒感を持っていた。それは〝北〟の唯一の造幣局である平壌商標印刷工場での偽造ドル製造、さらに――清津《チョンジン》直轄市、羅道製薬工場で作られた麻薬の輸出。そしてペクトラジとは、地下社会で囁かれる北朝鮮産麻薬の商標だった。

「そうだ。……だが奴が日本に密入国した理由は解らん。組織網の視察かもしれないが」

「で、もう一人の白人は誰なんだ？　まさか……友軍か」

「そうだ。……ＣＩＡ、秘密作戦部《DDO》対敵工作スタッフの一人らしい」少領は苛立たしげに、はっと息を吐いた。

桂川もすぐには言葉が出なかった。「——じゃあ最初に仕かけたのは国家情報院《NIS》か」

——NISが日本国内で拉致工作を……？

「ああ。白とCIAエージェントの密会を押さえたはいいが、北韓の反応が予想より早かった……そういうことだ」

「しかしなぜCIA要員まで？　ことがややこしくなるだけだろう？」

わずかな失笑じみた呼気のあと、少領は続けた。「CIAエージェントはたまたまそこにいて巻き込まれた、白梁善の護衛が離れたのがその時しかなかった……、NISの奴らは、そんな偶発的な理由で一緒に攫ったんじゃない。——我が海軍の〈広開土王〉が横須賀に来航するのは聞いてるだろう？」

「ああ」桂川は朝雲新聞の小さな記事と、神田が恋人と見物に行く、といっていたのを思いだし、思わずふっと息を吸った。「……じゃあ、あの来航の目的は——」

「労働党幹部とCIAエージェントを、安全に我が国へ連れ帰るためだ。軍艦に載せれば露見しても日本の立入りも、北の奪還も防げる……そう考えたんだ」

「……そこまで」

「やるさ……、それが連中の目的——、いや我が民族の特質かもしれないがな」

若々しい少領の声が、不意に老成した諦めを含んで沈んだ。「韓国戦争（朝鮮戦争）の昔から、我が国は常に米国の掌の上にあったのは知ってるはずだ。北韓の南下を予知しながら戦端をひらくのに利用したマッカーサーの韓国連絡事務所《KLO》、そして戦争中にも我が軍には戦車は供与されなかった」

表向きは朝鮮半島の地形に適合しないのが理由だったが、桂川は知っていた。本当の理由は、米国が時の韓国政権の北進をおそれたのだ、という事を。

「朴政権下での長距離誘導弾及び、核兵器開発への激しい圧力とその断念。洗いざらい資料を吐き出すことで、全斗煥は政権を手にした。……米国は常に我が大韓民国が、北韓より優位に立たぬようにコントロールしてきた」

「現に数年前までは、アメリカは射程百八十キロ以上の装備を供与もしなかったし、認めなかったからな」

桂川はどうして日本と韓国はこうも似ているのか、とふと思う。どちらも共産国家と国境を接し、警察予備部隊を名目に、米国の強い要望と援助で建軍された。志願制を敷き、米国式の編制、訓練を行う自衛隊は旧軍の末裔《まつえい》と呼ばれるのを嫌悪するが、旧日本軍で教育された将校達が礎《いしずえ》の韓国軍こそ、正統な嫡子なのか。——決して認めないだろうけど。

「そうだ。そして核開発と同じ頃に米国で摘発されたコリアゲート事件は、我が国が不正な議会工作を行う国だと、米国政治家たちに印象づけた。

そして九六年、在米駐在武官の米海軍への工作も、な。……同盟国でありながら我が国は国際的にさらし者にされた。国民が繁栄に酔おうと、奴らは屈辱を忘れん。我が国は

〝恨《ハン》〟の国だからな。――だから、米国政府の正式職員である情報局員と、北韓の謀略機関の首魁との密会を押さえれば……その理由はなんであれ、水面下の有利な取引材料になる、とそう考えたのさ」

高麗王朝の昔から差別され続けた全羅道出身者の、中央主流派への反感を込めて吐き捨てる。「見境なしの馬鹿どもが」

一般の想像と違い、韓国国家情報院と米国情報機構集合体、いわゆる〝情報の庭園《インテリジェント・パーク》〟の元締め、中央情報局《CIA》との関係は良好とは言い難い。

米国は〝主思派〟と呼ばれる左傾学生の政府、軍隊をはじめ官公庁への浸透を憂慮していた。また、北朝鮮の統一戦線部6課、通称外郭団体課が〝在野〟、つまり韓国国内反政府勢力を電話やファックスといった簡単な手段で操っていたのは、韓国国防部自身、認めている。

だから情報機関にも、米国は重要な情報は流さなかった。また、かつて独裁政権の走狗として奔走した韓国情報機関を、米国は利用しながらも牽制し、警戒している。組織名を国家安全企画部から国家情報院にかえようと、冷ややかな視線を向け続けている。

自分たちの掌の上で韓国情報機関を踊らせたい米国と、肝心な情報は伝えられず、有事には指揮権さえ召し上げられる韓国政府とその情報機関。

双方が互いに必要なのは間違いないが、米国の思惑と韓国の政治的不安定さに、北朝鮮がうまく楔《くさび》を打っている格好だった。

だが、と受話器を耳に当てたまま、情報幹部としての警告が、桂川の脳裏に閃いていた。いかに、こと北朝鮮情報機関相手には苛烈な手段も厭《いと》わない韓国情報機関とはいえ、北朝鮮大物工作員はともかく、米国情報機関エージェントの誘拐という、下手をすれば決定的な米韓の対立を生じさせる直接行動を起こさせた理由は何か？

密会の理由がそうとう国際社会から非難され、米国政府もまた隠さざるを得ない事柄なのだろうか。

――〝35号室〟の幹部が、CIA《カンパニー》の正式局員と、一体なにを話し合っていたのか……。とは思ったが、肝心なのは日本に降りかかるのが予想される事態だ。

「で、〝北〟はどうするつもりだ」

「連れて帰るさ、もちろん。奴ら、もう手は打ってる」少領の返答は簡潔だった。

「高速潜水入艇《SP-10H》か？」

「いや、もっと確実だ。――武装商船を使う気だ」

「……確かか」桂川は眉をひそめて囁いた。

〝最も有名な不審船〟は万景峰《マンギョンボン》号だろうが、北朝鮮情報機関は朝鮮薔薇貿易会社、大成貿易など貿易事業を隠れ蓑《みの》に武装商船を運用している。八三年、ラングーンの韓国大統領暗殺未遂事件で工作員を輸送した外洋貨物船、東建愛国号が、世界で唯一テロ活動を支援する商船として情報関係者には有名だ。その他にも排水量は大小様々だが、おおよそ三十隻以上の商船を保有している。

「シンガポール海峡の通航情報センター《シグレップ》が三日前に通過を確認して以後、こちらの網にはかからなかった。なにか別の目的があったらしいが、急遽、予定を変更したらしい。こちらも必死に追ってたところだった」

「ということは、船名も判明してるわけだ」

「ああ、よく聞け。船名は〈オーシャン・パシフィック〉号、パナマ船籍。一万二千トンだ。現地の船会社、〈カーゴライナー社〉を探らせたが実体はなかったよ」

「奴《やっこ》さんたちも学習した、というわけか」桂川は呟いた。

世界の船会社の大半は船舶への税制優遇のあるパナマ、リベリアで船籍を取得する。この便宜置籍船に北朝鮮情報機関は目をつけたのだ。このような国で幽霊会社の設立は容易で、資金もいくつかの実体のない会社を通せば複雑になり、追跡しにくい。

「そして清津《チョンジン》からは偵察局特殊海上作戦部所属と見られるサンオ級潜水艇も、相次いで出港したとの情報が入り、こっちの潜水戦隊〈李舜臣《イスンシン》〉が追尾した。目標艦は東海を北上、――大和海嶺付近で失探した」

〈李舜臣〉……。豊臣秀吉の慶長の役を、亀甲船で防ぎきった李氏朝鮮水軍の英雄。……そして、その称号、〝忠武《チュンム》〟は韓国の非常事態を示す言葉でもある。

これからこの国で起こる事態の暗示かもしれない……、そんな不吉な予測が胸の内を冷たく触れたけれど、桂川は口調を変えず続けた。

「その商船で日本領海外へ離脱して、公海上で潜水艇に〝瀬渡し〟か」

「おそらくな。……ただ、商船には特別なお荷物が積まれている可能性が高い」

「工作員か？」

「いや、……おそらく偵察局兵士を含めた〝案内員〟の精鋭だ」

〝案内員〟とは、その没日常的語感とはほど遠い、工作員の潜入に必要な支援全般を受け持つ、金正日政治軍事大学出身者からなる精鋭戦闘員だ。工作員のなかより特に戦闘能力に秀でた者が選抜される。

「……まずいな」苦く、そして素直な感想を桂川は呟いていた。

「かなり手強《てごわ》いと見たほうがいい」少領も、隣国の〝友人〟の憂慮を明敏に察した故の静かな口調で、だが、と続けた。「同胞を失うかもしれんお前には気の毒だが、我々の目的を果たすには大きな好機になる」

「…………」自衛隊一尉は無言だった。

「理解しただろうが、こっちの相手はこれだけの作戦行動を実行できる権力を持ってるんだ。いまを置いて、他にはない」

——いよいよ動き出す……。うつむいて目を閉じ、受話器を握る手に力を込めた。

「……よく解ってるつもりだ」数瞬ののち、桂川は視線を上げた。いかがわしいビラが張られたガラスに路上のヘッドライトとテールランプが流れ、そして——汚れた蛍光灯に照らされた自衛隊の制服を着る男が、廃園の彫像のように見返していた。

これが、俺か……と、ガラスに映る自分の姿を思った。この、何かに搦《から》めとられた目をした、この男が。

「……最善を尽くすよ。だから」耳から受話器を離し、手の中のそれを見た。「だから……俺との約束も忘れるな」

桂川は架台に音を立てて受話器を置いた。


桂川はその足でタクシーを拾うと、夜の街を防衛庁情報本部へと戻った。

分析部のドアを入ると、ファイルや報告用紙を手にした部員が忙《せわ》しく歩き回り、慌ただしく空気をかき回している。

「おい、桂川、どこへ行っていた！」播磨がめざとく桂川を見つけた。

「情報収集だ。——なにがあった？」

対遊撃検討専任班の、四つつきあわせた机の周りに、仏頂面の播磨とその副官で巨漢の安田、そして神田、汐見が顔を並べていた。

「一尉、何度も電話したんですよ」汐見が苛立った顔で言った。

「すまないな。——なにか動きは」

「はい。海自は第三護衛隊群及び舞鶴地方隊が警急呼集、定係港より出港し日本海を哨《しょう》戒《かい》。航空集団隷下の航空部隊も警戒監視を強化しました」汐見は睫《まつげ》の長い目を手元の紙に落とし、淀みなく答えた。「岩国三十一航空群八一航空隊のＥＰ－３もオン・ステーション。電子情報を収集中です」

「空白は？」桂川が尋ねた。

「デフコン３態勢に入りました。スクランブルは三十分待機です」

「陸はまだ動きようがない」播磨が付け加えた。「まだ警察の縄張りだからな。よく聞こえる耳の見せ所って訳だ、〝うさぎ〟ちゃん」

「飛び跳ねるのは一緒だろ」桂川は苦笑した。

各職種にはそれぞれ、普通科は空挺を含めて〝バッタ〟、通信は〝アンテナ屋〟、輸送は〝輜重《しちょう》〟——もっとひどく言われる時は〝トンボ〟等の異称がある。情報は〝うさぎ〟、〝切り抜き屋〟。ちなみに播磨をはじめ、特殊作戦群に多くの隊員を送り出す第一空挺団はもう一つある。それは、〝狂ってる団〟。

「で、この忙しい時に抜け出してたのは、長い耳になにか入れるため、なんだろうな？」

播磨が少し皮肉めかして言うと、桂川も平然と答えた。

「ああ、死傷したのは韓国情報機関の要員だ。北朝鮮情報機関の高官を監禁していたところを北朝鮮特殊部隊に襲われ、奪還されたんだ」

　行き交う部員達の中、対遊撃班の五人は黙って桂川の端整な顔を見つめた。

「――なに？」播磨が口を開いた。「じゃあ、最初に行動したのは韓国情報機関か」

「そういうことになるね」

「えっと、でも、そんな報告なかったじゃないですか」神田が言った。

「警察も知らなかったからさ。韓国は、日本はもちろん北朝鮮も手が出せない方法での出国まで用意していた。――君がデートで彼氏と見に行く予定だった、〈クァンテトワン〉だよ」

「……あれに連れ込むつもりだったのかあ」女性海曹は感心した。

「しかし桂川一尉、これから北朝鮮はどうするつもりでしょう？」汐見が言った。

「襲撃部隊はすでに都内から離脱しただろう。そのためだけに本国から送られてきた奴らだろうからね」

「組織保全のための、カットアウトですね？」

「そうだ、役割を分担してそれぞれのリスクを下げる」桂川は頷いた。「北朝鮮高官の護衛は多分、国内での長期活動を前提にした〝固定間諜〟だろう……。だが襲撃部隊は、出国の際に合流するために、どこかに集結してるはずだ」

「ちょっと待ってくれ」播磨が言った。「支援部隊が存在したとして、それだけか？　米軍や我々の攪乱や牽制のために、重要防護対象、たとえば原発施設を狙うことは……」

「状況次第では非正規戦、遊撃戦が生起する可能性はある、播磨が言うとおりにね。だが――」桂川は自分を見る全員を見回した。「そんな挙に出れば、全面戦争になる。それこそ北朝鮮がもっとも恐れる事態だ。いまの体制を維持してれば、権力者はあぐらを掻いていられるんだからね。国民は飢え死にしても。――連中もそこまで馬鹿じゃない」

「なるほど……。やくざの出入りじゃあるまいし、そう簡単に殴り込めもしねえしな、たしかに」播磨も不敵な面構えで言った。「で、不正規戦を起こす可能性が高いのは、人質を連れていない襲撃部隊だと思うが……どこにいる？」

「そう、問題はそこだ。……海図の用意を」

神田は丸められた海自印刷補給隊調達の海図を広げた。全員、額を並べてのぞき込む。

「任務達成の要件は、拉致した高官の安全な本国移送、つまり帯同復帰だ。現場であるここ東京より近く、出発が容易であること……船舶だろうな。とすれば――」

海図を北へとなぞってゆく桂川の人差し指が、東北地方の日本海側の一点で止まった。

「ここじゃないかな。……東京から直線で三百キロだ」

「え、でも……」神田が口を挟んだ。「現在、北朝鮮に開放されてる港湾施設は全国で百二十八カ所ありますし、そこは寄港地としてよく知られてますけど……。他の港はどうです？　九州の坊津、日向灘《ひゅうがなだ》、鳥取の境港」

「山陰、九州の港から出た場合、韓国に近すぎる。黄海側、中国上海と韓国全羅道間は韓国空軍作戦機の航続範囲だ。ここなら、いったんロシア領海に針路を取れば追跡は難しい」

「しかしだな、桂川。どこから出るにせよ、韓国軍の航空機、艦艇の追尾を公海上で受けるんだぞ。韓国軍なら撃沈も辞さんだろう。どうやって帰還するつもりだ」

「公海上で船から潜水艦に乗り移ればいい。――ほとんどは旧ロシア製の旧式艦で、海自の対潜戦《ASW》は無理としても、小型艦なら、発展途上の韓国海軍を撒《ま》くのは可能だ。もうどこかの海域に進出してて、機関停止の懸吊《けんちょう》状態なら磁気探知《MAD》に頼るしかないが、難しいな」

「では、班長はどこが潜水艦潜在可能区域《SPA》だと？」と汐見。

「万一発見された際に備えられる海域……、だな」

証拠の完全な隠滅が容易であること。命に代えても、誰の手も届かない深海。

「え、それじゃ……最高率潜在海点《ROP》は――」女性海曹が顔を上げた。「日本海の最深部。

……大和海溝、ですね？」

「自沈しても、サルベージは不可能だからね」桂川は神田に頷いた。

「しかしお前、ずいぶん自信ありげだな。なにか情報が入ったのか？」

「情報勤務者なら、誰でも考えるよ。……ところで米軍からなにか情報は入ったのかな」

桂川は自分に関する質問を避けて、汐見に質した。

「いえ、取り立てては。定例の情報交換でも、なにもないようです」

桂川は白い顔の眉根をわずかに険しくした。「妙だな。これだけの作戦行動だ、何か〝カエサル〟が摑んで提報してきても不思議じゃないが」

考え込んだ桂川に、播磨が質問した。「なんだ、カエサルってのは。フランスの新型砲兵システムか」

「米国国家安全保障局《NSA／CSS》の事だよ。紋章にカエサルの使った暗号作成用円盤が用いられてるから、こう呼ばれてるんだ」

NSAはメリーランド州フォートミード、通称〝暗号都市《スクリプト・シティ》〟に本部を置く、世界的規模の電子情報収集機関だ。暗号解読、作成、保全のため世界でもっとも多く数学者を雇用し、議会への資料に誤って記載されて存在が公になったほど、厳重に秘匿されている。「NSAは国家安全保障局の略称ではなく、『そんな機関はない《ノー・サッチ・エージェンシー》』の略だ」との笑い話まである。三沢基地の空軍情報局《AIA》第三分遣隊は、フォートミードの第七〇情報団と繫がっている。

「あ、そういえば。沖縄の海兵隊の一部と陸軍の特殊作戦群に訓練中止、基地内での待機が下令された、という未確認ですが情報があります」

「在日米軍は基地の警備態勢《FPCOM》のレベルを上げたのか？」

「いえ……、それはまだ」

米軍の基地の警備態勢は〝平常《N》〟から、有事、〝臨戦態勢《D》〟までのランクがある。

「——米軍はどう動いている？　確認しろ」いつになく鋭い口調で、桂川は言った。

はい、と勢いよく返事して汐見が問い合わせに走る。

「しかし、アメさんの動きはともかく、本当にここに潜んでいるのか？」

「まあ、確認は警察の仕事だが——」桂川は余裕を見せて微笑み、手近にあったマジックをとり、キャップを外した。

「たぶん、あたらずといえども遠からず、だろう——ここにいるよ」

そして、音を立てて海図に丸印をつけた。

「……ここ、新潟にな」


水原は警視庁十四階の、捜査員の出払った大部屋で机についていたが、携帯電話の呼び出し音が鳴ると、すぐに耳に当てた。

「ああ、あなたなの。……どうしたの？　急ぎ？」

「忙しいのに済まない、あれから情報が入った」桂川が言った。

水原の声が瞬応する。「どんな？」

「まず、北の拉致した人間達を連れ帰る貨物船の情報だ。——名前は〈オーシャン・パシフィック〉、パナマ船籍」

「どこの港？　海上？」

「いや、それは解らない。そっちで保安庁に照会して欲しい」

「あなたの判断は？」

「――新潟だ。あそこなら関越を使えば、ほぼ東京から一直線だよ。拉致された二人はまだ都内とは思うが、襲撃した奴らは一足先に向かってる可能性が高い」

「こっちの隙を窺ってる、って訳ね」水原は呟いた。「でも関越はもう張ってるし、警備部の当番機動隊が都内で警備についてるわ」

「解った。また何か解れば報《しら》せます。……頑張ってください」

「ええ、あなたもね。じゃあ、またお願い」

水原は携帯電話を切り、メモ用紙に教えられた事柄を書き込んだ。

「……うまくいっているようだね」

背後から声をかけられ、無遠慮に肩に手が置かれた。

視線をメモ用紙に落としたまま、水原の顔が、僅《わず》かに嫌悪でゆがめられた。

「接触から一ヶ月で、信頼関係の醸成か。面識があったとはいえ、いい手並みだよ」

水原は男の手を振り払うように立ち上がり、男を見上げた。

松井祐二警部だった。水原の所属する外事二課、特別専従班の班長だ。四十代前半で、見かけは悪くない男だったが、一見爽やかに見せかけて、腹の底に出世志向の固まりを呑んでいる。上司や同輩の評判に小心なまでに気を配り、その反面、集団から一歩引いた水原のような人間には、どこまでも皮肉を浴びせて平然としている。

水原への言葉も、淫靡な想像を勝手に働かせた口調だった。

「班長、一つお聞かせ願えますか」

「なんなりと」

「――私には当該対象者が、それほど要警戒人物には感じられないのですが?」

「ほう」松井は色白の端整な顔をほころばせて見せた。「……それは、女性としてかな、それとも捜査員としての意見、どっちかな?」

「――捜査員としてです」水原は怒りで漂白された声で言った。

「前にも説明したね?――これは韓国NISとの情報交換で、非公式ながら提報された〝事象〟だよ」松井は無遠慮にメンソール煙草を取り出してくわえ、火を点けた。「……防衛庁内の北朝鮮の息のかかった集団が、韓国軍内部の容共分子と連携してる、と。看過するわけにはいかない。日本の安全保障の根幹に関わる重大事象なんだ」

それとあんたの出世のためでしょ……、と水原は無味乾燥に心中で付け加える。

「できるだけ当該対象者と接触を維持して、奴から組織の全容を可能な限り収集して欲しい。それが君の職務だよ」

「はい、桂川一尉もこうして情報を流してくれますから」

桂川が裏でどんな企てをしてようと、……水原は思った。――皆が出払った庁舎で、ひとり自分の出世のための業務に没頭するあんたより、よほどましよ……。

水原は松井に押しつけるように紙片を手渡すと、大部屋を出ていった。


路上にどこまでも続くヘッドライトの列は、空からは地上の天の川に見えただろう。

関越道、練馬インターチェンジ——。

普段なら百キロ近い速度で車が走り去る路上は警察車輛に封鎖され、発光式ベストを着た警察官達の振る〝ニンジン〟——赤色指示灯に従い、車列が亀の歩みで進んでゆく。

一台のタクシーが、頼りない車止めの前で警察官の指示に従い、停車した。

「お急ぎのところご迷惑をおかけします。免許証を拝見します」警官は運転席の窓から、車内をのぞき込んだ。

太った運転手と、後部座席に若い女性が乗っている。

「どちらまで行かれます?」

「いやあ、お母さんが急病だって聞いてさ、坂戸の北大塚まで飛ばしてくれって言われて」

警官は、運転手が配布された似顔絵のいずれにも似ていないのは確認したが、若い女性となると——。

若い女が後部座席から口を挟んだ。「あの、お巡りさん、忙しいんでしょうけど、私も急いでるんです！　母が心配で」

「なにか証明出来るものはあるかな？」

女は免許証を差し出した。

「お母さんが入院されている病院の、電話番号わかるかな」

女が早口に言うと、警官は業務用の携帯電話で番号を押す。と、確かに病院で、女性の母親が入院しているという。

「急いでいるのに済まなかったね、さ、もういいから早く帰って安心させてあげなさい」

「どうも、ご苦労さまです」運転手は答え、アクセルを踏み込んだ。後続の車に注意を移した警官の脇を抜ける。

運転手はルームミラーで赤色灯の連なりが彼方に離れてゆくのを確認し、右手でステアリングを操りながら、左手を口に入れた。太ったように見せかける綿を引っ張り出すと、人の好い運転手の面影が消え、削げた頰を持つ酷薄な丁元鳳の顔に戻った。

「……かなり厳重な警戒だな」丁は後部座席の女――潤花に言った。

「――ええ」

「やはり、白同志は警戒が緩むまで都内にいたほうが安全だろう。警戒が緩んだその時、……それからが勝負だ」

殺戮《さつりく》の予感に臓腑を震わせているような、丁の願望ともとれる言葉だった。

　潤花は黙って、膝の上で重ねた手に視線を落とし続けた。

　目の前の電話が鳴った。内線だった。

　桂川は書類から顔を上げ、受話器を取った。「対遊撃検討専任、桂川一尉です」

「桂川一尉、播磨一尉と部長室の前へ」分析部長副官の声が、そう告げた。

　時刻は午後八時を回っていた。国内の動向に加え、在日米軍の動きが関係各部署から届けられ、桂川は黙然とそれを読み込み続けた。合間に特殊作戦群へ、作戦立案を左右する情報主要素《ＥＥＩ》ではなく、付加的情報要求《ＯＩＲ》にこたえてメモを書き、それを播磨は特殊作戦群本部に伝えていた。

「……ということです。――は？　申し訳ありませんが群長、その、……標準語でお願いしたいのでありますが」播磨は受話器を置くとため息をつく。「まったく、標準語で命令下達してほしいよ。……標準語は軍隊から生まれたってのは本当なんだな、きっと」

　特殊作戦群指揮官、鳶崎壮一《とびさきそういち》一佐が高知県出身なのを知る桂川は苦笑して見せたが、注意は在日米軍、とりわけ情報収集部隊と、特殊部隊に向けられていた。

　――ＣＩＡのスタッフが拉致されて、米国政府が看過する筈がない。

　労働党幹部、白とＣＩＡスタッフの接触していた理由は、推測する手がかりさえないが、米国の出方に関わってくるはずだ。――

メモを整理していた播磨に声をかけ、行き交う部員達の間を抜けて情報幹部と特殊部隊連絡幹部は、分析部長執務室へと向かう。

「官邸で緊急連絡会議が招集された。ついては君と播磨一尉にも同行してもらう」

分析部長、恩田陽二一佐は両袖机の向こうからおもむろに言った。

「は、……ですが、我々は一介の尉官にすぎません」桂川は躊躇った。

播磨がこの税金泥棒、という顔で桂川を見上げた。

「無駄な遠慮はいらんぞ、桂川」恩田は苦笑に似た表情になった。

「いえ、そんなことでは……。緊急・動態部か、課長の方が適任かと思いますので」

静かに言い添えた桂川を恩田は見つめ、それから言った。「君の気持ちは、わからんでもない。――これまで脅威を憂慮し、注意を喚起しつづけながら、顧みられなかった自分がいまさら、という気持ちは解る」

桂川は上官の言葉を耳にしながら無言だった。

「私が君の帯同を望むのは情報勤務者としてだけではなく、対遊撃戦を長く研究してきた幹部だからだ。――自衛隊としてなにが出来るかを、……法制面、装備は別として、研究してきた者がいるのを示さなければならんのだ」

軍事組織として行うべき備えを、この国はいつも侵略への準備として一括し、封じ込めてきた。けれど、有事に際し為《な》す術《すべ》のないことを、為政者も国民も許しはしない。事に臨んで後れを取らず、だが先制を許さず――。

桂川は、情報幹部として制服組の盾にならなければならなかった。


防衛庁、C棟玄関前を出発した二台の庁用車は交差点で停まった。恩田部長と副官は一佐以上用の業務三号のクラウン、桂川と播磨を乗せた庁用車プリウスが続いている。

「随分、大荷物なんだな。必要な情報は頭ん中に整理されてんじゃないのか」

後部座席で播磨が言うと、隣の桂川は答えた。「ああ。まあ――」

桂川がぴったり身に寄せたソフトアタッシェから、分厚いファイルがはみ出している。いい加減、汚れてすり切れた背表紙には「資料　丙」とだけ記されている。甲は旧ソビエト、乙は中国軍、そして……丙は北朝鮮を対抗部隊として想定したものだ。

「――お守り代わりだよ」

長い間、日の目を見ないと半ば確信しつつも手を加え続けた、桂川の情報幹部としての成果、そのものだった。……今回の事態がどんな形であれ収束したとき、ここになにが書き加えられるのだろう……。

「……戦後半世紀、変わったのは有事に信号で止められなくなっただけ、か」

「ああ、法律ではそうなってるから」桂川はぽつりと言った。

「俺らに戦うことは命じても、どこまで許されるのか示した法律はないものな」

非常事態に国民の生命財産を守る法律が、この国にはまだ存在しない。……それは、憲法の想定しない事態だからだ。

――国家が国民を守る義務を棚上げし、先送りし、あるいは拒絶する国。そして守るのは充足率七割の、平時から軍事上はすでに〝全滅〟している軍隊もどきの集団……。

バブル経済崩壊の余波で志願者は増え、陸自も実情に合わせて改編されて充足率は上がっているが、依然として完全編成の部隊は少ない。

「――〝そんなのお前、常識でやれ〟、だよ」桂川はそれだけを口に出した。

自衛力という名の戦力は、行使に関して具体的な下命が現場指揮官に示されたことは、まだ無い。全面核戦争の危機さえも差し迫って存在した冷戦時代から……。

へっ、と播磨は鼻を鳴らした。「常識かよ、だったら俺は、部下がやばくなったらとにかく引き金を引くぜ。……俺たちに法律は絶対だと骨の髄まで叩き込んどいて、裏切るのはいつも政治家様だ。カンボジアみたいにな」

自衛隊初の国連平和維持活動で、日本人ボランティアと文民警官が反政府勢力に殺害されたのを受け、政府は現地の施設科部隊に〝情報収集〟を名目に巡回を命じた。けれど、民間人が殺傷される現場に遭遇した場合の指示は、全くなかった。武力の行使は正当防衛、緊急避難が踏襲され、個人の責任とされた。自衛官に限らず、軍人は命令に服さなければならないが、武装集団としての神経系統を切断する命令を、何の根拠もなく言い渡した将官は、戸惑い混乱し極度の緊張を強いられた部隊幹部にこう言った。――〝紙に書いていないことはしないつもりか〟

「連中がもし、民間人を守るためとはいえ戦闘を行えば、裁判にかけられただろうな。命じた幹部は殺人教唆。……だから、巡回部隊は〝法廷闘争チーム〟と呼ばれたんだ」

「ああ。いざとなれば戦闘に割り込んで、当事者として応戦する覚悟だったらしいね」

「情けないを通り越して滑稽だぜ。――あらゆる武力行使を禁じた憲法に問題があるのか」

「……どうかな」桂川は行き過ぎる街の灯に照らされながら答えた。「日本と同じ敗戦国、ドイツとイタリアも憲法で軍事力での侵略や国際紛争解決を禁止してる。お隣の韓国もな」

「ほんとかよ、陸軍は六十万からいるんだぞ。それにベトナム戦争にも……」

「だからいまだに物議を醸すし、竹島にいるのも軍じゃなくて警備隊な訳だ。もっとも、占領地に駐屯する部隊は軍でも警備隊だけど……。盧溝橋事件の日本軍も警備隊だったろ」

「なるほど、そういえばそうだ」

「それに日本人のほとんどは知らないが、憲法に平和主義を明記した国は、世界数十カ国はある。だが……軍隊と、それに代わる武装集団の存在しない国は、この世に存在しない。

だから、この国は武力——暴力を否定してるからおかしいんじゃなくて、問題は暴力を解決手段にする国が存在しないと考えていることだ、と俺は思うよ」

「どんな立派な哲学でも、国民が結果を甘受する覚悟はありそうにないしな。現に俺達は存在している」播磨は、有事には部下と死地に赴く幹部自衛官の顔になり、腕を組んだ。

「……有事法制のないのもそうだが、負けた国の軍隊ってのは哀しいな。軍隊の持ってた文化も根こそぎ否定されちまう」

「兵営内の度を超した殴打やしごき、それに将校達の特権意識が文化と呼べるなら、な」

桂川は静かに答えた。

「俺は〝職業軍人〟だ。それでいいと思ってる」

播磨は、旧軍将校達が忌み嫌った言葉を言い、それからは無言になった。


「さて——」官房副長官の声が響いた。「おそろいのようですし、始めたいと思います」

ささやかな私語が止み、情報調査室長が続ける。「このような時間にお集まり下さいまして、ありがとうございます。早速議題へと入らせていただきますが、ご承知の通り、本月十八日の世田谷区のマンション襲撃事案が我が国の治安情勢に与える影響について、関係各省庁の皆様のご意見をお聞かせ下さりたく、本会議を臨時に招集いたしました」

フクロウをあしらった腕章の官邸警備隊員が厳重に警備する首相官邸三階、小さなホールくらいの会議室には内閣の情報調査室長、安全保障室長、危機管理監が上席を占め、ついで警察庁、外務省、防衛庁、公安調査庁、海上保安庁の順に大テーブルを囲んでいる。〈内閣合同情報会議〉――官房副長官を議長として情報調査室に事務局を置き、安全保障に関する情報評価を行う。議事録はとられず、秘書、副官の同席も認められない。防衛庁の参加者は文民の防衛局長だ。月二回、事務局の設定した議題で開催されるが、緊急なら関係者が臨時招集され、必要に応じ各省庁担当者の出席が要請される。恩田部長、桂川や播磨のように。

「では……、その襲撃したのは、〝北〟の――?」

「身柄を確保していない現時点では……、鋭意捜査中ですが、その可能性も視野に入れております。ただ、かなり確率は高いとだけ申し上げておきます」

「……襲撃された数人の男性は、韓国製の銃器を所持していたのですか」

「はい、一名が命を取り留めましたが、完全黙秘しております。しかし銃の刻印から、間違いありません」

警察庁警備局長と官房副長官の質疑を、壁際の末席で桂川と播磨は聞いていた。

「なあなあ、官邸の職員、なんで熱いお茶をコップで配るんだ?」播磨が囁いた。

「知らないよ、そんなの」桂川は苦笑した。「お上りさんか、おまえは?」

滅多に入れない首相官邸に播磨は珍しがることしきりで、三階に案内される間も、「いい絨毯使ってるよな。隊のとは大違いだぜ」と軽口を叩いていた。

「――あっちが外務省……、なんかこっち見てひそひそ言ってるぜ、やな奴らだな」

「情報に費やす金で贅沢してた連中だ」自衛隊情報幹部は言った。「ほっとけよ」

こちらを見ながら何事か囁きあう、外務省国際情報局長とアジア大洋州局長、おそらく課長級らしき三人を桂川は無視し、じっと別の人物に注目していた。

「へえ、あれ防衛局長だろ、初めて生で見たぜ」播磨が桂川の視線をたどって言う。「でも、なんでおまえ、そんなに熱心に見てるんだ」

いや、と桂川は首を振って播磨を見た。「別に」

次に指名された公安調査庁次長の舌は滑らかに回転したが、監視対象の北系団体には各公安局管区ともに特異動向なし、とのことだった。

北朝鮮の諜報工作は関係団体に要請せず、団体内の個人を〝摂包〟し、協力させる。そのことを桂川は知っていた。北本国から在日に重要な情報が流れてくるのは少ない。これほどの作戦行動ならさらに、厳重に秘匿されているのが普通だ。

「現在、当省では韓国大使館において情報収集を行い、韓国国防部、外交部双方とも目立った警戒をしている様子はありません。そして、付け加えさせていただきますと、都内の事案で被害者が韓国製銃器を所持していただけで、相対的に北朝鮮の犯行だと疑うのは少し短絡ではなかろうかと、申し添えます」

外務省国際情報局長が、頼まれもしないのに意見を付け加えた。

おぼろげでも事案の輪郭を掴んでいる警察、防衛庁の幹部達で心中失笑しないものはおらず、わけても桂川はそうだった。国民の安全に責任を持つ者たちは、暗黙の内に脅威に対し指向しているが、外務省だけは別のようだった。

「不審船、解っていても、不審船」口を動かさずに播磨が呟く。

「静かにしてろ」桂川はテーブルの下で、播磨の臑《すね》を軽く蹴った。

「ありがとうございました。――では、功刀《くぬぎ》防衛局長、お願いします」

功刀泰蔵防衛局長は小さく黙礼した。桂川はそっと、功刀に観察するような視線を送った。同じ自衛隊員とはいえ、内局官僚とは全く接点がない。

肩ががっしりと広く、顔がゴルフ焼けらしく黒いほかは、どことい って特徴のない実年男だが、防衛庁プロパーとしての実績がそれなりの自信を持たせている顔だった。

特別印象に残る人間ではない――。けれど桂川は功刀を見つめ続けた。

桂川が功刀のなにに興味を惹《ひ》かれているかはともかく、話の内容には関係がなさそうだった。なぜなら功刀の報告は電波部が収集した電子情報で、すでに知っていたから。

桂川は韓国陸軍少領からの情報は報告してあったが、防衛庁独自の情報収集を忌み嫌う外務省幹部の前で披露するのは得策ではないとの判断が、背広組内で働いたらしい。

功刀が報告を終えると、桂川も目を逸らした。

海上保安庁次長は、領海内の警戒配備と港湾施設監視の強化、不審船舶発見の際に庁内に蓄積された基礎情報、船舶明細書との即時確認を強化した旨、報告した。

「――そして現在、不測の事態に備え、大阪警備基地で特殊警備隊が待機しております」

海上保安庁次長は、切り札の存在を告げて締めくくった。

「ありがとうございました。――さて、連れ去られた二人の確保は警察の努力を期待するとして、です。都内で襲撃犯を支援したグループが存在する可能性が高いと思われますが、これについては？　警備局長」

「仰《おっしゃ》るとおりですが、拉致された二名を確保すれば、襲撃犯の目的は失われます。まずは当該二名の確保と襲撃犯の検挙、そして支援グループとの接線を断つのが肝要です」

「確保できたとして、奪還される可能性は？」

「相応の警備力を投入して断固鎮圧します。これは第一義的に、警察の任務です」

「警察の優秀さ、士気の高さは認めるところですが、相手が重装備の場合は？」

「警備部精鋭が対応します」警備局長はじろりと横目で制服自衛官達を見やった。「防衛庁の治安対処の検討は、時期尚早も甚《はなは》だしいかと」

警察官僚の言葉は静かだったが、口調に込められた自信とも自負ともつかぬ気迫は、場を静まらせるに充分な威力を持っていた。

「さて、お帰りはあちら。……女房となにして寝よか」

「いい加減にしろ」

面白くもなさそうに小さく悪態をつく播磨に、桂川はまた注意した。その隣ではさすがに恩田も渋面になっていた。

「いや、私は聞いてみたいな。備えあれば憂いなしというし、あくまで個人的な参考としてだが。もっとも――」雰囲気を破ったのは、官房副長官だった。「防衛庁に答える用意があるのなら、だが」

「もちろんです」功刀防衛局長は、言い方こそ気負っていたが、面子《メンツ》をつぶされなかった安堵のほうがより大きく感じられる表情で答え、恩田を見た。

「統幕情報本部分析部、恩田一佐であります。ゲリコマ……ゲリラ・コマンド対策については、この桂川一尉が御説明いたします。――頼む」

場末の小屋での経験しかない役者が、急に大作映画のオーディションに呼ばれたような気持ちで、桂川は立ち上がる。

「失礼いたします、同じく情報本部分析部、対遊撃検討専任班、一等陸尉桂川雅志です。早速ですが、御説明させていただきます」

警備局長の、時間の無駄だけはさせてくれるなと言いたげな視線が、頬に刺さるのが解った。それが、桂川の天の邪鬼な心根を逆に落ち着かせた。――功刀も同じような表情だった。自己防衛本能が強い人物なのだろう。

「ご存じの通り、北朝鮮特殊部隊は、軍と党情報機関にまたがっておりますが、実質的には労働党秘書局、対南工作担当者の指揮下にあります」

「第8特殊軍団、というやつだね？」官房副長官が質問した。

「以前は便宜上そう呼ばれてましたが、亀城の第8軍団が創設されてからは特殊軍団と呼称され、現在は軽歩兵教導指導局と呼ばれています」

　桂川は出席者達を窺いながら、ゆっくりと言葉を選んだ。官房副長官は官邸職員に目顔で合図し、職員は隅にあったホワイトボードを用意した。

「今事案に関連するのは偵察局及び軽歩兵教導指導局隷下部隊、さらに労働党情報機関である35号室作戦課、同作戦部も何らかの形で関わっていると考えられます」

「軍部隊と情報機関の要員は、どう違うのかね」警察庁長官が質した。

「軍の特殊部隊は全体の十五パーセント、およそ十二万人という前例のない規模で編成されています。これは米軍の特殊作戦部隊、いわゆるグリーンベレーの四万五千人を凌駕《りょうが》し、英国陸軍の総兵力にほぼ匹敵します。つまり――」桂川は言葉を切った。「ただでさえ精強といわれる中から、さらに選抜された精鋭が作戦に投入されるわけです」

　職員がホワイトボードに書き取る音だけがさらさらと響く。

「党情報機関部隊については戦闘能力より、民間人に紛れて公共機関、都市部を狙うテロの方がより脅威です。――彼らも金正日政治軍事大学で高度な戦闘訓練を受けておりますが、偵察局部隊の訓練はこの比ではありません。有事に我が国内で本格的なサボタージュ活動を起こすとなれば、おそらく偵察局および軽歩兵教導指導局が主役を担う筈です」

「それで、兵士についてはどうなんだ」誰かが質問した。

「はい。……彼らは抗日パルチザンの伝統と朝鮮戦争時の経験から編み出した遊撃戦術にそって編成され、改編を行いつつ現在に至っております。航空支援もなく、武器、糧食もない状況下で、圧倒的正規軍と戦うために選抜され、一般部隊の四倍の訓練を課した兵士で編成、訓練されています」

「……具体的に、彼らはどんな戦い方をするのかな？　戦闘能力は？」官房副長官がシャーペンでこめかみをつつきながら言った。無意識の癖らしい。

「装備は旧東側ＡＫ74小銃、四十ミリ擲弾発射筒――いわゆるＲＰＧ７と各種手榴弾、ＰＫＭ機関銃が基本ですが、肩撃ち式対空ミサイルも装備している可能性は、日本海不審船事案の例から御存じと思います。――そして戦術は各国特殊部隊と同じく徒歩での機動力が高く、百キロ近い重装備で山岳地を一日四十キロで踏破する訓練を積んでいます。素手で行う撃術や白兵戦技〝戦闘操法〟といった格闘戦や、夜間戦術、隠密攻撃に長けています。部隊行動は各国特殊部隊と同様、数人で一グループを編成します。英国ＳＡＳの四人組が有名ですが、彼らは五人が基本単位です。任務にもよりますが、およそ三組が襲撃、伏撃時には集まり、離脱の際は分散します」

「超人的な能力の持ち主なわけか」警察庁警備局長が呟く。

「そう言って差し支えないと思います」桂川は顔を向けた。「……しかし、我々と同じ人間なのも確かなことです」

「もし市街地で銃撃戦になった場合はどうなる？」

「相当の被害が予想されますが……、統制のとれた部隊、圧倒的な火力で包囲すれば、逃げ場を失います。六八年、韓国大統領府襲撃事件では侵入した三十一名が警察部隊、憲兵隊と交戦し、逃亡、逮捕された二名を除いて射殺、制圧されました。勝てない相手ではありません」

「しかしね、我が国と韓国は違う。そんな事態になれば野党が黙っていないだろうし……」

　いまひとつ脅威が理解できないのか、官房副長官は日常的な政治の懸念を口にした。

「その事案の人的被害は」警察庁警備局長が尋ねた。

「……警察署長を含め警察官二名死亡――一般人は五名が、犠牲になりました」

　一座の者の頭に、市民が血塗《ちまみ》れで折り重なる光景が浮かんでいるのは間違いなかった。

　警察官が高度な訓練をうけた兵士を、市街で制圧しなければならない――。

「……もしも、もしもだが制圧、逮捕を逃れれば――ああ、いや」官房副長官は警察庁警備局長の強い視線に軽く手を挙げながら、桂川を見た。「どうなるかね」

「特殊部隊の場合、都市部に紛れ込むより、山岳地への逃亡を選ぶ公算が強いです。それは彼らの慣用戦法と、なにより兵士としての本能だと推察します」

「そうしたとき、政治が留意すべき点は？」

誘導尋問じみた質問だと、桂川は内心眉をひそめたが、無味乾燥に答えた。「それは私がお答えできる範疇《はんちゅう》には、含まれておりません」

「いや、別に自衛隊に限らずだね、事態に対処する機関はいるわけだから、参考までに、という意味です」

そんな任務を現実として付与されるのは自衛隊だけだと桂川は思ったし、官房副長官も解ってはいるのだった。だが警察官僚をはじめ治安担当者を前に、自衛隊が前面に出る話など出来ないので、そう聞いたのだろう。

対遊撃戦となれば、警察部隊が軍特殊部隊に対抗するのは、不可能に近い。

警察はその国すべての人々の生命、財産の保護を任務とする。逮捕を至上とする集団に、戦争は出来ない。さらに地域を完全に包囲し、特殊部隊の捕捉と徹底的な追尾が求められるが、警察には野営能力がない。一日の捜索を終えて宿舎に帰れば、当然、寝ている間に薄い警戒線は容易に突破される。

自己完結能力を有す武装集団――、自衛隊にしか、この国で非正規戦に対処できる集団は事実上存在しないのだった。

「かまわん、桂川一尉。お答えしろ」恩田が促した。

　桂川は官房副長官を見つめ、すこし空咳をして周囲を窺った。

　警察庁警備局長はそうなる前にかならず押さえる、言いたければ言え、という無表情だったし、功刀防衛局長はといえば、文民統制に触れることを口にすればただでは置かない、という露骨な恫喝《どうかつ》の視線だった。……やれやれ。

「ではまず、なんとしても行うべきは、住民の避難と保護です。これは民弊の防止といいまして、相手の盾にされるのを防ぎ、また逡巡なき制圧執行にもっとも不可欠な点と考えます。……それは戦闘能力が高く、やり方が徹底した偵察局兵士ならば、六八年、韓国太白山脈に侵入した一個中隊が、解放区を設営しようとして、子供に共産主義は嫌いだと言われて逆上、その子の口を手で裂いて石で撲殺した事案。また九六年の潜水艦座礁事件では彼らの〝処理規則〟に基づいて民間人三人を処断、……殺害したのをみても住民が危険に晒《さら》される可能性は高いからです。彼らは〝党性〟優良な、つまりあくまで労働党に忠誠を誓う熱誠分子によって構成され、極めて教条的なのが特徴だからです。そういう相手を捜索するとなれば、いずれの機関が行うにせよ──」ああ、自分は虚言を弄している、そう思いながら桂川は続ける。「初の実戦ですから」

「そうだな、それは大事だ」官房副長官がメモを取りながら言う。

「そうしてコマンド側の跳梁《ちょうりょう》を許さない状況をつくり、一定地域に封じ込めます。池の水を抜き魚を浮かび上がらせるように。世界で最も対ゲリラ戦に長けた韓国軍もそう言っています。完全に包囲し民間人がいなければ、あとはいかようにも対処できます」

桂川はさらに続けた。

「そして、どんな場でも包囲し、圧縮を加えている部隊を急《せ》かさないで欲しいのです。少人数の特殊部隊を掃討するのは、根気の勝負なのです。何しろ大口径の火力には頼れません。使えるのは精々〝迫《はく》〟……迫撃砲までですし、部隊が一糸乱れない統制下で前進し、警戒して捜索せねばなりません。まして相手は重火器で武装し、一カ所にとどまることを嫌い、かつ陣地を占領する必要もないのですから」

政治からの圧力を受けた現地司令部が、部隊進出を焦れば、捜索は当然粗雑になる。桂川は実例を知っている。――情報幹部の指揮下に、一個班十人が仮設敵として演習場内で一個連隊一千名の掃討を受けた。仮設敵部隊はさんざん連隊を翻弄《ほんろう》したが、逃げ場を失い濃い藪《ボサ》に身を隠した。すると追尾してきた中隊は、ボサの前で前進を止め、何事か幹部同士が話し合ったのち、ボサの脇を二手に分かれて素通りしてしまったという。

訓練のための訓練でしかなく、しかも実戦より競技会向きの技術向上に目を向けがちとなった、実戦を想定し得ない自衛隊の姿だった。――

ふむ、と官房副長官は顔を上げた。

「そうは言うが、治安の維持は国家の義務でもあるからね。あまり長引けば諸外国の軽侮を買うし、……難しいな。ありがとう、参考になりました」

　本当に頭を悩ませているのか、それとも表情だけなのか判断できかねる政治家の顔で、官房副長官はメモ用紙に横線を引いた。

「……おい、なんでもっとはっきり言わないんだ、法制の不備とか、予算措置とかさ……」

　ふっと息をつきながら着席した桂川に、播磨が小声で言う。

「……うるさいよ、俺の立場でそんなこと言えるか」

「馬鹿、これだから情報の奴は……、だったらせめてＲＯＥだけでもな……」

「――桂川さんの隣のあなた」情報調査室長が、ひそひそとやり合う桂川と播磨に声をかけた。「何か意見でも？」

　二人の自衛隊尉官の背筋が、定規を当てられたように伸びる。

「何か意見があるなら遠慮なく発言してください」

「ああ、私も聞いてみたい。参考までに」

　官房副長官も頷くと、播磨は恩田一佐と防衛局長に目顔で許可を求めてから、椅子をはじき飛ばす勢いで立ち上がる。

「自分は長官直轄、特殊作戦群所属、連絡幹部、一尉、播磨有知であります！」

「陸自の特殊部隊か……、なにか意見でも？」

「このような場所で自分のような者が発言の機会を……」播磨の太股が桂川にテーブルの陰でそっとつつかれた。「あー、失礼しました。——もし野戦に至っても我ら特殊作戦群をはじめ、自衛隊は充分な対応能力を備えております。作戦地域の展開部隊に、潤沢な後方支援を提供でき、かつ圧倒的人員を投入できること、これが勝ち目です。しかしながら」

自衛隊には〝勝ち目の追求〟という言葉がある。これは敵よりも優れた条件を、いかに勝利に結びつけるかという考え方だ。

播磨は立ったまま身をわずかに乗り出し、テーブルに置いた拳に力を入れながら続ける。

「その戦力の有効運用にはＲＯＥ、いわゆる交戦規則——」

「補足します」桂川は慌てて口を挟み、胸の内で馬鹿はどっちだ、と舌打ちしたくなる。

——憲法で国家の交戦権を認めてないんだぞ、この国は。

「これはいわゆる有事における部隊行動を律する命令です。部隊行動基準、武器使用基準、措置基準ともいわれますが、武器使用の条件を定めたものです。——つまり、殴られれば何発殴り返して良いか、またどこを狙ってよいか決めるものなのです」

「なるほど、つづけて」官房副長官は播磨を促す。

「は、では……、この規定が示されなければ、現地部隊は行動に際し統制が難しくなります。——法制面に容喙《ようかい》はしませんが、これは是非とも定めていただきたく、部隊と隊員の生命を預かる者としてお願いいたします」

これでいいか、という風に桂川に横目で視線を送りながら、播磨は着席した。

播磨も播磨なりに自制したのだろう、と桂川は思った。武力の行使や武器使用の責任をいつも、緊急避難として現地部隊、隊員個人に負わせ、防衛庁も政府も法治国家の責任を回避してきた。

もし警察で対処しきれなければ、脅威が自衛隊の目前に現出する。実戦経験のない軍隊が、何の指針もなく投入されれば敵より危険な状況を自ら招く――、つまり友軍相撃だ。明確な規定がなければ、指揮官は戦闘指導を行いようがなく、……兵士個人の判断に委ねられ、統制を失ってしまう。

また、北朝鮮特殊部隊の慣用戦術から、それが起こりうるのは容易に想像できた。

「覚えておきましょう。……では、議題は総合的な対策に移ります。ご足労でした」

制服自衛官達は退出した。


「……まったく、どんな結論が出されるやら、な」播磨は防衛庁へと戻る庁用車の後部座席で、隣の桂川に顔を向けた。「日が暮れるぜ」

「もうとっくに暮れてる」桂川は夜の街を見ながら苦笑した。「まあ、状況の推移を見守って警察に下駄を預ける……、そんなとこだろうね」

「でもお前、長く半島情勢に注目してただけはあるな」

「いや……、そんなことはない」

二人の制服自衛官の間に、沈黙が落ちた。

「な、桂川」播磨はちらりとルームミラー越しに運転手を一瞥し、どこか改まった様子で身体を向けた。「……北朝鮮の動向に詳しいお前なら、何か知ってるかと思うんだがな」

「なにを?」桂川は煙草を取り出し、唇に挟んだ。

「……〝マリ〟って聞いたことがないか」

「ああ、知ってるよ」くわえ煙草のまま、桂川はあっさり頷く。「俺たちの同期で、いまは播磨の奥さん」

「違うよ」

「じゃあ、最近開拓した飲み屋か?」

「違うだろ。そんなんじゃなくて……、朝鮮半島に関係する名前らしいが」

「マリ、マリか……。そう言えば高句麗時代の神話に、卵から生まれる朱蒙《チュモン》って王子がいる。幼いころから英才だった朱蒙は、妬《ねた》んだ家臣に暗殺されかけて流浪の旅に出るんだが、共に旅立った忠臣に摩離って人物がいたけど、……知ってるのはそれくらいかな」

「そうか、……でも俺の知ってる〝マリ〟ってのは神話じゃないぞ。現代の話で、――どうも防衛庁内部だけでなく、韓国国防部にも深く浸透し連携してる北の諜報網らしいんだ。

韓国側には、領官級もいるらしい」

　桂川はライターを煙草に近づけて呟く。「おっと、禁煙だったか」

「ごまかすな」播磨は団栗眼《どんぐりまなこ》を鋭くした。「答えてくれ」

「――どこでそんなことを聞いた？」桂川の表情も口調も変わらなかった。

「いや、ＬＯになってから、ちょっとな。……なんでも陸海空三幕はもちろん、統幕にも協力者がいるらしいとな。そんな通敵勢力が内部に巣くってながら、今回のような事案に対処するとなると、ことだぞ」

「安心しろよ。そんな連中がいれば、どこからか耳に入ってくる」

「そうか、……それじゃあ」

「ああ、聞いたことがないし、多分、そんなのはただの噂だよ」

　桂川はくわえていた煙草を箱に戻した。


　湿り気を帯びた海風が冷たさを増し、日付の変わる時間なのを教えていた。

　新潟県、新潟港西港。

　新潟県警機動隊は二個小隊で港湾施設入り口を封鎖、阻止線を張っている。輸送バスから大盾を小脇にした隊員達が、分隊ごとの配置へと急ぎ、散ってゆく。出動靴の分厚い靴底がコンクリートを叩く音が、まるで小さな地響きだった。

警視庁公安部、水原警部補が受けとった情報は、警察庁を経由して新潟県警本部にもたらされ、機動隊が急派されたのだった。

すべてを見渡す指揮車のルーフ上の指揮台、通称〝鳥かご〟で、大隊長の警視は指揮を執っていた。「当該船に向かった一中隊はどうか？」

「現着はまだの模様です」伝令が胸元の無線機を押さえながら答える。

どこからか、夜気を震わせる航空機の爆音が聞こえる。

「急がせろ」息を光らせながら、大隊長は簡潔に命じた。

「了解、……こちら大隊長伝令より、一中隊宛、第三報。――」

埠頭に向かった第一中隊の百二十人は、全員が輸送車から降り立ち、埠頭から白い息を吐きながら、空との境が定かではない暗い海に目を見開いていた。

百二十対《つい》の視線の先には、一隻の貨物船が白波を蹴立てて、沖へ船首を回頭する姿があった。船首の方向が変わって港からの照明がかすかに届き、まだ新しい船体にくっきりと白く、英字で記された船名が見えた。

〈オーシャン・パシフィック〉――、間違いない。

中隊長の警部は、傍《かたわ》らの伝令に無線報告を求められて我に返った。「くそっ、遅かった……！　大隊長に至急報、当該船は離岸した！」

「一中隊より至急報！　当該船は離岸し、沖に針路を取っている模様！」

「伝令、新潟本部に至急伝達！　警察庁より提報のあった当該船は離岸、待機中の海保巡視船に連絡されたし！」

大隊長が伝令へ怒鳴る頭上を、回転翼機の爆音が降り始めた。やがて耳を圧する轟音になって、警察官達の頭上を擦過してゆく。

「……海保の特殊部隊か」星さえない空に、航空灯の点滅を追いながら、大隊長は呟いた。

そのヘリは海上保安庁、特殊警備部隊《SST》搭乗のベル２１２『日本海』だった。

特殊警備隊は特殊救難隊から選抜された海保の誇る精鋭部隊であり、大阪警備基地を根拠地とするが出動命令を受け、近隣の八尾《やお》航空基地からビーチクラフト機で仙台航空基地まで移動、さらに強制接舷まで巡視船〈えちご〉で待機すべく、〈えちご〉艦載機である『日本海』へと乗り換え急行していたのだが――。

「該船《がいせん》を視認！　繰り返す、該船を視認した！」チームリーダーは、自衛隊と同じケブラー樹脂製のヘルメットと、黒い目出し帽《バラクラバ》に覆われた頭を窓に押しつけて眼下を見やりながら、〈えちご〉へと繋がった無線に怒鳴り、振り返る。「全員、臨検に備え！」

黙然と座席に着く隊員達は、黒い防眩色の突入服に同じく黒のタクティカルベスト、肘と膝にアルタ社製防護パッド、そして太股にはサファリランド社製レッグホルスターに、グロッグ17を入れていた。左肩にはたなびく日本国旗をあしらった部隊章があった。

チームリーダーはトンボレスキューをはめた手を窓に添えて、目を転じ沖を窺う。

舳先《へさき》を湾内に向けた白い優美な船体の〈えちご〉と、高速特殊警備船〈つるぎ〉、巡視艇〈ゆきつばき〉が横一列で該船へと迫るのが見えた。どの巡視船にも〝海の機動隊〟、海警隊員が機動隊と同じSB8ヘルメットを被り、大盾を構えて鈴なりになっている。

「二保安正、〈えちご〉船長《セチ》より入電、繋ぎます！」

副操縦士の声を聞きつつ、チームリーダーは白い航跡をひく貨物船に目を凝らし続ける。

「こちら巡視船〈えちご〉船長《セチ》、甲板上に人影、異状は認められるか？」

騒音から守られたヘッドセットからさえ、相手の声は聞き取りにくかった。

「こちらはSST移動、現在のところ異状は――」チームリーダーの言葉が途切れる。

「こちら〈えちご〉、どうした？」

「いえ、……錯覚でしょうか、減速しているように見えます」

「減速しているだと……？」

「あ……！」チームリーダーは窓に額を押しつけたまま叫ぶ。「あれは――！」

船橋から墨汁が流れ出したような黒い影が広がる。それは大勢の人間だった。目を凝らすと、一人ひとりは背中のふくれた前屈みで、足の甲が不自然に大きく、ペンギンじみた不格好な走り方だった。まるで百鬼夜行だが……。

――奴ら、潜水装備を着けてるんだ！

チームリーダーは思わず口許のマイクを摑み、怒鳴った。

「SST移動より巡視船〈えちご〉！　甲板上に潜水具を装着した人影多数視認！」

「人数は！」間髪容れず答えた船長の声も割れていた。

「およそ……三十数名！」

「警告せよ！」

——貨物船〈オーシャン・パシフィック〉に、頭上から日本語、そして下手な朝鮮語の警告がローター音に混ざって響いている。

丁元鳳少佐は甲板上、警告を意にも介さない表情だった。潜水具を背負いドライスーツのフードから顔だけを覗かせた、潤花も含む部下達を前にしていた。

「潜水後は組ごとに上陸、浸透しろ！」丁は騒音のなか吼《ほ》えた。「いいか、我々が逃亡しつづければその分、敵の眼は東京からこっちに注がれる。状況次第では第二戦線を構築しても脱出を助ける！」

この男は、と潤花は居並ぶ兵士の最前列で思った。……流血の予感に胸が躍り、歓喜に震えている。——生まれながらの残虐者なんだ……。

「……覚悟しておけ」丁は潤花を見た。「それから潤花、お前は俺の組だ。離れるなよ」

好色さのない、不気味なほど静謐《せいひつ》な酷薄さを、潤花は人民軍少佐の両眼に見た。

——帝国主義者の血をひく者は、潜在的裏切り者ってわけ……？　この犬糞……！

「……はい」潤花はあらゆる感情を消して答えた。

従順な答えを確かめ、丁元鳳は海へと向き直る。「よし、では行くぞ！　――偉大なる首領様、万歳！」

甲板から手すりを乗り越え、三十名の北朝鮮兵士は丁を先頭に、次々と飛び込む。魚を狙う水鳥のように黒い海面を沸騰させ、しぶきが白く弾《はじ》ける。

潤花も口にマウスピースを銜《くわ》え、整った鼻梁《びりょう》に手をあてがい、機関を停めて惰性で進む〈オーシャン・パシフィック〉の甲板から、重力に導かれて舞った。

重力は平等だ、と数瞬の落下の間に、脳裏の片隅で呟く。

――流れる血には、関係ないもの……。

そして海面を貫き、冷たい海水に包まれたときには、潤花は類い希《まれ》な狙撃能力を持つ戦闘員に戻っていた。

潤花は暗黒の海に生まれ落ちた人魚のように緩やかに、だが力強く手足を動かし始める。

第三章　壊滅

「軍人さんの、……卵なのね？」

　桂川は雪の日に出会った女性と、横須賀市内の喫茶店で、向かい合っていた。

「――ええ。……お国の花郎《ファラン》ほど、社会的地位はないけど」

　花郎《ファラン》とは新羅《しらぎ》王朝時代、貴族の子弟で結成された国王の親衛部隊だが、日本の武人の尊称、侍にあたる。韓国陸軍士官学校出身者の通称でもある。臨戦無退、死ぬ以外に後退はないとの精神を誇り、その伝統は精鋭、海兵隊の服装にも受け継がれている。

「そんなふうには、見えなかったから。電話して、ちょっと驚きました」

「ごめん」私服姿の桂川は素直に謝った。「……ただ」

「――え？」崔春香《チェチュンシャン》と名乗った女性は窺うように、微笑んだ顔を少しだけ傾けた。

　冬のさなかだが窓から注ぐ陽光が優しく、春香の白い端整な顔立ちをひきたたせていた。服装も流行のものではないが落ち着きと、凜とした内面を窺わせている気がした。

「ただ、なに？　途中まで言ったんだから、言って欲しいです」

桂川は目を逸らし呟いた。「――防大生と言えば、……二度と会えない気がしたから」後から振り返れば、女性への勇気を使い果たした瞬間だったと思う。けれど春香には、それだけの魅力があった。これからも君に会いたい――。

真意を受け取った春香の、表情をよく映すつぶらな双眸《そうぼう》が、戸惑いで不意に幼くなる。二人はしばらく、使い込まれたテーブルに眼を落として店内のざわめきを聞いていた。

「……煙草、吸ってもいいかな」

「え？　ああ、はい、……どうぞ」うつむいたまま、灰皿を春香はそっと指先で押した。

「会ったばかりの人に……、こんなの言うのは初めてだけど、……でも」

「解ります、――それくらいは」春香は小さく答える。「……なんとなく、だけど」

「――申し訳なかった」桂川は伏せられた伝票をちらりと見て、腰を半ば浮かせた。「わざわざ来てくれたのに、……へんな話をしてしまった」

春香は顔を上げて、桂川を見た。わずかに驚き、そして呆れた表情が浮かんでいた。まったく好感を持たないなら、傘一本など郵送ですませてしまえるのに。そして、防衛大学校学生に悪感情をもつなら、電話をした時点で、会いに来ることもないのに。

「私、思うんですけど……あなたの韓国語には、問題があると思うんです」と春香は真顔になって口を開いた。

「――え？」意図を摑みかね、立ち上がった桂川の口から、怪訝な一言が落ちた。

「もしかすると」春香は淡々と椅子から見上げて続ける。「身近に韓国語を話す人がいないから、って思うんだけど」

桂川は春香を見つめてようやく、意味が頭の芯に届いた。

——それは、つまり……？

桂川は、胸の中に広がった思いが空気を押し出したような呼吸をして、笑顔になった。椅子に座り直した桂川は、春香の目を見ながら、そっと言った。

「じゃあ、——君が教えてくれないかな……？」

春香もまた微笑を含んで、小さく、けれどはっきりと頷き返してくれた。——

……幸せな暖かい記憶は、時にバターナイフのように心を裂く。心が冷たければ、記憶の暖かい刃は、なおさら心を深くえぐる。

痛みに耐えかねて桂川雅志は、日向《ひなた》の臭いを忘れた布団をはね除《の》けた。

——春香、……春香！　桂川は荒い呼吸を整えようとした。

一人だけなら、安い建材の天井に叫んでいたはずだ。だが、床では播磨が盛大ないびきをかいている。——

「なにか状況に変化は？」桂川は首相官邸からC棟、情報本部分析部に戻ると、机にアタッシェケースをどさりと置いた。大部屋の照明は大半が落とされ、各課各班の宿直者達が机の上で布団をかぶっている。

「いえ、なにも」汐見が首を振る。

「そうか……、ふたりとももういいぞ。ご苦労だったな。あとは俺が残る」

神田は「え、いいんですか」と躊躇いながらも正直にきびすを返しかけたが、汐見は「しかし――」と抗弁するように答えた。

「備えるのは幹部の義務だ」

「僕も幹部です」汐見が硬い口調で言った。「桂川一尉こそ、お疲れだと思います。……事態が長期化したとき、おられなければ困ります。休めるとき、休んでください」

「そう」桂川は気の抜けた笑顔で頷く。「じゃあそうさせてもらうよ。――播磨は？」

「そうだな」播磨は呟いた。「部隊に連絡いれてどっかで寝るわ。こんな時間だし、な」

「そうか。……家でよければ、泊まっていくか」

「そいつは有り難いがな」と播磨は意味ありげにニヤニヤして、汐見と神田の顔を見比べた。「諸官に無用な誤解を与える」

汐見と慌てて顔を見合わせた神田が、吹き出した。「もう、播磨一尉、あれは冗談ですってば」

「……何の話だ？」桂川が怪訝そうに言った。

「何でもない。八九《ハチキュウ》式小銃の愛称にまつわる艶っぽい、いい話だ」

以前、神田と汐見は、職務を離れても一緒の桂川と播磨を〝バディ〟——同性愛の相方なのかとからかったのだった。ちなみにレンジャー課程の、苛酷な訓練にともに挑むパートナーもバディと呼び、排泄以外のすべてを二人で行う。

桂川は、携帯電話をかける播磨に営門まで見送られ、束の間の睡眠のために情報本部を後にした。C棟近くでは保安措置のため、携帯は不通なのだ。

「ああ、俺。いま本庁だが、今日はちょっと帰れないんだ。……うん、——うん。そうか、……なんだ、お前の声、変だぞ。——未知も？」

播磨の声を背中で聞きながら、警備員の挙手の敬礼に応え営門を出、家路についた。

誰もいないアパートの寒々しさは季節の巡りに合わさり、桂川はその侘びしさを電灯を点けて追い払い、上着をハンガーにかけると、息をついた。

——なぜ、播磨まで……？　首相官邸での質問が胸に重く沈んでいた。

なぜ畑違いの播磨の耳にまで入ったのか、と桂川は部屋着に着替えながら思った。

——〈摩利〉の存在が。

情報保全は完全ではないにしろ、細心の注意を払っている筈なのに……。

とんだ〝零細時間の活用〟だった。——自衛隊では、空き時間の使い方をこう呼ぶ。

気分を変えようと、しばらくぶりにミニコンポの電源を入れ、好きな中島みゆきの曲を、音を絞ってスピーカーから流す。『悪女』、か。俺は悪党だけど……。

冷えた空気の中、清冽な歌声が耳朶に滑り込むにまかせ、束の間物思いにふけった。

とにかくすべては眠ったあと、と半ば割り切り、畳んであったベッドに布団を敷いたとき、玄関の呼び鈴が鳴った。ドアを開けると、別れたばかりの播磨が無言で立っていた。

「……どうした？」

「泊めてくれ」播磨は顔を上げ、それだけ言った。

「あ、ああ、いいよ。入ってくれ」桂川がどくと、播磨の落ちた肩が通り過ぎた。

「……中島みゆきか、これ」播磨は、ほんの半時間前とは打ってかわった憔悴《しょうすい》した声で尋ね、どさりと布張りのソファに腰を落とした。

「ああ、俺の心を慰めてくれるのは、この歌声だけだ」桂川がいぶかりながら答える。

播磨は疲れた顔にからかいの笑みを乗せた。「〝ひとり上手と呼ばないで〟ってか？」

静かに見ると、播磨は表情を消して目を逸らす。「学生時代からお前好きだったもんな。

……すまん」

「どうしたんだ」桂川はアームチェアに座った。「なにか飲むか、寝酒くらいならあるし、なんなら買ってくるけど」

「いや、いいんだ」力なく首を振る。

「どうしたんだよ、……なにかあったのか」

播磨はぼんやりと、桂川を見た。「……さっき電話したらさ、未知が四十度近い熱を出してるって言うんだ」

「みっちゃんが？」桂川は眉根をよせた。

「で、真理子の声もおかしいんで聞いたら……自分も熱を出してふらふらしいんだ」

「馬鹿か、お前は！」桂川は立ち上がった。「だったらさっさと帰って、少しでいいから顔を見せてやれ！……これから先、状況次第では帰宅できないかもしれないんだぞ！」

播磨は無言だった。桂川は続けた。

「早く立て！　電車が無理ならタクシー使え！　金がないなら貸してやる、だから――」

「……だから、俺はここに来たんだ」

播磨は呟いた。何か決意を感じる語調に、桂川は言葉を切った。「――なに？」

「俺はさ、……多分、官舎であいつと未知の顔を見たら、動けなくなると思うんだ。国家の危機も有事も関係ない、ただの馬鹿な父親、亭主になっちまう、ってな。――いまそれは出来ないってな」

怒りが溶けたように冷めて、桂川はアームチェアにすとんと腰を落とした。

「なあ、桂川よ。……いま俺と同じ気持ちを味わってる自衛官は、たくさんいるんだろうな。――いや、俺たちだけじゃない。世界中の軍人も、きっと同じなんだろうな」

「……そうだな」妻も子もなく、自らを焼け跡と評した男は、実感もなくそう答えた。

「かといって、もうどこでも眠れる心境じゃなくなった。心配で心配でたまらんのだ。

あいつと未知が。……すまん、迷惑だろうが」

「いや。――悪かった」桂川は心から言った。「……何か飲んで、早く休もう」

それから播磨は、桂川の取り出したウイスキーを寝床でのみ、うつらうつらとした。自分の携帯電話が鳴り、桂川が取るのが聞こえた。

「……ああ、真理子さん？　うん、家に泊まってる。……エサのかわりに酒を少し飲ませてあるから。……うん、判った。……伝えておく。身体を大事に」桂川は携帯電話を切り、播磨に小声で言った。「……くれぐれも心配しないようにって。官舎中の奥方が支援してくれてるおかげで、ふたりとも大丈夫、って伝えてくれとさ」

播磨はそれが眠りへの呪文だったように、頷きながら目を閉じた。

気丈な女性だと桂川は思いながら電気を消し、ベッドで布団をかぶった。

地方なら部隊でまとまり、旦那の階級が持ち込まれる分、夫人同士の人間関係も難しくなるが、首都圏の官舎では部隊がまちまちで距離がとれる。疎遠ともいえるが、真理子はうまく付き合っているらしい。播磨との交友でも、真理子は大きな存在だったが、……今は播磨の妻であり、重い障害を持って生きる未知の母親なのだ。

もし、真理子に思いを告げていれば？　――桂川は枕の上で頭を転がし、はやくもいびきをかきはじめた播磨を、闇をすかして見ながら思った。

播磨や真理子と共に、忠誠を誓った国家を欺くようなことはしなかったし、なにより雪の日の出会いがあったかどうか……。

人間に出来るのは、と桂川は思った。――運命と呼ばれるものとつき合いながら、それを変えようともがくことだけだ。

人の一生は流れつづける水、運命は川だ。流れははみ出すことを許されない。でも、……水は時に堤防を破り、新たな流れになる。進み続けて、行き着いてみるしかない。

そんなことを脳裏で弄んだ報いか、それとも真理子の声で柄にもない嫉妬《しっと》でも湧いたのか、桂川は滅多に見ない夢に、春香を見た。

――眠りはなにも与えてくれない。安息も、夢さえない空虚な狭間《はざま》になったのは、春香を失って以来、ずっとだ……。

桂川にとって微睡《まどろ》みはいつも、瞼《まぶた》の裏の闇を見つめる時間なのかもしれなかった。

そしてその象徴のように、暗がりで電話のボタンが毒々しいまでに点滅し、鳴り響いた。

「お休み中申し訳あり――」ベッドから起きあがり耳にした受話器から汐見の声が届く。

「桂川だ。そんなのはいい、用件を」無表情に告げ、闇に慣れた目で壁の時計を見上げる。

十一月二十日、〇二時三十分。

「……はい、新潟県警が新潟港で、貨物船に立入検査を強行しようとしたところ、潜伏していた工作員らしき約三十名が、当該船舶から離脱した模様です！」

遅かったか……。それが桂川の抱いた最初の感想だった。

敵性勢力はおよそ一個小隊……。しかし、人権を保障する自由主義国では考えられない過酷な訓練で鍛えられた、強靭《きょうじん》で高度な戦闘能力をもつ精鋭部隊だ……。

「工作員は分散し水際《すいさい》から浸透をはかるものとみられ、現在、県警機動隊、及び海上保安庁が捜索中です」

「了解、地図と警備地誌の資料を用意。それから東部方面隊総監部、第十二旅団司令部第二部《G2》とのチャンネルを築け」

「しかしそれは……」越権行為では、と口ごもる汐見に桂川は続けた。

「いいからやってくれ。相手がごねたら、俺の名前を出してもいい」

どこの国の将校もそうだが、出身兵科でまとまる傾向があり、自衛隊情報幹部は〝兵科〟――職種ではないが、情報人脈を形成している。情報関係と同じく人員が少ない化学科職種は、特に結束が固い。

「問い合わせについての資料は渡してあるとおりだ。これから播磨と登庁する。頼んだ」

あれほど妻と娘を案じていた男は眠ると別なのか、まだ盛大ないびきをかいている。桂川は受話器を戻しながら、「起きてくれ」と爪先で蹴った。呻《うめ》いただけなので「非常呼集……！」と低く怒鳴った。

意味不明の呟きの後、播磨はようやく目を覚ます。「な……なにかあったのか」

「始まった。……当該勢力は約一個小隊だそうだ」

「解った、連絡する！」播磨の顔から寝ぼけが吹き飛び、枕元の携帯電話をつかむ。「もしもし……、こちら播磨。よく聞け、〝カラスが啼《な》いた〟、繰り返す〝カラスが啼いた〟。……続報を待て、以上だ」

それから二人は、慌ただしく身支度を行う。幹部の清潔な身なりは士気に関わり、配車を頼んだタクシーがくるまで十分ほどしかない。

「お前さ」播磨は顔を洗いながら言った。「非常呼集はやめてくれ」

「これが一番効果あるだろう？」歯を磨きながら桂川は言った。

「これだよ、これだからレンジャー課程の恐ろしさを知らん奴は。夜中になんどもやられてみろ、条件反射だ、条件反射」

「なるほど」

「一度なんかな、教官が原付バイクで居室に走り込んできてな。――」

二人は狭いユニットバス内で、場所を入れ替わった。

「熟睡してる俺たちを叩き起こしたんだ。〝ひじょーこしゅうー〟、って歌うようにいいやがってな。それでこれよ」バイクにまたがり、片手でアクセルを回す仕草をする。「ブルンブルン。……なに考えてんだろうな」

自衛官の言う〝娑婆《しゃば》〟、世間でなら呆れられる自己主張も、別に不利にならないのが駐屯地や兵隊屋敷の日常だ。自衛官の常識は世間の非常識。……世間から柵一つ隔てられた日常には、規律と無邪気が入り交じっている。軍人とは愚直、言い換えれば鈍感でなければ務まらない。自分自身の苦痛にも、恐怖にも。

だから、どこの国の軍人も精鋭であればこそ、いっそ清々しく自らを〝馬鹿〟、〝狂ってる〟と称する。勝ち得た克己心の代わりになくした心の柔らかさを、忘れようとして。

「もっとも、おかげでこんな真似もできるようになったが」播磨は桂川が使ったばかりの歯ブラシを無造作に口につっこんだ。——

アパートの外にエンジン音が聞こえ、二人は玄関を出る。タクシーがライトを消し、運転手が二人の自衛官を人待ち顔で見た。

「家に連絡しなくていいのか?」桂川がドアに鍵をかけながら言った。

「いいんだ」どこか振り切った表情で播磨は答えた。「あいつが大丈夫だといったら、きっと本当に大丈夫なんだ、……うん。すまん、行こうぜ」

播磨は一人得心してから、桂川を急《せ》かす。

情報幹部と特殊部隊幹部は、階段を駆け下りていった。

……潤花はドライスーツに包まれた腹に、砂浜に乗り上げるざらりとした感触がすると、ゆっくりと四肢に力を込め、波打ち際で首をもたげた。

新潟港から数キロ、山の下海浜公園の海岸だった。

誰もいない……？　海岸に捜索の光はなく、東側に遠く、新潟空港の様々な航空表示灯が不知火《しらぬい》のように見えるだけ。漆黒《しっこく》の海から這い上がった姿を見る者はない。

どうやら日本の治安当局は新潟港が信濃川河口にあるため、自分達が市内に潜入すべく信濃川を遡行《そこう》したと考えたらしい。

――大きな誤算ね……。行こうか。

潤花は周囲を警戒し、身をかがめて砂を蹴る。マウスピースを吐き捨て、背中の空気を使い果たしたボンベと、幾重にもビニールで包んで背負った〝荷物〟を外す。

海上保安庁と警察のヘリに空から追跡されたせいで、仲間の姿を見失っていた。丁もこの近くから上陸した筈だが、待っている気配はない。

――あの犬野郎が、私のために身を危険に晒すはずない……。

海岸を抜け、灯りの届かない植え込みに穴を掘り、潜水装備と脱ぎ捨てたドライスーツを放り込む。窮屈なドライスーツの下から現れたのは薄手のセーター、焦げ茶色の革製ブルゾン、そしてジーンズの平服姿だ。

潤花はビニールに包んだ〝荷物〟をほどく。靴下とスニーカーを取り出して履く。小型の一九七〇式自動拳銃をジーンズの腰に差して弾倉はポケットにねじ込む。ケースに収まった銃剣に似た中国製ナイフを、右足首にテープで巻いて裾をおろす。

準備完了か……、潤花は持ち物すべてを点検し、不要物は穴に投げ込み、小型の塩素ガスを吹きかけて穴を埋め、立ち上がる。

潤花は公園内のトイレで手を洗い、光を恐れるように走り出した。

闇を盾にどれだけ距離を稼げるか。――潤花の関心はただそれだけに絞られていた。


防衛庁は、不夜城と化していた。

営門の警衛隊員は八九式小銃に実弾入りの弾倉を装塡し、緊張した眼を絶え間なく周囲に光らせている。その手前で桂川と播磨を乗せたタクシーは止まり、二人は料金を払うのももどかしく降り、身分確認のうえ門を抜けた。
A、B、C棟、どの建物も煌びやかなまでに明るい。桂川の目に宇治平等院を模した配置の庁舎群が、高台で夜空に翼を広げた鳳凰《ほうおう》に一瞬、見えた。
そしてC棟、情報本部もせわしなく行き交う緑、青、黒の制服で沸き立っていた。

「まるで指揮所演習《CPX》だな、桂川よ」長くない足を精一杯伸ばして急ぎつつ、播磨が言った。

「ああ」桂川は無味乾燥に答えた。「けどこれは演習じゃない、実任務、実戦だ。――ん?」

「お疲れさまです、桂川班長、播磨一尉」汐見が玄関ホールで、安田を従え待ち受けていた。「部室ではなく、こちらへ。安田二曹、荷物をお持ちして」

へい、と答えて巨漢の下士官がグローブみたいな手を差し出す。まるで若旦那と丁稚だ。

「いいよ、自分で持つから」桂川は苦笑した。「どうした？」

「ええ。恩田部長から情報現示室設置の下命がありました」頬を紅潮させた汐見は、美男のせいですこし幼く見えた。「我々も指定要員ですから、そちらへ」

「そう……わかった」桂川は肯いた。「ただ、部室から必要な資料は持ってゆく。――そういえば神田は？」

「あ……、まだ、その」

「海自の伝統、出船の精神はどうした……！」播磨が憤然と言う。「なっとらん！」

「ま、そのうちくるよ。――行こう」


「こんな場所があったんだな」

「ああ、俺も入るのは初めてだよ」

情報本部地下三階の最奥部。防衛機密区画、と鮮やかに記されてはいるが、変哲のないスチール製観音開きのドアだ。だがその前で警務隊員が入室者の機密取扱資格《クリアランス》を厳しく確認しており、桂川と播磨の会話も警務隊員に鋭い眼差しを向けられながらだった。

「もっとも……、有事にしか開設されない」

結構です、と警務隊員はドアを開けた。中はぼんやりした明るさしかなく、天井が低く狭い通路は隧道《ずいどう》のようだ。

「そうか、開かずの間、か。——こら安田、ちゃんと運べ」

「一尉、重いっすよ」安田が抱えたバインダーのうえに眼だけ覗かせた。「暗いし……」

「馬鹿野郎、落下傘より軽けりゃ重いとは言わねえ」

必要なことはすべて頭に納め、イーグル社製ソフトアタッシェを下げただけの桂川に、汐見が言った。「……緊張しますね」

「情報勤務で殉職はないよ。——功労章にも縁がないが……」

「おっ」播磨が左右の壁が斜めに途切れた、短いトンネルの出口で声を上げた。「すげえ」

まず目に飛び込んだのは、一つが縦三メートル、横十メートルある三面のカラーデータ・スクリーンだ。左右が海自海上作戦部隊指揮管制支援システム《MOF》、空自自動警戒管制組織《BADGE》システムで、中央が陸自の状況を表示する。照明のおさえられた室内に陸海空の徽章がそれぞれ緑、青、白で明滅している。スクリーン下で、数人の信務員が機器を操作している。

「まあ、いまは開演前の映画館みたいだが」桂川は言った。「ここが俺達情報勤務者の司令部になる」

「座席がずいぶん少ねえけどな」播磨が言った。「で、俺らの指定席はどこだ？」

「予約済みです」汐見がにこりと笑った。「こちらです。足下に気を付けてください」

小さな体育館ほどのフロアは、十センチほどの段差で雛壇《ひなだん》のように三段に分けられ、一段当たり二十畳ほどだ。それぞれ三つの大テーブルが据えられ、ディスプレイの閉じたノートパソコンが置かれていた。

六畳はあるダウンライト式作戦台が据えられた中央の段を通り過ぎる。

「もしかして、まだ上か？」桂川が言った。

「ええ最上段です」汐見は嬉しそうだ。「しかもですね……」

「……ここか？」桂川は、対遊撃検討班のプレートを見つけて苦笑した。

「特等席だぜ」播磨が席を見て嬉しそうに言った。

ほぼ室内すべてを見下ろす最上段の、真ん中のテーブルだ。雛壇ならお内裏様だろう。

「当然じゃないんですか？　班長はずっと警告し続けてきたんですから」

「有り難いけど」桂川は荷物をテーブルに置いた。「俺は占い師ではないからね。……守ることに貢献できてこそ価値はある、と思うよ」

「……すいません！　遅れました！」神田がショートカットを振り乱し駆け上ってきた。

「では、全員そろったところで――」桂川は口調を改める。「状況を」

汐見は嫌がる桂川を上座につかせて口に両手を当てた。「表示をお願いできますか！」

離れたスクリーン下の操作卓につく信務員が、立ち働く海自女性士官を仰ぐ。女性士官は素っ気なく肯くと振り返り、汐見を見上げ、にこっと笑顔になる。

世の中不公平だ……、と思う間もなく、スクリーンに日本列島が表示され、新潟がフレームアップする。

「まず現場が警備隊区の第十二旅団が、第一種勤務態勢。即応予備招集も検討中です。旅団は県警へ連絡幹部派遣を検討中ですが……現在、総監部第三部長が情報収集中です」

「そうか。……他の方面管区ではどうか」

　スクリーンの地図が東北から一気に九州へとロールする。

「西部方面隊、〝西普連《WAiR》〟も同様の態勢です」

　西普連——、西部方面普通科連隊は、島嶼《とうしょ》部に浸透する特殊部隊に対応すべく、レンジャー有資格者を中心に編成した、五百人規模の方面隊総監直轄の軽連隊だ。警備隊区の担任はなく、九州地方全域の作戦に投入される。

　汐見は、スクリーンがやや北上した瀬戸内海、広島は呉沖の江田島を表示すると、言った。「あと、海自特別警備隊《SBU》に海警行動待機命令が、下りました」

　海自特別警備隊は米海軍の特殊作戦司令部、特殊戦開発群《デヴグルー》より技術供与を受けた自衛艦隊直轄の臨検部隊《MIO》だ。二佐の隊長以下三個小隊六十名と総務班、医療班といった支援部隊から成り、隊員は世界随一の練度を誇る海自掃海部隊、水中処分員《EOD》出身者が多い。

「空自は」汐見は再び日本全土が表示されたスクリーンに、顔をむけた。「即応態勢《デフコン》4、防空警戒区分 黄色《コーションイエロー》で変わらず。ただ各飛行隊はアラート態勢を五分待機へ移行」

　デフコンは五段階あり、空自各指揮所は平時《ノーマルホワイト》、要警戒《コーションイエロー》、臨戦《ウォーニングレッド》で照明の色を変える。

「海自は舞鶴、三群六十三護衛隊イージス〈みょうこう〉、同〈しまかぜ〉がすでに出港、日本海を哨戒中です。また、航空集団鹿屋基地第一航空群のP－3哨戒機が上がりました」

　護衛艦を示す白い表示に横顔を縁取られて、汐見は桂川を見た。「それから、海空各基地警備隊に警護強化の通達。なお統幕は第一幕僚室が、中央指揮所《CCP》に要員を配しました」

　第一室は統合幕僚会議の運営全般を所管するが、防衛の中枢、中央指揮所も管轄する。

「現況は以上です」汐見が締めくくると、下から拍手が湧いた。気がつくと室内に、つまらない邦画の観客程度の隊員が集まっており、汐見は照れながら一礼する。「……どうも」

「海自も素早いな。なあ、神田？　海上勤務で遅れたら航発後期、戦時中なら銃殺だぞ」

「すいませんすいません！」神田は泣き出しそうな顔で言った。

「ま、それはいいとして……」播磨は脅しておいてけろりと言う。「警備訓練で仮設敵のレンジャーにいつも好き放題されてるんだ、どうも心配だな」

「現地で空中偵察は？」桂川は内心よくいうよ、と苦笑しながら言った。――某空自基地で、滑走路脇の排水路を三キロも匍匐《ほふく》前進して侵入、業務支援車を強奪しエアガンを乱射してやったと自慢したのは、お前だろ……。

「いえ、それはまだ」汐見は答えた。「まだ警察の領分ですし、調整が出来ていません」

「警察の警備態勢は？」桂川は言った。

再び新潟に戻ったスクリーンを汐見は見た。「はい。新潟県警は市内全域に緊急配備を敷き、非番警察官も寮員招集して第二機動隊を編成中の模様です。県警は管区警察局を通じ警察庁に応援を要請、警察庁は警視庁警備部の特殊部隊派遣を検討しつつある、と」

「特殊急襲部隊《ＳＡＴ》か？」播磨がすかさず尋ねる。

ＳＡＴは警視庁警備部隷下、対ハイジャックが主眼の、警察の切り札だ。機関拳銃、自動小銃を備え、日本警察の最も重装備部隊と言えた。

「いや、それはないだろう。……どうかな？」

汐見は桂川に、ええ、と答えた。「ＳＡＴではなく銃器対策部隊の投入が考えられます」

銃器対策部隊は第一、三、六、九の各機動隊に編成され、銃器を使用した凶悪犯罪全般に対応する精鋭部隊だ。

「何にせよ警察の警備力強化となれば、木更津の第一ヘリ団に、省庁間協力の要請が考えられるな。陸路で急派は時間がかかりすぎる」

「ええ、陸幕もそう考えているようです」

桂川と汐見に、播磨が割り込む。「なぜＳＡＴじゃないんだ？」

「東京で別の支隊が攪乱行動で牽制してくる可能性があるし、拉致された二人がまだ都内なのを考えれば、首都を離れるわけにはいかない」

「そうだな。……とすれば第一師団も動けんか」

「ああ、増援がなければ、第十二旅団だけで対処することになる」

新潟の第十二旅団は、首都の第一師団とともに東部方面隊隷下にある。

陸自は全国を五つに分けてそれぞれの方面隊の総監部、つまり司令部隷下で複数の師団、旅団で防衛を担任するが、その上の最高司令部は存在しない。他方面隊から編成を越えて増援を仰ぎ、指揮下に組み込むこと——、編合も自衛隊法で厳しく制限されている。

同じ自衛隊でも空自なら航空総隊、海自なら自衛艦隊とそれぞれ全国の部隊を一元運用する上級司令部が存在する。

「空中機動力の高さが、せめてもの幸いだけど——」

通常の師団では限定的な空中偵察がせいぜいなのに比べ、第十二旅団は独自に飛行隊で空中機動を行え、捕捉した敵をヘリボーンで降下、包囲できる。しかし——。

「——問題は、戦力だ」桂川は言った。「一般的に対遊撃戦には、敵より最低でも五倍から十倍の戦力が必要だ」

第十二旅団は即応予備自衛官を招集し編成完結しても、四千五百人にすぎない。基幹となるのは五百人の軽普通科連隊が、四個——。

「あのお、じゃあ十二旅団で充分じゃないんですか？」神田がおずおず質問する。

「あのな神田君」播磨が言った。「もともと俺らの作戦単位は、諸外国軍と比べりゃほぼ一単位小さいんだぞ？　師団は外国の旅団、旅団は連隊、連隊は大隊ってな具合だ。そんなかわゆい部隊がだな、市街地や森林で、ちょこまか逃げ回る奴らを追いかけ回すんだ。ついでに言っとくと、街や森は兵を呑《の》むんだ」

小規模兵力の横隊では当然、散兵線は薄く——、密度の薄い一枚の膜にしかならない。これでは相手を容易に見逃すか突破され、背後を衝かれる危険さえある。

それを嫌って道路沿いに前進すれば、進路を予測されて伏撃、つまり待ち伏せされる。伏撃は、実に対遊撃戦の六割を占め、しかも道路と道路が隔たっていれば、中間に潜む敵は捕捉できない。

「呑んじゃうんですか」

「ああ。〝どこでも行動できる一個小隊は、道路しか機動できない一個大隊に相当する〟、……機動力が優れてれば、九倍の敵とも経験次第で交戦可能だ」

「日露戦争の時も」桂川は言った。「永沼挺身隊がたった三百騎で露軍三万名を引きつけた戦訓もあるしね」

「じゃあ森に逃げられたら、やばいじゃないですか」

「まあね、だから憂慮してる。まだなにも始まってないが」桂川はテーブルで手を組んで肯く。「市街地で、警察は敵性勢力を制圧できるかな」

特殊部隊幹部として訓練を積んだ播磨は答えた。

「……難しいだろうな。相手は殺すつもりで撃ってくるが、警察は職務執行法が射殺を認めてないし、なにより犯罪者から市民を守る平時の組織だ。意識の切り替えが出来るかな」播磨は微苦笑した。「……もっとも、俺たちも同じだがな」

自衛官は〝武装した公務員〟にすぎない。人を殺す絶対的な激しい嫌悪感もまた、一般人とかわりはない。もっとも鍛えられたレンジャー隊員たちとて、それは同じだ。苦痛に耐えるのと、敵兵とはいえ他者を殺傷する精神的重圧は次元が異なるものだ。

「だが近接戦闘《CQB》の練度は、残念だが警察の方が上だ。俺たちはまだ演練《えんれん》の緒についたばかりだからな。……それも各師団、連隊ごとに捕獲要領を実員検討《じついんけんとう》段階にすぎん。それに民間人避難にしても、俺たちでは何の権限もない」

市街戦はもっとも人的損耗率が高い。至るところの遮蔽《しゃへい》物、建物の部屋を一つ一つ掃討しなければならず、しかも、交戦距離は数メートル。野戦を想定し、出来うるだけ遠距離で敵を撃破したい正規軍が、実はもっとも不得手とする。軍事組織が貪欲《どんよく》に科学技術を取り入れたのは大まかに言って、機動力の獲得、通信距離の増大、遠距離投射能力の延伸のためだからだ。

「くそ、船内で制圧、捕獲できてればな……」

たしかにその通りだ、と桂川も思った。だが――、機動隊が現着寸前で取り逃がすとは運不運を通り越している。

――誰かが報せた……？

なるほどね、と桂川はパズルを埋める一片を手に入れたと思った。あいつか……。

「警察のがんばりに期待するしかないな。それで敵の練度や編成が解る」播磨は太い眉毛を寄せて呟く。「……嫌な言い方だが」

そういった情報は、銃火を交えて初めて判明する。当然犠牲者が予想された。

「それが判明しても、状況は動かないよ。政治が決断しなければ」

「やっぱり、……現時点での出動命令発令は難しいか」

自衛隊法には、出動事態として三つが明記されている。秘匿略号で〝S〟、災害出動。同じく〝T〟、治安出動。

そして――防衛出動〝Q〟だ。

災害出動以外、この国では核兵器と同じだ。米国が世界で唯一の核使用国と記憶されているのと同様に、政治家も最初の発令者として記録されたくないのだから。

「せめて政府が緊急《E》事態宣言をしなければ、動員《M》開始は無理だな」

「いつも後手後手ですね。阪神・淡路大震災の時も、そうでした」苦みを押し隠して呟いた汐見は、兵庫県姫路市の出身だった。

「ああ」桂川が答える。「亡くなった数千の人達は、――直後には生存してた人達の何人かは、この国の、俺たちを信じない人達の代わりに亡くなったのかもな……」

「ひどい有様で、――当時の総監はちょっと泣いていましたね」

「指揮官がテレビの前で一瞬でも涙を見せるとは言語道断、と言いたいところだが……、俺もその場になれば、わからんな。やっぱり、悔しいだろう」播磨も付け足した。

「俺もそう思うよ。だが、今回は情報収集の手段が絶たれた訳じゃない。最善を尽くして一線部隊を支援するんだ」

「解りました」汐見が頷き返すと、播磨も「頼んだぜ」と桂川を見た。

「全員聞け、警察庁より省庁間協力の要請！」幹部の一人が入り口で怒鳴った。「第一ヘリ団が警視庁の応援を空輸開始する模様！」

それが合図のように、隊員達がどっと入り口から溢れてきた。まるでハリウッド大作の封切り日だ。静かだった情報現示室が、一気に人いきれと慌ただしさに満たされる。

「班長達は座っててください」汐見はノートパソコンで室内ＬＡＮの点検をしながら、手伝おうとした桂川に言った。「お忘れかもしませんが、僕の職種は通信ですから」

「――播磨」桂川は喧噪の中、中央テーブルに組んだ手の上に半眼だけ見せ、口を開いた。

「うん？」同じく所在なく席に着いた播磨が答えた。

「……家に連絡しなくて、いいのか」

「ああ。なにも起こらなければ、すぐに電話する」

「そうか。でも、……心配だろ？」

「日中は福祉施設のデイサービスを利用してるからな。真理子が動けなくても、施設の職員に無理言えば、通院の面倒は見てくれる」

「そうか」桂川はぽつりと言った。

「いい施設なんだ」播磨は笑顔で言った。「設備は古いが職員はみんな明るくて、未知みたいな子や知的障害者の世話を一所懸命してる。頭が下がるよ、俺には絶対できないからな。——たまに迎えに行ってそう言うとな、自衛隊みたいに大荷物もって山道あるけません、って笑われちまった」

桂川は頷いた。「いろんな職業が、この世にはあるよ」

「でもな、未知はああいう身体だが、俺はどんなささいな事でもいい、他人になにかを与えられる人間に育って欲しいんだ。誰かに一方的に世話になるんではなくてな」

「そうだな」

「障害者の自立の問題にしても、世間がもっと受け入れたら……、施設の中だけの生活は減ると思う。……福祉制度だけの問題じゃない」

桂川は静かに言った。「一緒なのかもしれないな、福祉も……防衛も」

「どう同じなんだ」播磨は怪訝そうに尋ねた。

「一般の、大多数の国民は福祉の必要性は解ってても、よそで誰かにしてほしいと思ってるんじゃないかな。予算を出すから自分たちの生活と重ならないところにいてほしい、と」

「かもしれんな、限られた経験しかないが……未知もふくめて、テレビや映画に出てくる天使みたいな障害者ばかりじゃないからな。ただの、普通に感情を持つ人間だから、……職員がかなりの忍耐を発揮してるのはよくわかるよ」

「観念だけで現実を見失えば、結局それは無責任だ。現実が露呈すれば、観念しか持ち合わせない人間は、途端に感情だけを先走らせてしまう。とくにこの国の人々にはそういう傾向がある。……この国の歴史には、中庸がないんだ」

「極端から極端へ、か。――某大手新聞社が、その象徴だな」

「班長、播磨一尉、汐見三尉」

顔を上げると、神田がトレイ代わりのノートパソコンに載せた、ヘッドセット付きの小型無線機を視線で示した。「これを着装するようにって」

館内情報配信用無線機《パワー・プレスト》だった。在室する要員同士の連絡を容易にし、さらに機密取扱資格《クリアランス》に応じて命令回報、伝達を行う、秘密保全の役割も持つシステムだ。

桂川は受け取ると腰のベルトに本体を付け、野戦用とは比べものにならない華奢《きゃしゃ》なヘッドセットを頭に着けた。スイッチを入れて、「テスト、テスト」と繰り返した。

「〝――桂川一尉〟」イヤホンからいきなり、恩田の声が聞こえた。

振り返ると、野球場の客席のように室内を見下ろす幕僚監視室から、ヘッドセットを装着した恩田が、桂川を見下ろしていた。

「恩田部長……」

「お前の成果を、見せてもらうぞ」静かだが、力のこもる声だった。

桂川は束の間、恩田を見つめてから黙礼した。「微力を尽くします」


狭い路地の入り口が、赤い点滅に縁取られていた。

街灯の届かないポリバケツに身を隠した潤花は、それを見ていた。

みるみるうちに点滅が激しくなり、エンジン音が高まった瞬間、身体を小さく固めた潤花に気づかず、警告灯を光らせたパトカーが、凶星のように表通りを通り過ぎた。

潤花は口をわずかにゆるめ、そっと息を吐く。……いまは自分の息の白さにさえ、緊張する。上陸して、三度目だった。

平和町、物見山、小金町へと闇を味方に、家々と辻を縫って奔《はし》った。どんなに鍛えられた戦闘員でも、集団で押し包まれれば勝ち目のないのを、潤花は知っていた。

街にはそれぞれ特徴があり、それを生かさなくては逃亡は難しい。新潟の地理的特徴として、市内を流れるいくつもの河川がある。そして、もっとも突破が難しいのが橋梁だ。渡るには二つの検問を通過しなければならない。橋上で捕捉されれば挟み撃ちにされ、遮蔽物もなく狙撃の絶好の的となる。川を泳いでも、自由に身動きが出来ず、容易に逮捕される。渡河の困難さは、野戦と変わらない。

阿賀野川と信濃川を結ぶ通船川が、もうすぐ行く手を隔てる。

潤花はじめじめした路地から立ち上がり、走り出した。

しばらく走ると家並みが途切れ、夜空が広がった。フェンスの網目越しに、広い運動場と校舎らしい建物が見える。

潤花は足を緩めて、フェンス沿いにとぼとぼと歩き出した。通船川に差し掛かると、堤防の上に薄闇の空が開ける。

潤花は夜露に濡れた下草でわずかな足音を湿りの中に隠し、家々の間から射し込む淡い街灯を避けながら、堤防の斜面を下流に向けて歩いた。


「……それで、市内の警備はどうですか」早川和典知事は信濃川のほとり、新光町の新潟県庁大会議室で口を開いた。

知事と、大テーブルを囲む県庁幹部の視線が集まる中、県警本部長、浅香憲光警視長は言った。

「現在、市内全域に緊急配備、県警警察官すべてを招集して警備に当たっております」浅香は自分の声の落ちつきに安堵しながら、続けた。「各所轄は交通機関、高速道路出入口及び料金所で警備検問を実施しています。また、各交番勤務員のほか、地域部自動車警ら隊、刑事部機動捜査隊、警備部機動隊、及び管区機動隊を中心に市内の巡察を厳に行っております。また、警備部警備課が情報収集中です」

「今のところは平静、ということですね……」理知的で穏和な顔立ちの、厚生労働省出身の知事は、静かに頷いた。

「だがね、夜が明けたらどうなるんだね？」安城副知事が、吸い殻の詰まった灰皿を前に口を開いた。「相手は軍人らしいって話じゃないか。銃や爆弾をもってたらどうする？これへの対策は？」

「すでに一般警察官にも予備の執行実包——、実弾交付を指示しております。不審者を発見次第、市内を巡察中の機動隊、密行中の機動捜査隊を投入、包囲します」

警察官僚と、副知事の問答に黙って耳を傾けていた早川は、言った。

「私の懸念はもう一つあります。柏崎原発、——これへの手当は？　どうなってます」

浅香は県知事に顔を向けた。「情勢分析では、原発襲撃の可能性は極めて低い、と認識しています。今事案の端緒が北朝鮮情報機関による拉致工作との報告を受けており、また我が国と当該国の間には、原発襲撃を企図するほどの危機は存在していません」

浅香は事の真相をすべて知らされている訳ではなかった。

「そう本部長はおっしゃるが、空き巣が、居直り強盗に変わる場合もあるだろう？」

「もちろん、対策はとっています」浅香はことさら冷静に言った。「柏崎には従来配備の原子力関連施設警戒隊、銃器対策部隊六十六名が警戒に当たっています。小型機関銃を装備し専門知識をもった県警の精鋭です。また、荒浜駐在所に現地本部を設置、柏崎、小千谷、長岡の各所轄より臨時部隊を編成し、総勢百二十名で外周警備を固めています」

「普段は日常業務に就く警察官達で、大丈夫なのかね。いや、それ以前に――」安城副知事は言った。「日本の警察官達に、本当に効果的な鎮圧なり制圧は可能なのかね?」

「警察は治安を守るのが任務です。たとえ相手が何者であろうと、です。断固、検挙する覚悟です。ですが……」浅香は言った。「これ以上の警備力が必要とされ、また山間部に逃走されれば……遺憾ながら警察力のみの対応は難しいか、と」

やはり〝それ〟を想定するのか、と県幹部職員達は押し黙り、テーブルに視線を落とす。

自衛隊の治安出動。

地方自治体と自衛隊の連携は、阪神・淡路大震災以降、大幅に進展している。だがそれは災害対処の分野に限った話で、武装集団としては、まだまだ拒否反応は強い。

「県警の警備態勢は、よくわかりました。宜しくお願いします」早川知事は、会議を締めくくるように言った。「消防局も、救急の非常運用態勢を整えてください」

息を吐く一同に、早川知事は続けた。「明日以降も厳しい状況が続くでしょうが、県民の安全を最優先で、国とも調整をはかりながら、県職員全員で力を合わせていきたいと思っています。どうかお力をお貸し下さい。頑張りましょう」

県知事は、皆の顔を見渡した。「では、一旦散会します。各部課は非常連絡態勢で、責任者は庁舎内での待機をお願いします」

職員達の椅子をひく音が続き、会議室へと流れてゆく。

「浅香本部長。……すこしお時間いただけませんか」早川が言った。

「はい」浅香はドアの前で足を止め、秘書官に目顔で廊下で待つように告げた。

会議室には元厚生労働官僚と、現役警察官僚以外に誰もいなくなっていた。

「……なにか」浅香は早川に近づいた。

「ご多忙中、申し訳ない」四十代の若い県知事は口ごもった。「……その、煙草をもらえませんか」

浅香は理由が解らないまま、胸ポケットから取り出したマイルドセブンを一本勧め、火を点けてやった。早川は細めに開けた窓に紫煙を少しずつ吐き出すと、咳き込んだ。

「何十年ぶりかの煙草なんです。——医師免許を取ったとき、やめましたから」

「そうですか。私は警察官にあるまじき事ですが、浪人中から吸ってましてね」

浅香は窓から市街をながめた。信濃川にかかる千歳大橋の街灯が、等間隔に湾曲しながら延びている。

「煙草をやめたのも……医師免許を取ったのも、両親の強い意向でした。私はそれを嫌って実家の病院ではなく、東京で勤務医として働きましたが、いろいろ親戚のしがらみがうるさくて厚生省に入りました」

浅香は意図が読めないまま、早川の言葉を聞き続けていた。

「そこで障害者福祉に携わりましたが結局、こうして祭り上げられて、知事選に当選しました。当初の県連候補者が病気でね」

「存じています」

「……私に行政の長は任じゃないのかもしれません。こんな時に口に出すのはどうかと思われるでしょうが、そう思うのです。本当は小さな診療所向きの人間かもしれない、と」

「それにしては、知事はとくに社会的弱者には、立派な業績をお持ちだ」

早川は、押しとどめる浅香の言葉が聞こえないように、続けた。「……私は、思い出したんですよ、人の命に重大な責任を負う医師になりたての頃を。この事件で何人が命を落とすか、また癒せない傷を負うのか。今、私には数多くの県民の生命財産に、重大な責任を負っている……」

早川は、最後には凍《こご》えたように囁いていた。

「それは私も同様です、知事」浅香は自分も煙草をくわえた。「私も、さして考えがあって警察に入庁したわけじゃあ、ありませんでした。昇進すれば、大勢の部下ができるのを単純に喜びました。ですが私は、実は事務処理が、大の苦手でしてね」

浅香は煙を吐いた。「所轄署長時代も、部課長時代も、いつも現場を踏むよう心がけていました。捜査二課長の頃は車でしたが、署長時代はもっぱら管内を自転車でね」

「あなたが警察署だけでなく、交番や駐在所にも顔を出されるのは、聞き及んでいますよ」

ちらりと微笑んでから浅香は続けた。「簡単にいってしまえば、私は生き甲斐を見つけてしまったんですよ。目に見えない機構ではなく、目に見える仲間のために、自分が警察官としてどうするべきか。それが私の生き甲斐です。……大きな声じゃあ、言えませんが」

二人はしばらく、それぞれの煙草が灰になるまで、何も言わなかった。

知事秘書課の職員が、ドアを開けて告げた。「失礼します。早川知事、民自党の小田中幹事長からお電話です」

解りました、と早川は答えて浅香に向き直った。「……今回の事態は、不幸なことだと思いますが――、あなたのような方が警察の長なのが、勇気づけられる事実ですね」

浅香の秘書も姿を見せ、紙片を差し出した。

「お忙しいところ、申し訳ありませんでした。あなたと話が出来て良かった」

「早川知事」受け取った紙片から浅香は顔を上げた。「勇気づけられる材料が、もうひとつ。……警視庁の銃器対策部隊九十名が、自衛隊の支援で新潟空港に到着、鳥屋野潟《とやのがた》運動公園の現地本部に移動中です」

「機関拳銃、点検！」

指揮棒を下げた統括指揮官の号令が、喧噪の中に白い息とともに響くと、銃器対策部隊九十人は一挙動で握った銃器を胸元に掲げた。

鳥屋野潟運動公園――。

野球場が、夜空に闘技場《コロシアム》を思わせる輪郭をそびえさせている。機動隊の発動機付きハロゲンライトが、広大な駐車場の大小様々な数十台の車両を照らし、警察官達が行き交う。

新潟県警は、県警本部と隣接の県庁施設では応援の管区機動隊、臨時編成の県警第二機動隊の集結はかなわず、また初動態勢確保の観点からより市街に近く、必要な用地を確保できる、ここ鳥屋野潟運動公園に〝現本〟――現地本部を設置していた。

そして輸送車の陰では到着した警視庁部隊が、冷え切ったアスファルトを出動靴で踏みしめ、整列していた。

防護面付きヘルメット、紺の出動服に、防眩黒色の米国イーグル社製タクティカルベストを着けていた。両膝両肘には、米国ハッチ社製の防護プロテクターを着装している。

動かなければ闇にとけ込みそうな出で立ちだったが、隊員達の息と首の防炎マフラーが仄かに白く……、革手袋に握られた銃器が、ほの暗さの中に冷たく黒光りした。

それは、世界中の法執行機関特殊部隊が愛用するヘッケラー《H》&コッホ《K》社製のMP－5で、日本警察はマシーン・ピストーレ5を直訳した〝五型機関拳銃《サブマシンガン》〟と呼称していた。世界の法執行機関系特殊部隊が愛用し、数ある短機関銃のなかでも、命中精度、信頼性は抜きんでている。

そのMP－5の伸縮式銃床《ストック》型A5に、日本警察はいくつかの装備を加えていた。目をひくのは、狙撃用スコープに似たダットサイトだろう。倍率はないが、円筒内にレーザーで狙点を示し、照準器より広い視界で標的を捉えられる。また、暗がりでも照準しやすい。スイス製ブリュガー&トーメのマウントベースに載せられているのは、最高級品のエイムポイント社製、CONP－M2だ。

「異状のある者は?……よし、ではこの場にて待機！　別れ！」

指揮官が本部へと向かうと、隊員達は息を吐いて、姿勢を崩した。

「――煙草、持ってるか」

「ああ、持ってる。……でも、やめたんじゃないのか」

気心の知れた数人ずつで集まり、緊張を紛らわす雑談を始めた。

隊員達は互いをよく知っていた。どこで生まれ、どうして警察官になり、ここにいるのか。家族と過ごすよりも長い時間、共に厳しい訓練に耐え、備えてきた。今更なにを話し合う必要もなく、互いの心情を吐露し合っても、有益なことはなにもない。が――。

「どうなるんでしょうか」若い巡査の隊員が、輸送車のわきで煙草を吸いかけた、分隊長の巡査部長に尋ねた。「その、……これからですが」

とは言っても、どんな装備で身を固めても、心までは防護できない。

「俺にもわからんな。相手次第だろう」巡査部長は簡潔に答えた。「だが、分散して浸透してるはずだ。こっちが部隊で少人数ずつ包囲すれば、〝暴圧検挙〟で、意外と容易に確保できるかもしれんな」

暴圧検挙とは、連続しての制圧を指す。密かに逃亡したい北朝鮮コマンド達が、徒党を組んで移動するはずもなく、警察は市内全域に外勤警察官の網を打って捕捉し、巡察警戒中の管区及び県警機動隊、機動捜査隊、そして警視庁銃器対策部隊で制圧する、というのが警備方針だった。

「そうですけど……。でも、相手は」巡査はぽつりと付け足した。「――軍人で、特殊部隊なんですよね」

巡査部長は妻から贈られたジッポで、くわえた煙草に火を点けた。浮かび上がった巡査部長の、緊張はあるが静かな表情に、若い巡査は少しだけ安心出来た。

「軍人だろうと極左暴力集団だろうと、関係ないよ。――〝暴力の輩《やから》騒げば、輸送車は地軸を揺ら〟して、どこへでも行く」

若い巡査は笑った。出動命令が出てから、初めての笑顔だった。

「〝この世を花とするために〟、ですね」

陸上自衛隊は創隊以来、幾度かの改編を行っている。

発足した一九五〇年、警察予備隊時代に師団にあたる管区隊が各地におかれ、その後、保安隊を経て国防組織となり、五個方面隊、十三個師団、二個混成団となった。

現在は防衛計画の大綱が見直され、質的向上と合理化達成のため九個師団、六個旅団に改編された。

旅団という旧軍以来の作戦単位が復活したが、現実には四国と沖縄駐屯の二個混成団が英語表記では〝コンバインド・ブリゲード〟、混成旅団だった。最初の旅団再編は中部方面隊第十三師団だが、次いだ第十二師団は、重装備を保有しない空中機動旅団となった。

その第十二旅団は、司令部をほぼ日本列島の中心、群馬県北群馬郡の相馬原《そうまがはら》駐屯地に置く。

旅団長、堂本慎一郎《どうもとしんいちろう》陸将補は旅団長室で窓外の、朝まだ遠い北国の空を見つめていた。眼前には、旅団改編を機に演習場に開かれた固定翼機用離発着場《ヘリポート》が、保安上の理由から照明されず、五百メートルに渡って広がっている。

ドアが叩かれ、副官が入ってきた。「副旅団長が会議室までお越し頂きたいそうです」

「おう」堂本は振り返り、短く刈り込まれた頭を向けた。

任官以来変わらない髪の下にあるのは、年齢と訓練が刻んだ皺のある、どこか近寄りがたい峻厳な顔だった。口を開くか表情を変えなければ印象は変わらない。ずっと若いころ防衛庁に登庁した際、門前で折悪《おりあ》しく右翼の街宣車が不祥事で気勢を上げていて、私服だった堂本は警備の隊員に危うく取り押さえられそうになったものだ。

「解った、ありがとう」頷いて堂本は副官の先に立って旅団長室を出た。

会議室の長テーブルには副旅団長、正本博史一佐をはじめ、幕僚達が顔をそろえ、堂本を見て一斉に起立しようとした。

「いや、そのまま。こんな時だ、座ったままでやりましょうや」堂本は席に着いた。「では、始めてくれ」

情報担当の第二部長、佐伯誠一佐が口を開いた。「はい、県警は市内全域に非常線を展開、新潟港より逃亡した敵性勢力の捕捉に全力を挙げています。また、警察庁に応援を仰ぎ、機関拳銃装備の警視庁機動隊が三個小隊九十名、県警と合流し待機中とのことです。また、管区機動隊を投入する模様です」

「どうあっても市内で押さえたいらしいな。……県警警備部長の見解は？」

「はい。警察は貨物船乗組員からの聴取、海保の撮影したビデオ画像の分析から、上陸した敵性勢力が極めて軽装であり、独力で対処は可能、と見ているようです」

「第一類、だな？」

正本副旅団長が確かめ、佐伯一佐は「はい」と頷いたが付け加えた。「現時点では」各師団、旅団と都道府県警の間では「治安出動の際における協定」が結ばれている。それは平時の連絡業務だけでなく、治安出動の予想される事態に際しての連絡会議の開催、さらに現実になった場合の共同対処のあり方を示し、敵性勢力の度合いにより、一から三までの類型が想定されている。

第一類型は警察が主導し、自衛隊の支援が必要な場合。第二類型は警察がおおむね対処できるものの、防護対象の警備力が不足する場合。

そして——、第三類型は〝治安を侵害する勢力に警察力が不足する場合〟。

警察力の不足。これは単に、警察の人的勢力を指すのではない。

「拳銃や短機関銃程度の武装なら、警察力で制圧も出来ようが……」

「ただ、気になる情報があります。敵性勢力は、秘匿された補給点より弾薬、重火器を補充し、山岳地で遊撃行動にでる可能性も否定できない、と」

「その情報は、総監部からか」

「いえ」佐伯一佐は一旦テーブルに視線を落とす。「統幕の情報本部分析部、対遊撃検討専任班からです」

「正規の系統からではない、か」

情報収集、配布は長官直轄部隊の情報保全隊が行うが、迅速とは言えない。防諜——対情報活動の必要性は創隊当時からあったが、旧軍出身者の〝将軍にお目付役をつけるつもりか〟の一言で沙汰やみになった経緯が、ながく弊害として残ったからだ。

「付け加えますと、……敵性勢力は状況と分析からして特殊部隊、あるいは戦闘工作員に間違いなく、高度な戦闘力を持つと確信されるとのことです」

会議室内の温度がすっと下がったようだった。

「……現時点では、まだ警察の領分だ」堂本が口を開く。「勇み足で後々、非難を浴びることはあってはならん、が……、同時に義務を放棄する訳にもいかん」

「各駐屯地への通達、及び確認は完了しております」

この時間すでに、旅団司令部と共に駐屯する第四十八普通科連隊を始め、高田の第二普通科連隊、松本の第十三普通科連隊、新発田の第三十普通科連隊、四つの主力軽普通科連隊本部は下命に備えている。旅団化で再編された、旅団と同じ十二の部隊番号の後方支援隊、対戦車中隊、偵察隊、高射特科中隊、施設中隊、通信中隊も同様の態勢にあった。

「次に移ろう。……政治が決断し、我が隊に出動命令が下命された場合」

作戦担当第三部長、中島道隆が応える。「政府が今事案をどう判断するかにかかっています。治安事態なのか、それとも間接侵略と認定するか、です」

「〝即応予《R》備自〟の招集は当然許可されるとしても、現在の編成では外線作戦による包囲、圧縮は難しいな」

幕僚達は一様に頷いた。編成完結しても総兵力は四千五百人。これだけでほぼ九州の面積に匹敵する新潟をはじめ長野、群馬、栃木、北関東四県を守り切らなくてはならない。

「やはり……〝T三号想定〟の下命もありうるか」

T三号想定――、正式には治安出動事態対処三号想定は、間接侵略に対応するための、増強配備計画だった。ゲリラ及びコマンドとの戦闘に備え、全国の各方面隊第三部が中心に作成された。司令部要員でもごく限られた者しか知らない。

軍隊では常に、予想されるすべてを計画する。作戦、部隊配置、補給線……そして人的損耗さえ。軍隊という巨大な組織は、実戦にいたれば必ず混乱するのを知悉《ちしつ》している。

「はい。T三号想定、増強計画では機動打撃部隊として長官直轄部隊の支援を仰ぎます。具体的には富士教導団隷下、普通科教導連隊、同偵察教導隊及び機甲戦力として戦車教導隊、加えて方面飛行隊――」中島は資料に目を落とすことなく答え続けた。「そして遊撃部隊として習志野特殊作戦群、です」

陸自初の空中機動旅団である十二旅団は、部隊章の、太刀を掴む大鷲と日本列島があらわすように、全国各地に増強部隊としての投入が見込まれている。最初に応援を受け入れる部隊になるとすれば、皮肉な話ではあった。

堂本は頷き、刈り込んだ頭髪を撫でた。「連隊戦闘団相当の応援を得るわけだ、が……」

「しかし作戦計画は」人事担当の真田宗治第一部長が口髭《くちひげ》を撫でた。「あること自体が秘密の存在秘です。あまり先走ればマスコミに感づかれますが……」

幕僚達の脳裏に、押し掛けたデモ隊が営門を封鎖し、出動する部隊が立ち往生する悪夢じみた光景が浮かんだ。

「法律は絶対ですが」補給担当第四部長、渡辺吾郎が言った。「周到な準備もなく戦端が開けばどうなるか、旧日本軍を見れば明らかです」

「ここは我々の担任地域だ」口調を改めた堂本に、幕僚達の視線が注がれた。「事態がどう転ぶかは知れんが、備えるのは武人の務めだ。出来る限りの手は打ちましょうや。……ただ、まだ我々の手に事態は移っていないのは、肝に銘じておくように、な。法律は絶対だ。国民注視の中での出動になるだろう。できるだけ粛々《しゅくしゅく》といきたいわな」

よし、と堂本は手を打ち、立ち上がった。「旅団隷下全部隊に応急出動準備訓練を命ずる。その旨、方面総監部及び各駐屯地への通達急げ！　なおこの訓練に弾薬輸送は含めないが、各駐屯地での弾薬集積は目立たないようにならかまわん。開始時刻は明〇七〇〇《マルナナマルマル》時」

「了解しました」渡辺が頷いた。

堂本は幕僚を見渡した。「各部隊は所定の任務に従い、出動整備業務及び増強部隊受け入れ態勢をとれ。――それから佐伯二部長、先程でた情報本部……なんといったかな、対遊撃検討班か。そことの連絡を維持しておくように。——弾薬の心配はないが、情報は別だ。幾らあっても足らんからな」

幕僚達がそれぞれ下命を手元に控えるのを見て取ってから、皺を深くさせて命じた。

「では……諸官、各々《おのおの》の職域で行動を開始せよ！」

第四章　聖母の嘆き

朝靄《あさもや》に熟れたような太陽が昇りはじめると、新潟市内の要所で警備に当たる警察官の中で、安堵の息をつかなかったものはいなかった。

大半の市民は未だ深い眠りの中にいたが、路上で夜通し緊張と寒さにさらされた警察官達にとって、陽光はささやかな慰めだった。

が――、それは市中に潜む北朝鮮特殊部隊の兵士達も、同じだった。

李潤花は狭い児童公園の低い繁みから、辺りを窺っていた。……大丈夫だ。

衣服の汚れと装備を確認する。足首に留めたナイフ、そして烽火拳銃。……命を守るのはこの二つしかない。肌に触れていなかった部分は、凍ったように冷たかった。

デイパックを背に立ち上がる。ずっと屈んでいた膝が針で刺すように痛んだ。

「……痛っ……」潤花は目許をしかめた。

灌木を跨《また》ぐとブルゾンのポケットに深く両手をつっこみ、顔をうつむけて公園を出た。

吐く息が顔を撫でるたび、肌の強張りが解った。顔を洗わなきゃ……、髪も。小さな公園に、衛生室《トイレ》はなかった。

昨晩は近づけなかったコンビニエンスストアへと、道路を渡る。祖国では忘れ去られた鮮やかな色彩が、明るく店内を彩っていた。

朝鮮……、名の通り、〝朝に鮮やかな聖なる国〟。けれど現実は、と潤花は思った。

――色彩を失った街角、灰色の空、行く末さえ暗鬱に閉ざされている……。

互いの密告と、保衛部の労働改造所送りに脅える人民達を欺瞞《ぎまん》するための色彩は、子供だましの極彩色で塗りたくられている。

――祖国は米帝にとって叩きつぶす価値さえない、だから綱渡りをしてられる。……そして精密兵器の代わりに命を投げ出す私達も、欺瞞に一役買っている……。

どんなに精鋭と謳《うた》われても、物量を前に戦争そのものを変える力なんて、無いんだから。

店先を掃除する若い男が、潤花を見ると挨拶した。「おはようございます」

「はい、おはよう。冷えるわね」潤花は笑顔で言った。

店員は朝一番に幸先がいい、という顔で答え、掃除に戻った。

歯磨きセットを買い、店員に声を掛けてトイレに入る。用を足し、歯磨きと洗顔をすませ、櫛《くし》で髪を整えた。トイレを出ると、店内は弁当やパンの並べ替えに忙しい。

プラスチックのコンテナから新しい弁当を取り出し、それまで並んでいた弁当をビニール袋に無造作に放り込んでゆく。食物が時間が来るとゴミになる、潤花が慣れることを拒絶した光景だった。白い顔を背け、それでも無造作に缶コーヒー、真新しい包装のパンを買い物かごに入れた。

「これ、下さい」潤花はレジ前の台に、かごを載せた。行軍訓練中に出会った、ぼろを纏ってがりがりに痩せた子供達の面影が、瞬きするたび瞼に浮かぶのを意識しないようにして金を払い、コンビニエンスストアを出た。

――どちらが異常なんだろう……？　飢えに耐えかね我が子の死体を口にした親を罰する国と、食物をゴミのように扱う国と……？

潤花はパンを齧《かじ》りながら通勤の人波にまぎれ、バスに乗り吊革につかまった。車窓の外を何台も警察車輛が通り過ぎる。

すれ違ったパトカーを敵意もなく見送りながら、ふと思う。バスを降りて日本警察官に私は北朝鮮特殊機関員だ、と告げれば……？

なにもかもが、平和裡に解決する。

――それもいいかな……。殺し殺される義務もなくなる。それにどんなに制約を受けようと、ここはお母さんの国だもの。

でも、私にはできない。絶対。母の子でありそして……、兵士だから。

深い諦念の微苦笑をして顔を上げると、バスは新潟駅南口に到着しかけていた。が――

そこで、数人の日本人警察官達の検問が眼に飛び込んできた。

足止めされているのは、二人連れの若い女性だった。——女を重点的に張ってる……？

潤花は吊革を握った手に力を込めた。このまま駅に着くと危険だ。そう思い、駅より一つ手前の停留所でバスを降り、歩道を踏んだ。

雑踏に身を置くと安心できた。偵察局、軽歩兵教導指導局の特殊部隊員は、街中を嫌う傾向があるが、特殊機関員としても訓練された潤花は、むしろ逆だった。

ほつれた前髪の下で眼だけを動かし、近くのアーケードへと早足で進む。

あまり広くない商店街は、着ぶくれた人々が行き交っている。潤花は女性にしては長身なのを隠して歩く。

——どうしよう、集結地にはまだ距離がある……。

交通機関か、それとも、タクシーを使うか。けれど、どちらも手配がかかっていれば、……自動車を盗むか、持ち主ごと強奪するか。しかし荒事は避けたい。

——銃器を処分すれば、怪しまれることはなにもない。

潤花が考えた時だった。背後から肩を叩かれる。

——！　全身が硬直し、息が詰まる。誰だ……？　人違いか、……警察官か？　潤花は一瞬、通りの全員が自分を見ている錯覚に陥った。

けれど——立ち止まらない訳にはいかない。

潤花は浅い呼吸一つして、何気なく、そしてやや迷惑そうに眉を寄せて振り返った。

「やあ、久しぶりだな。どうしたんだ、こんな朝早く」丁元鳳がかりそめの笑みを浮かべて、笑わない眼を潤花に向けていた。

革ジャンパーに黒い薄手のセーターとジーンズを穿《は》いた身軽な格好だったが、軍人である特殊部隊員の哀しさ、何者とも知れない違和感をそれとなく醸し出してしまっていた。

「あ、どうも、おはようございます」潤花は親しげなふりをしながら、舌打ちしたくなった。

「ここまでは問題ないようだな」丁は前を向いたまま肩を並べる潤花に囁いた。「道々、集合地点を忘れなかっただろうな？」

「ええ、もちろん」潤花は丁に顔を向けた。「……どういう意味ですか？」

「……蛙の子は、蛙だ。——そういうことさ」

潤花の胸を緊張より、怒りが満たす。いま、私を嘲弄してなんの意味があるの？

「——私は……」潤花が押し殺した怒りを口にしかけた時だった。

隣の丁が急に足を止め、潤花も顔を正面にもどした。

街頭の立つ警察官が二人、人波をすかして、丁を凝視していた。

すっと息が吸い込まれる音を、潤花は自分の口許から聞いた。

立ち止まるな！　と潤花は丁に叫びたい衝動を必死にかみ殺す。立ち止まれば、認めたと同じだ……。

どこか違和感を敏感に感じ取った警察官は、隣の警官に話しかけた。そしてゆっくり、潤花と丁元鳳に近づき始めた。

「映像、入りました！」情報現示室に信務員《オペレーター》の声が響いた。「スクリーンに回します」

画面に、民族衣装チマチョゴリを着た女性が現れ、独特な抑揚の朝鮮語を話し始めた。

「……本日未明、日本の新潟県新潟港に停泊していた我が人民の財産である貨物船を、日本の米帝傀儡《かいらい》政府が警備艇と警察で襲撃した。乗組員達は必死に抵抗し、日本傀儡政府の蛮行によって不当に拘束された。このような国際条約を無視した日本傀儡政府は、我が国の偉大な首領様と、国際世論によって間違いを正されるであろう……」

テロップを読み終わった播磨が、呟いた。「なに言ってんだ、あいつらは」

「まあ、訳し方は相当穏やかにされてる」耳を傾けた桂川は微苦笑した。

「まったく、言いたい放題じゃねえか。自分たちが何をしたか、一つも言ってねえぞ」

「あの国では、それですむ。……真実こそが人を目覚めさせるが、あの国には、真実そのものが、ない。……あるのは」桂川は続けた。「これを信じろって基準だけだ」

「信じるものも、自分で選べん……、中隊ごとの政治将校が、兵隊の頭の中まで覗いてるって訳だ」播磨は吐き捨てた。「共産主義だの社会主義だのは、そういうもんだからな」

「平等な社会と誇りを持って生きられること、共産主義の理想はそこにある」

「お前、……アカだったのか」播磨が横目でちらりと桂川を見た。

いいや、と桂川は首を振った。「ただその理想は、人類にとっては遠すぎた。人には欲望があって、それが社会を発展させたのは事実だから。人類が仏か天使くらいに進化しなければ無理だろう。――それに、共産主義国家で独裁国家にならなかった国を、一つも知らないからな」

「真実をねじ曲げ続けて、独裁者はその陰でしたい放題って訳か……」

「民主政治下にあっても、情報機関が同じ事をする危険はあるけどな」

「では、まだ我が国の中央情報局員の存在は発表していないのだね」

東京都内港区赤坂、米国大使館の執務室で、クリス・マッケンナー大使はマホガニー製デスクについたまま呟いた。

「ええ」デスクのまえの椅子に座った男が頷く。「公式、非公式を含めてです、大使閣下」

「そうか」盗聴防止処置がされた窓辺に向かいながら、マッケンナーは男――、米中央情報局東京支局の上級管理官《ケース・オフィサー》、ロン・マクガイアに続けた。「それにしても、我々国務省にも知らされず、こんな工作が行われていたのはあまり愉快ではないな」

「国家海外情報計画に沿った作戦ですよ」

いかにも精力的な顔立ちのマクガイアは、素っ気ない口調で応じた。ＣＩＡ《カンパニー》のケース・

オフィサーは、かりそめの親愛を得るため適度な愛想の良さが必須だが、青白い顔の巨漢にはそれさえもないのが不愉快だった。

「とはいうものの、上院特別情報委員会《SSCI》が承知してる訳ではない。そうだね？」仕立ての良いブルックスブラザーズ製の背広姿の大使は、大学教授のような口調で質したが実際、南部の大学で教鞭をとった経験がある。

「国益ですよ、大使。……すべてはね」

「それにしては、破廉恥すぎんかね。対応を間違えれば、イラン・コントラ事件の比ではない。第二のイラク情報操作事件に匹敵し、我が国の歴史に汚点を残すだろう。それに、次に君と会うのが保安施設《タイソンズコーナー》、というのは願い下げにしたいものだな」

「そうしないために、私はここに参っております」

「いまさらだが局員と労働党幹部の接触していた工作……」マッケンナーは息を吐いた。

「……他に手段は無かったのかね？」

「遺憾ながら」マクガイアは平然と言った。

「しかし結果はこの事態だ。北朝鮮の核開発に次ぐ切り札が動き出した」

「ええ。政治信条の強固な戦闘員で構成された、前例のない規模の特殊部隊、ですな」

「しかし真に脅威なのは私に言わせるなら、とめる者のない独裁者の気まぐれな作戦の無秩序さだよ。まさに混沌《カオス》だ」マッケンナーは、思案しながら窓の外を眺めた。

人間の営みには、とマッケンナーはきびきびと入館者の荷物をあらためる、海兵歩哨警備大隊、C中隊の隊員を見下ろして思う。――神にしか懺悔《ざんげ》しようのない事柄が多すぎるが、一体、情報機関の非合法活動ほどそれに過ぎるものはなく、携わる関係者は国益を守るという免罪符を得ていることで飽くことを知らない。

米議会議員、そして上院議長として国政に携わったマッケンナー自身、悔恨と良心の痛みを抱えていたが、情報を独占し、時に操作して国家の決断を誘導する情報機関のやり方と、いやおうなく巻き込まれる人々の人生、さらに命さえも翻弄して平然としていられる不遜さは、嫌悪以上の感情をマッケンナーに与える。

「……そうだな」マッケンナーは無表情に振り返った。「我が国局員の拘束を北朝鮮が発表しないのは、――我が国と交渉を行いたい意志の表れとみて、間違いないだろう。日本政府には悪いが、我々は別のチャンネルで交渉を行えばいい。そのためには」マッケンナーは続けた。「日本政府へ提供する情報の選択、統制も致し方ないな」

「ええ、その通りです、閣下」マクガイアは言った。「先程ご提示した作戦では、それが重要な要素となります」

「だが北朝鮮側のエージェントと、局員の行方は判明していないのだろう?」

「網はすでに張ってあります。情報と確証がとれ次第、作戦を発動します。実動部隊の選抜、準備も整いつつあります」

マッケンナーはやれやれ、と息を吐いた。

「……解った。ただ心してやりたまえ。極東の、臆病だが忠実な同盟国を失うことは、誰も望みはしない筈だ。失えば――」マッケンナーは言葉を切る。「それこそ国益に反する」

「心しておきますよ、大使」どこまでも厚顔にマクガイアは答え、アタッシェケースを取り上げて立ち上がった。

この男の口から人間らしい言葉を一言も耳にしなかったとマッケンナーは思い、二度目の皮肉でドアに向かうマクガイアの足を止めさせた。

「ああ、マクガイア君。先程の作戦名だが、内容に比べてずいぶんと洒落《しゃれ》込んだようだね？　あれは誰の命名かな？」

中央情報局員は立ち止まり、半身だけ見せて振り返った。「私です」

墓石が口をきけば、こんな声に違いないと思わせる声だった。

「……はやく行きたまえ」マッケンナーは今度は吐き捨て、目を逸らした。

気分を害した様子もなくマクガイアがドアを出て行くと、マッケンナーは視線を窓の外に投じながら、呟いていた。

「――オペレーション〝スターバト・マーテル〟」

何か書類に書き留めるような声だった。

「……〝聖母の嘆き〟、か」

状況の不可避さは、すでに明らかだった。

潤花と丁、歩み寄ろうとした足を無線の指示で止めた日本人警察官二人は、互いに射貫くような眼で対峙《たいじ》していた。

周りを、人々がそれぞれの行き先へと流れ続ける。そして……。

二人の警官の背後、商店街の入り口に県警機動隊が姿を現した。鎧武者のような集団が二列縦隊で雑踏を割り、靴音高く迫ってくる。警官達はこれを待ってたんだ……。

「……番犬どものお出ましか」丁は歓喜さえ感じさせる口調で呟く。「始めるぞ、潤花」

「だめです、ここでは……！」潤花は丁の右腕を掴み、そばを通り過ぎた親子連れを見た。女の子が若い母親に手を引かれている。――いま始めれば、あの子はきっと……。けれど幼子を追って振り返った潤花は、退路を断たれたのを悟った。

商店街の出口に、機動隊の輸送車が横付けされていた……。

側面のドアが開き、短機関銃を手に警視庁銃器対策部隊員たちが、路上に流れ出した。背中合わせの潤花と丁の周囲から、異変を察知した人々が早足に立ち去ってゆく。丁は前を向いたまま、潤花の手を振り払い、革ジャンパーからプリペイド式携帯電話を取り出す。リダイヤル機能で瞬時に相手を呼び出し、耳に当てた。

「……俺だ」丁は愉しげな声で呼びかける。「いよいよ速度戦の火蓋をきるぞ」

「……丁少佐、ここでは――囲まれます！」

潤花は避け得ないと承知で、丁の正気を疑った。

「できるだけ敵を引きつける必要がある。――市内の同志からも、……東京からもな」丁は鋭くささやいた。「――期待してるぞ、潤花」

丁はハンドウォーマーに携帯電話を突っ込み、そして――、再び上げられると北朝鮮製ブローニング、〝烽火〟が握られていた。

警官達が、防護衣を鳴らして動きを止めた、次の瞬間――。

取り巻きつつあった警察官の人垣に向けて、銃声が放たれていた。

路上に落ちた薬莢の尖った音と、機動隊員が二人、倒れたのは同時だった。

間髪をいれず、潤花も烽火を抜き、一挙動で構えていた。

悲鳴、悲鳴、怒号――。

「拳銃抜け！　伏せろ！――防御隊形とれ！」

銃器対策部隊員達の動きは、県警機動隊よりいくらかましだったが、狙撃の天性を解放した潤花には、遅すぎた。

身をかがめてMP－5を抱え、商店の軒先に散った隊員達を、潤花は容赦なく飲み屋の看板越しに撃ち抜いていた。アクリル板が散り、電飾が砕け散った。

「いくぞっ、ついてこい！」丁は路地に走り出した。

曲がり角で、潤花は一度だけ振り返った。追っ手を警戒してではなく、通り過ぎた子供を案じたのだが、それも刹那《せつな》のことだった。

「くそっ、立て、みんな！　追うぞ！」銃器対策部隊の巡査部長は、全員を叱咤《しった》した。

「分隊長！」隊員が仲間を抱きかかえて怒鳴った。「高梨が、……高梨がやられました！」

「現本に至急報！〝当該マル被は駅方向に逃走中！　受傷者多数、至急搬送を願いたい！〟——いくぞ！」

警視庁、県警が一団で、二人の工作員の消えた路地を追った。

潤花と丁は路地を駆け抜けて足を止めた。幅の広い道路に、びっしり車が停まっている。

「……少佐！」排ガス混じりの乾いた空気で息を整えながら、潤花は小さく怒鳴った。

「こっちだ、来い！」

駅との間に横たわる四車線道路を赤信号を幸いに、信号待ちの車の前後、そしてボンネットを踏んで乗り越えた。

「なんだお前ら、なにしやがる！」クラクションを鳴らし、窓を下げて怒鳴る運転手もいたが、突然のことに、大半は何が起きたのかも解らず、見送った。その眼前を、今度は警察官達が銃器を構え、青い奔流となって走り抜ける。

「どけて、どけて下さい！　早く！」

「警察です！　下がって！」

駅前広場は騒然となった。

潤花と丁は逃げまどう人々をつきとばし、かわしながら突進した。

背後を警察官達に猛追されながら広場を行き過ぎ、バスが発着を繰り返すバスターミナルへの道路に走り込む。

「あっ！」潤花の眼前に、唐突に反対側の公道へと向かうバスが現れる。止まるな、走れ……！　潤花は車体の横に肩をぶつけ、そのまま身体を押しつけながらすれ違う。

乗り場には人が溢れていたが、丁と潤花の走るロータリーには人影がなかった。それを見定めると、銃器対策部隊の隊員が怒鳴った。

「動くな！　止まれ！」構えたＭＰ－５を撃った。

潤花の足を狙った弾丸は、停車中のバスのヘッドライトを破片にして路上に散らせた。

丁元鳳は破片を踏んでバスの後部、バンパーの陰に転がり込む。潤花も飛び込んだ。

「銃を捨てろ！」

「出てこい！」

口々に叫び立てる警察に、潤花と丁は荒い息を吐きながら、無言で反撃に転じた。車体の角から身を乗り出して発砲する。

「単射、撃て！」散開した警察官達も左右から銃撃を浴びせ始めた。

銃弾が至近距離で飛び交う。合間に、金属同士がぶつかる半鐘のような乱打音、弾丸が路上で跳ねる音、そして――シュン！　と不吉な弾丸が身体を掠《かす》める音が混じる。針で突かれたような痛みで鼓膜が痺《しび》れたようになる。

潤花と丁が盾に取ったバスの車体は、無数の弾丸で穿たれ、塗料の膜が散った。

「少佐！」潤花は弾倉を入れ替えながら叫んだ。「ここでは敵が増えるばかりです！」

「くそっ、日帝の番犬どもが！」丁は執拗に撃ち返しながら、吐き捨てた。

「撤ける場所に誘い込むんです！」潤花は言った。「ここではいずれ包囲されます！」

答えず撃ち続ける丁の烽火は最後の一発を撃ち終え、スライドが後退して止まった。

「どうする気だ？」車体の陰で弾倉を交換しながら、丁は潤花を見た。

「援護します、行ってください」

「お前……」丁は低い声で言った。「自分だけ助かるつもりじゃないだろうな？」

北朝鮮人民軍少佐は、同じ人民軍上尉に白い眼を据えていた。

潤花のなかで興奮と恐怖のないまぜになった、臓腑を食い破るほどの怒りが湧いた。その怒りが意志を通り越し、右手をそろそろと上げさせた。視線だけは、丁から逸らさない。

「……！」丁が潤花の拳銃の動きに、気づいたその瞬間――。

身を飛び起こした潤花は烽火を丁の背後、ロータリーの曲がり角に徐行で近づいていたパトカーに、向けていた。ドアを盾にニューナンブを構えた二人の警察官に向けて撃った。

不勉強な映画関係者の想像とは違い、車両のドア程度で三十八口径以上の弾丸を防ぐのは、全くの不可能だった。

二人の警察官は、ほぼ同時に、ドアごと胸を射貫かれて倒れた。

「……殺されたいの？」潤花は冷ややかに言った。

「──解った」丁は言った。「だが集合地点は間違えるな」

「はやく、行って」無味乾燥に、命じるように潤花は言った。

「よし、……弾倉をよこせ」

潤花は丁を睨《にら》み付けた。今この場で命を、明日を保証するのは、限られた弾丸しかない。それをこの男は、同胞でも、まして仲間でもないと疑った上で、取り上げるつもりか。

──いつか私が、この手で必ず……！

それでも──、潤花は不思議な感情だが、あるべき明日と、仲間の元に行くためにジーンズの裾をめくって、貼り付けた弾倉をはがし差し出した。

丁は弾倉をひったくり「どんなときでも、一発は残しておけ」などともっともらしく言った。「俺は二発残しておく」

あんたと心中するくらいなら、と潤花は警官隊に向きながら思った。──敵に殺されるほうが、よほどましよ……。

潤花はバスの角から烽火を突き出し、引き金を立て続けに引いた。様子を窺っていた警察官たちは銃声に追われ、再び物陰に隠れた。

「今です、はやくっ！」

丁は振り返りもせず飛び出した。

「止まれ、止まらんか！――逃がすな！」

疾走する丁を狙って発砲する警官達に、潤花は連射した。県警機動隊員が灰色のヘルメットごと頭部を撃ち抜かれて昏倒し、もう一人は肩へ命中して倒れた。

撃ち尽くすと潤花もまた、遮蔽物から身を躍らせ、路上を蹴った。

「止まれ、止まらんか！」もはや形だけの警告と、容赦のない銃弾が背後からかすめる。

若い牝鹿のしなやかさで、潤花は弾丸が破片を散らす舗装を駆ける。

と、目の前に大きな百貨店がそびえている。

丁は玄関脇の円柱の陰から、潤花ごしに迫る警官隊に発砲していた。「急げ！　援護してやる、先に行け！」

ガラス張りの入り口が警察官達の銃弾で、蜘蛛の巣状にひび割れる。最新流行のファッションを着飾ったマネキンが、ショーウインドーのなかでドミノ倒しになり、造花の花びらが四散する。石が鑿《のみ》で削られるのに似た鋭い音が、いくつも重なる。

潤花は跳弾《ちょうだん》を避けて腰をかがめ、丁の脇を抜け、店内へ走り込もうとした。が――。

ガラス張りの扉は自動ドアだった。潤花は両開きの板ガラスに激突した。

嵌められた……！　潤花は驚愕《きょうがく》と怒り、恐怖に心臓を冷たくつかまれながらも、勢いを殺さずガラスにはね返されるように反転した。潤花が一瞬、行き場を失ったと見た警察官達は銃を構えなおした。銃器対策部隊の隊員は、MP－5のダットサイトの中、着弾点を示す紅《あか》い点に、潤花の姿を重ねた。このとき、潤花は丁の周到な生き餌《え》だった。ようやく開き始めたドアに、丁は跳躍する。

最大限、小さな的になるよう膝をついた潤花と、三十人近い警察官の銃弾が距離二十メートルで交錯する。躊躇のない分、潤花の方が早かった。二発の銃弾が二人の警察官を倒して濃紺の人波を崩し、潤花は折り曲げた長い足を伸ばして背中から後転した。転がり続けて店内で開閉センサーの範囲を抜けると、丸めた身体を伸ばして床に張り付き、うつ伏せで両手の拳銃だけ頭上に構え、撃った。

——母さん、母さん……！　潤花は床に額を押しつけて撃ち続けた。

銃弾が貫通し、亀裂で白濁してゆくガラスドアが閉じられた途端、水面から飛び出す海豚《いるか》のように床からはじけさせて立ち、店内を走った。

開店直後だったが、それでも多数の買い物客がいた。拳銃を手に乱入した潤花と丁の発散する殺気に叫び、悲鳴をあげて逃げまどった。

潤花と丁は買い物客を意に介さず、棚の陰にそれぞれ飛び込むと、玄関に銃口を向け、身を潜めた。

「市内中心部で警戒中のＰＭの発見した不審な男女が、マル援要請された警備部隊に発砲！　現在、警備部隊一個小隊が追尾中……！」

運動公園内に設けられた現地本部。

基幹系無線機についた県警本部通信部の若い職員が、叫ぶように報告した。

浅香は、咄嗟に答えられなかった。「……受傷者は？」言えたのは、それだけだった。

「詳細不明なるも、――数人が銃撃で重傷とのことです」

浅香は何人かの部下が命を落としたと、ほとんど確信していた。

自分が、と浅香は思った。どれだけ判断力、決断力を練ってきたつもりでも、それは平時の判断、決断に過ぎなかった、と。

「市民より通報、多数入電中！」

浅香は顔を上げた。市民、という言葉が、一瞬沈殿した意識を取り戻させた。

「警備課長！　警戒中の全警察官、警備部隊に連絡！　市民の安全に充分な留意を図りながら、当該マル被の抵抗を排除、制圧せよと伝えよ！　なお、当該マル被を追尾中の部隊以外は、現配置から別命あるまで動くな、と」

「解りました、住民保護と現本の統制を徹底させます。ですが、本部長」警備課長は続けた。「銃器使用の判断は」

「――適宜使用だ」浅香は苦く、書き留めるように言った。「身柄を確保、逮捕させろ」

これも平時の判断ではないのか……？　浅香はそれでも、警察官としての自分を守ろうとした。命を奪うために銃器を使用する者は警察官ではない。どんな相手であっても。それが守り抜くことを求められた警察の宿命ではあったが、現実に命を危険に晒すのは現場警察官だった。

「本部長！　国道四一号線、五泉市横町で検問中の部隊より入電！　銃撃を加えて突破を図《はか》った車輛ありとのことです！　数名負傷、現在被疑車輛を追跡中」

「続けて入電、国道七号線新津で検問中の部隊に銃撃！　三人を載せた車輛が逃走とのことです！」

「各警備部隊に一斉指令！　一旦接触したマル被に失尾を許さず、各部隊は連携して暴圧対処せよ！」警備部長は言葉を切った。「銃器使用は市民の安全を最優先し、受傷防止機材の着装を徹底されたい！」

警察の装備が、工作員の銃器に対抗できるのかも解らないまま、警備部長は指示した。気休めか、それとも……免罪符のつもりだったのか。だがそれは、聞いた瞬間から鼓膜に残らない程度のことでしかなかった。

曲線を描き落下したゴルフボール大の物体は、一旦、孔《あな》だらけのガラスにぶつかり、地上で煙と刺激臭を吹き上げた。

増援を得て阻止線を張った警察の、ガス銃分隊が放った、パウダー《P》弾だった。

同時に、ガスマスクを着装した銃器対策部隊がMP－5を構え、店内に突入した。新旧取り混ぜた活動服と防護衣の管区、県警両機動隊も、拳銃と大盾を構えて続く。店内に取り残された、多くの買い物客、従業員の救助を優先した突入だった。

隊員のマスクのゴーグルから覗く狭い視界は、さらに照門と照星を通して普通の半分くらいしかない。そして、聞こえるのは自分の呼吸音だけ……。いま生きている、自分の呼吸音だけだ。鼓動が、五感を震わせている。

ガスが漂う中、吸収の悪い紙に広がる濃紺のインクのように、衣料品の並ぶ棚の間を、四方に銃口を振り向けた警察官達が、隊伍を組んで検索してゆく。

「た、助けて……！　お巡りさん、助けて……！」

助けられる者も、助ける者たちも息を潜める店内で、小さな声がいくつも重なった。

……大丈夫ですか、怪我はないですか？　自分で立てますか？……出口はあっちです、もう大丈夫、……そう、腰をかがめて、絶対立ち上がらないで……！

買い物客、店員達がハンカチや手を口許にあてて、催涙ガスに涙を絞られながら脇目もふらず、足をもつれさせて出口へと走ってゆく。

数十の銃口を小刻みに向けながら、機動隊員達は店内を進む。

……その縦列の先、食料品売り場のレジ、客が商品を袋に納める台の陰で、潤花と丁は待ち伏せていた。

　ゆくぞ、と丁は烽火を胸の前で構え直して視線で命じ、潤花も頷き返し、手にしたビール瓶に押し込んだタオルに、ライターで火を点けた。

　そして身を隠したまま、それを投げた。

「火炎瓶、火炎瓶！」鬼火のように空を奔《はし》る火炎瓶に、叫びがあがる。

　ボン！　と床で火炎瓶が砕けた直後、オレンジ色の炎の壁が瞬時に天井まで吹き上がり、炎の貪欲な触手に数人が飲まれる。直撃を免れた隊員達は、押し寄せる熱風に一瞬だけ固く閉じた目を、あけた。

　床は腰ほどの高さの炎の林になり、仲間が、ある者は動かず、ある者は狂ったように転げ回り悲鳴をあげていた。「ぎゃあああっ！」

「なにしてる、床に伏せろ！」火柱と化して呆然と立ちつくす隊員を、別の隊員が床に突き飛ばして覆い被さる。

「集まるな、散開しろっ！」悲鳴と怒号が警察官達の間からほとばしった。

　火炎瓶は、丁が逃亡途中にペットボトルに入れていたガソリンと、潤花が食料品売り場を独楽鼠《こまねずみ》のように走り回って用意した。……日常には意識されないが危険物が溢れ、その利用法をどこの国の特殊部隊でも教育する。発火材さえあれば、より強力にする添加剤は簡単に手に入る。潤花は卵、洗剤をガソリンに混合した。

さらに凶悪な着火不要の対戦車火炎瓶も作れたが、状況が許さなかった。だが——間に合わせでも、それはまさに兵器だった。

火炎地獄は突然に終わった。頭上から激しい水滴が降り注ぎ始める。

天井のスプリンクラーだった。非常ベルが建物全体に鳴り響く。……それは、警察官達の次なる地獄の始まりだった。

活動服の色を濃くし、足もとを滑りやすく不安定にした水は、さらに、ただでさえ狭いガスマスクごしの視界を、濃密な靄で覆ってゆく。

「面体離脱！　全方位防御しろ！　接近させるな！」

「負傷者を運べ！　早くしろ！」

焼けこげた活動服に火をくすぶらせる同僚を引きずる隊員達の前に、潤花と丁が突然、物陰から立ち上がった。「あっ……！」

濡れた黒髪から覗く潤花の顔は、凄惨さに洗われた無表情さだった。丁と潤花は銃声を重ねて、遮蔽物ごと警察官達に的確な射撃を加える。

四人が水浸しの床に、ばしゃりと音を立てて倒れ、装備や大盾がぶつかる音が続いた。

「くそ、撃て！　撃つんだ！」警官達も必死だった。それぞれが応射を始め、銃器対策部隊員のＭＰ－５から弾け出た薬莢が、水滴に触れてかぼそい湯気を放つ。食料品の棚で容器が破裂し、中身が盛大にぶちまけられた。

潤花は素早く棚の陰に身を沈め、奥へ逃げても無駄だ、と思った。射線上に長く晒されるうえ、裏口は多分封鎖されている。包囲が完成したからこそ、突入してきたのだ。

なら……、さらに混乱させせない限り、脱出の目はない。

——抜け出すのよ、なんとしても……、ここから。

濡れそぼった冷たさを感じる余裕もない。空《から》の弾倉を捨て、……最後の弾倉を装塡する。

「潤花！　弾はどうだ？」丁が怒鳴った。

「——十一発」潤花は顔を向けた。「あんたと私の分は除いて」

吐き捨てるような声だったが、丁は何が嬉しいのか薄い唇の両端をつり上げた。

その外道の笑みを浮かべる丁の背後に、二階へと続く階段が見えた。

「階段へ！」潤花は小さく叫び、走り出した。

たちまち、周囲に銃声と弾着音が溢れ始めた。

二発を身をねじって撃ち、階段へと辿《たど》り着く。段に足を取られて、倒れたまま荒い呼吸を潤花は繰り返した。

「喚声っ、……前へ！」隊長とおぼしき日本人の怒号が聞こえる。

——上へ上へと、追い上げれば勝てると思ってる。

自らを鼓舞する機動隊の叫びと、十数人分のブーツが飛沫を散らせ床を叩く音が背後から迫るなか、丁が階段に転がり込み、潤花を助けもせず駆け昇ってゆく。

──あとどれくらい走れる……？　戻らない呼吸の中、潤花はのろのろと自問した。

……逃げ切れるか？

その時、潤花は階段に押しつけられた乳房の感触で我に返った。母だ、と唐突に思った。お母さんはここにいる。──それは、曖昧な記憶か原初的な感覚か……それとも希望なのかわからない、湧いてくるような力だった。

そうだ、と潤花は思った。ここは母の国ではない、私の国は母の眠る国だ。顔を上げ、階段から身体を引きはがして立ち上がり、二段飛びで階段を駆け昇った。生きて還《かえ》るのだ。


陸上自衛隊、第十二旅団、相馬原駐屯地。

午前七時、応急出動準備訓練が名目の出動準備は、整然と進んでいた。

〝駐屯〟の本来の意味は、〝出動まで兵士の屯《たむろ》する場所〟だが、現実には部隊の根拠地である以上、様々な処理が必要だ。出動整備は業務隊隊長を中心に行われていたが、治安出動であり、駐屯地内と私物品の整理は最小限に止められている。

すでに即応予備自衛官──、雑用がなく招集訓練でも戦闘訓練のみ実施されるため、現役より精強と冗談交じりに話される隊員たちも、出頭命令に応じて姿を見せ始めていた。

「やばいぜ、ほんとの戦争だぜ」一等陸士が言った。

「いや、戦争じゃなくて、治安出動だろ」訳知り顔で、同期の一士が答える。

営内班、つまり駐屯地内の居室だった。五人分のベッドと、壁に個人用ロッカーが並んでいる。隊舎全体から兵士として支度を整える気配が、ざわざわと伝わってくる。

「どっちも一緒だって。……敵がいて、弾が飛んでくる」

「まあ、そうだな」

隊員達はすでに迷彩服を着込んでいた。日本の植生をコンピュータで画像処理してデザインされたⅡ型で、暗緑色に茶、黒の斑点が施されている。難燃ビニロンと綿の混紡生地は通気性が悪く、ほとんど天幕のキャンバス地と変わらない。

足下は戦闘靴、いわゆるコンバットブーツに裾をたくし込んでいる。くるぶしがナイロン製で動きやすく、内張に透湿防水性のマイクロファイバーが使われ防水性もある。ただ通気性はかなり難があり、足が蒸れ、化学繊維と汗の臭いが染みつくのが欠点だ。

日常業務用とは別の弾帯を締めていた。兵士はこと戦闘装備は腰回りに集め、弾帯はそれらを固定する太いベルトで、吊りバンド《サスペンダー》をエポレットに通してずれないようにしてある。締めすぎず、緩すぎず。この弾帯の締め方で練度が解ると言われている。

ヘルメットは旧軍以来の慣わしで八八式鉄帽《デッパチ》と呼ばれるが、材質は衝撃に強いアラミド繊維で、耳から後頭部も防護される形状、いわゆるフリッツ型だ。

この装備に、中隊が管理する防弾チョッキⅠ型を加えれば戦闘装着セットと呼ばれる、陸自隊員の野戦における正装は完成する。

「おい、早くしろ！　武器係が武器庫を開けた！　武器搬出する！」二曹が戸口で怒鳴り捨て、隣の営内班に走り去る。

「そういえば、ですね」二士の一人が、雑　嚢《フィールドバッグ》を取り付け生活用品を詰め込み二十キロはある背嚢《はいのう》を背負いながら呟いた。「……うちの二曹、たしかバブル陸曹ですよね」

バブルの頃は名前が書ければ入隊できた、とまで揶揄された。そのとき入隊し、陸曹に昇任した隊員の資質には、かなりの個人差があるのを隊員達は知っていた。

「……だよな」一士がつぶやくと、「陸曹は陸曹だろ」と誰かが答えた。

「伊達《だて》に自衛隊の飯を食ってきた訳じゃねえだろ。いまさら言ってもはじまらねえしな」

「まあ、となりの〝ポチ〟より、経験積んでるだけましだろ、……演習だけどな」

〝ポチ〟とは、曹候補士《そうこうほし》を指す。人間集団で指示命令の重みを持たすのは経験である以上、試験に合格しただけで陸曹になった者への不信感はぬぐいがたかった。

「まあ、軍隊は運隊、……生きるも死ぬも、運次第ってやつだ」

そのころ、べつの小銃班十名は、武器庫で銃を取りだそうとしていた。

教室ほどの部屋に八九式小銃が十挺、背中合わせに銃架で並んでいる。まとめて施錠する鉄棒は、中隊武器係の陸曹がすでにといている。負い紐《スリング》に自らの〝注記〟――、名前を書き込んだ八九式小銃を握り、取り上げた。

名の通り八九年制式採用の、5・56ミリ弾を使用する小銃で、7・62ミリ弾使用の六四式の後継として配備開始から十数年、ようやく全国の普通科部隊に行き渡った。

有事に米国との共同作戦をとる都合上、米軍制式M－16と弾薬、弾倉はほぼ共通だが、M－16の外観がパイプをつなげたような無骨さなのに比べ、全体的に優美な曲線で構成され、弾倉はすこし青みがかっている。全体の印象はかつての仮想敵国、ソビエトのAK74に似ていて、発射方式も同じく発射ガスでピストンを動かす方式だ。

八九式小銃の銃身を損なわない連続発射速度――、持続発射速度はM－16の初期型A1の約二倍を誇り、全長は短縮した最新型、M－4A1よりわずかに長い。

仕様書どおりなら高性能だが、国内唯一の製造メーカーの限られた経験と、なにより実戦の洗礼を経ていない事実が、世界水準への到達を曖昧にしている。

けれど、とにかく自分の銃は、戦場の歩兵にとって最良の友だ。

小銃手の脇で、ベテラン陸曹と機関銃手は分隊支援火器、MINIMIの点検に余念がない。「規制子《きせいし》のネジが馬鹿になってないかよく確認しろ」

MINIMIは小銃と同じ5・56ミリ弾を、銃本体に取り付けた二百発入り弾薬箱からのベルト給弾方式だが、必要ならM－16の弾倉――事実上、旧西側の標準弾倉も使用できる、ベルギーのFN社が生んだ傑作軽機関銃だ。重量は八九式小銃の二倍、約七キロだが、火力は実に十二倍に相当する。

発射速度を状況に応じ、銃身下の規制子で薬室へ入る空気を調節し、二段階に切り替えられるが、ネジに摩滅や汚れがあれば安定しない。それを陸曹は注意したのだ。

「解りました。……異状ないようです」陸士が調べ、答える。

「よし。それから念のため、予備銃身と狙撃眼鏡《がんきょう》も持っていけ」

銃器は発射するごとに銃身内が摩耗する。演習でも滅多に発砲しない自衛隊の火器は、だからこそ持ちが長いが、今度ばかりはどれだけ撃つのか見当も付かない。

実戦なんだ――。「……はい」

顔を凍り付かせた機関銃手を横目に、小銃手達の準備は進む。銃架の窪みに納めてある八九式銃剣を取り出し、鯉口のバネ式の留め具を外して引き抜く。長さ二十センチほどで、刃は付いていないが、これは普通だ。刀身の、留め具がとめていた部分を点検する。鋼鉄が安物なのか、そこから錆びはじめ、中まで浸透して折れることがままあるのだ。異状がないことを見定めると、腰の弾帯に吊る。

一士はふと、開戦の決意を海外では銃剣に刃をつける、と表現するのを思い出した。

「……しつこい奴らだ」丁元鳳は荒い呼吸を繰り返した。「まだ来るぞ」

階段から警察官達が、大盾を押し立てて進んでくるのが見える。

潤花もまた、四肢が重く、着ているものと同様、疲労に濡れていた。

「この階でやつらを振り切るぞ。――準備はいいな」

潤花は頷き、傍らのデイパックから、食料品売り場で調達したアルミ缶を一本、取り出した。末端にはガムテープが巻いて細工がしてある。

「よし、行くぞ！」丁と潤花は隠れていた特売品の棚から分かれ、走り出した。

「いたぞ、発見！」

「撃て！」警察官の銃火もまた二手に分かれ、後を追った。

潤花はすぐ後ろで、棚の商品が細かい破片になってはじき飛ぶのに追われながら走った。

そこで、防御には理想的な場所に走り込む。

店内の書店だった。頭一つのぞく程の高さの書棚が、整然と並んでいる。書籍は、柔らかく密度が高い分、跳弾しにくい。そして書棚は敵の行動を遅らせてくれる。通路をひとつひとつ、縦列で進み、制圧するしかない。

潤花の予想通り、銃器対策部隊員の分隊が、大盾に隠れて進んできた。潤花は棚の角から烽火と片頬だけを覗かせて、撃った。

大盾を貫通した弾を胸に受け、隊員が中腰のまま倒れる。すると続いていた隊員達は遮蔽物を失い、思わず立ち上がってしまった。

潤花にとってこれ以上はない標的だった。

散発的な応射に怯《ひる》まず、潤花は引き金を引いた。四発を発射し、三人の銃器対策隊員達が、もんどりうって倒れてゆく。あとの隊員は、転げるように後退してゆく。

——銃器を、銃器を奪わなきゃ……！

潤花は仰向けに倒れた銃器対策部隊員に駆け寄った。頸部の銃創からの血で、活動服の色が変わっていた。潤花は血塗れの手で、腰のあたりに投げ出されたＭＰ－５を掴んだ。

だが、ＭＰ－５はタクティカルスリングで繋がれていた。それは襷《たすき》がけに身体へ巻き、咄嗟に銃を構えやすい特殊部隊仕様のスリングだったが、倒れ、完全に脱力した人間から外すのは容易ではなかった。

「くそっ……」潤花は小さく毒づき、足首からガムテープで巻いた中国製ナイフをはがし、頑丈なバリスティックナイロン製のスリングを断ち切りにかかった。

手元に落とした視界の隅で何かが動いた。さっと視線をふった潤花の目に、銃器対策部隊員が映った。隊員は灰色のヘルメットの下で目を見開き、ＭＰ－５を潤花に向けようとしていた。……殺《や》られる！

次の刹那、潤花のナイフがフィルムのコマが飛んだ速さで隊員に一閃した。ナイフの鍔《つば》の引き金を親指で引く。爆竹が破裂したような発射音。

ナイフの握りに仕込まれた二十二口径弾が隊員の喉を突き破り、後頭部まで抜けた。隊員はＭＰ－５を構えたまま、左肩から前のめりに膝を折ってゆく。

硝煙を上げる中国偵察部隊用のナイフを握ったまま、潤花は疾風のように走り、隊員が床に倒れ込む前に身体を抱き留めた。

右肩口にのった隊員の頭は、完全に正体をなくして揺れ、おびただしい血を潤花の全身に吸わせ続けた。

潤花は死んだ隊員を抱えて盾にしながら、スリングを外した。タクティカルベストのポーチから弾倉を抜き、円筒形の缶、おそらく閃光音響弾を取り上げて隊員を捨てた。

特殊部隊は自国のだけでなく、あらゆる兵器の扱いを訓練される。潤花はもちろんMP－5を扱えた。空挺旅団にはM－16が各中隊に三挺ずつ訓練用に備えられていたし、最終使用者証明が必要で入手困難なMP－5も、北朝鮮は非合法手段で入手している。

さあ、行こうか……。潤花は腰を落とし、バネのように床から飛び上がる。一か八かだ！

背面飛びで書棚の最上段に身体を載せると、両足を振り上げて一回転し、書棚の向こう側にしなやかに降りていた。肩に掛けたデイパックが、書籍を崩す。

膝をついて降り立った左右、書棚の角には、一瞬前に潤花がいた通路を窺って集まった警察官達の背中が、ひしめいていた。

「後ろだ――！」驚愕して振り返ろうとした警察官たちに、潤花は両手の烽火とMP－5を、身体を抱くようにして構えた。右手のMP－5を左に、左手の烽火を右に。

そして、引き金を引いた。

銃を構えようと、あるいは腰を上げた体勢のまま、警察官達は潤花を挟み、間断ない銃声の中、風を食らったドミノのように、一人、また一人と倒れていく……。

数秒後、銃声の絶えた通路に、虐殺死体の凄惨さで警察官達が折り重なるなか、潤花は一人、片膝をついて激しい呼吸を繰り返した。

散らばる薬莢を踏んで、潤花はゆらりと立ち上がった。床で血の中で身悶えし、あるいは動かない機動隊員を踏み越え、MP－5のバナナ型弾倉を交換しながら、よろよろと脚をもつれさせて走り出す。

眼前に両開きの搬出用ドアがあった。潤花は振り向き、その勢いでデイパックを肩から腕、手へと滑らせ放り投げた。そしてMP－5を肩づけに構え、宙のデイパックにフルオートで発砲した。

9ミリ弾はデイパックをずたずたに引き裂き、詰めたコンロ用ガスボンベと、ライター用オイル、液体洗剤を混ぜたビール瓶を撃ち砕いた。

そして、天井の蛍光灯を破砕した瞬間、火花でガスが爆発し、次いでオイルが誘爆して大量の火炎を撒き散らした。

警察側も潤花を追って動き出した直後だった。駆け出した機動隊員数名が爆風にあおれ、炎の飛沫がさらに追い打ちを掛ける。

本棚が警察官達に押されて倒れ、書籍をぶちまけた。

叫びと悲鳴が、館内にこだました。床からようやく警官達が顔を上げると、地震かそれとも書棚が躍り出したのか、と思えるくらいに書籍が散乱し、倒れた書棚が通路を塞ぎ、辺り一面で炎がくすぶっていた。

潤花の姿はすでに、搬出用ドアの向こうに消えていた。

「……追え！……逃がすな」分隊長はそれだけを床の上から言い、失神した。

頭を振り、足下をよろけさせて銃器対策部隊員が三人、立ち上がり、ドアを押して突入した。

業務用通路は薄暗く、狭かった。頭上の非常出口の表示だけが場違いに明るい。

三人の隊員は身を寄せあい、一塊りで通路を進み始めた。

その時。――前方だけに集中した隊員達のうしろで、非常出口の緑の明かりが少しだけ翳った。

「……止まれ！」先頭の隊員が立ち止まった。

「ど、どうした？」二番目の隊員が言った。

「い、いや……、なにか嫌な気――」そして、銃声が響いた。

先頭の隊員と、二番目の隊員は後頭部を撃ち抜かれた。

「おいっ！」三番目の隊員の背後に、潤花が怪鳥となって舞い降りた。

長身を利して左右の壁に梁《はり》のように身体を渡し、待ち受けていたのだった。

潤花は左腕を後ろから隊員の頭に巻き付け、豊かな胸で背を押して顎を上げさせる。そして、右腕のナイフの切っ先を上向きにして頸部を一刺しにし、脊髄《せきずい》の手応えを得ると、捻《ひね》った。映画では首を切るだけで簡単に死ぬが、現実には即死はしない。潤花の手並みは訓練された暗殺者のものだった。

なま暖かく粘着した血が、鼓動に合わせて間欠泉のように噴き出す。警官は、潤花の身体を滑って、床に崩れた。

潤花は片頬を血で隈取られ、どんなに紅く染めた敷物よりも鮮やかな血だまりを踏み、奥へと進んだ。足が痺れて重く、股関節からもげそうだった。壁に手をつきながら進んだ。血の手形と足跡だけが、いまは潤花を追っている。

途中のドアに手をつくと抵抗なく押し開かれ、潤花は室内に倒れ込んだ。

小さな悲鳴が室内から上がった。

上半身をおこすと、六畳ほどの事務室とおぼしい部屋に、握りしめた両手を胸で掻き合わせ、床に座り込んだ若い女性店員がいた。

髪が長い――、潤花の瞳は怜悧さと獰猛《どうもう》さを取り戻して素早く立ち上がり、女性店員に近づいた。

「立てっ、早く……！」潤花は制服の襟首を摑むと、手荒に立ち上がらせる。

「こ、殺さないで……！」若い店員は泣きじゃくった。

「服を脱げ、早く！」潤花は自らブルゾンを脱ぎ捨てた。

「助けてください、あたし……」

潤花はナイフを突きつけ、女性店員に顔を寄せた。「言うことを聞かなければ、殺さなければならない。……解るわね？」

女性店員は、がくがくと頷いた。唇を震わせ、顔中を涙で汚しながら、それでも恐怖で目だけはそらせない。

一分後、潤花と店員は入れ替わり、制服に身を包んだ潤花はナイフを取り出した。濡れそぼり埃まみれの服を着せられた女性店員は、ひっ、と息を呑んだが、潤花は無表情に左手で髪を束ねて摑み、躊躇わずナイフの刃を入れた。

短くなった髪が顔に降りかかる。潤花は握った髪をゴミ箱の奥に押し込み、スカートをたくし上げ、無駄のない筋肉で覆われた太股の間に、ナイフをガムテープで貼り付けた。

一部始終を魅入られたように見守る女性店員に、潤花は机の灰皿を手に近づいて屈み込み、化粧を施すように灰と血を、女性の顔に塗った。「ちょっとの辛抱よ、……ごめんね」

身をよじって逃げようとした店員を苦もなく捕まえて当て身を食らわせ、ドアにちらりと一瞥を投げる。……ようやく意を決した日本警察の足音が近づくのが知れた。そして、閃光音響弾のピンを抜き、床に落とした。

ドン！　と強烈な爆発音と衝撃、青い閃光が室内を圧し、小さな破裂音とともに蛍光灯を両断して、潤花の拙《つたな》い計略を締めくくった。机の上の伝票、書類が羽毛のように薄闇に舞い、ガスが半透明の幕のように充満した。

潤花はかわすことなく受けた衝撃で昏倒していた。

そして、警官達がドアを蹴破る勢いでなだれ込んできた。

「女性が二人、倒れています！」

「……被疑者ですっ、被疑者が倒れてます！」機動隊員が床で失神した哀れな女性店員の長い髪を摑み、強く引いた。

「大丈夫ですか！　返事は出来ますか！」潤花の上半身を抱え、機動隊員が怒鳴るように訊いた。

警察官達は仲間を何人も失い、容赦のない銃弾と火炎の恐怖で混乱していた。表情を見て取るには薄暗過ぎ、最も特徴的な髪の長さに視線が集中していた。

そして、閃光音響弾は致死的な能力を持たないまでも、雷管で炸薬を発火させる爆発物には変わらず、室内で引火する可能性は充分にあった。

なにより、火災が発生し、もう一人の工作員と警備部隊の銃撃戦は続いている。

どれほど訓練、演習を積んでも実戦とは似《に》て非なるもので、建物内にいる者すべてが犯人かもしれない前提で扱うのが原則としても、実戦の場でそれを遵守するには経験が必要だった。日本警察にはその経験が欠け、同時にそれは、日本人の気質から来る限界なのかもしれなかった。

——お人好しの、優しい日本人。……お母さんと同じ。

潤花は薄目を開け、悲鳴をあげて防護衣に覆われた胸にしがみついた。顔を隠すためだ。

「この人を早く運べ！　被疑者を連行しろ！」

潤花は隊員に両腕を支えられながら顔を伏せ、無秩序と非常ベルの叫び、そして遠い銃撃音の中を歩きはじめた。


丁元鳳の戦いは、まだ続いていた。

潤花と反対方向に駆け、一弾倉分を追いすがる警察官達に浴びせて、さらに走った。

日本の警官達はそれでも、追いすがってくる。

丁は三階へとつづく階段を蹴りながら、実際たいした奴らだと思った。

南朝鮮の義務警察程度かと思えば、戦闘警察より練度は劣るものの、恐るべき忠実さで追い込んでくる。甘く見ていたようだ、と丁は思った。

——……だが、俺に追いつくことはできん。

丁は突然哄笑したい気分になったが、そのまま飛ぶように階段を上ってゆく。

踊り場から、三階、また踊り場、——、重装備の警察の足音はまだかなり下から響いてくるだけだ。大分引き離したと思い、さらに階上をめざす。

そして——、丁が最後のドアを押すと、雲の低くたれ込めた空が広がっていた。

屋上だった。喘息のように気管をならして荒い呼吸を繰り返し、両膝に手を当てて立ち止まる。コンクリートの手すりに近づき、見下ろした。

ビルの壁面、所々の窓が破れ、煙を吹いている。周囲には機動隊の輸送車、パトカーといった警察車輛だけでなく、白いホースを伸ばした消防車もいる。車輛の間を行き交う人間達は、まるで菓子に群がる虫を思わせた。負傷者を乗せた救急車が、サイレンを鳴らし赤色灯をきらめかせて走り出してゆく。

よくやったぞ、潤花、と丁はほくそ笑みながら思った。

この混乱に乗じれば、自分は脱出できるだろう。

息を入れた丁は再び走り、屋上隅の小さな建物に向かった。ドアには立入禁止、機械室と書かれたプレートがあった。

――お前の犠牲も、無駄にはならないってことだ……。

その潤花は、走り出した救急車のストレッチャーに寝かされていた。サイレンの響く白い車内で、そばに保安帽《ヘルメット》と白い上着を着た救急隊長と救急隊員がいた。潤花は口許に酸素マスクをあてがわれ、車内血圧計で血圧を測られていた。隊長はペンライトで横になった潤花の瞳孔を照らしている。

「ガスのせいかな、少し充血しているが、網膜に傷はないようだ」救急隊長がペンライトを戻すために視線を外した瞬間だった。

潤花はスカートに右手を差し入れ、ナイフを太股から引きはがす。目を丸くした若い隊員の手を、口許のマスクごと振り払い、上半身を起こす。

潤花は視線を据えた。被害者とばかり思っていた女性の、弱々しい面影はなく、張りつめた意志が発散している。二人の隊員がぞっとして身を引くと、背中にぶつかった器具が、微かな金属音を立てた。

「動くな……！」潤花は機先を制した。隊員達は腰を浮かせた。ステアリングを握る隊員も、驚いて振り返った。

「動くと殺す！」ナイフの引き金を引いて床に一発、発射した。

車内に発射音が響き床にぽつんと穴が開いた。硝煙をひくナイフを突きつけ、続けた。

「これから私の言うとおりに走ってもらう。無線の指示は無視しなさい。いいな？」

日本の消防は、総合情報指令システムで運行管理されているのを、潤花は知っていた。いずれ異状を察するのは目に見えていて、要はどれだけ距離を稼げるかだ。まだ危機は終わっていない。いや、と潤花は思った。

――終わりはあるのだろうか、……。

潤花の抱いた迷いは、難なくシリンダー錠を破って機械室に侵入した丁元鳳の脳裏には、浮かばなかった。暗い内部で着床誤差修正用モーターが唸《うな》り、制御盤の赤や緑のランプに照らされたこの男は、加虐欲を正当化する闘いを求める以上の欲望を持たなかった。

手探りで奥へ進むと、大きなエレベーターの巻き上げ機と、それに繋がった太いロープが昇降路の暗渠を下へと伸びている。

それを見下ろす丁は酷薄な顔に、満面の笑みを浮かべた。


「始まった……。始まって、しまった」

同時刻、新潟県庁大会議室対策本部で、県警現地対策本部から一報を受けた早川知事の最初の言葉だった。

幹部職員の囲むテーブルの上座から早川は矢継ぎ早に質した。

「付近住民に被害は？　怪我人は出ていないのですか！」

「県警本部でも把握していない模様です」報告した総務課長が言った。

「県警に言って、至急確認させるんだ！　解らないじゃすまんぞ！」安城副知事が額を脂汗で光らせ、苛立ちも露わに怒鳴りつけた。

秘書課係長は、語気に飛ばされて廊下へ消えた。

「早川さん、始まっちまったものは仕方がないが……」

「まず周辺の被害状況の確認が先決です」声を低めた副知事に、早川は答えた。

「そうだが、県警の……」

「県警の報告を待っていては間に合わないかもしれない。県職員を現地に派遣して調査させてください」

「いや、知事、そりゃあまずいです」総務課長が言った。「そんな危険な場所に職員をだせば、あとあと組合から何を言われるか解ったもんじゃない」

「そうだ、まず警察消防からの情報を収集して――」幹部職員数名が同調の声を上げる。

「しかし、ここでただ手をこまねいているだけなのは」

「いや、早川さん、実際問題――」取りなし顔の安城が言った。「出来ることはないよ。現時点では警察にまかせる以外にはな。……だが、問題は警察の被害が拡大した場合だ」

「治安を守るのが警察の仕事だろう。あたら犠牲を払うのは胸が痛むが、だからといって他に頼めるあてもない」総務課長が言った。

誰もがテーブルに視線を落とした時、早川はぽつりと言った。

「……自衛隊への、出動要請」

「そりゃあまずいよ！」副知事が再び声を上げた。「あんた、最初に治安出動を要請した人間として記録されてもいいのか？」

早川は精気のない顔を上げた。「……県民の安全が、確保できるならば」

「早川さん、よく考えてくれ。あんたはまだ若い、これから国政にも参与する――」そこで副知事は気づいた。「……まさか、昨夜の小田中さんからの電話ってのは」

早川は答えず細面に苦悩を滲ませ、テーブルで組んだ両手に、額を押しつけた。

「対遊撃検討班、情報要求」桂川は口許にマイクを寄せた。「警察部隊と北朝鮮戦闘員の接敵地点、彼我《ひが》の人的損耗」

了解、と信務員の応答がヘッドホンから聞こえた。

防衛庁、情報本部も、警察部隊と北朝鮮特殊部隊の銃撃戦、との一報を受け取っていた。ただし警察からの提報でも、情報収集の結果でもなく、民放の臨時ニュースからではあったが。

「はじまりやがった」播磨はぽつんと言った。「このまま事態が進捗《しんちょく》すれば、警察の手には負えなくなるぞ……」

「ああ」桂川も呟いた。

「対遊撃班へ。——」ヘッドホンに信務員の声が返ってきた。「現地の負傷者は、現地消防当局も完全には把握していない模様です。ただ、報道によると警察側は十名以上が死亡、三十名が重軽傷、との未確認情報があります。北朝鮮側は、三名が死亡したとの同じく未確認情報があります」

「了解、ありがとう」桂川は答え、汐見に言った。「県警側の防備人員は？」

「これまでの情報だと、……そうですね、概ね二個大隊、六百人ほどでしょうか」

「とすれば、損耗率は……十三パーセント弱、か」

「十三パーセント、だと？」播磨は驚きの声を上げた。

「逃亡した全員と接敵したわけではないだろうし地形効果や防御効果、火力比もあるから単純には言い切れないけど」

「それにしたって、高すぎるぞ」桂川の答えに、播磨は呻いた。

「あのう、それどういう意味なんでしょう？」

一人所属の違う神田が尋ねると、桂川が口を開いた。

「朝鮮戦争を例に取れば、後退する敵を追撃すれば、組織を保ったままの時は四・八パーセントの損耗が生じると言われてる。だが、いま現在での状況は十三パーセントだ。しかも相手は組織的に後退しているわけじゃない。つまり――」

「恐るべき練度の精強な連中、ってことだな」最後は播磨が締めくくった。


その精強な部隊のひとりである潤花は、指令室の統御を離れた救急車の中で、携帯電話を耳に当てていた。――回線が繋がる。

「もしもし？　もしもし！」潤花の耳に、合成音の応答が聞こえた。これで十回目……はっと息を吐き、プリペイド式携帯電話を膝においた。――みんな逃走に必死なのだろう。

「……どこへ行けばいいんだ？」中年の救急隊長が、斜め前の座席から静かに尋ねた。

「しばらくこのまま走って。後で言う」潤花も疲れを押し隠して答える。

若い隊員が、急に口を開いた。「そのあと、あんたを降ろしたらどうなるんだ？」

「…………」潤花は、無言で隊長の隣にすわる救急隊員を見た。

「――まさか、俺たちを……」

おい、と救急隊長が顔を向け、肘を摑む。隊員は目を見開き、さらに何か言おうとして、隊長に「おい！」と、短く再度叱咤された。

潤花はまっすぐ腕を伸ばしナイフを若い隊員に向けた。引き金に親指をかけると、車内の空気が凍結した。運転手もルームミラー越しに脅《おび》えた目を向けた。

その時、潤花の膝の上の携帯電話が鳴った。

「……その必要があるときは、そうするかもね」ことさら非情に言い捨て、携帯電話を耳に当てた。「……誰だ？」

「潤花か？　出られなくてすまん、今どこだ？」

「〝お兄ちゃん〟……」潤花は心が急に溶けるように感じた。

康一龍《カンイルヨン》、党作戦部所属の古参工作員だった。そして、潤花が政治軍事大学で身の回りを世話した学生でもあった。故郷の末の妹と潤花が同い年でとりわけ優しく、算数を教えてくれた。本当は数学教師になりたかったが、家族を養うために工作員の道へ進んだと、こっそり話してくれた。

「無事で良かった。いまどこなんだ？」

潤花は運転席の隊員に尋ね、県道号二五五線、水原町付近と聞くと康に伝えた。

「そうか。……よし、そのちかくに町営野球場があった筈だ。そこで接線する」

「うん、待ってる」潤花はそっと撫でてボタンを押し、通話を終えた。

十数分後、救急車は町営野球場の駐車場についた。閑散とし、特に人目はない。

「……着いた。どこ?」潤花は車内から、携帯電話を片手に見回した。

端に停車したワゴンの運転席で、作業服姿で手を挙げる康が見えた。白い車体は所々へこんで汚れて、ルーフの荷台に梯子を載せている。

潤花はドアをスライドさせ振り返った。――車内には、聴診器や医療用チューブで縛られ、猿ぐつわされた隊員達が転がっていた。ドアを閉めて、康のワゴンへと走った。

潤花がワゴンの助手席に飛び乗ると、康は発進させた。「無事で良かった。他の者は?」

「……解らない」潤花は首を振った。「お兄ちゃんこそ、大丈夫だった?」

「ああ、俺は上陸してすぐこの車を調達したんだが、打ち合わせた場所にみんなは来なかったんだ。……どうも、特殊部隊がへまをしたんじゃないかとな」

潤花は答えず、代わりに言った。「ごめんね、私、お兄ちゃんの足を止めてしまったのね」

「気にするな。仲間がいれば心強い――このまま〝トボーク〟へ向かう。すこしでも休んでおけ」ワゴンは市街から、郊外の道路を西へ向かう。「……何人、合流できるか」

ワゴンは五頭《ごず》連峰へ続く山間《やまあい》へと入った。安心から潤花は知らぬ間に、うつらうつらと頭を揺らし曖昧な眠りを漂った。

「ついたぞ」康はブレーキを引き、声を掛けた。「ここからは、歩こう」

目を開けると、そこは山間の小さな盆地だった。走ってきた県道が畑の中を東西に延びている。潤花と康はワゴンを捨て、歩き出した。

低い雑木林に続く未舗装の脇道へ折れ、緩い傾斜の坂を上ってゆく。

そこに場違いに瀟洒な、平屋建てのコテージが建っていた。——ここがトボークだった。

玄関で、康は取り出した鍵でドアを開けようとした手を止めた。「誰かいるな」

中から低く、「万寿台《マンステ》!」と声がした。康の「白頭山《ペクトウサン》」の答えに、ドアは開かれた。

玄関には、平服姿の北朝鮮工作員が二人、AKを下げて待ち受けていた。

「李上尉、康同志!……よくご無事で!」方成中《バンソンジュン》が童顔をほころばせた。

父が党地方幹部だったが、ありがちな傲慢さのない男だった。

「ああ、そっちもな」康が答え、潤花も言った。「他には何人いる?」

「私たちを含めて八名です。……丁隊長も、奥におられます」

「……そうか」康は潤花をもの言いたげに見て、奥へと身振りで促した。

そのコテージは奇妙な構造をしていた。……廊下が外壁に沿って一周している。つまり、外壁が二重になっている。まるで砦《とりで》だった。

近くにはスキー場もあり、別荘風の建物自体は特に目は引かない。しかし立地条件を野戦指揮官がみれば、要害としての条件を備えているのに気づくだろう。

周囲の盆地には畑が広がり、敷地内には植木もない。射界を遮るものがない。

潤花と康は頑丈なドアをいくつか抜けて、建物の中心の部屋へと入った。

「ほう、李上尉殿。……どうやら道草はしなかったようだな」丁元鳳は木製の弾薬箱に腰掛けたまま、潤花に言葉を浴びせた。

部屋にはなんの調度もなく、代わりに男達が弾薬箱から防湿の為の銀紙を破き、くすんだ黄金色の弾丸をバナナ型弾倉に詰めていた。ばらばらの生弾を三十発、櫛のように連ねるローディングツールで一気に押し込む音が冷たく忙《せわ》しなく、澱《よど》んだ空気に響く。

潤花は黙って丁の口許の嘲笑《ちょうしょう》を見ていた。あんた、くたばれば良かったのに……！

「隊長、――党作戦部二名、部隊復帰を申告します」康が硬い声で言った。「同志李上尉は優れた革命戦士です。総括は事後に行うとして……武装を許可願います」

「もちろん私もそう思ってる」丁は日本警察との戦闘で、ますます酷薄になった口調で言い、顎をしゃくった。「特に狙撃は大いに期待している。――行け」

潤花が目をやると、床のはしが持ち上げられ、地下へと続く階段が見えた。

いくつかの裸電球が照らすそこは、建坪を越える地下室が広がり、――ずらりと並んだ銃器と弾薬の木箱が、黒金色の艶めきとオイルの臭いで、潤花と康を迎えた。

北朝鮮では〝七号発射管〟と呼ぶ傑作対戦車ロケット、ＲＰＧ－７も並んでいた。自衛隊の基準なら、優に一個中隊を賄《まかな》える備蓄量だった。

「……この国の奴らは足下に、これだけ武器が隠されてるのを知らない。まったくお人好しで、いい気なもんだ」康は小銃を物色しながら嘲笑《あざわら》ったが、気づいた。「……すまん、そういうつもりじゃあ――」

「……いいの」潤花も小銃を掴み取り、小声で答えた。「私も相手がお人好しだから、ここまでたどり着けた。それに何人かは私の手で、――殺した」

潤花は康の視線に気づかないふりをして、短縮型カラシニコフを構えた。

通常の５・45×39小銃弾ではなく、旧西側標準の５・56×45小銃弾仕様の輸出タイプ、ＡＫ１０２だ。木製の覆筒、銃床が黒いプラスチックに換えられ、情報筋では〝黒いＡＫ〟と呼ばれている。某テログループの大物指導者の愛銃として有名だ。

銃架にはＭ－16の中国製コピー、ＣＱＭ３１１もあったが、潤花は作動の確実さから、躊躇なくＡＫを手にした。

……朝鮮半島で革命戦が始まれば当然、米軍が介入する。そこで、在日米軍攻撃用に武器弾薬地点、トボークが列島各地に設けられているのだ。手持ちの弾薬を撃ち尽くせば、奪うしかない。だから自衛隊の使用弾薬と同じＡＫが密輸され、隠匿されている。

武器の点検に専門工作員が定期的に訪れて猟期には試射もし、狙撃銃の光学照準器も零点規制が施してある。けれど〝火昇銃〟、肩撃ち式対空ミサイル《マンパッズ》は運び込まれていなかった。ミサイル、とりわけ先端の赤外線誘導装置《IRシーカー》は精密、繊細で隠匿には向かない。ミサイルは生もの、と言われる所以《ゆえん》で、有事に運び込む計画になっている。

地下室入り口の方から遠いサイレンが響き始めた。

「……どうやら、他の連中もきたらしいぞ」康は手を止め顔を上げた。

「ええ」潤花も康を見て答える。

「よし……、歓迎してやろう」二人はそれぞれAKを手に階段を駆けのぼる。

「この組が最後だ、援護しろ！」居間では、丁が怒号を発していた。「まだ合流していない組は周辺で待機と携帯電話で伝えろ！　手の空いたものは出撃準備を続けろ！」

潤花と康が玄関に着くのと、三人の男が外から転がり込むのは同時だった。

「高《コ》、申《シン》、玄《ヒョン》！……無事だったか！」康がAKをドアの隙間に構えて怒鳴った。

「……よう、潤……花」駆け込んで尻餅をつき喘ぎながら、うすい顎髭の工作員が言った。

「くたばらなかったらしいな……？」

「高秀馬！……お互いにな」潤花は口許で微笑み、沓脱に膝をつく二人に屈み込んだ。

「怪我はないか？　ほかはどうした？」

「自分らは、……なんとか。――ですが、途中で白が日帝の番犬に……」

「李上尉、――助けられませんでした」

潤花は口許だけで微笑んだ。背後で、康が警察へ撃つ銃声が重なる。

「お前達だけでも合流できて嬉しい。地下にいって武器を取れ」潤花は慈母の笑みのまま、背中を一人ずつ叩いた。「……仇を討とう」


追いつめた、とコテージを包囲した機動隊員達は思った。

県道にはパトカー、機動隊輸送車が連なって停車し、管区、県警の機動隊員たちが青い流れのように溢れ、警視庁銃器対策部隊も応援に駆けつけていた。

「周囲に阻止線を張れ！」

「銃器対策部隊、集合！」

「開けろ、道を開けろ！〝特型〟が通る！」

警察車輛としては最高の防弾能力を持つ角張った特型警備車が、七トンの車体を重たげに揺らして坂を上る。後部に放水塔のあるやや小ぶりな遊撃放水車が続く。

コテージは、隊員達の大盾に十重《とえ》二十重《はたえ》に包囲されていた。それは、新旧取り混ぜた機動隊活動服の海に浮く孤島だった。

「ようやく追いつめたな。……この建物はなんだ？」機動隊指揮車のルーフ上の指揮台、通称〝鳥かご〟から県機隊中隊長が、傍らの伝令に尋ねた。

「現在本部に照会中です。……金持ちの別荘でしょうか」

「逃げ込んだのは三人で間違いないか。人質は？」

「確認していません」

「よし、解った」中隊長の警部は顔を上げた。「各小隊に伝達、各小隊は当該建物へ四方向同時に接近、壁体を破壊、突入せよ。なお、遊撃放水車は窓を集中放水して援護！」

「了解」伝令が胸元に下げた部隊活動系無線機の受話器をとった。

「それから……これ以上受傷者を出さぬよう充分に配慮、拳銃を効率的に使用、制圧しろ」

そして——包囲部隊はぞろりと一斉に動きだした。特型警備車も、納めていた防護板をあげてフロントガラスを覆い、遊撃放水車は放水銃をコテージに向けた。

「奴ら本気で撃ってくるぞ！　遠慮するな！　撃たれる前に撃て！」小隊長が自らも大盾をかざし、特型警備車を先頭に立てた縦隊で怒鳴った。

「放水開始！」太い水の帯が飛沫をあげて流星のように飛び、窓を叩き破るのを機に、機動隊は一斉に突入を開始した。

機動隊員達は重い装具と疲労、なによりいつ撃たれるのかわからない恐怖に足をもつれさせながら、走った。

五十メートル。

――いつだ、いつ撃ってくる……。

四十メートル。

がくがく揺れる大盾の、狭い覗き窓に窺えるコテージは、不気味に沈黙している。

――撃つのか撃たないのか、どっちだ？

撃つんなら早く撃て、と緊張のあまり倒錯した感情に胸を摑まれる隊員もいた。

三十メートル。

――もう、弾がないのか……？　隊員達の胸に、そんな考えが掠《かす》めた。

と、コテージの壁面に、二十センチ四方の穴が次々と開き始めた。

――あれは……？　異変に隊員が思わず足を止めた瞬間、凄まじい銃火の煌めきが機動隊員達の前に出現した。銃眼だ――！

「伏せろっ……！」誰かの叫びは銃声の殺到にかき消された。横隊にコテージに迫っていた機動隊員は、大盾も防護衣も音速を越える銃弾に撃ち抜かれ、肉を裂かれ、骨を砕かれた。まるで刈られた草のように、なぎ倒された。

撃たれた者も撃たれなかった者も乾いた土に、仲間か自らの流す血の中に倒れ込んだ。

「こ、後退……！」小隊長が覆い被さる隊員の下から、血の塊を吐いて怒鳴った。「う、動ける……者は、け、怪我人を引きずー―」

そこまで言った途端、顔面を撃たれ、骸《むくろ》の原と化した庭に倒れ伏した。

丁元鳳は、銃眼からＡＫを引きながら吐き捨てる。「……下衆《げす》が」

特型防護車も、銃弾の嵐に立ち往生した。車体が火花と塗膜片を上げ、軍用弾はやすやすと装甲を貫いた。

「激しい銃撃で前進不能！」運転手は無線に悲鳴をあげた。「繰り返す前進不能！」

「負傷者を収容して、下がれ！　後退しろ！」

「りょ、了解！」運転手が震える手でギアを後退に入れた直後だった。

屋根の一部を持ち上げて姿を現した康が、盛大な発射炎を上げ、肩のＲＰＧ－７を発射した。ロケットは白い尾を引いて特型警備車へ吸い込まれ、爆発した。七トンの車体が一瞬浮き、地面に叩きつけられて、ぐらぐら揺れた。

「あそこだ、屋根だ！」銃器対策部隊の一人が、恐慌の中で屋根を指さし、ＭＰ－５を構えてフルオートで連射した。

ＲＰＧの後方爆風《バックブラスト》は凄まじい。後方三十メートルが危険区域となり、五百メートル以内のすべての敵に所在を暴露してしまう。

身を大きく乗りだす康に銃弾が集中した。胸と腹を九ミリ弾が貫き、肩から発射機が落ち、護衛につく潤花の隣に崩れた。

「お兄ちゃん！」潤花は叫び、それでもＡＫ１０２を銃器対策部隊員に応射した。しとめたのを確認し、負い紐で吊ったＡＫを背中に回し、仰向けで傷口を押さえる康にすがりつく。「しっかりして！　お兄ちゃん、しっかり！」

「……なんでも……ないよ、潤花」康は答えたが、唇が早くも紫色になっている。

「頑張って、すぐに手当するから……」潤花は康の脇の下に両手を差し込み、力を込めて低い屋根裏を引きずっていった。


「……三人では、なかったのか」寝言のように捕らえどころなく中隊長は呟いた。

凄まじい怒声と号令、ひっきりなしの救急車のサイレンの音が車体を叩く中、駆けつけた幹部警察官達の集まる輸送バスの車内は、重く湿った静けさに包まれていた。

「市内での銃撃戦で八名を制圧したが……、現在も二十二名が逃亡中。うち十数名があそこで立て籠もってると考えられる」警備課長は聞き取りにくい声で言った。

「制圧は八名、ですか」警視庁の統括隊長が多い少ない、どちらともとれる声で応じた。

「――一人は、うちが押さえました」銃器対策部隊の小隊長が、ぼそりと言った。「奴ら、まともじゃないです」

小隊長の部隊は、市内でビル工事現場に工作員を追い詰め、銃口を並べて包囲した。工作員は肩から大量に失血していたが、抵抗をやめなかった。そして、隠れた鉄材の陰から、朝鮮語でなにか叫びながら拳銃を構え突進してきた。恐怖に駆られ隊員が発砲し、男は数発うけて倒れた。即死だったが、男の拳銃を調べると、残弾はなかった。

――死ぬために、突進してきたのか……。その工作員のために、七人が重傷、四人が病院で生死の境をさまよっている。

「いったい何人立て籠もってるんだ！　正確な数はわからんのか？」

「ここが連中のアジトで、集合地点なのは間違いない。逃亡した全員がいると仮定してからんと、同じ轍《てつ》を踏むことになる……」統括隊長が沈んだ声で言った。

「建物の持ち主の調べはどうです？」県警中隊長が言った。

「大阪の会社経営者の在日朝鮮人だ。施工は新潟市内の、同じく在日朝鮮人の経営する会社だ。……冬の別荘として受注したそうだ。捜査員には奇妙な構造だなとは思ったが、注文通りにしたと、な」警備課長は無味乾燥に言った。「持ち主の方は大阪府警に捜査協力を依頼したが、持ち主曰《いわ》く、一度も行く暇がなく、中の様子は知らないそうだ」

「……あんな忍者屋敷を建てといて、よくもぬけぬけと……！」部下の半数が病院に運ばれた中隊長が、怒気を露わにした。

「こちらの被害状況は」

「県機、二十三名が受傷、うち十二名が重傷。警視庁部隊十八名が受傷、うち重傷十名。管機八名受傷、うち三名が重傷……」

「とにかく警戒包囲を厳に、奴らを絶対にここから出すな」警備課長は続けた。「本部長は、それ以上はもう、政治的な判断にまかせられるとの意向だ」

「政治的決断が、間に合ってくれればいいですがね……」

幹部達は一様に、輸送バスの窓から投石防護用の鉄網を通し、不気味に沈黙するコテージへと視線を転じたのだった。

西日の橙色の陽光もかげり始め、コテージは夕暮れの気配のなかで沈黙している。

夕闇は、すぐに来る……。


「おい」丁元鳳は立ったまま、床に座り込む潤花に言った。「着替えて食事を摂ってこい」

潤花は返事もしなかった。ただ、苦しげな呼吸を漏らして横たわる康の手を握りしめ、土気色の顔を祈るように見続けていた。銃創には潤花の手で分厚いガーゼと包帯が巻かれている。リンゲルから血液増量剤が、康に繋がったチューブに点々と落ち続ける。

「おい！　李上尉！」再度、丁は大声で叱咤する。

潤花が鎌首をあげて振り返り、無表情に服装を変えた丁を見上げた。

「飯を食って、着替えておけ。出撃用意だ。今度は日帝の傀儡軍に一泡吹かせてやる」

はい、と形ばかり答えた潤花に、康は浅い呼吸の下からかすれ声で言った。「……潤花、……少佐の……言うとおりだ。食べられる時に……喰って、おけ」

「――解った。お兄ちゃん、少しだけ待ってて」潤花は立つと丁を見ようともせず脇をすり抜け、その場を離れた。

「俺は康同志に少し話があるのでな」

地下室へと降り、男達に構わず制服を脱ぎ捨て、ロッカーからサイズの合う服を取り出し、身につける。丈夫な、実用一点張りの登山用の市販品だった。

これから傀儡軍——自衛隊に対してコマンド戦を展開する。まともな国の軍隊は、平服を着た兵士へは容易に攻撃しないし、出来ないものだ。

「よう、さっきは助かった」高秀馬がやってきて、言った。「……康先輩、大丈夫か」

「——心配ない」潤花はゴアテックス製のトレッキングブーツのひもを結ぼうと屈み込んだ。「きっと助ける」

「しかし、丁元鳳の野郎は狂犬だ。負傷者は——」

少し年嵩《としかさ》の工作員を見詰めた潤花に、ペットボトルとカロリーメイトが差し出された。

「食べてください」方成中が、童顔に気遣う笑顔を浮かべている。「いくら飢餓訓練で慣れてても、お腹が空いたはずです。上尉殿の装備は、僕が用意しておきます」

「ありがとう。……すまない」潤花は受け取り包装を破き、口に押し込むと、急に腹の底に穴が開いた気持ちで固形食のブロックを咀嚼《そしゃく》し、水を唇から溢れさせて飲んだ。

とりあえず空腹から逃れた時、丁の呼ぶ声が響いた。「配置についた者以外は集合しろ」

ふん、と高秀馬は天井を見て鼻息をつく。「いやな奴に限って、しぶてえ」

いくぞ、の一言で潤花は高秀馬と方成中を促して階段を昇り、居間に戻った。

「よし、よく聞け」丁は全員を睥睨《へいげい》した。「十五分後、我々はこのトボークを放棄する。傀儡軍の牽制が、我々の新しい任務だ。発見されたのは予想外だが、返って好都合だ。我々が思う存分に奴らを引き回せば、東京の同志の脱出はそれだけ容易になる。いいか？　貴様らの任務は生き残ることだ。そして、臨戦無退の精神で奴らを一人でも多く殺せ」

全部貴様のせいだ……！　潤花は握りしめた両手を震わせた。貴様が慎重に行動すれば無駄に仲間を失わずに済んだ。なによりお兄ちゃんがあんな事に……！

丁は満面の笑みを浮かべた。「これからが苛酷だが、革命英雄たらんとするお前達のなかに、臆するものはいないと信じる。各員、武器と装備を点検しろ！　祖国も我々の任務完遂の為に全力で支援するだろう！　――では、金正日、万歳――！」

「丁少佐！」潤花は顔を振り上げた。「動けない同志はどうするつもりです」

「置いて行かざるを得んが、なに、奴らは無抵抗の者を射ち殺しはせん。康同志はよく戦った。本国に帰還すれば、我々と同じ革命英雄となるのだ！」

十分後、一同はそれぞれ武器を手に集まった。潤花はフランス軍迷彩外衣《フィールドジャケット》を羽織り、大きなザック、狙撃銃のドラッグバッグを背負って康の傍らに片膝をついた。

「お兄ちゃん……」潤花は涙を堪えながら、言った。「私たちは行きます。でも、大丈夫、捕まっても手当はされるし、祖国にも帰してくれるから」

「ああ……解ってる、潤花。心配かけちまったな。……どっちがお兄ちゃんなんだか、わ……わからんな」康も穏やかに笑いかけた。

「よーし、李上尉、前衛にたて。出口を確保しろ。後の者はつづけ」二人の姿に、なんの感興も起こさなかった丁が、命令した。

お前はとことん犬糞野郎よ……！　潤花は激昂したが……、反面これでいいのかもしれない、とも思い返した。つれてゆけば確実に死んでしまうんだから。

潤花は右手の、下腕部まで覆ったパイロットグローブを外し、康の死相の浮く顔を撫でた。親指でそっと、目許を撫でて立ち上がる。

地下室へと階段を下りながら、潤花は目許が床に沈むまで康を見つめ、康もまた、潤花を、そして若い工作員達を見守り続けた。

「では、手筈通りにな、康同志」まるで隣家の茶席から辞去する挨拶のように、最後尾につく丁は言い置き、階段を下りようとした。

「丁、少佐。……ひとつお願いが」

足を止めた丁は康のそばに屈み込んだ。「なんだ？　同志」

「…………」康は小声で言い、丁元鳳は聞き取れず屈み込んだ。「どうした――」

康は丁の襟首を、素早く摑んだ。丁は虚をつかれ、前のめりに康に顔を寄せた。

「――貴様が潤花になにをしたか知ってるぞ……！」康は凄まじい形相で丁の目を視線で射た。「俺は最後の義務を果たす……、だからもう潤花をなぶるのはやめろ……！」

命の最後の燃焼を賭けた康の気迫に、丁は平然と答えた。「……何のことかよくわからない話だが、覚えておこう」

康は丁の目を睨んだまま脱力したように手を離した。

……地下室から伸びた脱出口の、まとわりつく湿度と濃密な闇の中を、潤花は先頭で胸元の米軍L型ライトの紅い光で裂いて進んでいた。百キロ近い装備と小銃、狙撃銃を背負って低い天井に腰を曲げ、雨水で撓《たわ》んだ板に挟まれての移動は、足下のぬかるみもあって思うように進めない。あと百数十メートルは続く筈だった。

警察も当然、コテージの所有者や建設業者を調べただろうが、この地下道は察知してないだろう。潤花達は腐りかけた空気を吸い込み、吐き出しながら、急いだ。

十五分ほど身を搾られながら進むと、行き止まる。潤花は手を挙げ、縦隊は停止した。

「気を付けろよ、潤花」高秀馬が言った。

「大丈夫だ。お前もそのお喋りな口、閉じておけ」潤花は背中からザックを下ろし、烽火の安全装置を外した。「でるぞ、音を立てないで」

ライトを消し、頭上の蓋をゆっくりと押し上げた。——

そこは稲荷《いなり》を祀《まつ》るお堂の床下だった。

「異状は、ありますか」警視庁の警部補が指揮車を見上げると、〝鳥かご〟で双眼鏡を構えた新潟県警の警部が答えた。「いや……今のところは、ない」

　そろそろ山の冷気が立ちのぼり始めている。

「やつら、中で何をしてやがるんだ」警部補は吐き捨てた。

「さあ、わからんが、……無理すると、昼間のようになる。ここは、忍の一字だ」

　双眼鏡をおろした警部が、目尻の皺を深くしながら警部補を見た。

「……部下が何人もやられたんです」警部補は書き留めるようにゆっくりと呟いた。

「ああ、――こっちもだ」新潟県警の警部は、自分が警察入りを勧めた甥が病院へと運ばれたことには触れず、二人の所属の違う警官は口を閉じ、視線をコテージへと戻した。

　そのコテージの居間では、康が最後の義務を果たそうとしていた。

　導爆索が床の穴から、康の手元まで延びていた。壁にもたれて上半身を辛うじて起こし、右手の導爆索、右手のジッポを、血に染まった包帯で巻かれた胸に置いていた。

　導爆索の先は、四百キロの高性能爆薬《TNT》へと繋がっている。

　――工作員の最後など、こんなものだ……。康はひとりごちてみたが、もはや死が自明の身には、なんの感慨も湧かない。考えてみれば、工作員として訓練され任務についてからずっと、自分は自分の生というものを持たなかった、と康は思った。生きる目的も、常に誰かに命じられたものではなかったか……。だが、と康は思った。――最後の最後に何を願うかくらいは、自分で決めよう。

「……貞姫《チョンヒ》、……憲永《ホンヨン》……達者で……な」康は乾ききった唇を痙攣《けいれん》させて呟いた。清川連絡所に残した、妻と息子の名前だった。

のろのろと右手の親指で、ジッポのヤスリを擦った。何度目かでようやく火がついた。

「……みんな、死ぬな」康はジッポを導爆索に近づけた。導火薬についた火が、鼠のように毎秒八十センチで走り、床の穴へと消えた。あっけなく。

「潤花、……生きろ――」康の朦朧《もうろう》とした意識が、激烈な光に満たされた。

最初、包囲警戒する警察官が感じたのは、地響きだった。「地震……？」

だが大盾、車輛の陰で顔を見合わせる暇など、与えられなかった。

地下室の床に埋め込まれた四百キロのＴＮＴは、爆速八千メートルで燃焼した。

閃光のなか、容積が七千倍の、高圧ガスの悪魔に生まれ変わった。

残されていた武器を粉砕し、地獄の門が開かれたように飢え狂って地表へ吹き上がる。そしてコテージ全体を土台から垂直に両断し、夕暮れの空で数十メートルの火柱が地獄の業火の紅蓮《ぐれん》を放って立ち上がる。建材が粉砕し細切れにされた。

閃光を目にし、あっ、と身を屈めた身体を、最初に襲ってきた衝撃波で吹き飛ばされた隊員は幸運だった。それは爆風と轟音が、ごご……！　と凄まじく大地を揺すって津波のように押し寄せ、土煙と建材の濁流が飲み込んだから――。

建材も土の礫《つぶて》も、情け容赦なく警察官たちの活動服をはぎ取り、引き裂き、皮膚に突き刺さった。高性能火薬の起こしたハリケーンは盆地を爆心から同心円状に駆け抜け、山肌の樹木を鳥肌のように逆立たせた。

車輛のそばで最初の衝撃、爆風を避けられた者の幸運も、それまでだった。ウィンドーの消し飛んだ輸送バスもパトカーも、わずかな間はずるずると地面を滑って堪えたが、一刹那の後、土俵際の力士のごとく横転し、あっけなく押し流された。凄まじい爆風の中、警察車輛はマッチ箱のように見えた。——

どれほど時間が経ったのか……爆風と砂埃が消えると、そこには死しか見あたらなかった。辺り一面、立ちのぼる煙と、肉の焦げた臭い……死に装束じみた埃に覆われていた。

物音さえ死に絶えた静寂に包まれていたが、……やがて、苦痛のうめきと助けを求める弱々しい声が、あちこちから上がり始めた。「誰か……！　俺の腕を探してくれ……」

幸運にも軽傷の警察官らが、よろよろと甦《よみがえ》った死者のように立ち上がった。

「おい……無事な者は……返事をしろ！」

その光景を二百メートル離れた小さな丘から、潤花も見ていた。呆然としながら、お堂の格子戸を押した。

夕焼けの中、おさまりきらぬ土埃が霞のように舞っていた。山の黒い稜線と、空との境界のその下で、コテージが、建っていた地面ごとえぐられて消滅していた。真新しいクレーターを思わせるその穴は三十メートル四方に及び、深さは数メートルくらいか、その底は翳った夕日にも照らされず、地獄へでも続くように黒々としていた。

人の手で成された、地獄の光景だった。

——お兄ちゃん……。

「よし、いまのうちに出発だ」

丁が背後から言ったが、潤花は耳に入らないように佇み続けた。


「……言葉が見つからん」浅香県警本部長は公用車から降りたち、絶句した。

横転した輸送車、爆風に活動服を剝ぎ取られた全裸に近い隊員たちが、苦痛を声に出して訴えている。生きているだけましな隊員達が懸命に、よろけながら担架を持ち、あるいは同僚に肩を貸して浅香の肩先を通り過ぎ、次々とやって来ては負傷者を乗せて走り去る救急車へと運んでゆく。

「ほ、本部長……！」機動隊長が、負傷した足を引きながら浅香に走り寄った。

「大丈夫か！　良かった、無事だったんだな！」

「はい、私は何とか……、ですが」いつもは豪放な県機隊長の顔が悲痛で歪んだ。「被害は甚大です……」

幹部警察官たちも、浅香と機動隊長の周りに集まり始めた。浅香は機動隊長から、それら周囲に集まった警察官達を見回した。

どの警察官達も、凄まじい爆風を物語る引き裂かれた活動服と、怪我を覆った包帯、そして精根すり切れた表情で辛《かろ》うじて立っている。

「本部長、奴らは自決したんでしょうか」三角巾で右腕を吊った県警の中隊長が言った。

いや、と浅香は答えた。「自決なら、わざわざ集まる必要はなかったと思う。……おそらく、秘匿された脱出口が用意されていたんだろう」

「山のどこかに、潜んでいるんですね……」居並ぶ警察官達は我知らず、充血した目を恐怖に尖らせて、周囲を見回した。

山々はすでに夜のとばりに厚く覆われ、一つの黒い垂壁に見えた。一旦足を踏み込めば、二度と戻れない魔境にも……。

――人間離れした連中が重火器で武装し、息を殺して待ち受けている……。

山に足を踏み込む。考えただけで戦慄する悪寒《おかん》が、全員の背中を這った。

「みんな、よくやってくれたな」浅香は一人一人に視線を止めた。「本庁には、被害を正直に申報した。あとは、政治の決断を待つ」

県機隊長が、声を震わせて呟いた。「我々は、……警察は負けたのですね……?」

「みんな、よくやってくれた」浅香は姿勢を正し、頭を最敬礼の位置まで下げた。「本当に、ご苦労でした。心から、みんなの勇気に敬意を表します」

浅香の頭を見下ろしながら警官達の大きな輪に、嗚咽《おえつ》が広がり始めた。吹き始めた冷たい微風に散らかされながら、嗚咽の声は、幾重にも重なって響き続けた。
闘いの担い手をこの国は変えようとしていた。

第五章　出動

「そうか、届いてるんだな」桂川は情報現示室のパワー・ブレストで外線電話に答えた。

「ああ、敵の慣用戦法、装備に関する資料もな。助かったよ。悪いが簡単な韓国語の会話集と、……降伏を勧めるビラの文章も至急欲しい」

「解った。——そちらの準備はどうなんだ？」

「なにせ初めてだからな」かすれた笑いを漏らす。「遅れてるとは思えんが、いま少し時間がかかる。奴らの移動速度との勝負だ」

「足止めする方法がないではないんだけどな」桂川はちらりと幕僚監視室を振り返る。

「こっちも出動準備で手一杯なんだ、あまり込み入ったことはできんぜ」

「簡単だ、とにかくヘリを上げて、作戦地域周辺を飛び回らせればいい。これで連中は警戒して、動きを鈍らせる」

「だが、ヘリの夜間警戒には前方赤外線監視装置《FLIR》が必要だ。……そんなもん一部の機体しか装備してないのは知ってるだろ」

「本当に装備してる必要はないよ。ただ信じさせればいいんだ。それだけで動けなくなる」

「そうか、そうだな。……丁度、知事の要請で方面ヘリ隊が飛び回ってるが……。しかし、飛び回らせるだけでいいのか？」

「ああ、信じ込ませ情報はこちらから流すよ」

「上には話してみる。了解が出たら、頼む」

「解った」桂川は口許のマイクに手を添えた。「資料は至急電送する。……武運をな」

「頼む、じゃあ、……またな」転送された電話が切れる。

「十二旅団、第二部から入電ありました」桂川は振り返り、幕僚監視室を見上げた。「警察は、独力での事案解決を断念した模様です」

おお、と暗い室内にどよめきがあがり、隊員達は下の段、各班ごとのテーブルで顔を見合わせたり、視線を落とす。

自衛隊創隊以来、初の実戦の火蓋がいま、切られようとしている。

「それで、警察側の被害は？」恩田が壇上から、感情を抑えて言った。

「警察当局も、まだ正確には把握していない模様です」

「そうか、引き続き情報収集を密に。ところで、このルートは？」

「汐見三尉が構築しました。提報者は自分と幹候同期、相田肇一尉で、旅団長も承認済みだそうです。――欺瞞情報の件ですが、許可をいただけますか」

「いい仕事だな、汐見。……費用対効果の面では有効かもしれん。検討しよう」恩田がパワー・ブレストを通し室内の全員に告げた。「よし、全員聞け。これより情報集積業務を開始！　各システムとの双方向回線開け！」

桂川達の見下ろすスクリーン下の信務員席が、にわかに動きを増した。

カラーデータスクリーンで自衛隊三隊のシンボルが一瞬またたき、そして――無数のプログラムをロールさせ始めた。

「海幕、艦隊支援指揮システム、データ同調よし！」

「空幕、バッジシステム、データ同調よし！」

「陸幕、戦術データ処理システム、同調よし！」

「内閣衛星情報センター、同調よし！」

右手のスクリーンに空自バッジシステムの、日本列島を中心に防空識別圏と、外部には秘密の北朝鮮、中国沿岸部を含めた空間情報が映し出される。

左手のスクリーンも日本列島を囲む海洋情報が表示される。ただ潜水艦の位置は、ソーサスも含めて表示されない。……海面から下については、海自の口は貝よりも堅い。

それから、中央のスクリーンに全国の地図が最初映し出され、一度フレームで範囲指定された東部方面隊担任地域が、拡大されて表示される。

第十二旅団の各駐屯地が緑色のミリタリー・シンボルマークで次々と示されてゆく。

『Somagahara, STA 12thBL HQ

　　　48iR　HQ

Takada, STA　2iR　HQ

Mathumoto, STA　13iR　HQ

Uthunomiya, ST……』

そして地図の真ん中で、警察部隊の壊滅地点が、赤く点滅していた。自衛官の目に、その光点は警告に見えた。

「全員、手を休めずに聞け」情報本部長、牧畑陸将補の声に、全員が幕僚監視室に注目する。パワー・ブレストを頭にかけ、身を乗り出して見渡していた。「政府対策本部は臨時閣議を招集、警察力による鎮圧を断念した。その席で我が自衛隊に出動待機命令が発令される見通しとなった」

空調の音、各班テーブルにある端末機のわずかな音以外、どんな物音も聞こえない。

「敵性勢力は相当な武装のコマンド部隊だが、出動規定は、治安出動。あらゆる情報を集積、提供し、我々も実戦に臨む。以上！」

「当該地部隊の治安対処計画三号を呼び出せ」恩田一佐の指示が飛ぶ。

スクリーンにウィンドウが開き、文字列が点滅した。

『E. G. S. D. F HQ G-3【TOPSECRET】
OPLAN T-3：Name“Hoku-Shin”』

「作戦名の、ほくしん、ってどういう意味なんでしょうか」

神田が首を傾《かし》げた。演習名は指揮官の裁量で命名され、末尾に西暦の下二桁が付与されるのが一般的だ。作戦名は地名で命名される。

「北辰、つまり北極星だ」桂川が席について、スクリーンを見て言った。

「雅な名前をつけたもんだ」播磨が腕組みし、呟く。「まあ、〝インパール玉砕大作戦〟とつけるよりはよっぽどましだがな」

「〝牟田口《むたくち》をたたくな〟」桂川も下らない言葉を返す。

汐見は不謹慎だ、と非難の眼差しを向ける。「まともな歴史を知ってる隊員なら、やる気を失いますよ」

「そうだな。――それにしても桂川、奴ら随分あっさりとアジトを処分したな」

「軍事と諜報戦の基本にしたがっただけだよ。――使いすてだ、みんな。一度使った装備、暗号、拠点……そして人間もな。たった一度の決定的な事態に役に立てばいい」

「ひでえな。――習志野、特戦群本部に繋いでくれ」播磨はマイクを口許に寄せて命じ、待ちながら目を閉じている。

「……どうした？」

播磨は目を閉じたまま答えた。「あそこで、何人もの警察官が職に殉じた。彼らの忠勇さを弔いたいからな」

「そうだな」桂川も手を合わせてから、おもむろに韓国語辞書を取り出した。

「お前のほうは、何をする気だ?」目を開けて向き直り、播磨は尋ねた。

「心理防護の観点から、降伏勧告の文書を起案する。相田に頼まれたから」

「やつら、いまの若い連中よりよっぽどまともな日本語しゃべるんじゃないのか？　それにお前なら、辞書なんか見なくても書けるだろ」

「そうはいかない」桂川はページを繰りながら、言った。「……一語一句に、隊員の命がかかってる。慎重にいきたいんだ」

桂川はボールペン片手に辞書のページを繰る自分の指先の震えに気付き、汐見はそんな桂川を敬意をもって見つめた。播磨は、特殊作戦群本部に必要事項を伝え続けている。

〝北朝鮮軍兵士たちへ。我々は日本国自衛隊です。あなた方の兵士としての義務感と千里《チョンリ》馬《マ》精神には、心から敬意をはらう。どうか、命を失う前に出てきて欲しい。我々は国際法、国際慣例に基づいて君たちを遇する用意があり、迎えるのを心から望んでいる……〟

相手国の文化を尊重し、同じ人間として説得する文言であること。投降勧告ビラ作成の留意点だ。相手に望郷の念や軍部への不信感を与えなければならないが、……熱誠分子の特殊部隊相手には難しいな、などと考えながら桂川がそこまで書いた時だった。

「……全員へ！」牧畑が受話器を一瞬見つめてから、大声で告げた。「新潟県知事より出動要請があり、政府はこれを受理した」

　制服自衛官達は、黙って壇上の情報本部長を見つめる。

「本日十八時三十分、自衛隊法第八十一条第二項の規定により、第十二旅団及び増強部隊に、要請による治安出動命令、下命」

　やはりそうか……そんなざわめきが、室内に漂った。

　──形式としては、政府の決断ではなく、あくまで現地自治体の首長からの要請を受け入れた、ということにする気か……。

　陸海空三自衛隊の隊員達が一様に考えたのはそのことだった。

「〝要請による治安出動〟、だと……？」部隊へ伝達を終えた播磨が、苦いものを噛みしめたような声で呻いた。

「……この国は、国家による決断を避けたんだ」

　桂川も吐き捨てた。

　出動命令の種類がどうあれ、巨大な国防システムとしての自衛隊が、動き始めた。

　新潟、第十二旅団──。

「T三号想定、作戦名〝北辰〟に従い、各連隊は第一科長の先行班を戦闘指揮所、移転予定地偵察のため前進」迷彩服姿の中島第三部長が報告した。「所定の作戦行動を開始！」

作戦室には三メートル四方の地形図が、同じく迷彩服姿の堂本旅団長の席から見やすいよう、やや角度がつけられている。

「よし。各連隊は敵性勢力の予想潜在点を中心に、各十キロに配置、包囲せよ」

「了解」中島は復唱した。

陸幕や方面総監など上級司令部は、各種資料から北朝鮮特殊部隊の徒歩機動力を一日四十キロと推定している。だが、現場の部隊では現状の人員充足率に合わせ、四キロと見積もり、計画していた。また、情報本部対遊撃専任班からの提案を堂本は受け入れ、〝空中《くうちゅう》遮障《しゃしょう》〟——航空機での警戒の困難な地点の事前偵察を兼ね、第十二飛行隊を出していた。コマンド側も警戒し、相当足が鈍っていると考えられた。

「当該作戦地域内の民間人避難の状況は」

「現在、避難勧告が出され、警察及び県知事の要請で方面ヘリ隊が避難を支援中」

佐伯第二部長が渡された紙から顔を上げる。「旅団長、陸幕より入電。部隊行動基準です」

「ようやくか」堂本は答え、「内容を周知」と続けた。

「はい。部隊行動基準、——秘密区分、部内限り。武力は、出動を命じられた自衛隊員への直接の攻撃、または作戦地域内の民間人の生命への脅威に対抗して、または出動を命じられた部隊全体の安全が脅威にさらされた場合に、警察比例の法則によって最小限度使用できる。

武器使用に当たっては可能な限り敵性勢力に投降を勧告し、威嚇発砲にて戦意を喪失させ、これを捕獲するにつとめること。

危害射撃は指揮系統に従い、敵性勢力が武器使用の意志を見せた場合、あるいは実際に使用した場合にのみ行うことができる。投降の意志を示した者、抵抗する能力を喪失した者に対しては武器を使用してはならない。……以上です」

「海空に遅れること二十年、ようやく交戦規則が示されたわけだ」

一般にはイラクへの部隊派遣に当たり、初めて部隊行動基準が作成されたと思われているが、実際は二〇〇〇年に防衛庁内訓で基準が設けられている。

だが、と堂本にはわずかな懸念もなくはない。投入される戦力については、内訓では政策上の判断が下されるとなっている。しかし、それについての言及はない。

――投入はするが使用の判断、……結果は現地指揮官がかぶるということか……。

そんな事も考えたが、いちいち戦う前から思い煩《わずら》っても仕方がない。

「各連隊本部に通達。全隊員に徹底させろ」堂本は言った。「弾薬の補給はどうか？」

「関東補給処、吉井弾薬支処に輸送隊を派遣、明〇三一五時に帰隊の予定です」渡辺第四部長が答える。

「まあ、相手はコマンドだ。弾薬が不足するとも思えんが、こちらの勝ち目で、隊員にも安心できる材料が欲しいわな」独り言のように言って堂本は、ぱん、と両手を鳴らして立ち上がった。「これより旅団司令部は前進、事後の作戦指揮は移動司令部にて行う。――始まるぞ、諸官……別れ！」

旅団幕僚達は、椅子を鳴らして立った。

「ああ、そうだ第一部長。……脱柵《だっさく》――いや、職務離脱者は、どうか」

幕僚達は行きかけた戦闘靴を止めて、自然と真田一佐を見た。

「は……遺憾ながら旅団全体で、二名が」

どの幕僚も、苦々しく目を逸らした。自衛隊は軍隊ではなく、従って軍隊独自の法律、つまり軍法をもたない。職務離脱者は国家公務員法によって懲役三年から五年が科せられるが、軍刑務所がないために所属中隊の娯楽室に軟禁されていた。

「二名、か。……戦時の脱走者は、平時の犯罪率に必ず比例するといわれとるから、ま、予想の範囲だな」副旅団長、正本が鷹揚に言った。「まあ、国民の一部が期待する人数に比べれば取るに足りない。……これからの我々の働きで挽回できる」

幕僚達は、苦笑に似た表情でそれぞれ頷き、散会していった。

いつも、と堂本は思った。この物静かな副旅団長の配慮、心遣いに助けられている。

「正本一佐……すまんな」

「いえ。……臆病者と共に戦いたくはないですからな。むしろ戦端が開く前で良かった……そう思いましょう」

そして、静岡県、富士教導団隷下部隊も行動を開始しようとしていた。

御殿場、滝ヶ原駐屯地、普通科教導連隊——。

「連隊長訓辞！」

成瀬寛一佐は闇の中、迷彩服で身を固め整列する隊員と、その後方に集結した車輌群を前に、身体を演台上へと軽く運んだ。

「楽にして聞いて欲しい」成瀬も迷彩服姿で、迷彩作業帽を被っていた。どことなく教師然とした穏やかな風貌だったが、いまは戦闘指揮官の威厳を見せて背を伸ばしている。

「諸官がこれまで培った練度のすべてを発揮し、ひとりの欠員もなくここに戻ることを望みます。また皆で富士を仰ぎたい。果敢に、……だが慎重に。〝無事カエル〟、だ」

一千名の隊員達は、ただ黙って演台上の連隊長を見詰め続ける。その隊員達を、成瀬は父親のような視線で見渡してから、号令をかけた。

「作戦、開始！　乗車！」

「乗車！」千百名の隊員らが一声、気迫で夜気を震わせて答え、列を崩して一斉に割り当て車輌に走り、陸曹や幹部の声が飛び交う。

「一中、急げ！」

「ぼやぼやするなっ！」

車輛のエンジンが次々とかかり、排気音とガスが立ちこめる。ライトが野火のように広がってゆく。

連隊長車のパジェロを先頭に本管中隊が営門を出発すると、第一中隊乗車のトラック、通称〝三トン半〟が続く。イラク派遣で一躍有名となった軽装甲機動車《LAV》の第二中隊が続き、第三中隊の米軍のハンビーそっくりの高機動車、第四中隊は八輪コンバットタイヤが特徴の九六式装甲車、そして第五中隊、一般の眼には戦車としか見えない八九式装甲戦闘車《FV》が、トレーラーに搭載され、長い車列の後尾を続いてゆく。

普通科教導連隊、通称〝普教連〟が最新装備を保有しながら各中隊で違うのは、名の通り運用法を研究し示すためだ。西方連の建制までは番号を持たない唯一の連隊であり、「西の普教練、東の空挺」と精強を謳われた。

が、となりの富士駐屯地、新装備の評価が任務の開発実験隊と同様、儲からない装備開発を企業に依存する手前、改善要求には及び腰で、普教連ならぬ〝妥協連〟と呼ばれている。もっとも、富士訓練センターに訪れる全国の部隊からは、〝卑怯連〟と呼ばれている。

第五中隊の隊員は幌つきトラック、〝三トン半〟の荷台で、簡易ベンチに向かい合って座っていた。

小隊長の三尉は乗り口よりの一番端、指揮官の定位置で、ふと小隊全員の目が向けられている、という錯覚をもった。確かに皆、乗り口に顔を向けていたが、それは他に見るものがないからで、いつものことだが……今日はどうして、気になるのだろう。

「……緊張してるか？」小隊長は隣の隊員に声をかけた。

「え？——ええ、まあ、はい」大卒の二士が、どちらともとれる答えを返した。

「主力は十二旅団だ。こっちには八九式装甲戦闘車《FV》もあるからな」

「でも、その、……やつらはＲＰＧを持ってるって話ですよね」

「充分に警戒し、射程内に接近させなけりゃ大丈夫だ。……身体は休めておけよ」

はい、と二士は答え、呟いた。「今年の還付金は、少ないでしょうか」

死亡した際の、自衛隊の見舞金など知れている。だからこそ隊員達は個人で共済組合保険に加入するが、自衛官は還付金の多寡で、その年の殉職者の人数を知る。

「馬鹿、縁起でもねえ」小隊長は無理に笑った。

脳天気でなければ務まらない職業、自衛官にあって、自分は幹部だ。何より——、常軌を逸した趣味人が多いために他のナンバー中隊から〝色物中隊〟と揶揄される自分たち五中隊に、深刻ぶった表情など似合わない。——

富士駐屯地——。

営門から警務隊の白バイに先導され、陸自戦闘車両の中で唯一、交通速度違反で切符を切られた車輛として知られる八七式偵察警戒車《RCV》を先頭に偵察教導隊が、そして戦車教導隊の特大型トレーラーが、怒濤《どとう》のようなエンジン音で周囲を圧して進んでゆく。搭載された九〇式、七四式戦車は砲塔を百八十度まわし、ロープで厳重に固縛していた。

特大型トレーラーに先行する〝三トン半〟に、山本大輔たち戦車乗員は乗っていた。

「車長、俺、思うんですけど」装塡手の蒲田が言った。

「ん？……なんだ？」山本が答えた。

「奴らは戦車なんて持ってねえのに、なんで俺たち行くんですかね？」

「そんなもん決まってんだろ。撃たれっぱなしの普通科を守るためだ。それに」山本は続けた。「……日本に戦車はもういらないとほざく連中に、それが本当か教えてやるためだ」

実際、山本は武者震いしていた。敵と砲火を交えるかは解らないが、自分が戦車乗員としてどこまでやれるか。山本の意識はそれだけで、不思議と恐怖はない。

日常から外れた重量感で戦闘車輌と支援車輌の列は緩い坂道を下り、交通規制する警務隊員の指示に従い左折し、国道二四六号線を北上し始めた。

第十二旅団が北朝鮮コマンドを包囲すべく各駐屯地から進発し、静岡でも濃緑の車列が一路、新潟に長駆し始めた模様は、各マスコミが先を争って映像を流し始めた。

「……ご覧下さい！　いま、自衛隊の軍用車輌が新潟の事件現場に向けて急行していきます！　戦車や装甲車もいます！」若い女性のレポーターが国道二四六号線の路肩で、普教連の車輌群が排気ガスを撒き散らし通過する傍らで、轟音に負けじと声を張り上げている。

「あっ、どの車にもガムテープが張られ所属を隠しています。秘密部隊でしょうか！」

その光景を桂川も播磨もモニターテレビで見ていた。

「……馬鹿か、ありゃ戦車じゃねえし、ガムテープだって珍しくねえ」

映ったのは装甲戦闘車で、車体に板抜き文字で記された所属を隠すのは、演習では日常的な処置だが、女性レポーターは知るよしもない。

「え？　あれ戦車じゃないんですか」神田が不思議そうに言う。

「これだから、統合運用が進まないんだろうな」桂川は苦笑した。

「しかしどうだ、この迅速さは」播磨は嬉しそうだ。「無知な軍事小説家たちが、これまでいい加減なことを書きまくってくれてたからな。この国には危機感がないとか、自衛隊に実戦はできないとか。……大体、いま本が売れないんだろ、危機感はお前らが持て」

「そういうお前のところはどうなんだ？」

「第一ヘリ団で空中機動中。……群長直々《じきじき》に指揮を執るそうだ」播磨は言い、聞き取れないほどの声で続けた。「みんな、……すまん」

——新潟上空。

「機長、十二旅団飛行統制所より入電。第一ヘリ団のCH－47《キャリアー》が十一時方向、二百フィートで通過、とのことです」

中里美佳二尉は副操縦席から隣の機長席、吉森一尉に告げた。東部方面ヘリ隊第二飛行隊所属、UH－1だ。

「……了解」吉森は航空ヘルメット《FHG－1》と暗視ゴーグルに隠された頭を上下させた。

「あっちはチヌークかあ……」

美佳の呟きをマイクが拾い、吉森が言った。

「なんだ、キャリアーやUH－60《ロクマル》の方がいいか」

少しばかり美佳は狼狽《うろた》えた。ヘルメットと暗視ゴーグルの下で、柔和な目を瞬《しばた》かせた。

「……そんなことないです。私、この機体が好きです」

「新しい機体が羨《うらや》ましいのは解るが、こいつは採用されて四十年以上の古強者だ、気心知れた女房が一番だ」言ってから、吉森はわずかに咳き込み、喉を鳴らした。

そんな吉森に、美佳は操縦桿を握ったままあえて何も言わない。以前、少し顔色が悪いと思い、声をかけると怒鳴られたからだ。

〝馬鹿野郎！　俺のことより、機体と後ろに乗ってる連中を心配しろ〟と。

吉森は飛行時間が二千時間を越し、最も困難な人命救助を任務とする、海及び空の救難飛行隊のパイロットも一目置く熟練パイロットだ。自己の体調管理は厳しい。

「十一時、……第一ヘリ団V編隊を視認」美佳はそれだけを口にした。

三機編隊のCH－47チヌークの機内。赤い機内灯が照らす機内の両壁際、カンバス製のトループシートに、完全装備の特殊作戦群隊員達が黙然と座っている。頭上から四千三百馬力のライカミング製エンジンが二基、同じく二基のローターで夜気を裂く爆音を響かせているが、隊員達は慣れていた。

陸自初の特殊部隊とはいえ、隊員達の装備は通常部隊の野戦装備と変わらない。ただ装備火器は違っていた。——国産八九式小銃ではなく、米国製Ｍ－４騎兵銃《カービン》を持ち、銃口を下に向けて身体に寄せていた。

特殊部隊は任務の重要性から、優秀ならば装備品の生産国に頓着せず導入するのが世界の趨勢だ。が……メーカーとの関係を政策上優先せざるを得ない自衛隊が、軍を象徴する小銃を、海外から導入したのは画期的といえた。ただ、国内メーカーは激しく反発し、隊員の手元にあるＭ－４小銃の装備したレ《R》イル・イ《I》ンターフェイス・シ《S》ステムを含め、短銃身型八九式小銃の開発を提案したが隊員達の反発にあい、沙汰やみとなった。現場の意見に頓着しない防衛庁では希有のことだ。

そして太股の拳銃も、一般部隊のシグザウエルＰ２２０ではなく、同じシグザウエルでもより軍用に適した装弾数十三発のＰ２２８。Ｐ２２０は装弾数八発と軍用には中途半端で、なぜ導入されたかと言えば陸幕担当者の認識不足、中途半端な分だけライセンス料が安かったからと言われている。

「まだ、つかんのか」三原良次一尉が隣の荒木隆志一曹に言った。

「もうすぐじゃないですかね。ひょっとして、酔いましたか」

一曹は後期教育から空挺に配属されたいわゆる純血組だが、三原は第二師団から応募した幹部レンジャーだった。

「馬鹿言うな」そう言ったが、三原は下腹の痛みが増してるのではないか、と思った。

体調に一抹の不安がある者同士を乗せた、二つの種類のヘリは夜の空ですれ違い、互いの航空灯だけを挨拶代わりに離れていった。


北朝鮮工作員の行動範囲とされた地域住民は、警察そして自衛隊ヘリの支援を受け、災害避難場所の小学校、公民館に集まり始めていた。

「向田さーん！　向田さん、おられませんか？」伏龍《ふくりゅう》村の福祉課職員、佐竹光彦が伏龍小学校体育館で、大声を張り上げた。

「あら、佐竹さん。向田さんがどうかしたの？」中年の主婦が、佐竹に声をかけた。

佐竹が東京の大学を卒業して帰郷し、就職した村役場で初めて担当した老人の娘だった。

「ああ、どうも。いえ、ちょっと捜してるんです。お一人暮らしだし」

その老人、向田歳蔵は最近、老人性認知症の兆候が見られ、佐竹が何度も訪問し老人福祉施設への入所を勧めていたが、頑なに拒否している人物だった。

「そういえば、まだ見かけないわね」

「そうですか……。別のところかな」

佐竹は、何となく嫌な予感がした。

夜の静寂に、頭上からヘリの爆音が響いてくる。……まだ遠い。

北朝鮮工作員達は爆破したコテージから北西、およそ三キロの赤安山の麓を、行進隊形で無音で進んでいたが、丁の合図で足を止めた。コテージまで辿り着けなかった者とも合流し二十名、四個組に編成されていた。

全員AKを携え、5・56ミリ弾を弾倉入り九百発、生弾一千発と食料を入れ、RPGの擲弾筒各三本ずつを納めたザックに背を丸めていた。

「急にヘリが増えたな」丁元鳳が白い息をつき小声で言った。

「……丁隊長」偵察兵が音もなく丁に近づき、囁いてラジオのイヤホンを差し出す。

「〝……ですからね、自衛隊も馬鹿じゃないです。それに私が現役の頃より状況を把握する能力、いわゆる戦場監視機材は充実しとるんです。現にいま、作戦を行う十二旅団には優れた空中機動力、つまりヘリがありますが、それらには全国からかき集めた最新装備と、評価実験中の機材まで装備開発実験隊から運び込まれとるんです。……〟」

丁は耳からイヤホンを抜き、「そういうことか」とひとりごち、合図をして集まった組長に、速度より隠密を優先する、と告げた。

「この状況はおかしい」潤花は丁と視線を合わさず、片膝をついた輪で言った。「素早すぎる……。それにラジオの男は、私の記憶では退役将星です」

「だからこそ信憑性《しんぴょうせい》がある。無意味に飛ばすほど、奴らに余裕はない」

「しかし……」潤花は言い募ろうとした。

「少佐、あんたの考えにも一理あるよ、そいつは認める」高秀馬が言った。「だが潤……いや、李上尉はながくこっちで活動してる。聞く価値はあるだろ」

「そいつはどうかな？」丁は闇の中で嘲《あざけ》った。「革命には犠牲が必要なのを忘れた、感情からの物言いじゃないのか？　康同志は残念だったが――」

「高、もういい」潤花は短縮型ＡＫを持ち直し、背中のリュックとライフルバッグを一揺すりして立ち上がり、自分の組へと下草も鳴らさずに去った。


「なんだその格好は！」幕僚監視室から恩田が叱責した。「播磨一尉！」

その目下、渾然としていた声が潮がひくように消えかけた情報現示室、対遊撃班のテーブルの上座で、桂川は雛壇を大股に上がってくる播磨を見迎えていた。……やれやれ、いつのまにか姿を消したと思ったら……。

播磨は完全な野戦装備姿だった。細身の空挺迷彩服に戦闘靴、腰にコットン製の旧型弾帯を締め、上半身には私物のＳＯＥ社製の、自衛隊では〝集約チョッキ〟と呼ぶタクティカルベストを着装している。

「知ってるだろ?」桂川は座ったまま、周囲の視線をものともせずやってきた迷彩服姿の播磨に言った。「幕僚業務は、静謐《せいひつ》をもって尊しとする。それは——」

「馬鹿にすんな」播磨は偉そうに言った。「旧軍の参謀がてめえの手柄ほしさに、会議で軍刀をがちゃがちゃ鳴らして、指揮官に決断を強要した反省からだろ」

制服ならまだしも迷彩服姿の播磨は、小柄ながら野戦指揮官の精悍さを発散していた。

「解っていながらなんだその格好は!」いつもは穏和な恩田の怒声が、再び幕僚監視室から降ってきた。「ここは駐屯地でも、まして作戦地域でもない! 場所柄を考えんか!」

「お言葉ですが、これが我々の常装です」播磨は迷彩作業帽を目深に被った顔を幕僚監視室にあげ、堂々と言った。

「だとしても、情報業務も幕僚業務も同じなんだ」桂川は宥《なだ》める口調だった。「逆に指揮官が、自分の推論の裏付けばかりを求めたらどうする? 予断の補強——俺達にとってもっとも忌むべき事なんだ」

「恩田一佐、自分は……連絡幹部の任を負っていますが、上官と部下は、現地に向かっています」顔を上げたまま播磨は一呼吸おいた。言葉には、どこか哀しい確信と呼べる響きを伴っていた。「……我々は特殊部隊です。もっとも危険な決勝点に、上官や部下——、いえ、私にとってかけがえのない仲間が投入されるでしょう」

頭上の恩田も、その周りで顔を見合わせていた海空幹部達も、いつしか耳を傾けていた。

「それが使命であり、逃れられない任務であれば……、遠く離れても、心は常に仲間とともにありたい、と願います」

　こいつらしい、と桂川はわずかな揶揄もなく、播磨の横顔を見た。

　優れた戦技と実力を求められながら、発揮されないことだけを望まれる職業、自衛官。敵の殲滅《せんめつ》ではなく、ただ負けないことのみ求められる、〝名誉なき軍隊〟、自衛隊。

　播磨に場違いな迷彩服を纏わせたのは、ようやく日の目を見る仲間から疎外される、血の疼《うず》きのせいか。たった一人の兵士は戦いの単位ではあり得ず、指揮系統の埒外《らちがい》におかれた悲哀と焦燥が、巨大な武装集団の中でなお、人並みはずれた戦士の自負と相まって、叩き込まれた分別を越えさせたのか。……ちらりと桂川は幕僚監視室の恩田を見上げた。

「しかしな、播磨一尉……」恩田は心を揺すられ、播磨を見ていた。自衛官の日常には世間とは別の時間が流れ、もはや世間では通用しない浪花節じみた感情論も、いまこの場でも充分な説得力を持っていたものの、恩田の表情の半分は、上官臭い渋い顔だった。

「――俺も付き合うよ」上官と同期の間の桂川は立ち上がった。「そのまま続けてくれ」

「桂川、なにを考えているんだ！　お前まで――」背中に恩田の声を聞きながら通路をくぐり、情報現示室を出る。

「桂川一尉でも、かっこつけるときってあるんだ」神田が汐見にこっそり呟く。

「調整を急ごう」汐見はディスプレイに視線を戻し、それだけ言ったが、しばらくして上がってきた桂川を見て、目を見張った。「桂川班長――」

「待たせた」桂川は播磨と同じ細身の空挺迷彩服を着て、八角帽を被っていた。体格はともかく、空挺団の隊員に遜色ない着こなしだった。

「私、悔しいです」神田が言った。「桂川一尉を一瞬でも格好いい、と思っちゃって」

「そうか、きまってるか」桂川は気恥ずかしそうに帽子のつばに手をやる。「情報勤務者がみんな、〝首から下の仕事〟を忘れた訳じゃないよ。……部隊から外された奴が情報でも務まらなくて、その言い訳に情報勤務はぬるすぎると部隊に戻って吹聴する。ま、情報勤務が軽視される原因のひとつではあるな」

「まあ、資格もねえのに空挺迷彩を着てる奴を見たら、脱がんかこらぁ、と怒鳴りつけてやるんだが」播磨は汐見に口許だけで笑って見せた。「お前さん達は知らんだろうが、うちの訓練にはしょっちゅう参加してるんだ」

「……班長が、ですか？」汐見は尋ね返した。

ああ、と播磨は笑みを大きくした。「まあ解るだろ……大抵はお荷物なんだがないうなよ、と苦笑する桂川に恩田が壇上から言った。「桂川一尉」

桂川は表情を引き締め、顔を上げて恩田を見た。「なんでしょう？」

「……桂川」恩田は微かに苦笑した。「八角帽はよせ。被るなら識別帽にしておけ」

汐見が、情報本部のシンボルの雉を銀糸、〝Defense Intelligence HQ〟と金糸の筆記体で刺繍したアポロキャップ型略帽を差し出す。鍔《つば》に唐草模様のない、佐官以下の一般用だ。「解りました」桂川は口をほころばせて八角帽を置き、汐見が両手でもつ識別帽を、礼を言って受け取った。ヘッドセットを頭に載せる。

「馬鹿が、なにかっこつけてる、ええ?」途端に、耳朶《じだ》へ野太い嫌な声が響いた。

桂川は表情を消して声の主のいる、左手の統制官席を見た。

河辺健吾二佐だった。統制官席から脂の浮く顔で、白けた、汚物だめでも見やるような視線を送っていた。

好きなだけ見下してろ、と桂川は河辺に無表情な眼差しを送った。……俺が怒りを忘れてるように思ってるのかも知れないが、あんただけは別だ。

いまのうちだけだ。……心で呟いて視線を外した桂川の背中を、播磨がぽんと叩く。

「見ろよ」播磨はカラーデータスクリーンを見ていた。「特殊作戦群、作戦地域に到達」

タンデムローターが、ガスタービンの轟音で静寂を圧し、アスファルトに浮く砂埃を清めるように吹き飛ばす。

赤い衝突防止灯を明滅させた三機のCH－47チヌークが、明るく照らされたゴルフ場駐車場に、ゆっくり着陸してゆく。十二旅団が開設した、臨時飛行場だ。

車輪がアスファルトを踏んだ途端、後部昇降式ランプドアが下がりきるのを待たず、一列になった隊員達が、迅速に吐き出された。

隊員達はそのまま灯りだけでなく、一般隊員の目を避けるように駐車場の隅へと走る。各空挺迷彩服を着用し、空挺顎紐でしっかり固定した鉄帽のはしに、長目の頭髪が覗く。各国特殊部隊と同じく自由な髪型なのは、民間人に紛れて活動する為だ。それだけに、部内で単に〝S〟と呼ばれる特戦群が衆目に触れたのは編成完結式の、ただ一度だけだ。空挺団の公開訓練でバラクラバを被った部隊がいても、それは特殊作戦群ではない。

すべての行動は、すべて無言で行われた。

「各小隊、身幹順《しんかんじゅん》に整列！　点呼！」

初めて号令が短くかかり、薄闇のなかで隊員達が背丈の順で並びだした。

「群長。……点呼完了しました」

「よし」とあまり背の高くない、首の短い幹部が答えた。「このまま待機。わしは戦闘指揮所に行く。居場所も手配してもらわんとな」

「了解しました」高知弁のなまりが強いが、中隊長はなれている。

「ああ、それから中隊長。みんなに楽にしろと伝えろ。休めるときに休んどけ」

そういって、特殊作戦群指揮官、鳶崎壮一一佐は副官を連れて歩き出した。

もう初老といってもいい年齢だが、幹部及び空挺レンジャーの両資格をもつ数少ない幹部で、体育学校では格闘教官を務めた。猪首なのは、柔道を長くしているからだ。

体力旺盛な若い隊員達と張り合っても、ひけはとらない。愛称は〝韋駄天《いだてん》のトビ〟。隊内ではちょっとした有名人だが、韋駄天の異名には理由がある。

ある時、まだ初任幹部で九州での部隊勤務時、週末に部下達とスキューバダイビングの約束をしていたが、娘の参観日を失念していた。奥方に厳しく申し渡された鳶崎は一計を案じ、官舎で飼っていた犬の縄を緩めて走り出させ、おお、どこへ行く、とかなんとか言いながら追いかける振りをして抜け出した。……スキューバ用具をすべて担いで。鳶崎は猛追する奥方を振りきり、駅で部下達と合流したのだった。同じようなことが、理由と動機を変えて繰り返された。

うちの旦那は仕方のない人だからね、と来客に奥方は笑うがその実、夫婦の間に深い愛情があるからこそ鳶崎が好き勝手な真似ができるのは、身近な隊員みなが知るところだ。

鳶崎は十二旅団の隊員に司令部の場所を尋ねる。出迎えに幹部の一人も出てこないが、隠密を至上とする自分たちには、都合がいい。

造成中の空き地に設営された司令部天幕へと入った。有事には任務のない音楽隊の隊員が警備に当たり、女性隊員の姿も見られた。

「特殊作戦群群長、一佐、鳶崎壮一、到着いたしました」背を伸ばして敬礼する。

「御苦労です。十二旅団団長、堂本陸将補です」

作戦台上座の堂本が立ち上がると、幕僚達も倣った。

「お久しぶりです、鳶崎一佐」第三部長、中島が言った。

「おお、中島君か。娘さんは元気かよ」

「は、おかげさまで。今年小学校を卒業します」

「そうか、お前さん似なら、べっぴんさんなんだろうな」

鳶崎は本部管理中隊の隊員に案内され、作戦台を囲むパイプ椅子に腰掛けた。

「空の旅はどうでしたか」正本副旅団長が尋ねる。

「落ち着きませんな」鳶崎は飄然《ひょうぜん》と苦笑した。「なにせ地面と違って、隠れようがない」

軽い笑いが起こって……消えた。

「さて、特殊作戦群の運用だが」堂本が口調を改めて、言った。

「特殊作戦群は、我が本隊、陸幕より第十二任務旅団と呼称するよう通達がありましたが、当旅団本部付き隊、旅団直轄《ちょっかつ》部隊として運用したいと考えます」

「補給全般は我々が受け持ちます。待機する天幕もすでに設営ずみです」

運用担当の中島、補給担当の渡辺が告げると、鳶崎は椅子の上で背を伸ばし、頷いた。

「つまり……敵性勢力の潜在が確実な決勝点への重点投入なわけですな」

「ええ」と中島は頷いた。「包囲、及び圧縮は我々の手で行います」

「よっしゃわかった、了解だ」鳶崎は答えた。

「――鳶崎一佐。覚悟の上とは思うが、かなりの危険が予想される」堂本が言った。

「なんちゅうこたあないです」鳶崎は言った。「確かに敵がガイな奴らなのは間違いないでしょうが、私の部下も負けやせん。戦わずに引き上げたら、あいつらがゲリラにならあ」

自信が言わせた鳶崎の剽軽《ひょうきん》な言葉に、作戦台を囲むみんなが、笑った。

十一月二十一日。

午前零時、第十二旅団は夜の帳《とばり》の中で展開を終えた。

最も迅速だったのは松本より大日原《だいにちはら》演習場に布陣した第十三普通科連隊で、次いで三つの連隊――、新発田市大手町より新発田カントリークラブ付近に第三十普通科連隊が、第二普通科連隊は旅団司令部付き隊とともに阿賀野川と磐越道を後背に、第四十八普通科連隊はゴルフ場を中心に県道十四号線に沿って布陣した。

関越道をひた走った富士教導団より配属の普通科教導連隊、偵察教導隊、戦車教導隊は、十二旅団司令部から派遣された連絡員の誘導で、陣ヶ峰で展開した。

五頭連峰周囲、図上百九十平方キロ、北を第三十普連、西を第十三普連と普教連、南を第二普連、そして東を第四十八普連と司令部、総兵力五千五百名で包囲したのだった。

第十二旅団司令部。

「各連隊は所定の位置に進出。――」中島は副官が差し出した紙片を読み上げ、鉄帽の下の顔を上げた。「作戦地域の包囲、完了しました」

「了解。——各連隊長に通達」堂本は、重ねた薄いセロファンシートに部隊配置が書き込まれた地図を見つめた。「弾薬交付を許可する」

大日原演習場、第十三普連。

旅団予備の第四中隊三個小隊に小銃弾の頑丈な木箱が交付されると、隊員達は初めて射撃訓練に臨む前期訓練のような表情で、弾倉に弾を詰め始めた。

「……射場《しゃじょう》のそとで、弾を受け取るなんてな」

「ああ、初めてだな」

口々に囁きあう。安全管理が金科玉条として徹底され、演習では空砲の空薬莢がひとつでも実数と合わなければ、一個連隊で捜索するのが自衛隊なのだ。

——これを敵とはいえ、人間に撃つのか……。

誰の胸にも湧いた思いで、自然に言葉が少なくなった。弾倉に弾丸を押し込む金属音だけが響いた。

「……できりゃあ、撃ちたくはねえな」

「ああ、……。飛行隊がビラ撒いて、降伏勧告するって話だぜ」

その時、ヘリのローター音が響き、次第に幾重にも重なって高まってゆく。

演習場内に設けられた旅団及び方面飛行隊の着陸場から一機、また一機と夜空にＵＨ－

1、UH－60が、赤い航空灯を点滅させ整然と舞い上がっていく。それらには桂川の作成した朝鮮語のビラが駐屯地業務隊によって印刷され、大量に積まれていた。
「すんなり武器を置いてくれればいいんだけどな……」防大、幹候校を経てはじめて小隊を預かる小隊長は夜空にヘリを見送りながら、どこか祈る響きをもって呟いた。


実戦部隊に緊張が高まりつつあるころ、情報本部にも懸念が持ち上がっていた。

「全地球位置把握システム《GPS》が……、確かなのか」桂川の問いに、汐見は答えた。「はい。精度が下がっているとの報告です」

自動車のカーナビゲーションシステムで知られるGPSは、もとは米海軍と空軍で共同開発された。地球を巡る二十四基のナブスター衛星のうち、地上受信機は最も近い四基の電波から位置を知り、地図上に表示する。「民間用コードだけかな？」

「いえ、民間用C／Aコードだけでなく、P及び軍用Yコードも低下とのことです」

民間は誤差十メートル内外、軍用コードなら誤差一メートル以内だ。「なぜいま、軍用コードの精度まで下げた……？」桂川は呟く。

自衛隊も、GPSを装備または私物として活用している。

「米軍の各情報収集部隊の動向を確認しろ。……情報の指向性を探れ」

汐見が了解、といって立ち去ると、播磨は呟いた。「敵コマンドのGPS使用の可能性が高いからか?」

「いや、それだけじゃない気がする。――軍用コードの精度まで下げるのは、〝敵の〟精密兵器誘導に使用させないためだ。そして北朝鮮には、もちろんそんな精密兵器はない……」

「じゃあお前が言う米国の敵ってのは……」播磨が絶句した。

「情報要求!」桂川は立ち上がり、振り返った。「米国各機関とのリンクを確認願います」

「……どういうことだ?」恩田が幕僚監視室から桂川に言った。

「米国の情報統制の可能性があります。……念のためです」

「――まさか」

「恩田部長、許可願います」桂川は強硬に言った。

いいだろう、と恩田が頷くと桂川は矢継ぎ早に指示を出した。

「国防情報局《DIA》外国連絡局、中央情報局《CIA》テロ情報センター、国家安全保障局《NSA》国防特殊ミサイル航空宇宙センター《デフスマック》、海軍対テロ情報センターとの、回線保持を確認、最優先!」

それらの回線はもちろん米国が提報してもいいと判断した場合のみ開かれるものだが、通じているといないでは雲泥の差だ。……しかし、まさか――。

「――桂川班長」信務員の声が聞こえた。「確認、しました」

桂川は閉じていた目を開けた。「――結果を知らせてくれ」

桂川の前の端末画面に、それぞれの組織の名称と紋章が表示された。

「DIA及びCIA……、回線不通！」

「NSAも同様です！　回線そのものが、閉鎖されている模様！」

「だめです！　海軍対テロ情報センター、繋がりません！」

画面上の表示が次々と青から赤に変わり、点滅し始めた。

「――やはりそうか……！」桂川はスクリーンを見詰めて呟いた。

隊員のどよめきが室内を満たし、播磨が驚きを隠しきれず呟く。「……この一大事になんでシカトしやがる？」

海外に限られた情報源しかない日本は、情報を米国に大きく依存している。その米国から提報の見込みがない、となれば、手段をすべて取り上げられたのと同義だ。

――おそらく鍵は、北朝鮮情報機関高官と、攫《さら》われたCIA要員の密会していた理由だ。

同盟国への利敵行為ともとれる情報の遮断は、それ以外にない。

「桂川一尉、これは――」

「恩田部長、米国の防衛駐在官に情報収集の要請を！　機密を要します、電子迷彩の上、迂回回線が適当と思われます」

頷いて受話器を取る恩田から、桂川は播磨に目を移す。「……同盟関係より優先すべき国益があるってことだ。情報の遮断が本庁だけじゃなく外務省も含んでいたら――」

情報と言えば米国筋であり、外交とは対米関係のことだ。外交ルートまで閉ざされたとするなら。

「――この国が、発狂するぞ」

「了解した。……交信終わり」丁は衛星携帯電話を切った。

偵察局部隊は通常、人民武力省通信局第9通信旅団から中国製長距離無線機で連絡をとるが、秘匿性に優れる携帯電話を丁は使用していた。

「よし、ここで二手に分ける」丁は各組長達を前に言った。「情報では、このまま進めば傀儡軍教導連隊と接敵する。南朝鮮の軍規違反者を集めた〝教導〟とは違い、最新装備を持つ奴らだ。こいつらに支隊が一撃を加える間、本隊は進路を東に取り、山葵《わさび》山で合流する。支隊の指揮は――」

丁は潤花を見た。「李上尉がとれ。二個組をまかせる。夜明け前に位置につけ」

「……解りました」潤花は無表情に答えた。

午前七時。

〝小隊、前へ！〟小隊長寺町清二二尉が、無言で革手袋をはめた手を振り下ろすと、第三十普通科連隊第二中隊、第一小隊は前進を開始した。

寺町は部内幹部候補生より幹部になった。任官九年、今年三十三歳になる。

顔に敵味方識別を兼ね、何時間かおきに模様をかえるドーランを塗り、重い防弾チョッキⅠ型に上半身を膨らませた三十人の隊員達は、十メートル間隔の横隊で進んでいた。

――同じ野原なのに、……演習場より広く見えるぞ。

野原は枯れた草木の褐色で覆われ、山は落葉した木々の隙間に地肌が見える。緑の萌える季節は近く、冬枯れの季節は山を遠くに見せるものだ。

一帯では四個中隊、八百四十人が前進している。うち一個は連隊予備で、横隊七キロで前進するのは四百八十名。寺町には隊員の密度が、貧しい節分の豆まきにしか見えない。

寺町は脇に八五式ＪＰＲＣ－Ｆ11《無線機》を背負う通信手を連れ、前方に意識を集中させていた。

演習時と同じく自分で無線機を背負おうかともおもったが、やめた。もし腹に直撃を受けたら、小隊は無線機と指揮官を同時に失う。上級部隊に支援を要請する無線機は、自衛隊では〝小銃小隊最強の武器〟と呼ぶくらいだ。それに操作に気を取られると、指揮がおろそかになるのを寺町は経験から知っていた。――

情報現示室に信務員の声が響いた。「現地部隊、前進開始しました！」

スクリーン上の中隊が、統制線に向けて動き始める。統制線は部隊の前進を文字通りそろえる為の仮想の線で、等高線のように不規則な輪郭で五頭連峰を幾重も囲んでいる。

「対遊撃班より。引き続き作戦地域情報の収集を継続」桂川は資料とビラが少しでも役に立てばいいが、と思う反面、降伏の可能性の低さもこれまでの事例から知っていた。「情け容赦ない奴らが相手だ、一人ひとりにとんでもないストレスがかかってる。隊員同士の間隔を保つだけで相当な苦労だろうな」

〝地をすく櫛のように〟、と対遊撃戦の捜索ではよく言われるが、現実には難しい。韓国軍でも横隊だった部隊が、気づくと小隊長の後ろで縦隊になっていたのは良くある話だ。

「ああ。――普通の兵隊ってのは、殺し殺される二通りの覚悟がいるが、俺たちには片方しか許されねえからな」播磨が答えた。

どこの国、どの時代でも戦場へ赴く兵士は哀しい生き物だが、自衛隊員という名の兵士は、身を守ることさえ社会的に許されない異端の兵士なのだった。

兵士か、桂川は思い直した。――この国が自分たちを軍隊、として認めるのは、自衛官が〝戦死〟してからか……それとも、敵兵を殺した瞬間なのか。

「しかし、とにかく始まった」桂川は思考を断ち切って言った。

「ああ。戦闘に負けなきゃ突破はされん。逃がしゃしねえぞ」

播磨は呟いたが、ゲリラ・コマンド戦を研究してきた桂川は知っていた。

コマンドは圧倒的な兵力の正規軍に混乱を与え、重装備を持たないことを軽快な機動力に、兵の少なさを秘匿性に変えて局地的優位を確保し、出血を強要する。戦場を選べるのはコマンドであって正規軍側ではない。

「全員へ、中国外報部が記者会見！」スクリーン下のモニターが、NHKを映し出した。「〝……我が国は今回の日本政府の決定した軍事行動に懸念を表明すると同時に、日本国内の軍国主義勢力の台頭にはとりわけつよい憂慮をせざるを得ない〟……」

播磨が失笑した。「軍国主義ときたか。……まあ、しかし予想してた程ではないな」

「彼らの国軍は〝人民解放軍〟、つまりゲリラを礎《いしずえ》にしてる。ゲリラ掃討には軍を、しかも大量に動員するしかないのは、連中が一番よく知ってるよ」

「それにしてもなあ……。中越戦争、チベット侵略……二次戦以降、領土を拡大したのは中国だけだってのに、自分とこのは頬被《ほおかぶ》りって訳かよ」

桂川は口許のマイクに言った。「他の周辺国の反応、マスコミ報道の詳細」

「アジア諸国は、……韓国政府は静観、フィリピン、台湾、インドネシアは平和的解決を望む、といった声明を発表しています」信務員の答えが返ってくる。「各報道機関の世論調査では、平均して国民の六割が出動を肯定的に評価しています。ただ――」

スクリーン左手、九つあるテレビモニターの枠の一つがLEDで点滅した。そこには群衆が手に手に、〝侵略を繰り返すな！〟〝平和憲法を守れ！〟〝自衛隊は即時撤退！〟と書かれたプラカードをもってデモ行進している映像があった。

「あのなあ……」播磨が呟く。「命じたのは政府で、政治家を選んだのは国民だろ。第一、攻めてきたのは北だぞ」

「第二次大戦以降、俺の見るところ冷戦は特殊としても、対外戦争は二種類しかない」桂川も言った。「金持ちの国と貧乏な国が戦うか、貧乏な国と貧乏な国同士、だ。金持ち同士はしない……利益に結びつかないからな。戦争とは莫大な金、資源、そして人命を投資して……利益を得ようとする国家の巨大な公共事業だ。……それが解ってるのかな？　我が国に戦争は百害あって一利もなく、誰も望んでないことを」

「俺達が手柄ほしさに勝手にしてると思ってんじゃねえか？　大陸の旧軍じゃあるまいし」

「また――」信務員が続ける。「――反北朝鮮報道の高まりから、全国朝鮮学校、及び在日朝鮮人への暴行、傷害等の事案が発生しています」

「……情けねえ」播磨ははっと息を吐いたが、ばきっと、何かが折れる音にそちらを見た。

桂川が強張らせた顔を蒼白にし、鉛筆を手の中で折り砕いていた。「そういう下らんことをする連中は……厳罰に処せばいい」

「――お前」播磨は、かつて見たこともない激情に戸惑った。「……どうした？」

「情報だよ」桂川は平静な表情に戻って、ぽつりと答えた。「……人は不安になると、自分の中にある断片的な、必ずしも正しくはない情報で判断する。そして、偏見や無知からもたらされるのは――差別と暴力しかない」

「……あるいは侮り、旧軍の陥った精神主義か」

そうだ、と桂川は心の中で播磨の言葉を肯定した。——そうだ、だからこそ俺は、戦うための集団にあって、知りつづけ、分析し続ける情報幹部の道を選んだんだ。

それが、自分の戦う場所と信じたから。だが、だが、そのために……。

「……ちょっと外の空気を吸ってくる」桂川はヘッドセットをテーブルに置き、汐見の背を軽く叩いて歩き出し、統制席脇の通路を抜けて、情報現示室を出る。

廊下をひとり歩くと、重い戦闘靴と迷彩服の衣擦《きぬず》れの音がやけに響く。

朝鮮系の人々への仕打ちが、桂川の心を塞《ふさ》いでいた。——国の暴走は、少数者への迫害から始まるのだから。そしてこの国も例外ではない。

それは〝感情〟を最も尊いとする概念があるからだ。元禄の昔の赤穂浪士事件、明治の日露戦争時の日比谷公会堂焼き打ち事件、昭和の五・一五事件、二・二六事件、——すべて大衆の望む解釈で描かれ、伝えられてきた。法よりも情緒を優先させる国民性が、軍部の暴走を助長した面は否めない。そして戦後、それを平和教育で繕ったところで、国民性に変わりはなく、ただいたずらに反戦という情緒に鞍替えしただけだ。そこには、真摯《しんし》な内省も軍部のみに責任を押しつけることでは生まれようもなかった。

——春香、と桂川は胸の中に灯をともすように思った。身の安全を案じたのではない。春香が現在日本にいないことを桂川は知っていた。

この国で同胞が傷つけられていることを君はどんな気持ちで受け止めるのか……。

「だって」春香は子供のような無邪気さで微笑んだ。「海好きなんだもの」

六年前の冬。出会いから一年が経ったその日、桂川は任地の長崎県大村から休暇を使って上京し、春香と逢っていたのだった。

落ち合った東京駅でどこへ行こうか、と桂川が尋ねると春香は、お台場近くの、船の科学館に行ってみたいと答え、二人は足を運んだのだった。

館内を一巡すると、二人は岸壁に係留された南極観測船「宗谷」を見て回った。甲板に出ると東京湾を眺めたが、隣に羊蹄丸《ようていまる》が係留され、眺望はあまり開けている訳ではない。

冬の東京湾は鈍色《にびいろ》に輝いていた。低い雲のかかる空との境界が曖昧で、茫漠とした広さ、不確かさを桂川に感じさせた。

そんな彩りの中、春香の笑顔だけが桂川の目に鮮やかだった。……どこか、自分の心が不安定になるほどに――。

「ね、船が岸壁で並んでると、安心しない？」春香は海面の照り返しを見つめて言った。

「さあ――、どうして？」

「だって、船って大海原で、いつもひとりぼっちでしょ？」春香はちらりと羊蹄丸を振り返る。「嵐の時も……。だから私、小さな頃から港を出る船を見る度に、なんだかかわいそうって思ってた」

「春香は優しいんだな……。そんなこと、考えた事もなかった」桂川は正直に言った。

「人も同じね、きっと」春香は手すりに両腕をのせて沖を見渡した。

春香の横顔が急にどこかしん、と張りつめたものになった。

「港には、――生まれた土地には家族がいて、親類がいる。そこに帰る限り孤独じゃないわ。でも、でもね」春香は呟いた。「……そこは自分で選んだわけじゃないわ」

「――春香」

「恋は、偶然じゃない。偶然と、理由がいるもの。……私は、私を解って包んでくれる愛情があるなら――故郷やしがらみから離れても生きていけるって、思うの……」

桂川は何も言わなかった。

春香はこれまでと、遠くないこれからを確認したかったのだろう。

韓国人は親類への帰属意識がとてもつよい。女性は結婚後も実家の姓を名乗り続ける。それから離れてでも日本人の、自衛官の自分――桂川雅志とともにいたいと望んでいる。

けれど――桂川の中でもう一人の自分が、不穏な声で囁くのが聞こえた。

……お前、このままで終わるつもりか？

社会人としての、組織人としての――、幹部自衛官としての野心。

勇ましく、それでいて広範な知識が要求される軍事への興味から、生業《なりわい》とするに至っても、桂川は自分の身体的能力が決して戦闘職種には向かないと、隊付き勤務と普通科小隊長を務めて充分すぎるほど理解した。思い知らされた。

だから桂川が新たに理想とし、目標としたのは二次戦当時の米海軍少将ザカリアスだった。……ザカリアスは海軍兵学校卒業者の誰もが経験する駆逐艦艦長の経歴さえないのに、現役中に将官になった。そして、ロシア革命を陰で支援した明石元二郎。明石も現役で中将になった、情報関係者の伝説的人物だった。

――情報、心理防護が軽視されている自衛隊を、この手で変えてやるんだ……。

そう胸の内で繰り返すのが、演習場での小休止中、部下達の輪から離れ、泥だらけの迷彩服でひとり座り込む桂川の、現実逃避の免罪符となっていた。

――絶対に語学研修を受けて朝鮮語に磨きをかけるんだ。そうすれば、陸幕調査課長も夢じゃない。

けれど――、俺の望む情報幹部としての栄達と、春香の望む未来とは、重ならないんじゃないか……？　もし一緒に家庭を築くことになれば――。

「――私、両親に手紙書いたの」どこか遠くで、春香の言葉が聞こえる。

「学校卒業しても、私は日本で働きたいって」

桂川は曖昧に笑っただけだった。

……桂川の心が、静かに春香から離れ始めていた……。

第六章　戦譜

「何か聞こえたか」潤花は斜面に掘った穴から上半身を伸ばし、木立を透かして警戒しながら言った。

秋の低い日射しは木々の紅葉を鮮やかに染めていたが、根元を黒々と影で隠した。その下闇に北朝鮮特殊部隊十名が〝秘土〟、ピットに当て字した潜在壕に潜んでいる。

「……いえ」七号発射管《RPG-7》を肩に置いた工作員は答えた。「李上尉。あとどれくらい……」

「焦るな」潤花は囁きながら、五キロに満たないSDV――ドラグノフ狙撃銃を取り上げた。「奴らに実戦経験はない。大丈夫だ」

狙撃眼鏡《スコープ》を覗き、ロシアや北朝鮮製では考えられない、明るい視界で周囲を探った。

――さすがドイツ製ね……。

スコープは、ガラスの精度が悪すぎて視界の暗い純正のPSO-1ではなく、日本国内で、高性能な独製シュミット&ベンダー製が合法的に入手され、換装されていた。

……奇妙な国だ、と潤花は思う。この国の軍隊には高価すぎる装備が、民間人の好事家《こうずか》相手に売られている。実際、銃以外なら、世界の一流装備が容易に手に入る。

眼前には幅五十メートル程の川が横切り、およそ七十メートルはあるコンクリート製の橋が架かっている。橋桁は川の水面から約十メートルはあり、対岸もこちら側もコンクリートで護岸されている。

視程《してい》は開け、しかも、迂回路はない。ここで自衛隊の偵察あるいは前衛が差し掛かり、橋を渡れば、五名ずつの組が左右から十字砲火を浴びせ本隊主力と分断、撃破し離脱するつもりだった。

とはいえ、すべてはタイミングだ。機を見誤れば返り討ちにあい、最悪、離脱しても追跡され全滅する。伏撃は場所の設定を含めた準備が八割、離脱の機を見逃さないことが成功を決める。そのため、二人の工作員を後衛においている。

「よし……、ふたりとも警戒しながら休め」潤花は隣の壕でPKM《大隊機関銃》を構える工作員にも声をかけ、匍匐で腐葉土の覆う地面に這いだす。「他の秘土をみてくる」

二十メートルほど離れて橋梁の右側面を狙う秘土では、高秀馬が発射管を構えた工作員の脇で、カロリーメイトをかじっていた。

「おまえの食欲は緊張と無縁らしいな」潤花は滑り込むと苦笑した。「おいしい？」

「うまかねえよ」高は口いっぱい頬張ったまま、器用に鼻を鳴らした。「丁の犬糞野郎が」

「喉に詰まるぞ、落ち着け」潤花は小さく微笑んだ。

「落ち着いてられるか、あの糞野郎……！」高はごくりと飲み込んだ。「てめえの子飼いの偵察兵がそんなに大事か……！　露骨にえこひいきしやがって」

潤花も、高と同じ憎しみを抱いていた。伏撃はすべて、潤花たち党情報機関、作戦部の工作員達に命じられたから。

私が目障りだとしても、他の仲間を巻き込むな……！　そう叫びたかった。だが、――

「高秀馬、私は特殊機関要員だけど……兵士でもある」潤花は言った。「そして上尉は少佐の下だ」

高はじっと潤花を見つめ、吐き捨てた。「そういうことかよ」

「そういうことだ」潤花は寂しげに微笑んだ。

秘土を這いだしたその時、山あいに微かなエンジン音が聞こえた。

「……来たか」潤花は柔らかい褐色の土に身を伏せたまま、耳をそばだてた。

「偵察サンから偵察イチ――」自動二輪《オート》班からの通信で偵察教導隊、石原正巳一尉は八七式偵察警戒車を路肩に停め、車長用ハッチから頭だけ覗かせた。

樹木の間からタスコ製双眼鏡で橋梁を観察する。八七式偵察警戒車は全高が二・八メートルと高く視程が広い分、相手からの被発見率も高い欠点もあった。

先着したオートー個班四名も、路肩にバイクを倒して小銃を構えている。

石原は口許のリップマイクに続けた。「通過点Ｏ《オー》35に達着、異状見受けられず。……指示を請う。送れ」

「偵察イチから偵察サン、連隊後続のＯ35到着まで確保、監視せよ。送れ」

「偵察サン、了解。遠岸への斥候はどうか、送れ」

偵察教導隊本部からの返信に、すこしだけ間が空いた。

「……偵察イチ、遠岸は予備隊がヘリボーンにて降下、占領する。その場で警戒監視せよ」

「偵察サン、了解、おわり」石原はふっと息をつき、眼鏡に手をやった。

遠岸、つまり対岸への渡河は不要、か。――連隊本部はかなり神経質になってるな、と石原は思った。

大日原演習場、ヘリ着陸場で三機のＵＨ－１がガスタービンの轟音を響かせ、ローターの回転を上げ始めた。

空気を裂くローターをかいくぐり乗り込んだのは、小島渉二尉の小隊だった。

「いいぞ、全員乗った！」小島は一個班十名の隊員が寿司詰めの機内で、インカムに向けて怒鳴った。

「了解、離陸する」吉森一尉は操縦席で答え、握った操縦桿を手前に引いた。

「こちら〈ハンター12〉、離陸する。当該地点へ向かう、送れ」中里美佳は副操縦席から、旅団飛行統制所に無線で告げた。

三機のヘリは、瞬く間に地表を離れ、高度を上げてゆく。降下地点まで、ほんの数分だ。

……待ち受ける潤花は、木々の間からわずかにのぞいた偵察警戒車が動かず砲塔をこちらに向けただけなのを見て、自衛隊の企図を知った。

「……奴ら、こっちに別の部隊を差し向けたな。たぶんヘリボーン部隊だ」

「どうします、李上尉」ＲＰＧを構えた工作員が尋ねた。「後ろをとられれば……」

「撃ち墜《お》とそう」潤花は言った。「たいした防弾能力はないし、対地火器装備の機体も少ない。私が発砲するのを合図に、七号でまず、あの車輌を潰せ」

伏撃は、もっとも威力のある火器から発砲するのがセオリーだ。

「私は後衛の二人と、奴らの降下地点で待ち伏せる。あとは高秀馬の命令に従え」

「――上尉。でも奴らは少なくとも一個小隊、悪くすると一個中隊で……」

「大丈夫」潤花は微笑んで、ドラグノフを撫でた。「私にはこれがある。――頼んだわよ」

普教連本部。天幕の中では、成瀬連隊長をはじめ幕僚たちが作戦図を囲んでいた。

「ヘリボーン部隊の達着時刻は、あとどれくらいかな？」

「およそ五分後です」第三科長が、成瀬に答えた。

「まあ、みんなは慎重すぎると思うかもしれんが、――」成瀬は地図に目を落としたまま口許だけで苦笑した。「最初の実戦だからね、慎重にいきたいのだ」

……ヘリ三機の編隊は梢《こずえ》すれすれの高度を飛ぶ。樹木が後方へと流れてゆく。

「こちら機長、降下地点まで、一分」

「了解！——おい、ロープを用意しろ！　降下用意だ」

「一時方向、開豁《かいかつ》地がある」

三機は、開けた野原の上空で、機首を跳ね上げて減速した。後部の普通科隊員達は、おのおの何かに摑まり制動に耐える。

「〈ハンター12〉、降下地点到達！」吉森は上空二十メートル程でホバリングしながら無線で報告した。「中里、周囲を警戒！　なにか見えたらすぐ教えろ」

「はい！」美佳は緊張で高くなった自分の声を聞いた。

「ロープ投下！　リペリング用意！」小島はエンジン音に負けぬ声で部下に怒鳴った。

スライドドアが開かれ、猛烈な風が流れ込む。降下ロープが四本、機体から投げ落とされた。四人の隊員がカラビナにロープを通し、小銃を負った背を激しいダウンウォッシュに叩かれながら、機外の着陸用そり《スキッド》に立つ。

「用意！——いまっ！」小島は通信員の背負う無線機の受話器を摑んだ。「第三小隊《マルサン》より中隊本部《マルマル》、これより開所、送れ！」

「降下！」四人のロープを握る隊員が、軽く身を押して機体から離れようとした。

その瞬間だった。

うわぁぁっ！　叫びとともにスキッドに立っていた三曹がひっくり返るように、機内で振り向いた小島の眼前から消えた。

——！　小島は受話器を手に声を失った。ただ、ロープが三本は隊員の体重でピンと張りつめているのに、三曹の握っていたロープだけは緩んだまま、垂れ下がっている……。

……開豁地のはずれ、木陰に身を伏せる潤花は、頭をヘルメットごと撃ち抜いた自衛官が、逆さになってスコープ内から消えると、硝煙をたてるドラグノフの銃口をわずかに動かし、次の標的を狙った。

「こちらマルサン！　第三小隊第一小銃班《サンヒト》、石見三曹の負傷はどうか？　送れ！」小島は受話器に怒鳴った。

返電はない。もう一度怒鳴った。「サンヒト、石見三曹の……」

「……っています！　石見……います！」無線のスピーカーから、細切れの悲鳴のような曹長の声が返ってくる。

「落ち着いてくれ、再送！——送れ！」小島はいつもは冷静な曹長の混乱に苛立《いらだ》った。状況が解らない。

「石見は、石見は頭を撃たれてます！——即死です！」

——狙撃手だ……！　小島は直感した。

「全周警戒！　狙撃手がいるぞ！——マルマル、こちらマルサン！　我、伏撃を受けた！

一名死亡！」小島の声は割れかけていた。「一名死亡した！」

十一時三十七分。石見忠則三等陸曹が、この戦いにおける自衛隊最初の戦死者となった。

潤花は、スコープにUH－1のコクピット、右側の操縦席に照準を合わせていた。パイロットグローブで一本だけ剝《む》きだしの人差し指を、そっと引き金に掛ける。

「一名、落下しました――！」美佳は見下ろしていた頭を、機長席の吉森に向けた。

その途端、バシッ！　と何か柔らかい物が貫かれる音と共に、吉森の航空用ヘルメットの前頭部、サンバイザーが砕け散る。のけぞった吉森の顎が反り返った。それから、いったん上がった首が、顎を胸元にうめるように下がる。溢れた血が顔を仮面のように覆った。

「……機長？」美佳は、吉森が飛行服にどす黒いしみをぼたぼたと広げる隣で、悲鳴も上げず、奇妙に静かな声で言った。

操縦者のいないUH－1がゆらりと揺れ、美佳は呪縛がとけ、そして――混乱した。

「機長！　機長！　しっかりして、起きてください！」

美佳はコレクティブ《C》・ピッチ《P》・レバー《L》から滑る吉森の手を、上から押さえながら喚いた。無意味な行為だがなぜか、CPLから手が離れれば、吉森は生き返らないと思いこんだ。

「機長！　吉森一尉――！」吉森は答えず、脱力した頭を振動に載せて揺らせ続けた。

流れ落ちる血がノーメックス製のフライトスーツを濡れそぼらせてゆく。後部の乗員室では、右に左に揺すられる隊員達が、必死に機内にしがみついてる。

「なんだ、どうした！　機体を安定させてくれ！　降下できない！」小島の声がインカムから耳を打つが、美佳は吉森だけを見続けた。意識から音という音が、どこかに遠のく。死んだ、死んでしまった、吉森一尉は、死んでしまった……。どんな感情の雑音もない静謐の中で、書き留めるように思った。

「……おい、きいてんのか！　俺たちを地上に降ろせ！　下には俺の部下がいるんだぞ！」

床にしがみつきながら操縦席へ首を上げた小島は、コパイの女性自衛官が、目を瞠《みは》ったまま操縦席に顔を向けているのを見た。――どこ見てるんだ！

部下が撃たれた事実にはまだ現実感が伴わないが、はやく合流しなければ、との義務感は焦燥の熱を生み、肺腑が爆発するような声が、小島の口から叩きだされた。

「馬鹿野郎！」

――馬鹿野郎？　美佳の心に、唐突にいつかの吉森の言葉が甦った。

――〝馬鹿野郎！　俺のことより、機体と後ろに乗ってる連中を心配しろ！〟

はっと美佳は目を見開いた。すると、頭上のエンジン音とローターの風きり音、そして――乗員室から上がる怒号と悲鳴が、一気に現実へと引き戻した。

混乱より、刷りこまれた操縦士としての義務感が勝った。

「ア、アイハブ・コントロール！」美佳はおよそ本能に近い動作で操縦桿を握りなおし、フットペダルを踏んで、機体を自分の手に取り戻した。

台風で揺れるゴンドラと化していたUH－1は、ようやく安定を取り戻す。

……潤花は、ちっと舌打ちした。「持ち直したか」

「落としますか」傍らに潜む工作員が、背後を向け操縦席が死角になったUH－1を見て言った。「後部ローターを狙えば……」

ヘリの最大の動力源である後部のローターはまた、最大の弱点でもある。停止すれば、主ローターの反トルク力がなくなり制御不能、墜落する。撃墜すれば相手の士気に与える損害も甚大だ。

「いや」潤花はスコープに目を当てたまま言った。「降りてくる奴らを片づけよう」

最初のヘリを諦め、より離れた機体にドラグノフを向けた。垂らしたロープから次々と隊員達が降下してくる。どのみち正操縦士を失った一機は、帰投せざるを得ないはずだ。

「しかし、かなりの距離だ」もうひとりの工作員が言った。「いくら上尉でも――」

距離はおよそ九百メートルはあった。――狙撃の世界では、二流の軍隊で射程六百メートル、一流でも八百メートル内外と言われる。

「大丈夫」潤花は短く答えた。近代五種競技中、射撃だけは緊張が実力発揮に有効ではない。優秀者に共通するのは集中力と、――素質だ。

もたもたしてはいられない。今は地面に折り敷いている自衛隊も、人数がそろえば前進してくるだろう。――見えない敵に狙われながらここまで来る勇気があれば、だけど……。

狙撃手に対抗できるのは狙撃手だが、連中は狙撃銃の配備を始めたばかりで、大多数の部隊は、古い六四式小銃に日本光学《ニッコー》製四倍のスコープを載せただけのお粗末なものだ。対狙撃訓練も受けげず、射程もたったの三百メートルほどで普通の小銃手とかわらない、形だけの狙撃兵にすぎない……。

――恐怖こそが敵の足を止め、仲間を守ってくれる……。

潤花は狭いスコープの中で降下する自衛隊員を鳶色《とびいろ》の瞳に映し、感覚を鋭敏にするため爪を短くした人差し指で、引き金を引いた。

降下する間、いつ撃たれるかと生きた心地のしなかった小島だったが、ようやく地上に達して片膝をつき、カラビナを外した。手に塡《は》めた迷彩革手袋が震えていた。

「――曹長！　どこです！　曹長！」ヘリのダウンウォッシュで波のようにざわめく下草を匍匐でかき分けながら、大声で小隊陸曹を呼んだ。

「ここです、小隊長！」同じ姿勢で曹長は姿を見せた。「石見はだめでした」

「くそ……！」小島はパチンコ好きの人なつこい陸曹の顔を脳裏に浮かべ唇を嚙んだ。

「やられたのは、石見だけか」

「はい、今のところ――」曹長がそういった時だった。

「通信員がやられたあ！」隊員の叫び声で、二人は反射的に鉄帽の下の顔を上げた。

ようやく安定してホバリングするUH－1から降下していた通信員が、頭を下にしてロープを無制動に滑ってゆく。まだロープの途中の隊員にぶつかって一塊りになり草の波に吸い込まれた。

小島と曹長は、思わず腰を低くしたまま、走り出した。途中何度も伏せた隊員達につまずきそうになりながら、ヘリ直下、大の字になって動かない通信員に屈《かが》み込んだ。

「おいっ、無事か、返事しろ」

「小隊長、伏せんと危ない！」曹長は地面から小島の迷彩服を掴み、他の隊員に言った。「木戸から無線機を外すぞ、手伝え」

ぐったりした通信員から、無線機を入れた頑丈な背負い袋を脱がすように外すと――、背中に当たるキャンバス地にべたりと血が付き、外側に穴が開いている。

小島は嫌な予感がしながら、無線機の受話器をとった。「こちらマルサン、マルマル、送れ！　こちらマルサン、マルマル、送れ！」

「小隊長！　木戸は出血してますが命は大丈夫です！」

「そうか、何よりだ」小島は安堵して、無線の受話器を見た。「――こっちはやられた」

だが完全に、本隊と無線連絡する手段がなくなった訳ではない。

リペリングする三班最後の隊員の防弾チョッキの脇腹がはじけ、脱力したように落下していく。――また撃たれた！

「……なんて奴だ」小島は呟《つぶや》いた。「下へ移動する標的は、もっとも難しいのに……！」

人は生理的に、下から上へと動くものには反応するが、逆は難しい。ましてその標的を長距離で狙撃できるというのは、狙撃手自身の素質が飛び抜けているのを教えていた。

音に脅えた水鳥のように、三機のヘリは機首を翻して飛び去ってゆく。

「各班、大丈夫か！　人員掌握しろ」遠ざかる爆音の余韻のなか、小島は私物の携帯電話を取り出した。携帯電話は演習でも無線系統図に組み込まれていた。私用電話はもちろん御法度だが、無線不感地帯《フェイドエリア》では重宝するからだ。迷彩装具を纏う小島の手の中で、携帯電話の筐体《きょうたい》が、場違いにきらきら光った。

「一班、供田二士が腕をやられました！　木田士長は脳震盪《のうしんとう》のようですが、大丈夫です！」

「三班、森士長が腹を撃たれました！　重傷です！」

「よし、一名を救護に残せ！……誰か敵を見たか？」

褐色の草の間からのぞく隊員達は、誰も答えない。

小島は携帯電話のボタンを押しながら、くそっ、と小声で吐き捨てて声を上げた。「小隊へ、各班狙撃手に警戒しつつ前方三百メートルの樹木線まで匍匐前進！　頭を上げるなよ！……前へっ！」

各班の班長達の声が応え始めた。

部下を失ったこと、自分の命が危険に晒されていること……そのどれを深く考える余裕もないほど、小島は緊張していた。

教導連隊本部は、沈黙した。

成瀬連隊長をはじめ、幕僚達は窒息したような圧迫感で胸を押さえられていた。携帯電話での報告から誰もなにも言わず、命令を出す者もない。現実を現実として感じられたのが酷く遠い時間のように、三科長には思えた。そして、この感覚はかつて感じたな、とも。……もう十数年以上前の、あれは、雲仙普賢岳噴火時の災害出動——。

火山灰の覆う被災地偵察に出発した七三式装甲車が、小規模な噴火と火砕流に遭遇した。背後数十メートルに迫ってくる灼熱の津波を、操縦する熟練陸曹の神業《かみわざ》的技術で振り切った一報がもたらされるまで、連隊本部には空白の時が流れ、連隊長も十分あまりにわたって声を失っていたんだ……。

三科長に、記憶が現実を取り戻させていた。混乱の中から、あらかじめ決められた手順で秩序をとりもどす軍隊のように。

浅く一息吸って、三科長は口を開いた。「成瀬連隊長」

彫像のような表情のままの成瀬と、幕僚達の間の空気を揺するように、もう一度言った。このようなとき、どんな感情も幕僚はだしてはいけない。「成瀬連隊長」

金縛りがとけ、成瀬は顔を上げた。血の気は引いているが表情に精気が戻っている。

「直《ただ》ちに予備隊第二中隊を前進、偵察と協同し橋梁を確保させろ。――遠岸で間違いなく敵性勢力が潜伏している。部隊行動基準に従い、投降を勧告、従わない場合は……制圧するように。敵後背に降着した二中三小隊はそのまま前進、牽制しつつ挟撃せよ」

「了解」三科長が復唱する。

「負傷者の収容は」四科長が言った。

「旅団飛行統制所へ当該地点に衛生科員の派遣を要請、機を見てヘリで収容する」成瀬は細い目に力を込め中空を睨み付け、息を吐いた。「併せて旅団司令部に詳細を報告」

旅団司令部でも、空白の時間が流れたのは普教連と同じだが、すでに立ち直っていた。

「後背に達着した部隊が伏撃を受けたってことは、間違いないですね」中島が言った。

「分断が容易な通過点を狙ったか」堂本は呟いた。「河川を挟んでの戦闘は、すでに離隔《りかく》されているのと同じだからな。おまけに橋梁へ爆発物を仕掛けた可能性も考慮せねばならんから、偵察員の偵察なしに渡ることもできん」

「ええ、慎重居士の成瀬連隊長で良かった。圧縮の速度は」

「いや」堂本は地図から顔を上げた。「このままだ。――他の連隊本部には浮き足立つことなく、慎重に統制線にそった前進を望む、と。牽制の可能性が高い」

丁元鳳が思うほど、この国の軍人は愚かではなかった。

「……潤花、始めたな」耳を澄ませる高秀馬が言った。「よし、こっちも始めろ！」

まず、二人が秘土から飛び出し、背後の落ち葉を盛大に散らしてＲＰＧを射つ。弾頭が白い発射煙を曳《ひ》いて川面を高く越え、樹木の陰の八七式偵察警戒車《RCV》に向かった。

「撃ってきた！」砲手が狭い砲塔内、二十五ミリ砲を挟んだ石原に叫んだ。「車長！」

「くそ、後退！」石原は怒鳴り返した。

動く間もなく、ＲＰＧが前部至近に相次いで着弾して爆発した。車内の全員が目を固く閉じ顔を伏せる。凶悪な破片と化したアスファルトが、薄い装甲を乱打しながらバックミラーを吹き飛ばし、路肩で伏せた自動二輪《オート》班の隊員四人の身体と、背負った無線機を散弾のように打った。

「砲塔十時！　射距離九十、斜面の散兵！　撃て！」石原が砲手に怒鳴る。「偵察イチ、こちら偵察サン、遠岸からＲＰＧ二基で攻撃された！　応援を請う！　送れ！」

エリコンＫＢＡチェーンガンが、モーターの唸りとともに25ミリ弾を発射する。視界を遮っていた枝葉を撃ち飛ばし、遠岸に降り注ぐ。排出された薬莢が、尖《とが》った音をたてた。

「偵察サン、偵察イチ、普通科一個中隊が急行中、威力偵察せよ、送れ」

「了解、威力偵察する！――撃ち方やめ！」

射撃がやみ、銃身の回転もとまった。

眼前の敵に我慢するのは難しい。威力偵察とは、そんな兵士の本能に訴える小規模な攻撃で、敵の反応を探ることだ。

だが、八七式の装甲などたかが知れている。あくまで八七式の存在意義は装軌車輛より静粛性、路上機動力が高いことだけだ。

「全員、聞いてくれ。これより移動し、敵の火線を引きつける。ちゃんと火点確認しろよ！……オート班、その場で待機、偵察してくれ。増援が到着次第、誘導しろ」

石原は善人顔の幹部だが、眼鏡の奥の、いつもは柔和に下がっている眼がつり上がっている。自らの意志で相手の火線上にたつのだ、怖くないわけがない。

「前進用意、……前へっ！」

操縦手の震える足で、アクセルが踏み込まれた。樹木の脇から、一気に橋の入り口まで進んで急停止する。六輪コンバットタイヤが支える車体が揺れた。

一発の発砲もない。……奇妙な静けさが流れた。

「偵察員より車長……」掠れた声が後部右側、エンジンの隣の後方偵察員室からイヤーカフを通して石原に言った。「普通科部隊、到着」

一個中隊百九十人は、八輪が特徴の九六式装甲車を下車戦闘線でおり、装甲車の後ろを徒歩で駆けつけた。橋の手前、倒したホンダＸＬＲ２５０から偵察隊員は後ろ向きに匍匐して起きあがり、中隊長へと走った。

「敵情は！」地図を納めた図嚢《ずのう》を手に、中隊長が尋ねる。

「橋は遠岸からＲＰＧで封鎖、敵勢力は不明、現在威力偵察中です」

「撃ってきてないな」中隊長は、地形地物が進行方向を横に隔てる横送地形を、厄介だな、という目で見てから、集まった小隊長に言った。「よし、こうしよう。射撃で敵を拘束、敵後背の三小の前進を待ち、迫の支援射撃のもとで前進する」

潤花はゆっくりと、地上に降りたナマケモノのように腐葉土を泳ぎ、葉陰を縫って斜面に戻った。するりと潜在壕に入る。

「……潤花！」高秀馬が囁いた。「後ろはどうだ？」

「一個小隊ほどが降りた、後衛の二人が足止めする。でも……正面にも増援が着く頃だ、潮時ね。――あれを」潤花は目で偵察警戒車をしめした。「あいつを潰して、全員で北北西に離脱しよう。殿《しんがり》は私と高の組で」

「解った」高は答え、日本製携帯無線で指示を伝えた。

「私の合図で全力射撃……」

再び、山の空気をＲＰＧの発射音が貫いた。

小隊長達に指示を与えていた中隊長は虚をつかれ遠岸を見た。薄く彗星のように白煙を細く曳きながら弾頭が二発、八七式めがけて飛んでくる。

八七式は発射炎視認とともに全速後退したが、一発は前部をすり抜け、もう一発が左前輪に吸い込まれ、爆発する。十五トンの車体が大きく揺れ、停止した。

「一小隊前へ！」中隊長は叫んだ。

「了解！　第一小隊、前へ！」金原功和二尉は反射的に号令を下す。美人の女房も二人の子供も、頭から消し飛んでいる。「装甲車を盾にしろ！　いくぞ！」

隊員達が銃を構えて走り出し、九六式装甲車も隊員の速度に合わせて前進してゆく。

八七式は衝撃でエンジンを停止していた。

「通信士！　動くか！」石原は前部操縦席から返答がないとみるや、隣の席の副操縦手兼通信士に怒鳴った。答えの代わりに車体が揺れ、エンジンが再始動する。弾頭のジェット噴流はタイヤに阻まれノイマン効果を発揮できなかった。

「なんとかいけます！　後退します！」

タイヤを一つ吹き飛ばされた八七式は、よろよろと路上を木陰へ下がり、かわりに普通科が装甲車を盾に前面に出た。

「第一班ここから射撃！　前方七十メーター、斜面の散兵、指名！」金原は叫んだ。「撃てえ！」

一斉に十人の隊員達が撃ち始めた。リベットを打つような銃声と、九六式車上のM2キャリバーの削岩機のような銃声が満ちる。

北朝鮮工作員たちも応射をはじめた。山の斜面、木陰に次々と発射炎が瞬き、銃弾が九六式の装甲をがんがんと、鐘のようにうち鳴らす。

「一班は続けて撃て！　二班、前へ！　一班の向こうへ着けろ」

九六式と第二班十人の隊員達が、第一小銃班を追い越し、より橋の入り口近くで停車した。九六式二台分、約十二メートルの遮蔽物ができた。ただ、九六式の全高は一メートル八十センチもあり、車体越しの射撃は、余程長身でもなければ無理だ。

「跳弾《ちょうだん》に注意させろ！——後背の三小と連絡はついたか」

中隊長は傍らの通信手を見る。無線機の受話器ではなく、携帯電話を手にしていた。

「敵より南南西、約四百メートル地点をこちらに前進中、とのことです。なお敵には優秀な狙撃手が含まれている模様、警戒されたいとのことです」

「急ぐように言え！……迫は！」中隊長は、今度は中隊運幹——運用幹部に尋ねた。

「すでに待機、いつでも発射可能です！」運用幹部は答えた。

その時、ドン！　というカールグスタフM2の発射音が銃声に混じった。

路上に二人の隊員が伏せ、一人が肩にのせた太い円筒の握把《あくは》を握り、もう一人が二発入りの弾薬ケースを傍らに置いている。スウェーデン製だが日本でライセンス生産され、口径から通称〝ハチヨン〟と呼ばれる傑作対戦車無反動砲だ。普通科小銃班の切り札で、対戦車徹甲弾だけでなく、対人用曳火榴弾、発煙弾も発射できる多様性があり、持ち運びの難儀さを補ってあまりある働きをする。高価で複雑な、戦車相手にしか使えない対戦車誘導弾より、よほど隊員達には評判がいい。

84ミリ弾が、対岸斜面の空中で炸裂した。葉がそこだけ消えて、ぽっかりと開いた。

……銃弾が辺り一面の木の葉を鳴らし、落ち葉と地面を突き通す音が響き、それを押し戻す味方の射撃音が猛り狂っている。

「くっ……」潤花は無反動砲弾の炸裂で、腐葉土に浅く埋った身体を、〝秘土〟の中で起こす。直撃ではないが、衝撃波でめまいがした。頭にふれた指先に血が付いた。秀でた額の生え際に、砲弾の小さな破片が突き刺さっている。皮膚に食い込んだそれを引き抜いた。

ここまでか、と潤花は破片を投げ捨てて、秘土から顔を出して思った。

思った通りだ……。対岸は増援の歩兵がひしめいている。すでに伏撃の効果は失われ、後方に降下した敵部隊ももうすぐ戦闘に加わる。橋を、敵の大部隊が出血覚悟で押し渡ってくれれば、この場を離脱して本隊と合流するどころか、離隔距離をとるのさえ難しい。

――やつらは私たちが少人数だと知っている……。

「全員聞け！」潤花は声を上げた。工作員達の射撃がわずかに少なくなる。「手はず通り二名ずつ、北北西に離脱しろ！　組長は答えなさい！　高、準備はいい？」

「ああ、いつでもいけるぜ」

落ち着いた組長達の返事もあがる頭上、ヘリのローター音が近づいてくる。……負傷者を収容する敵のヘリだろう。いよいよ状況は差し迫ってきた。

「よし、〝置きみやげ〟を忘れるな！——死んではだめよ、集合地点で会おう！」

「前進班より指揮班へ、射撃要求……」後方の迫撃砲小隊の眼となる観測隊員が、発砲する普通科隊員の脇で、北朝鮮工作員達の位置を無線で伝える。「基点《BP》より四九七七ミル、右へ五十、増せ三十にわたる陣地、修正可能、送れ」

基点からおよそ二八二度方向に、正面五十メートル、幅三十メートルで敵の陣地があり、誘導で修正できる、の意味だ。一度は一キロ先で十七メートルの幅が生じるが、ミルは同じ一キロ先でも一メートルの幅しかない、より精密な単位だ。

「指揮班から前進班、了解。待て」

射撃指揮班は射撃諸元を計算し、さらに後方の小隊長に伝える。それをうけて、小隊長はL16八十一ミリ迫《ハチジュウイッパク》撃砲を装備する、迫撃砲分隊に号令をかけた。

「準備よーし！」第一分隊長から声が上がる。

「射撃よーい、……撃てえ！」

ぽん！　打ち上げ花火のような音とともに、立てられた砲口から砲弾が発射された。

前進観測班の隊員達は、普通科隊員とともに銃弾の飛び交う中、装甲車の陰で観測を続ける。無線機から指揮班員の、独特な抑揚の声が聞こえた。

「弾着《だんちゃーく》……」

一般には全く知られないが、重火器、誘導弾《ミサイル》を問わず、世界一命中率の高い自衛隊で、迫撃砲射撃は米軍が模範とする程の名人芸を誇る。

好き放題に撃ちやがって……、と身をかがめて味方の銃撃音、そして敵の弾がそこら中で跳ねる音に押し包まれながら、観測隊員は思った。せいぜいいまのうちに撃っとけ、こっちはもう少しの辛抱だ。

風を切る高い音が、降ってきた。

「……いまっ！」射撃指揮班の声がレシーバーから聞こえた瞬間、斜面で迫撃砲弾が瞬発信管で炸裂した。


射撃音の中から微かに違う音を聞いた気がして、潤花は射撃をやめて秘土のなかでうずくまり、空を見た。――気のせい……？

それから離れたところで、雷鳴のような爆発音が聞こえた。

迫撃砲なの……？　と眉根を寄せたとき――それは来た。地上の歩兵がもっとも恐怖するその風きり音を耳にした瞬間、潤花は自分たちが窮地にいるのを悟った。

「伏せろっ！」潤花は秘土から身を乗り出して怒鳴り、部下達の射撃が即座に止《や》んだのを確かめ、自らも素早く穴に潜った。

迫撃砲弾は通常の火砲と違い、ほぼ垂直に落下する。強固な塹壕なら大口径砲弾が直撃でもしない限り、生存率は高い。弾は炸裂すると地面に沿って破片を飛ばすからだが、迫撃砲は真上から破片を撒き散らす。つまり塹壕の中にいても、破片は降り注ぐのだ。

炸裂と同時に爆風と破片が、斜面の潤花達十名に襲いかかる。木々がしなり、鋭い破片が突き刺さる音が響く。腐葉土、枯れ葉が礫《つぶて》のように飛び狂う。

砲弾のおこす嵐のなか、秘土の底で耳を両手で塞ぎ、身体を丸めた潤花を土砂、腐った木の葉が覆う。耐えるしかなかった。生きながら埋葬される恐怖に五感がふさがれても、潤花は祈りの言葉をもたなかった。

……潤花が目を開けると、砲撃は終わっていた。

身体を半分うめた土や、枯れ葉を押しのけて荒い息をつきながら仰向けになる。やけに明るい。爆風で頭上の木の葉が吹き払われていた。

いまのは試射だ……、喉を鳴らす息を繰り返しながら、潤花は思った。外れた距離を修正した効力射、一斉射撃が始まる……。

——動かなければ、ここで死ぬ……砲弾と銃弾の違いはあっても、間違いなく。

潤花は、本能的に左手でＡＫ１０２とドラグノフを引き寄せ、右手はポケットを探って携帯無線機を取り出し、口許に当てた。

「みんな、無事か……?」声を押し出した。「もうすぐ奴らが押し寄せる。全員でこの場から脱出する。まだ動くな、各組長はみんなに徹底させろ。……三組、応答しろ」

すでに離脱にかかっていた三組を呼び出す。

「李上尉！　大丈夫ですか！」三組組長が応答する。

「声が大きいぞ、私は大丈夫……、敵は？」

「まだ動いていません、こっちを窺ってます」

潤花は体を起こし、銃口に異常はないかを確かめて、ドラグノフ《SDV》を背負った。

「各組、準備はいいか、負傷者を見捨てるな」潤花はＡＫ１０２を構えて深呼吸をした。

まだ走れる限りは戦い続けねばならない。

——走れなくなった時、それが最後だ。

行こうか、と決意した潤花は粗末な照門と照星の向こうに、こちらを窺う敵を見た。

「走れ！」

二人の工作員が秘土から飛び出し、爆風に吹き払われた斜面を走り出した。

再び、川向こうの自衛隊員から猛射が再開された。

狙撃への警戒と二人の後衛工作員との接敵の為に、遅れていた小島の小隊もようやく、潤花達が離脱し始めた斜面に到達した。全周警戒の傘型から、三個小銃班を火力が最も正

を透かして監視する。


面に発揮できる縦列横隊に組む。

対岸からの友軍の射撃音を聞きながら、携帯電話を取り出す。小隊陸曹が双眼鏡で木立を透かして監視する。

「こちらマルサン、敵陣南百メートルに到着、マルマル、送れ」

携帯電話でも日頃の癖で、無線と同じ言い方になる。

「その線で停止、迫を斉射する。制圧射撃終了とともに突入せよ」

「マルサン了解、終わり」小島は携帯電話を切り、手信号で待機を命じる。

砲弾の風きり音が聞こえはじめる。耳にした者に死が訪れる、泣き妖精《バンシー》の甲高い悲鳴だ。

……潤花はAKを撃ちながら、叫んだ。「誰もいないか！」

「いねえよ！」高秀馬も撃ちながら、二十メートル離れた秘土から叫び返す。「俺と心中するのが嫌なら、そろそろいこうぜ！」

斜面に飛び出した高の背中を追い、潤花も走り出した。味方が援護する繁みまで八十メートルはある。右から左へと落ちる傾斜、雨が流れた跡、腐葉土に足を取られた。銃弾がかすめ、貫通する音に追いかけられて、太い木々を盾に縫うように走った。硬い、まだ馴染みきらないトレッキングブーツの厚い靴底が、足を拒むような地面を蹴りたてる。右手のAKが重く、背中でドラグノフが躍った。

周囲すべてが不吉な音で満たされ、潤花はその中からもっとも無慈悲な音を聞いた。

――お前だけでもいい、高、早く……！

迫撃砲弾が爆発し始めた。

わずかな差が、潤花に味方した。爆風に背中を蹴り上げられ、頬をぶたれ、執拗な鎌《かま》鼬《いたち》と化して襲う砲弾と木の破片――バースト・ツリーに衣服と皮膚を裂かれながら、走った。

「上尉、早く！」三組組長が、潤花の背後へ撃ちながら叫ぶ。

繁みに飛び込んで転がり、潤花は荒い息のまま言った。「――人員検査はっ……」

「九名、揃ってます」

……九名。――一人足りない？　目を見開いて三組長を見上げ、よろめきながら駆け戻ろうとする潤花の袖を高秀馬はつかんだ。袖が肩口で裂け、潤花は尻餅をついた。

「李上尉……！　任《イム》はもう戦えないと自ら悟り、志願したのです！」

「高秀馬、お前――」潤花は腰を落としたまま見上げた。「――私を騙《だま》したな……？」

「馬鹿野郎が！」高は言った。「ああいわなきゃ、あそこでてめえまで死んだだろ！」

潤花は下唇を噛みしめ、砲弾が樹木を切り開き、焼いた斜面を見た。……あそこに私の仲間がいる。

「急ぐぞ！　同志の死を無駄にすんじゃねえ！」

北朝鮮戦闘員達は、集合点に向けて後退を始めた。

小島の小隊は残敵の捜索に斜面を、縦列横隊で前進した。

残置された敵の存在を警戒し二人一組で、相互援護を繰り返して進んでゆく。

焼けただれた木々の臭い、乾いた草いきれと腐葉土が黴《かび》くさかった。

ゆっくり進む隊員達は小銃を肩づけに構え、戦闘靴でかためた足を動かし続ける。荒い息で、吸い込んだ冷たい空気を暖める間もなく吐き出しながら。

工作員のひそんでいた潜在壕を、二人一組でひとつひとつ確認する。

〝援護しろ〟、と陸士長が相方に手信号で命じ、小銃を向けて縁からそっと窺おうとした途端、潜在壕の中から銃声が上がった。

――！　反射的に陸士長は身を引いたが、肩口に鋼鉄製のハンマーが掠めたような衝撃が走り、突き飛ばされた。

「敵だ、敵がいるぞ！」転がった陸士長が叫んだ。

陸士長の相方が潜在壕に連射し、縁で木の葉が気の触れた妖精のように躍った。

「いたか！」小島が駆けつけ、小隊は前進を止めた。

「この穴にいます！」陸士長は、幹の陰から小銃の銃口で教えた。

「解った……。日本語は聞き取れるな？　武器をおいて、出てこい」

小島はできるだけ穏やかに言った。――返事はない。小島は迷彩服にかけた雑嚢から、陸曹以上に配られた、簡単な韓国語会話集を取り出す。くしゃくしゃのコピー用紙のそれは桂川が作成したものだ。

「武器をおいて出てきて欲しい。抵抗しない限り我々は貴官を殺すつもりはない」

たどたどしい韓国語にも、穴から反応はない。

「――無駄ですよ、そんなことしても」見守る陸士の一人が言った。

すると、同調する声が次々と上がりはじめた。

「殺しゃいいんだ、そんな野郎！」

「こいつらのせいで、何人やられたと思ってんですか！」

「手榴弾一発でしまいでしょうが、小隊長！」

小隊陸曹が、ドーランを塗りつけた顔の中で目を血走しらせる隊員達の前に立った。

「黙らんか、お前達！」

「俺にやらせてください！」一人の陸士が、サスペンダーからはずした手榴弾を握りしめ、潜在壕に向かおうとした。陸曹長が抱き留め、手榴弾を取り上げて殴り倒す。

「配置へ戻るんだ！」小島は一喝した。

一方的に撃たれ、仲間が何人も倒れる恐怖を味わった隊員達は、怒りで我を忘れている。

「……お前、軍官か」

潜在壕からくぐもった声が聞こえると、隊員達は慌てて地に伏せ銃を構え直す。

「そうだ。自分は小島二……、小島中尉だ。武器を捨てて出てこい」

「――あいにく、だな……」

爆発音がして、潜在壕が噴火した。

……伏せた隊員達がずれた鉄帽に手をやりながら顔を上げると、潜在壕を中心に赤黒く濡れた肉片が散らばり、吹き上げられて枝にぶら下がって、か細い湯気を上げていた。ほんの数秒前まで人間だったとは思えないほどの無惨さで、未消化の胃の内容物、大腸の排泄物の臭気が鼻を突いた。

――自決したか……。小島は呆然と、銃床を地面について立ち上がった。

悲鳴が上がった。

「う、うわっ、……なんだよこれ！」手榴弾を投げ込もうとした陸士が、迷彩服に浴びた血と肉片を、火がついたようにはたき落としていた。

第七章　交叉

二名戦死、二名の重傷者は後送され旅団段列、野戦病院で応急手当のうえ、新潟市内の医療機関へ送院。軽傷者多数。戦死者の遺体は、方面特別勤務隊が必要な処置をとった。

敵性勢力負傷者、一名を捕獲せんとし、投降を促すも自決。

最初の実戦を経験した自衛隊の、これが結果だった。


「降着地点へ、着いて、……一分、経ってなかったと思います、……普通科の隊員が一人、機外から……地上に落ちて、それを言おうとして、みたら……吉森一尉の頭が、突然……」中里美佳は無表情のまま飛行隊幹部に続けた。「血を上げて……」

「状況は解った。――辛いだろうが、戦闘詳報にまとめておけよ」

幹部はそっと美佳の肩を叩き、天幕を出ていった。入り口がはぐられたとき、差し込んだ光が美佳の表情を失った端整な顔を照らした。

――普教連本部。

本部全員で黙禱《もくとう》を捧げると、成瀬が言った。「……石見三曹の御家族には」

「留守部隊から、人を出します」第一科長が沈んだ声で答える。「治安出動なので、営内の私物返還も合わせて」

防衛出動命令なら、準備段階で私物は家族に送られる。

「報道されれば、家族が心ない衆人環視にさらされることも考えられる。……留守部隊には御遺族の心情に充分配慮してもらいたい……」

成瀬はふっと息をついた。「……現役中に、敵の銃弾で部下を失うとは、考えたこともなかったよ……」

防衛庁情報本部、情報現示室。

「多かったのか、少なかったのか……」播磨は合わせていた手を下ろした。

「少なかったとは、言いたくないな」スクリーンを見つめていた桂川も、立ち上がった。

一人一人、自分の歴史を積みながら生きる人間の命が、決して軽いはずもないが、究極のところ軍隊の命令は命を投げ出してこいというもので、その是非は、そんな組織に守られた銃後の人達が議論すべきことだ。

「だけど……、離脱を許したのは痛い」桂川は一段降りて、作戦台へと歩み寄った。

身を乗り出し地図に屈み込む。下方からの光が桂川の顔を照らす。製図用ドローイングペンとコンパスを手に取る。

「接敵地点は、普教連正面……、そして手榴弾で簡易地雷をしかけたのが北北西か」

「解除する隊員を狙撃手が狙ったようです。幸い、犠牲者はありません」

「……損耗だろ」

後に続いた汐見が言うと、腕組みした播磨が訂正した。

「交戦は一日目、まだ体力、弾薬は充分だ、そして我が方の追尾をうけている……」

桂川は接敵地点から北北西に基準線を引き、ちょっと考えてから基準線左右に内角四十度ずつの線を加えて、扇形を描いた。

「この範囲に潜伏しているのか？」

「まだ解らないな、一度の接敵では。それにこの攻撃は陽動、あるいは本隊援護の牽制の可能性が高い。圧縮が進むにつれて接敵地点が増える。それをプロットし続ければ、相手の可能行動、あればだけど密拠地《みっきょち》が絞り込める。なくても、接近経路、伏撃の仕方で指揮官の癖や慣用戦法がおおよそ知れる」

「なるほど、内角の角度を決めるのは相手の徒歩機動力、つまり体力や状況だな？」

桂川は背を伸ばした。「体力的に自由に動けなくなれば、内角は狭くなっていく」

「これで居場所を特定して、戦力を集中投入できますね？」汐見が嬉しそうに言った。

「理屈ではそうなるが、接敵を重ねる内に、……負傷者も増える」

「それにそこからが、対遊撃戦は厳しくなるんだぜ。追い詰められた相手は必死だからな」

汐見は地図を十二旅団に電送するよう指示され、走ってゆく。

「本来の敵は正規軍とはいえ、もうちっと対遊撃戦の演練《えんれん》が進んでりゃあな」

「この作戦が終われば、訓練の抜本的な見直しが進められるかもしれない」

二人だけになると、桂川と播磨は本音を言った。

「ああ。行き過ぎた安全管理は訓練を形骸化させちまう。俺らレンジャーも富士学校や松本山岳レンジャーはともかく、地方の部隊は技術より根性鍛錬と化してるからな」

「長年の訓練が役に立たない、となれば上官や組織への不信が生まれ……士気が崩壊する」

「米国留学で一番驚いたのはな」播磨は言った。「パルチ訓練がほとんど実戦に即してたことだ。敵地後方で民間人からゲリラを募る想定だったが、ノースカロライナ州で二つの街の住人が協力してくれてな、民間人への説得力と人心掌握術を学んだよ。……国内じゃあ、まず考えられん充実した課程だった。なんせ俺らのパルチ訓練なんざ、下品炸裂のお座敷芸か、〝横瀬鐘尾《よこせかねお》〟の無理難題くらいだからな」

パルチとはパルチザンで、横瀬鐘尾はレンジャー教官の演じる地元有力者の役だ。生存に最低限の装備しか持たないレンジャー学生に煙草を吸わせろ、酒を飲ませろ等、絶対にできそうにない要求をする。殺意を持たなかった学生はいない。

「調査課程も、似たようなもんだよ」桂川は苦笑しながら、自分の席に座った。

「架空の団体をかたって寄付金集めた、って奴か？」

「それが新聞に載ったのは何十年前だ？……そんなことはしなかったけど」

「女だまして、結婚の約束でもとりつけるとか」

「だったら俺が修了できるわけないだろ。……そうじゃなくて、北海道まで運ばれてそこで東京の調査学校まで戻ってこい、と命じられた。一万円だけもたされて」

「……なんだそりゃ」播磨は呆れた。

「よく考えたら、交番で金を借りるなり……実際にいたけどパチンコで一万円をふやすなりすれば良かったんだが。——俺は馬鹿正直にしたから、帰隊が一番遅かった」

「進歩のねえ野郎だ。なんか役に立つのか、そんな訓練」

「戦闘職種以外の訓練は、お前らから見ればそんなもんだよ。……俺が語学課程を終えて戻った連隊で休暇を申請したら、どう言われたと思う？」桂川は微苦笑した。「〝遊んできたくせに休暇までとるのか〟ってな」

「そこまでは言わんが……他にやりようがあるだろう」

「教官が変わった人でね。——堤二佐だよ」

「昔お前が話してくれたな。確か」と播磨は言った。「いま情報保全隊にいる人だろ」

トイレで小用を足す河辺二佐の隣に現れたのは、その堤光太郎二佐だった。

「お疲れさまです」自衛官の挨拶代わりの言葉をおき、ファスナーをあげて行きかけた河辺を、堤は呼び止めた。

「すまないが少し時間をもらえるか、河辺二佐」

「なんですかね」河辺は多少、居住まいを正し、中肉中背で思慮深そうな目のほかは特徴のない堤へ向き直った。

河辺は御しやすい桂川とは違い、堤が苦手だった。それは、ある奇妙な圧迫を感じるからだ。情報を武器として扱ってきた人物の、気迫なのかもしれない。

「桂川のことなんだがね」

「あいつが何か」河辺は、明日の天気について聞かれたように答えた。

「ちょっと芳しくない噂が耳に入ってる」

中央保全隊付き情報保全隊に所属する堤二佐は言った。

「と言われると?」

「付き合うのに適当ではない連中と、交友を深めているという噂だ」

「あいつが、桂川がですか？　へえ、それは」河辺は少しだけ興味をもった顔をする。

「本人からそれを臭わす言動に接したことはないか。君は幕調査課時代の上官でもあるし」

「いいえ」河辺は言った。「それを言うなら二佐こそ調査学校時代、あいつの教官だったと聞いてますが」それに、と河辺は分厚いレンズの奥で狡そうに眼を細めた。「こういった事案は警務の仕事になるのでは」

「知ってるだろうが……」と、堤は続けた。「警務と情報勤務とは、いろいろあってね。それに君の言うとおり、桂川は俺の教え子だ」

自衛隊内の警察であり法律至上の警務科と、時に合法、非合法の境界線上で情報をとろうとする情報保全隊とは確執を抱えている。

役立たずな奴らだ……！　と河辺は内心で呻きはしたが、もちろん口には出さない。

「心あたりはない、ということかな」

「ええ、ありませんね。お役に立てませんで……。失礼します」河辺は一礼して手洗いに向かった。

手を洗う間も、堤が鏡から自分を見ている気配がした。

第十二旅団司令部。

正午の普通科教導連隊接敵からは伏撃もなく、各連隊がじりじりと作戦区域の圧縮を進める中、旅団司令部は新たな相手に対応を求められていた。

「なんだそれは？」と佐伯第二部長から伝えられた堂本は聞き返した。「マスコミ対策は、陸幕か方面総監部が責任をとるんじゃないのか」

「ええ、それが……」佐伯第二部長も、作業帽の下で顔を歪めた。「押し掛けてきたマスコミの言い分だと、防衛庁に問い合わせても埒《らち》があかん、と。解らない、またかけ直してくれと言われて、かけ直すとやっぱり解らない。結局担当者もいなくなる始末だそうです」

「そいつはまずいです。こんな、国民の支持が必要な事態の最中では、とくに」中島第三部長が言う。

「それにしてもだ、この忙しいときに！　こっちは隊員の命を預かってるんだぞ、陸幕の連中はなにをしてるんだ」真田第一部長が憤懣やるかたない口調で吐いた。

「しかたがない面もある」と正本副旅団長。「陸幕広報は、担当者次第なんだ。指針、マニュアルといったものがな、ないんだ。人集めだけを考えた広報態勢を、長く続けすぎた」

「たしか、治安出動部隊が適宜、現地で広報活動するのは認められてたな」堂本は言った。

「はい、それは……。しかし、災害出動時の広報は経験がありますが、今回のような……」真田第一部長は言葉を濁した。

「だがなにも言わなければ、我々は世論からも矢面《やおもて》に立つことになる。ここは第一線隊員のためにも、やらねばならんだろう」

誰もが視線を下げる中、口を開いたのは正本だった。「私が担当しましょう」

「副旅団長……」

「なに、幕僚は戦闘指導に集中した方がいい。私は多少経験もないではないしね。——渡辺四部長、段列地域にマスコミ用に業務天幕と会見用大型天幕を至急設営してくれ。まず我々が、拒否しない姿勢を見せることから始めよう」

「正本副旅団長、辛《つら》い役回りになるが……」

「この商売、辛くないことのほうが少ないですからな。それに、一線隊員の身を思えばこれくらい。——一日二回午前と午後、今回は二時間後、一八〇〇《イチハチマルマル》時だ」

「すまんが頼む」堂本は頷いた。「もうすぐ薄暮か……。各連隊は、念を押すまでもないが夜間は圧縮を中止、統制線を固守。夜間強襲、とくに無音武器による隠密攻撃に厳にそなえよ」

「了解」中島第三部長が復唱する。

「なお夜間警戒の際、単哨《たんしょう》では絶対に警戒に当たるな。動哨も禁止。……各中隊は五十パーセント警戒で人員把握を密にせよ」

堂本は全幕僚を見渡した。「作戦地域からの解囲、隠密脱出をゆるすな！　これは絶対だ。尊い犠牲を払って前進したのを忘れんように」

「長い夜になるな」真田が誰へともなくつぶやく。

第十二旅団と増援部隊にとって、久遠なまでに長かった一日が、ようやく暮れようとしている……。

日没、東の空が山々に溶け込むのを待っていた潤花達は、動き始めた。

——対遊撃戦部隊は、夜間は動きを止める。日没から黎明までは、自衛隊は統制線に沿って封じ込めに集中するはずだ。

平地、道路、河川を避けて、稜線の下を、戦闘員達の縦列は進む。音もなく黙々とゆく列は武器だけの軽装とはいえ、恐ろしく健脚だった。

この段階で自衛隊の挺身隊、つまり戦闘パトロール隊の投入は考えられなかったが、時折不規則に進行方向から外れ、停止して追跡者がいないか確認する。

「……怪我の痛むものはいないか」潤花は闇の中で囁いた。顔に泥を塗って擬装した工作員のひとりの息が荒い。

「張《チャン》、水筒は」淡い月の光も届かない中、潤花が顔を寄せた。

「……落としました」ざらざらに割れた唇で、工作員は答えた。

飲め、と潤花が水筒を差し出した。工作員は水筒の水をゆっくり噛むように、喉を鳴らして呑んだ。喉を波打せて、傍の工作員が掠れた声で言う。「上尉、……自分も」

「おい、李上尉のがなくなるだろ」高秀馬が言った。「俺のをやる」

「すまんな、高」と潤花が微笑むと、高は言った。「気にすんな。――だがよ」

「なんだ？」潤花も一口だけ、水筒に口を付けながら言った。

「気になるのは、丁の狂犬が偵察兵ばっか温存する気じゃねえのか、ってことだ」

「なぜ」潤花は口元で水筒を止め、素っ気なく言った。

「お前に指揮権をとられねえため……じゃねえか？」

潤花は工作員全員の注目に気づき、きゅっと水筒のふたを閉めた。「言っただろう、上尉は――」

「――少佐の下だろ、覚えてるぜ。だがよ、戦場じゃ弾は前からだけじゃねえんだぜ」

「もうよせ」潤花は厳しく言った。「休憩は終わりだ。いくぞ」

それから、工作員の列は夜行獣のような疾《はや》さで闇の中を流れ出した。


治安出動した自衛隊が北朝鮮工作員と交戦し、二名が戦死し、工作員が自決したことは、テレビのニュース速報で国民に伝えられた。

民放各局は、殉職した自衛官を悼むより先に、文字通り〝熱狂〟した。

そして、陸上幕僚監部広報課では埒があかないと見るや、十二旅団に押し掛けた百人以上の報道陣が、業務用天幕を連結した会見場で、並んだパイプ椅子に座り、あるいは立ったまま裸電球の下でひしめき、異様な熱気を上げている。

副官を従えた迷彩服姿の副旅団長に、次々とフラッシュが焚《た》かれ、それは一個特科連隊の砲撃なみだった。カメラの放列が、狙いをつけた四十ミリ発射筒のようだ。

「遅れました。始めたいと思います」正本は演台に立ち、穏やかに口を開いた。

「では質問のある方は挙手の上――」広報班長が言うよりはやく、記者達は口々に質問を叩きつけはじめた。

「まず！　まず、どういう経緯で銃撃戦が始まったんですか！」

「亡くなった二人以外に負傷者多数ということですが！」

「工作員はどうなったのですか！」

正本は盛大な無秩序な声の中、ゆっくりと長年号令調整で鍛えた声を上げた。

「まず申し上げたいのは我が隊としては、できるだけ皆様の便宜をはかりたいと思っていることです。本日より午前午後に記者会見を致します。段列地域……この補給地域ですが、皆様のための天幕、テントですね、これを用意しましたので、ご自由にお使い下さい」

記者達もいつしか口を閉じて、正本の話を聞いていた。

「ただ、これだけは申し上げておきたい」正本は口調を改めた。「我が隊は前夜より増援部隊を得て北朝鮮工作員を包囲し、目下作戦行動下にあることを忘れないで戴きたい。さきほど申し上げたとおり、出来るだけ御要望にも添いたいと願っているが、隊員の命を危険にさらし作戦を妨げる行動は、これを許容することはできない」

聞き入る報道陣に、正本はふと笑顔を覗かせた。「……これはもちろん、報道の内容には関係ありませんがね」

「では、質問のある方は、どうぞ」班長がほっとしたような声で、促した。

「戦死者がでたってことは、現場の判断に無理はなかったんですか！」新聞記者が尋ねた。

「報告の内容を見るに、吉森一尉、石見三曹のことは大変残念、痛恨の極みと言わざるを得ませんが……避けえなかったと考えます。むしろ狙撃を受けながら、隊員一同一丸となって、よく任務を果たしてくれたと思っとります」

次に指名された民放の記者が質問する。「負傷して抵抗できない工作員を、逮捕や取り押さえるなりできなかったのですか？」

「投降勧告は、どの程度のものだったんですか」別の記者が割り込む。

割り込んだ記者はさんざん北朝鮮を擁護してきた大新聞社の記者で、正本は、では自分で呼びかけてくれ……、と内心呟いたが、おくびにも出さず口を開く。

「投降は日本語と朝鮮語両方で行い、いずれにも応じず、手榴弾で自決しました。ご承知のように、北の特殊部隊員が捕獲されるより自爆を選ぶのは、韓国や、ミャンマーのアウン・サン廟爆破テロ等の事例を見ても明らかです」

「これは、……これは可能性の話ですけどね」割り込んだ記者がしつこく言った。「仲間を殺された部隊がその工作員、追い詰めたんですよね？　じゃあ恨みもあるし、これ以上損害を出さないために隊員が、ってことはありませんか」

正本が答えるのに、数回の深呼吸が必要だった。

「……確かに武器は隊員各員が持っています。ですが使用の条件は命令で示されます。部隊行動基準、ＲＯＥといいますがこれに照らし、各級指揮官は適切に判断したと思います」

正本が口を閉じると、記者らが手元でメモを書き取る音だけがした。

「ご質問がなければ――」正本が散会を告げようとした時、手が挙がった。

「投降勧告は、ヘリで空から紙を撒いたって話ですよね」足を尊大に組んだ中年の女性記者が口を開いていた。

「はい。文面をお知りになりたければ、いまここで――」

「違うわ、……私が知りたいのは紙よ」

「――は？」正本は思わず女性記者を見つめた。

「だから、空から撒いた紙は、ちゃんと環境に配慮したのかどうか、聞きたいのよ」

正本は脳裏で文言を練りながら、無法に武器を持つ工作員を浸透させてくる北朝鮮という国は狂っているが、この国もどこか腐っているのではないかと思った。

自衛隊のそれぞれの部隊で半数の隊員が警戒線を守り、半数の隊員が緊張で浅い眠りに落ちた深夜、潤花は携帯電話で連絡を取った。

「こっちだ、着いてこい」か細く暈《かさ》のかかる月のもと、待ち受けていた偵察兵が案内したのは、山間の盆地を成した、住民が避難した無人の集落だった。

盆地はちょうど胃袋の形に似ていた。十数戸ほどの家屋が、人体で言えば十二指腸へ続く部分に固まっているが、どの家の窓にも灯りはない。そして刈り入れがすんだ田圃《たんぼ》、と果樹園らしく露わな山肌が、季節を外れ実るものもなく荒涼と広がる。盆地の真ん中を手術痕じみた直線で、広い舗装道路が貫いている。

「全員やすめ」潤花は民家の固まったなかで、ぽっかり開いた広場で、後ろに続く工作員達に振り返った。「私は丁少佐に報告にゆく」

「俺も行こう」高秀馬は言い、潤花が見詰めると小声で続けた。「安心しろ、なにもいわねえよ。……それに、狂犬に言い聞かせる方法もしらねえしな」

「好きにしろ」潤花は無言の好意が重荷になるのは、こんな時かな……、と思いながら、口調は無味乾燥に告げてから歩き出す。

丁は一軒の玄関から出てくるところだった。水や食料を探していたらしい。

「ほう、李上尉の凱旋か」冷ややかな声だった。

「報告。敵兵二名の射殺を確認、……味方は一名が、自決」

ふん、と丁は鼻を鳴らした。「伏撃は失敗した、か」

「戦闘の継続は、困難でした」潤花は無表情に答えた。

「困難であったが、不可能ではなかった……そうだな」

答えない潤花に、丁は突然、顔を押しつけた。「なぜ戦果を上げる努力を怠った……！」

「おい少佐、やめろ！」高が割って入った。「李上尉は最善を尽くした！」

「ん？　なぜこいつを庇うのかな？　同志」加虐欲でぎらついた目をしながら、薄い唇を下卑た笑みでだらしなく広げた丁の顔は、まさに狂犬だった。潤花を突き飛ばして、高を見た。「麗しい戦友愛か？　それともここに来る前にこいつの体を試したのか？　日帝の腐った血はともかく、たしかに良い。おすすめだ……。それとも全員で試したのか？」

「てめえ……！」高が伸ばした腕をつかみ止めたのは――、丁の三白眼を見据えた潤花だった。「……これから先、まだ好機はあると思いました」

「――まあいい。水と糧食を補給しろ」丁は言った。「だが俺の処断する権限を忘れるな」

潤花が無表情に頷き、高は唾を吐いて、その場を離れようとした時だった。

「同志少佐殿！　こいつ、隠れてました」偵察兵が、腰をかがめた人影を引き立ててきた。

膝が曲がったままで、すり足でよろよろと引きずられてくる。

老人だった。逞しい偵察兵に引きずられる姿は、いっそう弱々しく見えた。

「逃げ遅れか……、見捨てられたか」丁は老人に近づき、酷い発音の日本語で、老人を見下ろして詰問した。「おい、貴様なにをしている。ここの住人か」

「……なんだ、あんた達、なにしとる、関東軍か、……」老人がぼそぼそと言った。

「質問はこっちがしてるんだ、答えろ」

「丁少佐……」潤花はちかづいて腰をかがめて夜目にも皺深い老人の顔を見つめ、手袋を取り、そっと老人の手に触れた。「怖がらなくてもいい。あなたはここの住民か？　教えて欲しい、ほかに残っている者は？」

「……おらん、誰もおらん……、関東軍の兵隊さんもな」

「家族は、あなたの家族はいないのか」

「ボケてるようだな」丁は冷酷に嘲笑った。「……だが、利用価値はある」

「少佐！」潤花は背を伸ばして丁を見た。「すぐここから離れましょう！　この老人を捜しに敵が進出を早めたり、捜索部隊を投入する可能性があります」

「その通りだ」丁は冷酷な表情のまま、頷いた。「敵が必ず来る、おびき寄せる餌になる」

「……それは」

「無駄な温情はやめろ、李上尉。こいつの言ったことや年齢を考えろ、日帝の手先として出征した経験があるはずだ」

「そうですが、でも――」

「黙れ！　これは命令だ。――おい、準備しろ」

老人は引きずられてゆき、偵察兵達が駆け足で後を追った。

三人きりになると、丁は潤花の柔らかい線の顎を、すくい上げるように摑んだ。「上官への敬意を忘れるな！　いいか、俺の兵隊の前で、二度とくだらん反抗をするな」

潤花は無言の答えだけを返した。

「伏撃の失敗は、同胞を撃つのを躊躇《ためら》った貴様のせいだ。だが」丁は手を離した。「お前に身の証《あか》しをたてさせてやる」


十一月二十二日。

朝日が昇る前から、第十二旅団と増援部隊は前進開始にむけ、余念がなかった。

陣地正面に張った古典的警戒用具である〝鳴子〟に使った〝雑線〟を、ドラムリールに巻いて回収する。雑線とは野戦用携帯電話機の、切れたり継ぎだらけになり用途廃止となった電話線だ。

米軍並みに野戦情報収集装置一号というセンサーシステムも保有していたが、予算不足で滅多に隊員は拝めず、結局、五感に頼った警戒なのが現状だ。

「一日、また始まるか」普教連の陣地で野営用天幕を畳みながら、陸士長が言った。

「そうですね……」一士がぼんやりしたまま、手を動かす。

「元気を出せ、気合いだ。同期がやられて、辛いのは解るがな。……あんまり悩むと、第三病棟の厄介になることになるぞ」

　富士地区の自衛隊病院の第三病棟は、精神科病棟なのだ。

　指揮官たちのくどいほどの人員掌握の後、携帯糧食の簡素な朝食を済ませ、各部隊は朱の雲がまだ東の空に残る中、統制線へと前進を開始した。

　刻々と統制線を目指す部隊をスクリーン上に見守りながら、桂川達も配食のおにぎりを手にしていた。

「僕ちょっと思うんですが、夜間に潜入された可能性はないんですかね」

「映画じゃないんだ」播磨がおにぎりを頬張ったまま汐見に答えた。「編成のしっかりした部隊相手には難しいぞ。仕掛けるなら顔が隠れる夜間だが、日が昇って知らん顔を見れば自ずと露見する。それに北朝鮮人はかなり背が低い。そうだな？　桂川」

「ああ。補給本部にあたる後方総局《こうほうそうきょく》被服局《ひふくきょく》が支給する軍服で一番多いのが〝三票〟、陸自サイズ表記で３Ａ、一般だとＳサイズだといわれてるな」

　ヘッドセットから呼び出しがかかる。「対遊撃班、桂川一尉、五番に外線です」

「了解」桂川は安物の茶碗をおいて立ち上がり、電話へと歩いた。

「おまけにもっと解りやすい見分け方もある」

「なんです、それ」汐見が興味津々な表情で播磨を見る。

「レンジャーでもねえのに、苦行僧みたいに痩せた、妙に精悍な奴を探せ」

「播磨一尉は、例外ってことですね……」神田が堅太りの播磨を横目で見て言った。

「ほっとけ。——あ、こら安田、お前いくつ食べるつもりだ」

桂川が戻ってきた。強張った表情だ。「ちょっと外す……。汐見、頼む」

「どうしたんだよ」播磨の問いに、段を降りる桂川は足も止めずに答えた。

「友達に会いに」


別れたい、と桂川が告げた時、春香は唐突さに言葉を失い、理由を知りたがり、桂川の心がどうしようもないと知ると、泣いた。

場所は、二ヶ月前と同じ船の科学館、係留された南極観測船「宗谷」の船上だった。

「——春香が好きだよ」桂川は言った。「でも、春香と俺の将来はきっと、重ならない」

「そんな……」春香は涙が幾筋も流れる頬を上げた。「私、桂川さんとこれからも一緒にいたいもの……!……私にできる努力はするから、だから……だから……ね?」

祈りに似た言葉も、無理に浮かべた微笑みでも、桂川の心は溶かせなかった。桂川の心を覆う氷は、二人が立つ「宗谷」が、現役中に押し開いたどんな氷河より厚かった。

「重ならない者同士が一緒にいれば、これから先、絶対に春香を傷つける。俺はそんなこと、したくない……。だから、いま別れるほうがいいんだ」桂川はことさら素っ気なく付け足した。「春香のため、お互いのためだよ」

整った顔だちを、嗚咽でこれ以上ないほどに崩す春香を、桂川は儀礼的に手を引いて「宗谷」を降り、桟橋近くのベンチに座らせた。

「落ち着いた？」しばらくして隣の春香に感情のない声をかける。

涙で正体をなくしたハンカチを下ろすと春香はうん、と頷き、書き留めるように言った。

「……解った」

二人はベンチから立ち、家路をたどりはじめた。

春香はいつも通りに振る舞った。友人のこと、卒業を控えた学内の様子を何事もなかったように話し続けた。そんな春香に桂川もさすがに胸を刺されたが、いまさらどうかしようとも思わなかった。

「……じゃね」駅で別れるとき、春香は透き通るような微笑みで、言った。

これまでの春香の、もっとも美しい表情だったが、桂川はそれを哀しいとは思わなかった。――その時は。

「ああ。――ごめんな」

赦《ゆる》しを与えようというのか、それとも大切な記憶にとどめようというのか、春香は背中しか見えなくなるまで微笑み続けてから、人波の中、ホームを歩き出したのだった……。

桂川は寂寞とした安堵を感じながら、歩き出した。――別れた直後は、気づかなかった。

春香が自分の中にあるわずかばかりの何ものかを、取り上げていったのを。

――春香と別れてから、自分の中に、どれだけ自分が残っていたのだろう。

しばらくして桂川は心身を虚脱感に襲われ、食べたものを演習場の木立に、官舎のトイレに吐き続けた。これが報いか、と思って、また吐いた。

途方もない喪失感、罪悪感が胸に居座って内臓を灼き、背骨を撓《たわ》ませた。

結局のところ俺は、と桂川は悟った。防大、幹候校同期達への距離感、部下達への違和感、上官達への好悪とり混ぜた感情、煎じ詰めると武装集団自衛隊のもつ空気への反感を、春香へ押しつけただけなんだ……。

自分が自衛隊の中で唯一、栄達が望めそうな情報勤務を阻《はば》む障壁として。

悟ったことで、自分の中の様々なものが突きつけられた。……人の好さを指摘される自分が決して善人ではなく、人の心を平気で足蹴《あしげ》にできる人間だということ、なにより一人の女性に哀しみの烙印を与え、そうしてから取り返しのつかないことをした、と思い至る暗愚な人間だということ――。

結局、人としての欠落をのぞき込んだのだった。欠落は空白であり、癒されることなど金輪際あり得ない。当然だった。

自覚しても自衛官を辞めず、空白に土砂を投げ込むように学び続ける自分。――最低の屑野郎だ、との結論に達した一年後に心理防護戦課程を、その一年後に幹部情報課程履修の機会を与えられたのだった。

どちらの課程も興味深かったが、桂川は人形のように心を失いかけていた。ただ機械的に、正確に学んだに過ぎず、情報勤務に栄達をかける青年らしい野心や情熱など、三年前、春香に心の痛みと同時に一緒に捧げてしまったのだから。

あの日――、対情報戦実習を行うまでは。

桂川はその日、教官に指定された韓国情報機関の要員を、私服で尾行していた。監視される韓国側も、情報要員とはいっても正式な大使館員で面貌はすでに割れ、損害を被《こうむ》るほどの活動ではない。いわば同じルールを知る者たちのゲームだった。

大使館員は何度か対尾行処置をとったものの、相手に接触した。

喫茶店で大使館員の前に座った女性を見て、桂川は驚愕《きょうがく》した。

――なぜ、君が……？

崔春香だった。……シックなスーツと社会人の落ち着きをまとっていても、初めて一緒に夜を過ごした安宿のベッド上、腕の中で小さく、良かった《チョッタ》、恥ずかしそうに笑った春香に間違いなかった。なによりホームでしみとおるような微笑みを見せた、春香――。

接触は数分で終わり、春香は先に席を立った。桂川は急に心許《こころもと》なくなった足を、どやしつけ必死に動かした。韓国大使館の男は帰りは尾行処置をせず、おかげで見失わずにすんだ。それなりに鍛えた幹部自衛官の脚力が、予期せぬ再会の衝撃で萎《な》えかけていたから。

――君はまだ、この街に、いる……。桂川は春香を捜し始めた。三年の時間を境にして、ひとひとりの居場所を突き止めるには東京は巨大すぎたが、情報収集の鉄則にならい電話帳、地図を駆使し、そして入校中とはいえ現役普通科小隊長にもかかわらず、情報勤務者を装い、自衛官手帳と身分証を提示して役所で書類の提示を求めたりした。

なりふり構わない行動で一ヶ月と二週間後、電話番号を突き止めて、春香を呼び出そうとした。当然拒否された。桂川は自分の非道さを棚に上げた頑なさで、春香に懇願した。

「……覚えてくれたんだな」桂川は喫茶店で、目を逸らして正面に座った春香に言った。

春香は小さく首を振った。「――忘れられなかっただけ、ただ」

初めて会ったときとは違う沈黙が、二人の間に落ちた。

横顔を見せる春香は、身につけた華やぎの底に、どこか疲れを澱《よど》ませているように、桂川には見えた。かつて恋人だった男にはどことなく解る、翳り。

「情報機関の人間と関わりがあるのか……？　韓国大使館の」

「――ただのアルバイトよ。……翻訳を少し手伝ってるの」

「……そう」すぐ見抜ける嘘だった。副業なのは、言うとおりだろう。生業をもって指令を待つ、つまりスリーパーだ。「どんな仕事を……？」

「結構大きな会社で……、焼き肉用の牛肉とか、電子機器の保守点検とかもやってるの」

電子機器とはパチンコのことか……どちらも在日朝鮮人と関わりがある。暗にでも情報収集に携わっていると認めたのだ。

「その会社には、どうして」

「韓国から日本に移った人達には、全国的な繋がりがある。……知ってるでしょ。——学校出るとき、そこから誘われたから」

在日韓国人の相互扶助を掲げ、独自の情報網をもつ組織、それは日本全国に設けられた教育院と呼ばれる機関だ。実体が知られず、韓国国家情報院の影響下にあると言われる。

父親が仁川で小さな貿易会社を経営して素性が良く、日本語も堪能で大学時代の友人もいる。くわえて芯の強い性格が、韓国情報機関の目にとまったのだろう。だが——。

桂川の知る春香は、どんな簡単な任務、例えば密使《クーリエ》や伝達員《ランナー》としても決定的に向かない。

「辛いんじゃないのか、……君には」

「——そんなことない」

「俺は」

「もう私に連絡しないで」春香は席を立とうとした。

「——どうして君は、そんな……」桂川は押しとどめ、続けた。

「私はあなたが思ってくれたような人間じゃないわ。会わないほうが互いのため……あなたが言ったことよ」

「じゃあなぜいま俺の前にいてくれたんだ」

「わからない……」春香は呟いた。「でももう、私は三年前の春香じゃなくて、あなたが思ってくれた私は、いまの私じゃないわ。あなたも同じでしょ？　あなたは自分の望んだ道を歩いてる。そうするために私を捨てたの、そうでしょ？」

春香の言葉で、桂川の心は凍り付いた。

「それにあなたが望んだ地位を得たとき……私から近づいたかもしれない。あなたが私を見たのも、誰かが仕組んだとは思わない？」

それは違う、と桂川は言いたかった。尾行対象は無作為に決められ、春香は、ほんの少し変わった、いや変えさせられたのだと。

「――もう行くわ」春香は席を立った。

春香の背が店内を遠ざかってゆく。同じ地上にいながら、どこか手も届かない場所に自分の心を伴って――。

「嘘だっ！」桂川は叫んで、合板製の小さなテーブルに両手を叩きつけて立ち上がった。砂糖壺とコーヒーカップが鋭い音を立てる。

談笑が漂っていた店内が静まりかえり、客と一人きりのウェイトレスにおびえと好奇の目で見られながら、桂川は声を上げた。「後々どうこうするつもりなら、どうしてそんな風に帰ってゆくんだ！」

通路で足を止めていた春香が振り返った。

「……君は、いまいるところから――」

じっと春香は桂川を見た。青磁のように端整な面差《おもざ》しは無表情だが、大きな瞳には哀しげな、差し伸べられる手を待つような悲痛さが浮かんでいた。

——あなたなら、私を助けられるの？……声に出さず、春香は唇の動きで問いかけた。

一瞬のあとに春香は振り返って、レジの店主に連れが騒いだのを詫び、外へ出ていった。

店主に厳重注意を受けて喫茶店から蹌踉《そうろう》と出た桂川は、とぼとぼと歩きながら、肺を鞴《ふいご》のように動かして、魂に火をいれはじめた。

春香の垣間見せた真情が決して思いこみではないのを、まず自分自身に確認した。それから、かつて自らを身勝手に捨てた、ろくでなしの屑野郎にまで助けを求めざるを得ない春香の苦痛を思った。

共にいた頃は、力になるどころか支えてさえやれなかった。春香を過去に傷つけた俺の、これは義務だ……。

精神の反吐溜《へどだ》まりから立ち上がった桂川の前に、韓国陸軍少領が現れたのだった。

そしていま、情報本部から抜け出し会おうとしているその少領は、名を李秀学《イスハク》といった。

「呼び出してすまなかったな」

曇天のくすんだ空模様の下、麻布駅前の雑踏に軍服姿で、李秀学が立っていた。

「いや、……いつこっちに」桂川が近づきながら言った。

駅にむかう人達が、二人の軍人の側を通り過ぎ去ってゆく。韓国陸軍、陸自常装三種はともにモスグリーンで徽章や階級章こそ違うが、よく似ていた。元になった米国海兵隊の制服は実質上、米国同盟軍の制服なのだった。

「ソウルから朝一番の便だ。――機務司令部と国家情報院合同の訊問組《ジンモンソ》を派遣することになってな、俺は訊問組と大使館の調整が任務だ」

いまは国防部情報本部勤務のはずだが、良く日に焼けた秀学は桂川より頭一つ背が高かった。アジア有数の陸軍国であり、臨戦態勢の国の少領という階級からか、若々しい容貌に落ち着きがあった。実際は、桂川より一つ年長なだけだ。

「そうか……、捕獲しようとして、一人自決した」

「聞いている。――今後捕虜が発生した場合、日本政府から訊問の機会が与えられるかもしれない。そこでできるだけ要員を待機させておきたい、ってところだ」

「あわせてこちらの動きも……かな？」

そんなところだ、という風に李秀学は微笑んだ。それから上着のポケットを探って、封筒を取り出し、桂川に渡した。

「例の薬が、目薬の容器に入っている」秀学は唇を動かさずぼそぼそと言った。「一滴で、リシナム・コムニスと同じく心臓周辺の血管を締め上げ、心臓発作と見分けられん症状を起こす。……ただし前者と違って遅効性じゃないからな、シアン化合物なみの即効性だ。

……あまり公にしたくない部署御用達さ」

　桂川は表情を変えずに、内ポケットに入れた。

「お前の要望通り、死なない程度に希釈してあるが……本当に良かったのか」

「ああ、それでいいんだ。しばらく口が利けないようになるだけで」

「……そうか」韓国陸軍少領は頷いた。「お前には、辛い闘いを強《し》いるな」

「いや――、俺自身が選んだことだから」桂川は書き留めるように呟いた。

　秀学はふっと息をついた。「これだけは信じて欲しいんだが。俺は確かにお前と彼女の再会を利用した。……だがそれは偶然を、俺にとっての幸運に変えただけだ。再会自体を演出したわけじゃない」

「解ってる……、解ってる」桂川は頷いた。「むしろ感謝してる」

「すまん。――俺はこの国に留学して、軍人たるものがいかに謙虚でなくてはならないかを学んだよ。驕《おご》らず、権勢を求めず、ただひたすら己の義務感に従う軍人達……その一人であるお前を巻き込むのは正直、申し訳なかった。――俺は一両日中に帰国するが、なにかあれば連絡をくれ。待ってる」

「俺は立派な人間じゃない。――国防を預かる、ただの自衛官だ」

　二人の、国を違えてもよく似た制服を着た軍人は互いを正面に見た。道行く人からみれば、年の近い兄弟に見えたかもしれない。

「忠誠《チュンソン》」秀学は敬礼した。韓国軍人が敬礼する度に口にする決まり文句だった。

「……我ら励みて、国安らかなり」本来先に敬礼する立場の桂川も、敬礼を返した。

「雨がくるな」秀学が手を下ろし、先に立って歩きながら、言った。

「低気圧の前線が大陸から近づいていると、気象中枢から報告があったな……」

桂川も視線を上げて、ビルの谷間から見える低い雲を見た。

「雨が降ると俺は、前線配置部隊の勤務を思い出す……。人里離れた国境で、幕舎を濡らす雨と、役に立たない防水被服でずぶ濡れになった自分自身や、部下達のことを」

「雨を窓の外に見てられるのがどれほど幸せなのか、それを知るのも兵士なんだろうな」

そして、それぞれが戦いの場所へと別れるときがきた。

「……では行こうか。――同志《トンジ》」


大陸から張り出した低気圧の前線が近づくにつれ、統制線を目指して進出する、第十二任務旅団の頭上にも厚い雲がたれこめはじめる。

普通科部隊が前進し、後方支援部隊が続く。旅団司令部戦闘指揮所は対遊撃班の意見を入れて、ほぼ第一線部隊の第四十八普通科連隊と肩を並べて前進していた。総指揮官が文字通り陣頭で隊員の士気を高める。そしてこれより下がれない一線を無言で示し、徹底する。総勢五千五百人の隊員が一つの任務の為に、動いてゆく。

そして、その報告が県庁対策本部からもたらされたのは、一日四キロの圧縮をほぼ終えて、一線部隊の指揮官が野営の段取りを考えはじめる日没の二時間前、十五時を半ば過ぎた頃だった。

予感ではなく、予告のような雨風が吹いていた。

第十二旅団司令部、戦闘指揮所天幕。

「それは、……確かな情報なんだろうな」報告を読み上げた佐伯に、堂本が口を開いた。

「県庁福祉課では住民が避難した小学校、公民館すべて実地に確認した模様ですが、当該人の向田歳蔵さんはどこにも避難しておらず、近隣住人も姿を見ていないとのことです」

「親戚縁者が避難させたのではないかな」

「いえ、当該役場の福祉職員によると身寄りもなく、その……性格上の問題もあり、ほとんど近隣とつき合いはなかったようです。福祉サービスの利用も頑なに拒否しつづけ、週一回、その職員が訪れるほかは一人暮らしだったようです。そして、避難していない根拠ですが——、どうも最近、徘徊《はいかい》など軽度の認知症の症状が見られ、老人施設入所を勧めていたそうです。当該人の住所は伏龍村南地区、——ここです」佐伯が身を乗り出し、作戦図の一点を指し示した。

作戦地域を囲んだ二つの統制線の、内側だった。

「そこか。このままの進出速度なら、二日後になる……」中島第三部長が呟く。

「ええ、コマンドの離脱方位、及び対遊撃班からあがってきた潜在予想点にも近いです」

佐伯第二部長が答えた。

「進出速度を上げて、明日中に捜索するか」真田第一部長も口を開く。

「しかし、そうなると捜索が粗雑になる恐れもある」渡辺第四部長が言う。

対遊撃戦で、夜間行動は厳禁だ。伏撃に遭えば、甚大な出血を覚悟しなければならない。

「肝心なことは」と黙考していた堂本が視線を上げた。「その報告を受けたのがいつ、ということだろうな……」

幕僚達は、堂本を見た。

「行方不明の民間人がいるのを承知しながら、何の方策も打たなければ、我々は本当に国民を守ろうとしている、と言えるか。……残念ではあるが隊員から戦死者を出す事態となったが、民間人の犠牲者は、我々の守るここでは一人も出ていない。――出してはならん、と私は思う。今夜から天候は雨だ。そんな状況下で高齢、徘徊する当該人が二日後、無事に保護できると諸官には言い切れるか」

堂本は続けた。「民間人も自衛官も等しく人間だ。だがこの商売を自ら選んだ我々には義務がある。自分たちの身の安全ばかり考慮し民間人を見殺しにしたとあれば、戦死した者も浮かばれん。彼らは義務を果たして死んだのだ。後に残された我々も、自衛官として宣誓した義務を果たそうや」

みな黙って、堂本の言葉を聞いていた。

「言うまでもないことだが」堂本は付け足した。「すべての責任は指揮官たる私にあるんだ、現場の隊員には臆せず戦って貰いたいわな」

「……解りました」真田は頷いた。「四十八普連から、部隊を進出させ捜索を命じます」

目的地は普教連担当正面だが、土地鑑を加味し、なにより県民を救うのは応援部隊ではなく、担任地域の部隊でなければと真田は思ったからだ。

「なにぶん夜間です。使用の是非は別に、戦車《TK》及び装甲戦闘車《FV》を随伴させます」中島も言った。

「許可する。……ただ、これが治安出動なのも忘れんようにな」

無沢山付近に進出していた第四十八普通科連隊第三中隊は、出動準備にかかった。

役場福祉課担当の若い職員、佐竹も説明のため、市内から警戒陣地に駆けつけていた。

迷彩服姿の中隊長、運用幹部、四人の小隊長に囲まれる中、作業服姿の佐竹は説明した。

「なるほど、これは急がにゃならんな」永島中隊長は言った。

「本当に、申し訳ありません」佐竹は居並ぶ自衛官に頭を深々と下げた。「僕がもっとちゃんとしてれば、こんなご迷惑を……」

「我々は命令を受ければ、それを確実に実行するだけですよ。なにしろこれだけの事件だ、仕方がない面もある」永島中隊長はドーランを塗りつけた顔の口許だけで笑った。

「よし、各小隊長は進出経路、乗車割り、車列の確認、戦車部隊との会合点、持参装備の点検はいいいな？　夜間捜索だ、人員把握は密にな。何が起こるかわからん」

永島は四人の小隊長を見渡した。部内幹部候補の陸士上がりが伊藤友浩《いとうともひろ》、山根哲史《やまねてつし》の二名で、防大出身者が今川俊彦《いまがわとしひこ》、藤田一郎の二名だ。

十二旅団は装甲車輛がほとんどない。隊員の足は普教連から操縦手付きで配属される軽装甲機動車、九六式装甲車だ。編成を越えた配属は滅多にはないが、今回は別だ。

「情報小隊斥候はすでに出発した。――出動予定は三十分後、一七〇〇時、以上！」

解散しかけた幹部自衛官達の足を止めたのは、佐竹だった。「待ってください！」

「なにか？」永島が尋ねる。

「あの、向田さんは、……頑固というか、うち解けるまで時間のかかる人なんです。初めて会う人に、従うかどうか……。だから、僕も連れて行ってください」

「佐竹さん――、熱心なのは買うが、これはうちらの仕事です。先程言ったが、何が起こるかわからんのは嘘じゃないんですよ」

「でも、それじゃ……」佐竹は口ごもった。「いいえ、捜すのは皆さんの仕事ですが、無事を確認するのは僕の仕事です。――お願いします」

「――解りました。一応上に具申してみますか」熱意に押され、永島は頷いた。

解散して、小隊長達も自分の小隊に戻りはじめた。

「あの職員、気合い入ってたよな」小柄な伊藤がでかい眼を光らせて、言った。

伊藤は学校時代体操選手だっただけあり、がっちりした体格の男で、四人の小隊長の中ではもっとも先任で、かつ唯一の妻帯者だった。いまはドーランに隠れているが顔立ちがよく、十二旅団に数少ない女性自衛官が新しく加わると、元芸能人ですかと周りの隊員がよく聞かれる。派手な顔立ちは損だ、とよくぼやくが、意外に繊細で真面目なところがあるのは、指揮する第一小隊の隊員達は知っていた。

「気合いはいいが、安全確保に人手がいるなあ」手足がひょろりと長い山根がぼやく。辣韮《らっきょう》を逆さにしたような細面《ほそおもて》で、どこか地方のとんでもなく辺鄙《へんぴ》な短大で、偏った講義をする講師のような雰囲気だ。小隊長中、伊藤についで次級になる。いつもは幹部室で書類相手に減塩醬油で泳ぐ蛞蝓《なめくじ》のように元気がないが、演習にだけは、精力的かつ熱心だ。ただしとりわけ体力的に優れているわけではない。

「でもあれですよねえ、あの人の話じゃ、二次戦中は満州にいたんですよね」

今川が一歩遅れて歩きながら言った。幹部学校、幹部初級課程《BOC》を出たばかりで、三十の坂を上りはじめた伊藤と山根より若い、二十代半ばだ。暢気《のんき》を装い、年上の部内幹候《I》出身相手にうまく立ち回る狡猾《こうかつ》さを、長身に似合わぬ笑顔とえくぼの愛嬌で隠す、悪い男だ。

「あの年になって、また置いてけぼり喰らったんだ、ひでえよ」

「そうだな、引き揚げの際は、相当つらいめにあったって言うしな」

伊藤の言葉に、山根が応えた。

敗戦直前、不可侵条約を一方的に破棄した旧ソビエト軍は北方四島と、当時日本が統治していた中国満州に侵攻した。圧倒的機甲戦力で怒濤《どとう》の勢いで迫る旧ソビエト軍に、南方戦線にほとんどの兵員、装備を抽出した関東軍は、散発的な抵抗のほかは為《な》す術《すべ》を知らず、居留民をおいて撤退につぐ撤退を重ねた。中国残留日本人孤児、在留民間人で徹底抗戦を図った虎頭《ことう》要塞全滅など無数の悲劇は、ここに端を発する。

「そうですよねえ、……頑張らないと」今川が言う。

「お前、奴らがいたら物陰から応援します、とか言うな」

「……言いませんって」伊藤の意地悪な言葉に、今川は苦笑で応えた。「今から根拠のない自信がふつふつと……」

「そんな自信、もってくな」と伊藤が返す。

「――今度は、守ってやりたいよな」

山根が言うと、伊藤と今川も表情を改めて頷いた。

午後五時、第三中隊は高機動車、軽装甲機動車、九六式装甲車を連ねて出動した。

四十八普連三中に先発した連隊情報小隊斥候班は、伏龍村南地区を見下ろす山間に到達していた。

班長は、通信科が厳重に管理する貴重品の暗視装置《JGVS-V8》で周囲を観察し、他の隊員は双眼鏡を構えていた。猫の目が瞳孔を開き集光率を上げ、闇を見通すのと同じ効果が、双眼鏡にはあるのだ。

双眼鏡を覗く隊員が囁いた。「は、班長、あれ……十二時、二百メーターに……」

「なんだ……？」一曹も双眼鏡をそちらに向けた。

丸く狭い視界に捉えたのは、人家の集まったほぼ中心にある、広場だった。

そして広場の真ん中に――、杭がつきたてられ、蓑虫《みのむし》のように縛り上げられて首をうなだれる人影があった。

陸曹は言葉を失いながら、さらに観察する。……杭と人影を縛った物は、よほど執念深く巻かれたらしく輪郭を膨らませている。身動きはしていない。生きているかどうかも解らない。周囲に陰惨な拘束を行った者たちの姿はなく、動くものも見えない。それがさらに不気味だった。

雨の気配が刻々と夜気を湿らせ重くするなか、斥候班の隊員達は戦慄した。

第八章　殺傷地帯《キルゾーン》

「本日、十七時、県対策本部より作戦地域内に住民が取り残されている可能性が高いとの報告を受け、部隊を急派しました」

正本は急遽、報道陣用天幕で記者会見を開いていた。

機密保全上の配慮から、行方不明者を保護した上で発表するつもりだったが、臨時記者クラブを仕切る新聞社が、他社を糾合して突き上げてきたのだった。行方不明者の存在はおそらく対策本部に近い筋から漏れ、日没前に慌ただしく出動準備をする部隊がいれば、気取《けど》られるのは当然だった。

「行方不明者本人については、皆さんの方でご確認下さい」

不満そうな声を上げる記者達の中、そっと席を立つ者に正本は気づいたが、大勢の記者を前に話を続けた。

「なお、皆さんにお願い申し上げますが、このことは捜索部隊が帰還するまでどうか報道しないようにして戴きたい。これは行方不明者はもちろん、捜索に当たる隊員たちの命に関わることなのです」

　頭を下げた正本に、報道陣から傍若無人な声が飛んだ。

「いつから防衛庁からの要請で、マスコミは報道協定を結ぶようになったんですか！」

「このへん一帯は戒厳令でもしかれてるの！」

「私らは私らの考えで報道の自由を行使する！」

　そして、最初から自粛しようなどと思う者は、報道陣の中には誰もいなかった。

　新潟、五頭連峰上空。

「……はい。視聴者の皆様、ご覧いただけるでしょうか？　私は自衛隊の北朝鮮工作員包囲作戦が行われている上空に来ています！」若い男性記者が、自衛官の防寒外被《フィールドジャケット》と一桁値段が違うゴアテックス製コートを着込んでマイクを構え、ヘリの騒音に負けない声で実況する。「外は視界が悪く、雨もぱらついてます。そしてご覧下さい！　私達の眼前を戦車部隊が走ってゆきます！」

　カメラが男性記者の脇へと近づき、地上を見下ろした。

　暗い地上がヘリのサーチライトで照らされると、七四式改二両、八九式装甲戦闘車二輛が、小雨に濡れてきらきらと白く光る舗装道路上で、小刻みに震える姿があった。周りの暗さから視聴者には四両の戦闘車輛が停止して見えたが、実際は路上を疾走していた。

「しかしなぜ、相手が鍛えられた北朝鮮特殊部隊とはいえ戦車部隊が必要なのか、疑問を投げかける声もあります！」誰も言っていないのに、記者は自分の感想を電波に乗せた。「とにかく行方不明者の無事を祈るのみです！――では、スタジオにお返しします！」

「はい、ご苦労様でした。……新しいニュースが入り次第、番組内でお伝えします。では……、人気アイドルと人気俳優交際の……」

「このチャンネルだけか」播磨が情報現示室で立ったまま、口許のマイクに言った。

「現時点では、当該局のみです」信務員が答えた。

「――最悪だな」桂川が席で呟いた。「この局以外も報道をはじめれば、こちらの戦力組成、接近経路、到達時刻を教えてやるようなものだ」

「くそ、報道の奴ら、なに考えてやがる」播磨は憤慨した。「危険なのは民間人だけじゃねえんだぞ。自衛官は国民の員数外か」

「いまに始まったことじゃないが……。御巣鷹山《おすたかやま》の日航機墜落事案、阪神・淡路大震災事案、みなマスコミの向こう見ずさで、隊員は命の危険にさらされてる」

「……そうだな」播磨は頷いた。「知ってるか、第一次カンボジアＰＫＯの時、カンボジア出身の自衛官が話題になっただろ。……マスコミに顔を映さないでくれと頼んだが、放映された。その隊員はまだあっちに家族親類がいて、カンボジア政府に協力する日本軍の手先の家族として、反政府勢力《クメールルージュ》に殺害される可能性を説明したのにな」

「結果論だ、全部」桂川が言った。「〝いままで何もなかったんだから〟。備えれば危険と誹《そし》られ、守れなければなぜ備えなかったのかと糾弾される。――そして軍備とは、基本的に過剰防衛のために存在する」

敵に対し一対一より一対二以上の方が勝率が高いのは当然だ。だからこそ平時から国家は膨大な予算、連綿とした時間、人を投入し軍備を整える。それが、抑止力となる。そしてその運用に責任を持つのは国民自身であるはずだった。

ふん、と播磨は笑った。「あのばか記者、警察と俺らがどうして別の組織なのか考えたこともねえんだろうぜ」

「イラク戦争で、瀕死のイラク兵を米兵が一所懸命手当するのを見て、最初から撃つなと嘲笑う程度の報道関係者が多すぎるんだよ……。脅威ではなくなったからこそ、――相手が兵士ではなく負傷者になったからこそ、手当をするってことも解らない程度のな」

「……あの七四《74》式《TK》戦車、山本……か？」

「多分、な」

この国が軍備に費やした時間が、果たしてどれほどの価値を持つのかが、明らかになりつつある。これまでの戦闘は、犠牲を出しながらも自衛隊が有利だった。

――しかし昼間の、橋梁を巡る前哨戦とは違う……。

桂川は過去に富士訓練センターで訓練評価隊と、全国各地から訪れた中隊とのレーザー交戦装置、通称〝バトラー〟での訓練結果を思い出す。これは実弾をレーザーに変え、実戦に近い状況を再現する演習だ。そして、諸職種連合の増強普通科中隊の損耗、実に六割という数字が出た。上層部はつみあげた戦術が画餅《がべい》に近い事実に驚倒し、教範の改訂も俎上にのぼった。

——しかし無力なはずはない。生まれながらの戦士はいる……。そうだろう……？

「……頼むぞ、山本」桂川は祈るように呟いた。

その山本大輔二尉は、四十八普連第三中隊と会合すべく走り続ける、七四式改の戦車長席にあった。眼前に偵察隊のオートが二台、先導していた。

頭上でヘリが衝突防止灯を点滅させ、爆音と共にしつこく追いかけてくる。

「くそ！　他に撮るもんあるだろうが馬鹿野郎！」

砲塔内部の車長席に立って上半身だけ出し、上空に手をかざして、妻が誕生日に贈ってくれたゴーグルをかけた戦車帽を、ぐいと押し上げる。官品のゴーグルはよく曇るが、イラク復興支援群に支給されたのと同じＥＳＳ社製で、曇り止めモーター付きの高級品だ。

「撃ち落としますか！」隣の装塡手用ハッチから身を乗り出した蒲田が言った。

ヘリの爆音だけでなく、履帯の軋み、エンジン音の中、蒲田を見る。車体が揺れるたびに、突き出た主砲が振動を大きくする。

「よし撃ち落とせ！——あほ、嘘だぞ！　俺はヘリが嫌いだ！　敵味方関係なく、報道の奴だろうと、ヘリはみんな戦車の敵だ！　違うか？」

　山本の子供じみた物言いに、蒲田はヘリから見えないよう、顔を伏せて笑った。

　俺は緊張してるのか、俺は、と山本は思った。いつもは移動中に旧独軍の〈戦車の歌《パンツァー・リート》〉を口ずさむが、そんな気にもなれない。胸元の〝亀の子〟スイッチを切り替える。

「〈カリウス〉から〈ケルシャー〉、……〈マイバッハ〉、〈メイデン〉、異状ないか、送れ」

　特別に付与された任務であり、呼び出し符丁は山本の裁量に任せられ、山本は尊敬する旧独戦車兵のエース、オットー・カリウス戦車兵少尉からとり、二号車の符丁はカリウスの僚車車長だった軍曹の名だ。八九式二両は好きに決めさせた。

「〈カリウス〉へ、〈ケルシャー〉、異状なし。行けますよ、送れ」

　二号車〈ケルシャー〉の車長、村上一曹は少年工科学校、いわゆる少年自衛官出身で、戦車要員を養成していた機甲科部、最後の卒業生だった。

　少年自衛官出身者は年長者に丁寧か、あるいは若くして自衛隊の禄をはんだ意識が先立ち、それとない尊大さをだす二通りの傾向があるが、村上は後者だった。山本は手を焼かされたが、本人の熱意と技量を認めてねばり強く指導した結果、もっとも信頼できる部下に成長していた。階級や所属を超越した、少年自衛官出身同士の徒弟制度じみた関係の中でも、よく後輩の面倒を見ている。

〈タイガー戦車の機関製造者《マイバッハ》〉、〈メイドさん《メイデン》〉からも異状なしの応答があり、改めて考えてもどうして〈メイデン〉なのか山本には解らなかった。

もうひとつ解らないのは、指揮下の装軌車輛部隊の編成だ。戦車は編成上、四輛を一個小隊とし、それより小さな単位はなく、それは八九式も同じだ。しかるに性能や運用法の違う車輛と混成とは……。

戦車の運用を知らぬ幕僚の認識不足、というのはあり得ない。多分、と山本は思った。

——マスコミの批判をかわすためだろうが……あいつら戦車と装甲戦闘車の区別なんかつかないぞ。

事実、十二旅団に押し寄せた報道陣の中で、戦車は機甲科、装甲戦闘車が普通科所属なのを知る者は皆無だった。

——世間からの目を気にしすぎる、自衛隊って組織の限界だろうな……。

「小隊長、会合点に近づきます」蒲田が言った。

「よし、——蒲田、しっかり弾込めろ。弾種まちがうな、確認しとけ」

近年ゲリラ対策用に発煙弾が導入され、弾種が増えた。ゲリコマ対策流行で割を食った機甲科の、ささやかな恩恵だった。砲塔左右には六発の黄燐《おうりん》発煙弾発射筒があるが、これは身を隠すものであり、相手の目は潰せない。発煙弾ならそれができ、事実、二次戦中、強力な独戦車に対し性能で劣る英国戦車は、主砲から発煙弾の猛射を浴びせて独戦車の視界を奪い、至近距離で攻撃した。

蒲田がハッチの下に消え、いつしかうるさく飛んでいたヘリもいなくなると、山本の唇が動いた。

「潜む火砲で脅すとも……、道を求めて、我ら行く、か」

山本の指揮する混成装甲部隊は、普通科車輌群と合流し、捜索部隊は編成を完結した。

どこまでも暗い山の中の道路を、灯火管制した部隊は行進縦隊をとり一路、小雨の中、伏龍村を目指す……。


「あれか」永島中隊長は、斥候班長の隣で双眼鏡を構えて、呟いた。

「周囲、敵影は〝現在のところ〟なし」

「――いるな、間違いない」永島は、伏せたまま首を後ろに捻《ひね》り、合図を送った。

集落手前の下車戦闘線で第三中隊百二十人は降車し、徒歩機動で進んできたのだった。

「いいかみんな。一気に車輌と協同し突入、目標を全周防御……！　防御正面、主射撃方向は一時。四小は目標の確保、担架要員は準備。包帯所開設はここより後方百メートルだ」

黒いドーランを下地に、グレーの斜め線を入れた伊藤、山根、今川、藤田が頷く。

「敵には優秀な狙撃手がいるらしい……、注意しろ」

四人の小隊長は、部下の元へと音をさせない小走りで戻ってゆく。

そして、表面上はほとんど無音の時間が過ぎる。迷彩服に小糠《こぬか》雨を吸わせながら、四個小隊百二十人は、発起位置までじりじりと闇の中を這い寄ってゆく。

そして――、自衛官達は颯然《さつぜん》と突入を開始した。

集落の入り口に警戒部隊として残置された混成装甲部隊以外の、九六式装甲車、軽装甲機動車が、闇から一斉にエンジンを響かせて飛び出した。

左右にそれぞれ銃口を向けて、戦闘靴の分厚い靴底で泥水をはねさせて走る普通科隊員の側を、装輪車両が猛進してゆく。

……闇の中、一つの流れのように殺到する捜索部隊を、すべての窓ガラスを開け放った家屋の二階、奥まった位置から潤花は見下ろしていた。……勇敢なものね。

自衛官達は濃緑の流れが呑み込むように、杭に縛り上げられた老人の周囲に、円陣防御を築く。老人はまるで邪教の生け贄《いにえ》のように、ぴくりともしない。

「目標、確保！　担架要員は前へ」藤田は円陣の中心、隊員達が車輌を盾に、強張った表情と視線で警戒する中、老人の顔をのぞき込む。「大丈夫ですか！　聞こえますか、助けに来ました！」

老人は雨に濡れた頭を、微《かす》かに動かした。――生きている！

「生存を確認！　生きています！……くそ、ロープじゃない、鎖で縛り上げられてます！」

「よし、救出始め！　他の小隊は警戒！」永島が命じた。

……救出活動が始まったのを見定めると、潤花はふっと息をつき、無線機を口許に寄せた。闘志も、まして憐憫《れんびん》もない。漂白された表情の中、口だけが動いた。

「始めるぞ」

ドラグノフ《SDV》を構えた。窓辺に据《す》えるような素人《しろうと》じみた真似はせず、部屋に奥まったまま、自衛隊員達を斜め下に見下ろして照準を合わせ、引き金に指をかけた。

それから、潤花達の周到な罠にかかった獲物への狩りがはじまった。

突然だった。装甲車輛の周りで次々と爆発が起こった。

閃光とガラスの砕ける音と同時に、高機動車が地面から突き上げられて浮き、装甲車輛も水からあがった犬のように爆圧で揺れ、隠れていた自衛隊員をはじく。

装甲車が取り囲んで効果は期待できなかった即製爆弾だが、自衛隊員の悲鳴が上がった。

混乱に乗じて、潤花は立て続けに発砲する。自衛官達の見る位置からは咄嗟には解らない。それから潤花とは反対方向から発射された擲弾《てきだん》が、円陣に吸い込まれ、炸裂した。

永島は地面から顔をあげた。……隊員達のほとんどが倒れている。自ら伏せたのか、倒されたのか。血塗れのものもいる。擲弾はまだくすぶっていた。自分の乗っていた高機動車が燃えている。炎が隊員達を動かない影にしている。

「みんな大丈夫か！」永島は叫んだ。

なんとか、……ちくしょう！　などと声が返る。

「敵火点へ射撃しろ！——通信員、菱田！　旅団本部に連絡！　我れ……」

いつも傍らにいる通信員に顔を向け、永島は絶句した。——通信員は仰向けに転がり、目を見開き唇を震わせていた。防弾チョッキの胸に、小さな穴が開いていた。背負った無線機の下の血だまりが、雨に薄められて敷かれたように広がっている。

「おい、しっかりしろ！」

各小隊がためらいがちに応射しはじめた音を聞きながら、永島は片膝をついて通信員の上半身を抱え上げた。

まだ二十を越えたばかりの通信員の菱田士長は、永島中隊長の襟を摑んだ。

「助けて……」菱田の震える唇から、かすれた声がこぼれた。「た、助けて……！」

「しっかりしろ、がんばれ！　衛生員！」永島は怒鳴りながら、思った。

俺、ようやく彼女が出来たんです……、やけに嬉しそうな表情のために聞くと、そう答えたのがつい十日程前だったのに……！

「助けて……」菱田は唇を震わせたまま、続けた。「……やって、くだ、さい……、あの、じい、さん……」

襟を摑んでいた手がはなれ、菱田士長は死んだ。

運用幹部の無線機での状況報告を聞きながら、中隊長は胸で、どす黒く熱い感情が膨張したのが自分でもわかった。

「各小隊、何をしてる！　民家だろうとかまわん、射撃して火点を徹底的に潰せ！　負傷者は包帯所に後送しろ！」

菱田を横たえて、永島が立とうとした瞬間だった。胸をこづかれたように上体をゆらして膝をつき、菱田の傍らに倒れた。

「中隊長！――中隊長がやられた！　しっかりしてください！」受話器を放り出し、運幹が永島中隊長を揺さぶった。「誰か、手を貸せ！」

「いたいた！　あそこだ！」伊藤小隊長が叫んだ。「第一班！　九時方向、家屋二階、五十メーター！　連射、指名、撃て！」

「どこです、見えません！」第一班長が言い返した。

「まってろ、俺が撃つ」伊藤は八九式小銃を構え、連射した。夜間戦闘では火点の〝射撃による指示〟がおおく、そのため幹部達は曳光弾を多めに持っている。

伊藤の発射した曳光弾が、凶悪な蛍のように湿った夜空を裂いてゆく。

……ようやくここが解ったか、と泥だらけの畳に身を投げた潤花は思った。――潮時か。

潤花は立ち上がり、一個小銃班十挺分の銃弾がボール紙のように壁を貫く、部屋中のラップ音じみた響きの中で反対側の窓に走り、跳んだ。

再び、円陣の中に擲弾が放たれた。潤花の離脱を援護するためだった。

擲弾の描く弾道のさきには、両膝をついて中隊長に応急手当を施す衛生員と、近くには運用幹部がいた。擲弾が炸裂し薄い煙がおさまると、運用幹部と衛生員が、動かなくなった隊員の数に加えられていた。

「いたぞ、いやがった！」今度は山根小隊長が発見し、「あのテポドン野郎を黙らせろ！」

その間、伊藤は小隊陸曹に指揮をまかせ、小柄な身体を丸めて、運幹に近づいた。

「大丈夫ですか！　おい、返事しろ」運幹と衛生員、交互に負傷を確かめる。運幹も衛生員も答えるように呻く。——良かった、息はある。中隊長も微かだが息がある。

伊藤はいらないカセットデッキのように転がる無線機にとりついた。

「旅団司令部、旅団司令部！　感度如何か、——送れ！」

おい、ちゃんと通じろよ……と伊藤は祈りながら受話器に言った。

「司令部より捜索マルマル！　状況送れ！」

「捜索マルマルより状況！　目標を確保するも伏撃をうけてる！　中隊長《マルマル》負傷、中隊長《マルマル》負傷！　運幹も負傷！　負傷者多数！　送れ！」

「司令部より、行方不明者の状態はどうか！　送れ！」

待て、と伊藤は無線に答え、老人の側にいる藤田を見た。

「それが……！」藤田は顔を歪めた。「何重も縛ってるのが鎖で、おまけにただ巻き付けただけのダミーまであります！　手持ちの銃剣だけではとても無理です！」

伊藤は状況を伝え、工具を要求した。

「――司令部より、受信者は官姓名を名乗れ！　送れ！」

「第一小隊《マルヒト》、二尉、伊藤友浩！　送れ！」

「貴官が最先任幹部だな、送れ」

「その通りだ、送れ！」

伊藤が言った瞬間、田圃の方向から間断ないAKの発砲音が、空気を蹂躙《じゅうりん》した。

それは銃火の嵐だった。潤花の率いた伏撃組の後退を見計らって開始された、北朝鮮側主力の全力射撃だった。

無数の弾丸に乱打された装甲が、金属の尖った悲鳴をかき鳴らす。自衛官達は反射的に腰を沈めるしかない。ヒュン！　と身近を弾丸が擦過する不吉な音を誰もが耳にした。

自衛隊員達の位置は、扇の要にたとえることができた。そして北朝鮮側は、開いた扇の先だった。自衛隊の火線は広く展開した北朝鮮には分散し、逆に北朝鮮側からすると、数的劣勢でも濃密な火線を浴びせられるのだった。

「司令部よりマルヒト、指揮を引き継げ、指揮を引き継げ！　マルヒトはこれよりマルマルアルファとする、送れ！」

凄絶な銃火の中、伊藤は声が出せなかった。中隊の指揮課程は、まだ経験していない。

中隊は指揮系統を喪失していた。統一した意志を与えられない軍隊は、それぞれが身を守るだけの集団になり……そして、そのまま散漫に損耗し、各個撃破され、四散する。

第三中隊は窮地のただなかに孤立した。


戦闘騒音が、山鳴りのように聞こえる。

山本はイヤーカフをはずして耳をそばだてていたが、ハッチをもぐり、砲塔内後部ラックの無線機を、普通科中隊の周波数に合わせた。「こちら〈カリウス〉、マルマル、送れ」

「……運べ……大丈夫……えせ！……衛生……！」爆発音、金属と金属がぶつかり合う音――。そして切れ切れの悲鳴、叫び、うめき声だ。

――味方がやられてる！

山本は目を上げ、無線機のスイッチを元に戻す。「こちら〈カリウス〉、司令部、戦闘が始まった模様だが本隊と連絡が取れない！　詳細を報せ！　送れ」

「司令部から〈カリウス〉、目標を確保するも中隊は伏撃を受け、現在交戦中！」

山本はくそ、と呟いて、「全車運転はじめ！」と一声怒鳴った。

「〈カリウス〉了解、これより前進し普戦行動をとる！　送れ」山本は続けて、指揮下の三輌と、幹部として一個小銃班に指示を与えた。「赤外線暗視装置《サーマル》、異常ないか再度点検しとけよ！　それからお前らはここを確保！」

当然、交戦許可が出ると山本は思っていた。普通科の装備車輌の防御力などたかが知れていたし、なにより機動打撃力にならない。

〝歩兵の踵が国境線〟としても、戦闘となれば決《けつ》をいれるのは、やはり戦車なのだ。

しかし――、本部の返答は山本の予想を裏切った。

「司令部から〈カリウス〉、いまだ状況は不明、待機せよ、送れ！」

司令部の知らない奴の声を、山本は念のために脳裏で巻き戻して再生してから、無味乾燥に言った。「……〈カリウス〉より本部、再送願う、送れ」

「〈カリウス〉へ、戦闘の詳細はこちらでも把握していない！　待機せよ！　送れ！」

耳にした無線の内容は、とても有利とも順調とも思えなかった。

「〈カリウス〉了解、ではこちらで偵察して報告するがどうか？　送れ！」

「〈カリウス〉へ待機だ！　繰り返す、待機せよ！　動くな！　送れ！」

山本はわざと口許のマイクを叩いた。「どっかと混線したのか、こいつは」

「〈カリウス〉、命令あるまで現位置を維持！　復唱しろ！」

いまだ戦車投入に慎重すぎる司令部の返答に、山本は一瞬目を閉じ、ディーゼル臭を胸に吹き込み、口を開く。自分でも思ってもみなかった、奇妙に静かな声だ。

「〈カリウス〉から司令部へ。……ここから、大勢の撃ち合う音が聞こえる」

交信は短切に、八秒以内。一旦切ってから相手が答えないのを確認して、山本は続けた。

「そこじゃ聞こえんだろうが、ここでは聞こえる。多くの仲間が倒れてるかもしれん音だ」

またスイッチを切り、確かめてから続ける。

「周到に伏撃された部隊を救えるのは、現時点では我々だけだ。そしてそのためにここに来た」スイッチを切る。また入れる。「我々以外に方法があるなら、すぐに急派願う。もしないのなら、決断願いたい」

山本は、ふっと息をついて、言った。「以上……送れ！」

ややあって、返電がきた——。

「こちら旅団長」太く静かな声が、山本の耳朶を打つ。「直ちに前進、民間人救出に必要な手段をとれ！　繰り返す、前進し、民間人を救出せよ！」

山本の四肢を鮮やかな驚きが震わせた。「〈カリウス〉より旅団長、了解！　民間人を全力で救出する、おわり！」

山本は指揮下の三輛に手を挙げた。三人の車長達が片手をハッチにかけて見詰めている。

「——全車前進よーい！」山本は手を振り下ろした。「前へ！」

車長達が一斉にハッチに消えた四両の装軌車輛は、エンジンの回転を上げ、履帯を鳴らして走り出す。戦闘騒音の中心を目指して。

ひとり砲塔に身を乗り出して小糠《こぬか》雨に濡れながら、山本は胸の中で、旅団長の命令を反芻する。民間人を全力で救出せよ……。

——蛮勇はいらない、ということか。

厳しい戦いになる。山本は確信した。

「〈カリウス〉より〈ケルシャー〉、〈メイデン〉、〈マイバッハ〉へ——」山本はサーマルの白黒画面を見詰めながら、続けた。

「——魂を、みせろ」

この後、〝機甲子〟とも〝戦教の鬼〟とも呼ばれる山本の戦いが始まる。


第三中隊はおさまらない銃火の中、懸命に指揮系統を再構築しようとしていた。

誰もが必死だった。切り取られた地獄のような中、弾丸の掠める音、仲間の悲鳴を聞き、銃を撃ち返す。どこまでも明けない夜に閉じこめられたような恐怖。——死が、身近にいた。それどころか隣にいて、離れたり近づいたりした。

ここにいる者の中で、背を見せて逃げ出したくならなかった者はいない。

けれど、彼らは漢《おとこ》であった。

その背の後ろに自分たちの助けるべき無力な老人がいる。そして、助けられるのは自分たちの他はなく、なにより、仲間がいた。誰かが欠ければ、誰かが確実に死ぬ。

「各小隊、やべえ、ほんとにやべえぞ！」伊藤が怒鳴った。

「うるせえ！　二度言わなくても解ってる！　他に言うことはねえのか！」山根が指揮し

ながら怒鳴り返す。

ようやく統制も取り戻してきた、と伊藤は考えた。しかし、このままでは損耗が増すばかりだ。防御は反撃に始まり、反撃に終わる。何とか押し返せれば……。

伏撃を受けた場合、反撃の方法は状況によっていくつかある。

部隊の一部が捕捉された場合、捕捉された兵士はその場で射撃し、捕捉されていない兵士を集めて迂回、側面から伏撃した敵に反撃する。

だが最悪、部隊が完全に捕捉された場合――、全部隊をあげて突撃するしか手がない。

第三中隊が晒されている状況は、まさに最悪中の最悪だった。

敵は前方開豁《かいかつ》地、田圃《たんぼ》の用水路を塹壕がわりに移動しつつ射撃を加えてくる。稜線ぞいの移動は不可能だ。果樹栽培のために山肌が見え、身を隠す樹木がない。開豁地を出血覚悟で進むしかないが、突撃し躍進しても、敵は相互援護を繰り返して後退しながら、盆地の真ん中を区切る農道を、予備陣地がわりに抵抗線をはるだろう。

「おい、聞けよ！　ここじゃやられるばっかってのは解ってんな！」

「だから確認してんじゃねえ！」

「どうするんですかあ！」

この世から銃声以外の音はなくなったのかと錯覚する中で、小隊長らの罵声が飛び交う。

「突撃する以外にねえ！」

「民間人がいるんだ、後に退けるかあ！」

「山根、お前がうるせえ！　聞けって！」

誰かが行かなければならない。火線の中、突撃しなければならない。

山根は攻勢は不得手だが、防勢防御には連隊で誰にも劣らない。今川は小癪《こしゃく》なことに、器用にどちらでも良くこなす。

「山根、こっちの小隊から二個班回す、前衛で行け！　今川も藤田のところから二個班つれて続け！　前進、敵を射程外へ押し戻せ！」

演習とはいえ十年の経験と場数を買った。うまくやってくれるはずだ。

「了解！」山根はちょっと頷いて、隊員達をまとめはじめた。

「山根二尉、ファイト！」

「てめえからぶっ殺すぞ！」山根は一声、今川に吼《ほ》えた。

「よーし、全員で一斉射撃！　奴らの頭を下げさせるんだ！」

指示が広がり、隊員達は小銃の弾倉を新しいものに変えた。第二、第三小隊は弾薬を再分配し、装甲車の陰で武器と装具をあらためた。

鉄帽の顎紐を締め直す。靴紐も。友軍相撃《ゆうぐんあいげき》されないよう、襟の裏に張った蛍光テープも確かめる。汗と雨滴でぐちょぐちょの革手袋もはめ直した。どんなに屈強でも、利き手の人差し指を怪我すれば武器を扱う能力は激減する。弾帯の包帯入れ、雑嚢のいざとなれば傷口をふさげる布製粘着テープ……。

「――山根、お前死んだら借りたビデオ、俺が貰っていいんだよな！」

「やるか、あれは永久保存版だ！」

もう生きて会えないかもしれないときでも、人は下らない言葉を口に出来るものらしかった。……生き残るために。

「第二、第三小隊の命は、俺らの援護にかかってる！　後悔したくなきゃあ、身入れて撃てよ！　こいつらの誰かに金貸した奴、もっと気合いを入れろ！」

「そんなんいいから命令しろ！」山根が装甲車の陰で、身構える隊員達の先頭で怒鳴る。

「第三中隊、前方三百メーター、前方開豁地の散兵、連射、指名――！」伊藤は大きな目を鉄帽の下でさらに見開いた。「――撃てぇ！」

第三中隊の陣地は、銃弾の針山と化した。田圃の北朝鮮側に、曳光弾の束が殺到してゆく。闇に映える無数の弾道は、凄惨な殺し合いの実相を一瞬忘れさせるほど、美しかった。

「第二小隊、前へっ！」

「第三小隊、前へっ！」

猛射を浴び、北朝鮮側の射撃が数瞬、弱まった隙をつき第二、第三小隊八十人は兵士の本能にしたがい飛び出してゆく。

自衛隊の反撃が、始まった。

「〈カリウス〉から全車、警戒！　ＲＰＧに注意！〈ケルシャー〉右へ、火線に割り込んで停止、〝昼飯の角度〟だ」

エンジン音を絞って近づく混成装甲部隊に、第三中隊の一人が気づいた。「……七時方向、戦車だ！　友軍だ！」

混成装甲部隊は、流れが中洲をとりまくように、ハの字形に普通科隊員達を庇《かば》って停止する。山本は車体を右四十度斜めを正面に向け、砲塔を左十時方向にむける。村上の二号車はその反対だ。装甲は斜めならばより抗堪性を増す。一斤のパンが、斜めに包丁を入れればなかなか切り下げられないように。そして〝昼飯の角度〟とは旧独軍の戦車兵たちの隠語だった。村上も独戦車が大好きで、山本と話が合う。

「砲手！　連装を距離三百の火光目標に掃射、撃て！」山本は続けて全車に命じ、戦車帽を鉄帽に変えてハッチに手をかけた。砲塔がわずかに動き、主砲と同目標を狙う同軸機銃から、曳光弾の弾道が薙ぎ払われた刀と化し、敵に向かう。

砲塔から顔を出すと装甲戦闘車の連射する、巨人の太鼓はかくやと思わせる三十五ミリ砲の発射音が鳴り響く中、普通科の幹部が握った右手を耳元に、左手の人差し指を回している。普通科が戦車と連絡したいときの合図だ。

山本は器用にハッチからするりと抜けだし、砲塔の優美な曲線を滑り降りた。「包帯所を見た、大丈夫か！」

駆け寄った伊藤は状況を説明する。「いま増強二個小隊が反撃に前進した！　けど、射撃が激しくて……」

「解った、機動防御だ、普戦行動をとろうや、どうだ？」

「助かる、……それから工具がいくつかあれば、もっと助かる」

小柄な幹部同士の打ち合わせはすぐにまとまった。

「〈カリウス〉より全車！」山本は戦車に戻り、戦車帽を被り直す。「前進して普戦行動をとる！〈カリウス〉が先頭、縦列で走り抜ける、俺に続け！」

山本はペリスコープの細い視界に、真っ暗な田圃に次々と瞬く発射炎を見た。「開豁地で全車楔隊形、〈カリウス〉と〈ケルシャー〉が前衛、ＦＶは後列！　いいか、まだＲＰＧの射程外だが迅速に展開しろ。地面はどろどろで滑るぞ、用水路に履帯をとられるな！」

数で劣る北朝鮮側は、装甲部隊の現出と普通科二個小隊の前進で、離隔しようとしている。ならばその隙《すき》をついて一気に集落を抜け、普通科と合流すべきだ。

「前進よーい……前へ！」山本の号令で、装甲部隊はエンジンから排気を咆哮《ほうこう》させて走り出し、路面を、泥濘《ぬかるみ》と化した田圃へと加速していった。

勇躍飛びだした、山根の第二小隊とつづく今川の第三小隊は、銃弾の擦過音を頭上に聞きながら、田圃の泥に頰をこすりつけて、じりじり匍匐前進していた。

自衛隊に有利な点が一つだけあった。それは用水路から水平に射撃しづらい点だ。5・56ミリの小口径弾薬だがＡＫは構造上、銃口が跳ね上がりやすい。もともと、歩兵がどれだけ大量の銃弾をばらまけるかを追求した、照星、照門も極めて粗末な銃だ。

そして自衛官達も、安手の戦争映画に出てくる、運動不足のエキストラではない。

数秒後、いや一刹那ののち、命の保証など全くないが、自衛官のだれもが危険に向けて這いすすむのをやめない。兵士だからだ。泥で滑りながら、四肢で地を漕いでいた。

「小隊長！　戦車です！　味方の加勢だ！」

「頭さげてろ！――遅いぞ、ちくしょう！」山根は、ニュースで見た北朝鮮の歌を、周り中からがなられている気持ちだった。抜刀隊は聞こえない。

「――もう勝った気でいやがんのか……！」深い泥に覆帯を沈ませて駆けつけた山本は、戦車のペリスコープ越しに、匍匐する隊員達の苦衷を見て取る。装甲が軽機を弾いてきんきん鳴る。効くわけねえだろ……、いや、こっちが撃てないと踏んでんのか……？

「来たな、張り子の戦車どもが！」丁元鳳は自国の主力戦車が骨董的価値しかないのを棚に上げ、用水路から喚いた。「発射管、良くねらえ！　ただの動く的だ」

偵察局兵士は第七機甲師団以外、自衛隊を眼中におかない教育を受けている。

「自衛官を――」山本は照準眼鏡に目を当てて呟き、そして叫んだ。「――なめるんじゃねえ！　撃てえっ！」

戦後日本で、戦車砲が初めて〝敵〟に発砲された瞬間だった。

〈カリウス〉と同時に、〈ケルシャー〉も発砲した。

砲弾は用水路に隠れた北朝鮮兵士、工作員の側に弾着し、炸裂した。

焼夷効果のある煙幕が、小糠雨に間欠泉のように吹き上がり、北朝鮮兵士の頭上に降り注ぐ。一度では終わらなかった。〈カリウス〉、〈ケルシャー〉は発煙弾を行進射《こうしんしゃ》――走りながら撃ち続け、さらに機銃掃射を加えた。

後続の〈マイバッハ〉、〈メイデン〉が速射砲の利点を生かし、目標を丸く切り取る螺旋《スパイラル》射撃で援護する。七四式が砲塔上に装備したM2の12・7ミリ弾でさえ、人体を易々《やすやす》と切断する。八九式の35ミリは、口径だけでその二倍以上だ。

視界を奪われたうえ、掃射を浴びる恐怖でさすがの北朝鮮側も動けない。発煙弾が間近で炸裂した偵察局兵士が、高熱に耐えきれず立ち上がった瞬間、――空中に吸い込まれるように足が地面から離れ、爆発した。戦場でなければ、悪夢でしかあり得なかった。三十五ミリ砲弾の炸薬は偵察兵を細切れの肉片にし、血を霧より細かくして、傍らの偵察兵の顔に吹き付けた。……ブーツに残る足首、押し出されたのか一対の眼球が余韻じみて、ぽとりとあぜ道に落ちる。閉じられない眼がじっと、血と驚愕で顔を染めた偵察兵に向けられた。

「発射管、なにしてる！――潤花、おい！　返事しろ！」威力を目《ま》の当たりにした丁は、無線機に怒鳴った。

「李上尉です」冷ややかな声が無線機から聞こえた。

「車長を狙撃してくれ！」

「解りました」潤花は無線に答え、山の東側斜面をゆっくり移動し始めた。集落の二階から以後、何度も好機はあったが撃っていない。半ば傍観していた潤花だったが、戦車が迫ってるならば別だ。部下の命が危険だ。――できるだけ死なせたくない……！

北朝鮮兵士たちの脅威、戦車を指揮する山本は、それほど楽観していない。

開豁地の真ん中を走る戦車など、良い的だ。なにしろ〝目が見えず、口が利けず、耳が聞こえない〟のが戦車なのだ。

さらに、七四式改は三百メートル以内でデジタル弾道計算機《コンピュータ》は使えない。照準眼鏡で直接照準する古典的戦闘となる。とはいえ対戦車ミサイル《ATM》が、高速で薄い上部装甲をプログラミングで直上攻撃《トップアタック》してくる昨今、相手は無誘導ロケットだ。

――つまり、俺たちの腕次第って訳だ……。

「〈カリウス〉から全車、普通科の前に出るぞ！」

「現在、我が捜索部隊は、北朝鮮部隊と接敵、交戦状態にあるとの連絡を受けました」

会見場の緊迫した空気のなか、正本はつとめて静かな声で告げた。

「それで、状況はどうなんです！」記者の一人が勢い込んで聞く。

焚かれるフラッシュがさらに増え、中継用のテレビカメラを支えたカメラマンがレンズを絞って倍率を上げる。

「行方不明だった向田さんは確保しましたが、北朝鮮側の待ち伏せにあい、……いまも交戦中です」

「それで損害は出たんですか！」

あなた方が戦ってる訳じゃないだろう、と胸の中で呟いて答えた。「負傷者は多数……死者も出た模様です」

会場がどよめく。しかし正本には、それが競馬場で万馬券がでた程度のどよめきにしか聞こえなかった。義務に従って命を賭ける者への感情は、感じられなかった。

「まだつづけるつもりですか」

「……民間人の救出が完遂されるまで、続けます」

「でも損害が出てるんだ、一旦ひいて、明日一斉にかかればいいじゃないですか！」

明日まで向田老人生存の保証を、あんたがしてくれるのか……、そう思いながら正本は、中年の記者を見つめた。「繰り返しますが、任務完遂まで、作戦は続行します」

「あなたは上司なんでしょう、部下が傷ついてゆくのに哀しくないの？」

「……ひとつだけお答えしましょう」正本は今度は本当に女性記者を睨み付けたが、ふと息をついた。「——私は、自衛官です。嘆くのも、苦しむのも任務が終わったあとです。……いまはただ、部下達を信じるだけです」

女性記者は正本を冷ややかに見た。正本は腰の携帯電話が振動し着信を知らせたが、女性記者を見つめ続けた。やがて呆れた、という風に女性記者は顔を逸らした。

詳細が解れば知らせるのを約束し、正本は会場を出た。

携帯電話をとりだして見る。メールが来ていた。部隊からかと思ったが、妻からだった。

〝私はあなたを信じています〟……それだけだった。

正本は、天幕の陰で声を殺して泣いた。


さすがに北朝鮮側も余裕がなくなり、集落への銃弾は散発的になった。

伊藤は杭に縛られた老人と、救出作業する藤田と隊員達に、無数の薬莢を踏んで足を向けた。——帰還するとき、これは全部拾い集めなくてはならないのだろうか。

「どうだ？」

「ええ、七四《ナナヨン》から借りた工具で何とか……。ですがいましばらくかかります」

「そうか、急げよ。——向田さん、大丈夫ですか！　必ず助け出させて貰います、頑張ってください！　向田さん！」

それから、雑嚢からくしゃくしゃの作業帽を取り出し、老人の薄い頭に被せてやる。

「さっきから声はかけてるんですが、……ほとんど反応が……ん？」

老人は、震えながら、顔を上げた。

向田は夢と現実の境、幽冥の霧の中にいた。──農家の三男坊として、歳蔵は生まれた。もう半世紀以上も前、いまから見れば野蛮としか言えない植民地主義が世界中でまかり通っていた時代だ。

当時、小さな農家には田畑を相続する長男しか、居場所がなかった。他の兄弟は奉公に出るか、都会で労働者になるか……そんな未来しかない時代だった。そんなときだ、尋常小学校の先生から、満蒙開拓団少年義勇軍を勧められたのは。広い沃野が、鍬を打ち下ろしただけ自分のものになる……。歌にうたわれる赤い夕日にも憧れた。

だから、白布をまいた真新しい鍬《くわ》を鉄砲がわりに担ぎ、親兄弟に見送られて海を渡ったのだ。予備役将校の軍事調練のしごき、冬、身を嚙む大陸の苛酷な寒さ。胃の削《そ》げるような空腹の中ともに笑い、互いの故郷を自慢しあい、厳しい農作業を助け合った仲間、友達。ごくたまに出かけた街で見かけた、関東軍兵士の凜々《りり》しい姿。

向田の見る過去は、ここから暗転する。

敗戦直前から、一方的に条約を破棄し、大地を覆って攻め寄せたソビエト軍。村々を呑み込み、蹂躙し、金目の物、食料を略奪し、女性を陵辱してゆく様は、小さな納屋ほどもある戦車や装甲車のせいで、余計に悪魔じみて心に刻印された。

とめるべき関東軍は無力だった。……それでも少数の勇敢な者たちが、歳蔵たちが逃げてきた方に、地雷を抱えて飛び込んでゆくのを見た。

歳蔵は幼いながら悟った。――僕たち、あの可哀想な兵隊さんたちと一緒に見捨てられちゃったんだ……。流し雛のように、海の向こうに流されたのだ、と。

「坊主、早く逃げな。……本土に帰ったら、兄ちゃんの代わりに勉強してくれな」

「兵隊さんはどうするの」

「自決用の手榴弾は品切れじゃ。じゃからこいつで奴らの何人か、祀られるところはちが道連れになってもらう」兵隊は微笑んだ。「……はよう行け、達者での」

兵隊さん、兵隊さん。可哀想な兵隊さん。僕たちを守ってくれなかった兵隊さん――。

みんなみんな、死んでしまったんだね――。

印象のなかで、透明な若い兵隊の笑顔が、どんどんぼやけて闇に熔《と》けた。そして、目の前に若い兵隊が立っていた。褐色ではなく、緑色の軍服を着た――。

ああ、仲間が、……あの時の兵隊さんが助けに来てくれたのだと思った。

伊藤は老人の呟きを聞いた気がしたが、意味はわからなかった。

――気のせいかな、安心したようにも見えるが……。

「ここが静かになったってことは、山根二尉や今川が大変なんですよね」

「ああ、俺らのかわりにな」伊藤は向田から身を起こし、銃声が錯綜する田圃を見た。

押し戻す山根も今川も、戦車の増援を得たとはいえ苛酷なのはかわらない。十一名の仲間が包帯所に後送された。永島中隊長も……。陸士上がりの伊藤は、横柄な中隊長ほど無能なのを身にしみて知っていたが、永島のいる中隊長室のドアはいつも開け放たれていた。隊員ひとりひとりを気にかける、まさに〝中隊一家〟の長にふさわしい人物だった。

永島中隊長なら……、前線を視察しないまま不合理な命令を下さないだろう。それは伊藤にとって幹部となった今でも、一番我慢ならないものだった。――そうか。

「藤田、ちょっと来い！　いいか、全員に伝えろ。――」

そして通信員を呼んだ。


山根、今川の小隊は泥まみれの身を起こし、地を揺らして進む混成装甲部隊を追う。ある種の生き物の共生関係のように、戦車と歩兵は補完関係にある。

戦車の衝撃力は絶大だが、粘りがきかない。それを与えるのは、歩兵の仕事だ。

戦場で四秒以上駆けるのは無謀だ。山根、今川の小隊は深さ一メートルほどの用水路に転げ込む。

「第二小隊！　前方、三十メーター、用水路の線まで前進するぞ！」

山根の命令に班長達が復唱し、今川の小隊が支援射撃する。

「おい、あの先頭を来てた馬鹿、軍官じゃないか」偵察兵が用水路、山根の隠れた場所をしめし、隣の七号発射管を持つ兵士に怒鳴った。

「どこだ！」

「あそこだ！　次の突撃も先頭を来る筈だ、吹き飛ばせ！」

「早駆けえ、――」山根は周囲と部下を確認し、馬鹿としかいいようのない愚直さで飛びだす。「――前へ！」

そして、それをねらい澄ましたＲＰＧの弾道が宙を奔り、至近距離で爆発した。そばを駆ける隊員達は、泥混じりの爆風でなぎ倒された。が、頭を振り、口に入った泥を吐き捨てて顔を上げて、弾着地点を見た。「……小隊長？　小隊長！」

……地面に穴が穿《うが》たれ、吹き上げられた泥が湯気をあげるなか、山根の姿は消えていた。

「〈マイバッハ〉より〈カリウス〉！　後方二小にＲＰＧが着弾！　隊員が負傷してる！」

「〈カリウス〉了解、全車減速」

山本は頭上のハッチをまさぐり、押し上げた。この、開けたのが前方からも側面からも丸見えのハッチはどうにかならないか。半世紀前のティーガーでさえ横に滑らす形式だというのに。ただでさえ、戦車長が直接車外を視察するのは危険なのに。だが、見ないわけにはいかないのだ。山本が上半身を乗り出そうとするまさにその時――。

潤花は斜面で構えた照準器の十時に、〈カリウス〉の車長用ハッチを捉えられていた。

突然、湯気の上がる泥から、手が空を摑むように突き出された。

「あじいっ！　あじじっ、あちい！」山根が甦った死者さながら、泥をはねとばし転げながらはい出てきた。

「――小隊長！」通信員が駆け寄る。

「あじい、あじじじっ」と山根は喚き、通信員に続けた。「〝あじじ桃山時代〟！」

「……はあ？」通信員は、この世で最悪のなにかを見た目になる。

「安心しろ、狂ってねえ！　いつものことだろ、前進しろ！」

脳内物質で完全な覚醒状態の小隊長のもと、隊員達は前進を再開する。

潤花は照準器の十時に、山本の横顔を捉えたまま引き金を引こうとした瞬間、山本は急にぴくりと顔を上げた。そしてぱっと振り向き、真正面から見た。まさか、この距離で……！　虚をつかれた潤花が引き金を引いた時、山本は砲塔内に消えていた。

――なんて奴……。

「狙撃手に注意しろ、狙われてる」山本は車長席に尻餅をついた格好で、ハッチを閉めた。

「普通科の奴らは大丈夫そうだ。〈カリウス〉から全車、前進！」

「……車長……怖くないんですか」砲弾を抱えた装塡手が足下から言った。

「ああ？　怖いぞ」どうかしたかという山本の口調だった。

ここにいたり、丁元鳳は戦術的後退を指示した。

「道路を盾に、抵抗線を築くぞ！　発射管を持つ者から道路を越えろ！　他の者は援護！」

北朝鮮側がばらばらと後退してゆくのを、自衛官達も捉えた。

「第二小隊！　前方二百メーター、後退中の散兵、撃てぇ！　テポドン野郎どもに道路を渡らせるな！」

「八十四ミリ無反動砲《ハチヨン》！」二小第一班長が怒鳴り、砲手と弾薬手が注目する。「目標同じ、弾種、曳火！」

　砲手のかつぐハチヨンの砲尾に、調節した砲弾を押し込む弾薬手がうっ！　と呻いた。

「おい！」砲手が見ると、弾薬手が肩を撃たれていた。だが顔中を歪めながら使える腕で閉鎖機を戻し、閉鎖レバーを操作した。「射撃……準備よし！」

「発射！」砲手は引き金を引いた。

　凄まじい発射炎を後方に吹き、砲弾が飛んだ。灼熱の砲弾は、道路を這い進んでいた北朝鮮兵士の直上で炸裂した。……閃光の後、焦げたアスファルト上には、黒くこげてずたずたの二つの死体だけが残された。

　後退し反撃せんとする北朝鮮側と、時を与えず追いすがって撃破し、躍進しようとする自衛隊の間で、熾烈な銃火が飛び交う。自衛隊は兵力、そして士気で勝っていたが、練度に勝る北朝鮮兵士、工作員は巧妙に分散し、道路を越えてゆく。すべては捕らえられない。

「二小、聞こえるか！　こちら〈カリウス〉！」

「〈カリウス〉、こちら二小、送れ！」

「敵の火線はこっちで引きつける！　その間に前進、突撃発起位置につけ、送れ！」

――懐に飛びこめば何とかなるだろうが……、とは山根も思う。道路の盛り土に取り付くには、小銃だけでなく軽機関銃やＲＰＧの、対機甲及び歩兵の突撃破砕線を駆け抜けなくてはならない。何人部下達が倒れるのだろう？　すでに五人以上が敵の銃弾に倒れた。脳内物質の御利益は切れ、急に身体が重たく感じた。握りしめた八九式小銃を見る。今宵は女性的でさえある曲線がとても心強い。泥まみれになりながら、いまのところ、ちゃんと言うことを聞いてくれている。

「二小から〈カリウス〉、了解した。……第二小隊聞け！　これより道路を奪取、占領するぞ！　用水路に残置《ざんち》された敵に注意、部隊間隙《ぶたいかんげき》を突かれるな！　側防《そくぼう》火器を警戒しろ！死ねば故郷の家族の待遇が良くなるのを喜ぶ殊勝な奴らだ、気をつけろ！」

各小銃班の分隊支援火器、ＭＩＮＩＭＩ軽機関銃の銃手達が頷く。

危険な任務だが、道路をとらない限り、自衛隊に勝利はない。いま後退すれば、再び猛射に晒される。

ここで死んでも、仲間や家族が覚えていてくれるだけだろう、と山根は思った。新聞に載っても、それはただの数字だ。……くそ、結婚しとけば良かった、と思う。いや、しなくて正解だったのかな……相手もいないし。

けれど、四十八普連第三中隊の死闘は、国民の多くが目撃することになった。


前線が地獄なら、包帯所は修羅場だった。

あちこちから呻き声が上がり、焼けた血の臭いが発散している。赤十字の腕章をつけた衛生隊員が銃を背負ったまま、傷口を縛って止血し、モルヒネを打つ。

「がんばれ、がんばるんだ、助かるからな！」

「すぐに運んでくれる、それまでがんばれ」

包帯所のかけた患者規制《トリアージ》で優先された重傷者が、ひっきりなしに往復する輸送隊のトラックで、段列地域の野戦病院野外手術システムへと運ばれてゆく。即死でない限り、命は救えるんだ……！　衛生隊員達はそう信じ、我を忘れていた。

「輸送隊が来た！　搬送用意！」

「あんたも帰れ、ここは危険だ！」衛生隊員は作業服を血で染め、懸命に手当を助ける佐竹に怒鳴ったが、佐竹は手を休めず、激しく頭を振った。「……いやです！」

三台の輸送車は包帯所に横付けて停車したが、最後尾で隠れるように走っていた新七三式トラックは、停まらず追い越してゆく。

顔を上げた衛生隊員は、それが新七三式ではなく、市販のパジェロだと気づいた。そして、窓にはカメラをこちらに向けるカメラマン——。

「マスコミだ！」衛生隊員は、敵襲を知らせるように叫んだ。「おい！　止まれ！」

パジェロは後ろの怒声、罵声を意に介さず進んでゆく。

「どうだ、いい絵がとれたか？」

「ええ、しっかり、……すごかったな」

「頭、吹き飛ばされた隊員でもいりゃ、もっと迫力でたんだけどな。ま、贅沢か、どうせそんなの放送できねえし。……お、前からもくるぜ、一応、撮っとけよ」

担架に載せられ激痛を耐える隊員達と、なんどもすれ違う。

「こいつは、期待できそうじゃないの」ディレクターらしい助手席の中年男は、舌なめずりでもしそうな声で言った。

パジェロは最初の防御陣地ちかくに停車し、四人の男達が降り立った。

「おお、すげえな、戦争だよ戦争！　あのヘルメット、持って帰ったらまずいかな」

「はしゃいでないで、行きましょうよ」

四人の男達は先へ進み、擱座《かくざ》し焼けこげた装甲車両が並ぶ、防御陣地まで入り込んだ。

「おい、おまえら何してる！　頭を低くしろ」一人の一曹が怒鳴った。「……？　あんたら、隊員じゃないな！」

気づいた一曹と隊員数人が駆け寄ってくると、中年男はカメラマンの前に立った。「部隊の関係者の方ですね、状況はどうなんですか！」

「ここは作戦区域だ、危険です！　下がってください！」

「おい、撮るな！　見せ物じゃない！」若い一士が怒声をあげてカメラを摑もうとした。

「いいんですか？　あなたは国民の知る権利を侵害してるんですよ？――いいから撮れ！」中年男は押し返しながらカメラマンに囁き、憤怒の形相の一曹達に続けた。「それにどんな法的根拠で我々を締め出すんですかね？　教えて貰おうじゃないですか？」

押し合いが続く中で高感度カメラは、自衛隊と北朝鮮側の死闘を撮りつづけた。

「……番組の途中ですが、衝撃の映像が入って参りました！」興奮した前置きの後、人々は茶の間のテレビに、ビル壁面の大型スクリーンに戦場を目撃した。

「おっ、すげえ、やっちゃってるよ、殺し合い」

泥に横たわった仲間の、引きちぎれて腱と血管が垂れ、折れた白い骨がつきだす腕を、必死に止血しながら叫ぶ隊員がいた。

「ま、人を殺したくて自衛隊入った奴ばっかじゃん、好きなだけやればいいっしょ」

杭の周りで流れ弾を避け膝をついた隊員のひとりが、班長の制止を振り切って立ち上がり、胸に弾丸を受けて昏倒《こんとう》した。視聴者には解らなかったが、老人の盾になったのだった。

「よくやるねえ、ボーナスでも出るのかねえ」酒場で、赤い顔のサラリーマンが笑った。

あかの他人、それも天寿を全うしても確実に自分たちより早く天に召される老人のために、名もなき自衛官達は命を賭《と》していた。

そして桂川と播磨も、生中継を見ていた。

「反撃は終盤……だな」播磨が呟いた。「正直、一般部隊には武器持たすのが不安になる若い奴も増えてるが……よくやってる」

ああ、と桂川は答えてスクリーン向こうの戦場を見詰めた。世界の人々がもし見る機会があれば、よく見ておいて欲しい、と思った。

軍隊がその国の縮図だとすれば――これが日本人なのだと。


公務執行妨害でテレビ関係者がつまみ出されても、自衛官たちの戦いは続いた。

「〈カリウス〉より全車、目標敵陣地、弾種榴弾! 撃て!」

普通科の第二、第三小隊が再びカタツムリなみの速度で敵陣に迫る中、混成装甲部隊は敵を引きつけるべく、エンジンの回転を上げる。

道路の盛り土、向こう側の縁を狙う。炸裂するたびに盛り土、土砂が吹き上げられる。

「あいつか!」丁は文字通り土砂降りの中、〈カリウス〉を指さして怒鳴った。「あの、左の戦車をねらえ!」

盗塁する走者のように泥を巻き上げ移動する〈カリウス〉を、二発のＲＰＧが白煙を上げて追う。

「右旋回！」予期していた山本は、狭いペリスコープ内に弾道を追いながら、叫んだ。

曲がろうとした〈カリウス〉は車体後部を泥濘に大きく滑らせた。

「砲塔二時！――来るぞ！」滑りゆく三十八トンの車内で、山本はハンドルを握って慣性に堪えながら指示を飛ばす。

安定をなくしたと思わせた〈カリウス〉はしかし、敵陣に砲塔を向けつづけ、その眼前で連続してRPGが地面に突き刺さり、爆発した。

「砲手！　弾種榴弾、お返ししとけ！　鄭重にな！」

「車長、僚車が応射しています」

「撃ち方中止！　ありがてえな、……前進！」

「ぜ、前進！――車長！　無茶です、履帯が外れる！」操縦手が悲鳴を上げた。

「けたくそわりいロケットぶっこまれるよりましだ！　急停止！　五十メートル後退！」

もちろん、操縦手の言うことは解っていた。機動力を失えば、戦車は死ぬ。

逃げてゆく小鳥を追う幼児の執拗さで、距離を稼ぐ〈カリウス〉に再びRPGが発射される。左旋回後退で何とか凌《しの》ごうとする〈カリウス〉に、丁の憎悪が通じたのか、RPGはまっすぐ向かってくる。

――やべえか……！　咄嗟に山本は車内消火装置に手を伸ばしていた。だが――。

ＲＰＧは砲塔の横、車体エンジン上を掠めて、飛び去った。

はっ、と山本は息を吐いた。――ついてる！

全高二・七メートルのＮＡＴＯ戦車への攻撃が前提のＲＰＧには、二・二五メートルしかない七四式は狙いにくい。また、弾頭は安定飛翔のためフィンが開くので、どうしても二十五センチ以上地面からはなす必要から、射手は身体を乗り出さねばならず、発射すれば大口径砲の応射が確実の状況では、照準が甘くなる。

「停止！　前進！　榴弾装塡しとけ！　お仕置きに行くぞ！」

緊張の反動からか乗員の皆が笑うなか、山本は胸の中で数え始めた。……六……五……。

「また来たぞ！　あいつを潰せ、今度は外すな！」丁は〈カリウス〉を指し示した。

実に三発のＲＰＧを発射されながら、〈カリウス〉はしぶとく前進してくる。

偵察兵が光学照準ではなく、照準器で〈カリウス〉側面に慎重に狙いをつける。

「警戒しろ」山本は言い、胸の内で数え続ける。……三……二……。

――来る！

「死ね、犬野郎！」ＲＰＧの引き金が引かれた瞬間、照準の予測線上の〈カリウス〉は急停止し、前のめりになった。

――なに？　白煙をあげる発射管を肩にのせたまま、偵察兵は驚愕した。……こっちが撃つのを予測してたのか……？

ＲＰＧが車体を掠める間に砲塔が回転し、ぴたりと主砲をこちらに向けた。

闇夜にあっても黒々とした穴を偵察兵は見た。

「——撃て」山本はある痛ましさを込めて一言、命じた。

主砲が発射され、偵察兵は護衛とともに四散した。偵察兵の勇気に、山本もまた戦士として報いたのだった。


第二、第三小隊は、混成装甲部隊が敵を引きつける間に、銃火を浴びながら匍匐前進を続ける。頭上をＲＰＧと百五ミリ砲弾、三十五ミリ砲弾が風切り音とともに飛び交い、風圧が背中を叩いた。いくつ用水路を越えたのか、誰もが覚えていない。

もうすぐ突撃発起位置——、その途端、這い越えようとした用水路から、北朝鮮人が二人、背中合わせに立ち上がり、絶叫しながらＡＫを乱射した。「万歳《マンセー》えぇっ！」

撃たれた隊員の悲鳴が上がり、すぐさま射撃姿勢をとった隊員が撃ち返す。一人は射殺するが、もう一人は、仲間が死体となって倒れた用水路に引っ込んだ。

「手榴弾でやりますか」二班の隊員が囁く。

「いや……いま使うのはまずい。俺が行く。ここで援護しろ」

二班班長自ら匍匐してゆくと、素早く仰向けになって銃だけ捧げるように構え、用水路に乱射した。ばしゃ……と水音がして、用水路に二つの死体が折り重なった。

「負傷者の手当！」山根は部下が仕事を終わらせると、通信員の背中から無線機の受話器を取った。「……〈カリウス〉、こちら二小。突撃発起位置についた。送れ」

疲労と号令調整に声を上げ続けたせいで、喉がかれていた。

「こちら〈カリウス〉、了解！　〈ケルシャー〉と発煙弾を全弾撃ち込む！　いいか、最後は榴弾で合図する、それから突撃しろ！　送れ！」

「二小了解、〈カリウス〉、あんたいい奴だね、送れ」

「〈カリウス〉から二小、健闘を祈る！　こちらも最善を尽くす、おわり」

「マルニからマルサン、聞いたとおりだ、準備はどうか？　送れ！」

「こちらマルサン、マルニ、了解」今川は通信員に受話器を返し、横たえた身体をねじ曲げて、部下達を振り返る。「弾薬、武器、それから装具も……すべてを点検するんだ！」

普段は暢気そうな今川の目が、ドーランと泥にまみれた中で光っていた。

「〈カリウス〉より全車、……〈ケルシャー〉、〈マイバッハ〉、〈メイデン〉へ」山本は口を開いた。「〈カリウス〉、〈ケルシャー〉は発煙弾を短延期で連射、普通科が突撃し敵陣占領と同時に七四式六十《ハッ》ミリ発煙弾発射《ハッ》筒展張、全車一斉に超堤《ちょうてい》、道路を越える！　なお〈ケルシャー〉は中心点から左へ弾着修正！　送れ！」

道路を占領し越えても、まだ終わらない。こちらの撤収時に道路に戻ってきて攻撃されないよう、押し戻す必要がある。最初、山本は〈マイバッハ〉と〈メイデン〉を超堤させるか迷った。装甲部隊は、乗り上げる時には装甲の薄い車体底部と履帯を晒し、一段高い道路を展示されるように横切り、もっとも装甲の薄い上部を敵に向けて下りなければならない。

二輛の八九式装甲戦闘車の耐弾性能が、一千メートル以上なら世界中の小銃と重機すべてを弾き返し、米軍のブラッドレー装甲車の増加装甲仕様とほぼ同等とはいえ、そこは普通科の装備車輛だ。三・二メートルの全高を生かし道路の土盛りで車体遮蔽《ハルダウン》し、援護射撃に徹底させてもいいが、それでは乗り越えた七四式改二輛が自分の身を守れない。乗員達はそれぞれ監視域が割り当てられるが、小隊単位でも各車ごとに監視域がある。

だが――装甲部隊が超堤しなければ、普通科は盛り土の反対側で銃殺状態になる。迷うな、と山本は自分に言い聞かせる。四両のうち、自分か誰かがやられるとしても、普通科だけ危険へと追いやる訳にはいかない。それが機甲科、いや戦闘車輛を駆る者の誇りだ。

――あなたたってほんと、アナクロよね、と脳裏で聡子が言った。ああ、そうだな、と山本は呟いて、硝煙と油臭い空気を吸いこんだ。――いくぞ！

「射距離二百敵陣、弾種発煙、短延期！　撃て！」

〈カリウス〉、〈ケルシャー〉は連続して主砲を撃った。

道路でいったん跳ねた発煙弾が次々と炸裂し、雨滴に抗《あらが》って広がってゆく。まるで白い緞帳《どんちょう》が道路の中心から広げられてゆくようだった。

先に撃ち終えたのは〈カリウス〉だった。そして——〈ケルシャー〉も最後の発煙弾を放った。

「〈カリウス〉、こちら〈ケルシャー〉、発煙弾の残弾なし、送れ！」

「〈カリウス〉了解！　砲手、道路の真ん中に撃て！　合図だ！」

路上で榴弾が爆発した。

「突撃に、前へっ！」その瞬間、第二小隊の三十八人、第三小隊四十五人は着剣した小銃を摑み、銃床を肩に当てて構え、ぬかるんだ田圃を泥を蹴立てて走り出した。

頰で銃床を押さえながら、それぞれの口から喚声が上がった。

殺到する濃緑の津波から、銃火の波頭が一斉に煌めいた。

肩を蹴る銃の反動と、防弾チョッキに覆われ濡れそぼった迷彩服の下、早鐘をうつ心臓だけが確かな感覚だった。照星の向こうに見えるものだけが世界のすべてだった。

八十数丁の銃声が間断なく夜を沸騰させる中、前に進むたびに身体が細くなり、どこかへ吸い込まれてゆく——、そんな錯覚に囚われた者もいた。

恐怖を忘れるために、すべてを忘れていた。漢達《おとこ》はほんの束の間、記憶を持たなかった。

ただ、哀しいほど無邪気な生き物だった。

北朝鮮側が文字通りの煙幕から、散発的な銃撃で押し戻そうとした。何人かの隊員が、糸が切れた人形のように泥の中に崩れた。

山根はタックルでも決めるように、背中から盛り土のたもとに転がり込んだ。

小銃を抱えて背を盛り土に預けて激しい息をつき、顔面の穴という穴から液体を垂れ流し、泣いていた。三十男のみっともなく歪んだ泣き顔をさらしていた。

怖かった。どうしようもない恐怖が胸を蝕んでいた。

——……だめだ、もうこれ以上、動けない……。

息が戻らない。おまけに失禁し、とめもせず垂れ流した。……息が戻らない。

頭が揺れ、近くの二士と眼があった。同じように恐怖しながら、すがるような眼で自分を見ている。声を求めている。

——俺は幹部だ……。

少し息が戻った気がする。排尿で落ち着いたのか。

——俺は、自衛官だ……自衛官なんだ！

歯を食いしばって荒い息を噛み殺し、むき出しにした。

「手榴弾！」吊りバンド《サスペンダー》からはずしたＭＫ２手榴弾を握りしめ、山根は叫んだ。

「手榴弾、了解！」今川の答える声が聞こえた。全員で投擲《とうてき》しなくてはならない。

「ピン抜け！——投げえ！」

一斉に反対側にクロールの手つきで手榴弾を投擲した。アスファルト上で放物線を描く手榴弾からはずれたレバーが、路上できんきんと跳ねた。

反対側から連続して爆発音が響き、耳をふさぎ顔を伏せた隊員に小石、砂が降ってくる。

第三小隊、第二班の隊員の鉄帽に、堅いものがぶつかった。見ると足下に——投擲した手榴弾が転がっていた。隊員はぎゃあ！　と叫び、夢中で側溝に蹴りこむ。ぼん！　と破片と爆風、湯気が上がる。ほとんどの隊員が実物の手榴弾とは馴染みがなく、投擲の練度など推して知るべしだった。緊張のあまり、待つべき三秒間が待てなかったのだ。

「マルニからマルサン！　援護する、道路を超越、制圧しろ！」

「マルサンからマルニ、……僕らがですか！」今川が無線機に言った。

「譲ってやる、行け！」

今川は目を瞬かせた。第二小隊は消耗が激しいんだ、仕方ない、……と息をつく。「第三小隊！　先行して超越する、気をつけて！　帰ったら第二小隊長がおごってくれるぞ！」

「勝手な約束すんじゃねえ、はよ行け！」無線機のスピーカーがわめくのを無視して、今川は号令をかけた。「超越する、前へ！」

第三小隊は支援射撃のなか、小銃を身体の正中線に抱えて道路を横転し始めた。稜線や壕を越えるのにもっとも安全で早い方法だった。

戦闘的芋虫と化した隊員達が道路を渡り切り、止まらず盛り土を転がり落ち、そのまま伏せ撃ちの姿勢で、三時から九時方向をくまなく警戒する。

「テポドン野郎ども、逢いたかったぜ畜生！」臆病神を張り倒すように、続く隊員の先頭で山根が吼えた。

隊員達のほとんどが道路を越えたのを見計らったように、眼前の田圃のそこここから銃撃が加えられた。……くそ、やっぱりだ！

「第三小隊、前方五十メーター、後退中の散兵、撃て！」今川が伏せたまま叫ぶ。「火力で押すんだ！　弾幕をはれ！」

山根は味方の応射を聞きながら、通信手の無線をとった。「二小、〈カリウス〉、道路を制圧、道路を制圧！　敵は五十メーター前方！　送れ」

「〈カリウス〉了解！　突破した部隊は十メートル前進、道をあけろ！」

「二小より〈カリウス〉、了解！――おい、前進して戦車をいれるぞ！」

普通科部隊はまた走り出した。が、すぐに伏せる。

「〈カリウス〉から全車、ハッハッ展張！　指名！　撃て！」

合計二十八発の発煙弾がそれぞれの砲塔側面からぼぼぼっ！……、と一斉に発射された。

空中で破裂し、白い黄燐が柳の枝のように降り注ぐ。

「〈カリウス〉より全車、前進よーい！　前へ！」

混成装甲部隊は、一気に乗り越えにかかった。

がっ、と履帯が盛り土を噛んだ瞬間、四輌の操縦手は、慎重にアクセルを踏み込む。

主砲を大きく振って乗り上げ、舗装道路に達した途端に車体が沈んだ。きしむ転輪でアスファルトをめくりあげて渡り、静かに盛り土を降りようとした、まさにその瞬間——。

薄く漂う煙幕から飛び出した三発のRPGのうち一発が、路上の〈メイデン〉を捉えた。

ロケット弾は〈メイデン〉左前部の起動輪に命中し、爆発した。

履帯が切れ、エンジンブロックの整備用扉《アクセスパネル》から吹きだした炎が、戦場を赤くてらてらと照らしあげた。路上で〈メイデン〉は巨大な松明《たいまつ》と化し、沈黙した。普通科が反撃する。

「〈カリウス〉より〈メイデン〉、〈メイデン〉！　脱出しろ！〈メイデン〉！」

先に超堤した山本は、ハッチから覗かせた顔を赤く染めて、叫んだ。

八九式のハッチが次々と開き、乗員達は自動消火装置の白い泡にまみれて飛び出したが、車長は乗員が一人、足りないのに気づいた。あいつ、何してる！

「馬鹿野郎、山村！　降りてこい！」車体をがんがん叩く。

砲手席の山村亮一曹は動かず、照準眼鏡に眼を当てていた。「——まだ……まだ電源は生きてるんです！　撃てます！」

どこだ……、山村は砲塔を旋回させ、愛車の仇《かたき》を捜した。

——いた！

白い靄《もや》の中、照準の向こうを肩に細長いものをのせて移動する影。あいつか……！

——恩も仇《あだ》も三倍返しだ！

「思い知れ！」三十五ミリ砲の発射ボタンを押し込む。

数珠繋ぎに奔った弾道の先から人影は消えた。伏せたのか粉砕したのか……解らない。

ただ、愛車への義理は果たせた気がした。山村は砲手ハンドルをぽんと叩いて脱出した。

丁は抵抗線を突破した自衛官達をみて、離隔し、この場からの離脱を決めた。

「各組は互いに援護し、後退しろ！　ただで後ろを見せるな」丁はしぶとく笑った。

——かなり殺した。樹木線に入れば追撃できない筈だ。何しろ奴らは初の実戦で……。

丁の予想は当たっていた。

第二小隊は道路からわずか二十メートル前進しただけで、散発的に応射するのみで、突撃し、躍進はできなかった。

——進出限界か……、と山根は小銃の弾倉を撃ち尽くし、腰のシグザウエルP220を抜きながら思った。任官十年、しかも幹部ともあろう者が補給を忘れてたとは……。

「マルマルアルファよりマルニ、どうしたんだよ！　あと五十メートルくらいだろ、突撃はどうした！　目標救助ももうちょいだ！　送れ！」

「マルニからマルマルアルファ、みんな限界までやってる！　お前、この姿みたら感謝感動で鼻血だしてぶっ飛ぶぞ、送れ！」

「マルニ、大事な電波でごちゃごちゃ抜かすな！」

「マルマルアルファ、弾薬が切れたんだ！　送れ！　弾のことだぞ！　送れ！」

「解った、すぐ行く！　待ってろよ！　おわり」

……いつくるやらと思いながら山根は、小銃とは比較にならないほど頼りない拳銃を撃つ。

「後ろから、だれか来ます！」通信手が喚いた。「……伝令？」

振り返ると、弾雨のなか、伏せもせず走ってくる連中がいる。両脇に何かを抱え、そのせいで何度も足を滑らせている。

「何してる！　撃たれるぞ！」山根は怒鳴った。

そいつはまっすぐこちらを目指して走りきり、弾を避けて手前で倒れ込んだ。腕を伸ばして襟を摑み、異様に重い身体を引きずり寄せた。そして、横臥したまま胸ぐらを摑み上げた。「馬鹿野郎！　死にてえのか！」

次の瞬間、山根は頰を思い切り殴り飛ばされていた。呆然と、ずれた鉄帽を戻しながら相手を見る。「……ふがっ？」

「馬鹿野郎はおめえだろ！」伊藤が目の前にいた。両脇、そして腰に吊った雑嚢を外す。

「ほら、弾薬だ！　今川の隊にも回した！　それからいい知らせだ、目標の救助に成功、後送された！」

「何よりだ！」山根が手伝うと、雑嚢には弾の詰まった弾倉が、ぎっしり入っていた。

「分配しろ！」小隊陸曹が、各班へと匍匐で配って回る。

「これでなんとか……」と山根は喜んだが、弾倉を渡された隊員の中には、地獄への片道切符を受け取ったかの表情を見せる者もいた。

「最後の突撃になる……、俺も行くからな」伊藤の言葉に、山根が笑った。「ああ」

決勝点での戦い、先任と次級の幹部が先頭で突撃するなど言語道断かもしれないが、隊員達の前で男を見せなければならない。皆怖いのだ。

「マルニより、準備はどうか？　送れ」

「こちらマルサン、もうばっちりです、送れ」

「マルニ、いい性格になってきたな、おわり」山根は伊藤に頷いた。

それを見て、伊藤は叫んだ。「第二小隊、第三小隊！　前方五十メーター、用水路の線まで、突撃！　進め！」

二人は飛び出したが、……数人の陸曹達の他、後に続く者がいない。

「どうした！」倒れ込んで伊藤が叫んだ。第三小隊も突撃をやめていた。

地に伏せて動かない隊員達は皆、脅《おび》えているのか悔しいのか解らない顔をしていた。実戦の緊張と恐怖、そして、ここまで粘り強く戦った疲労が、兵士の本能に勝ったのか。

伊藤は黙っていた。ここは小隊長自身が何とかすべきだった。

山根は全員の顔を見渡しながら、伏せていた姿勢から起きて銃床で泥をつき、片膝を立てた。弾丸がいくつもかすめてゆく。

「野郎ども、こんな糞みてえな国で、てめえがちっとはましな男だってことを示したかねえか！　いくぞ糞野郎ども！——俺も糞だ！」

伏せていた隊員達の顔に、白いものが見えた。歯を食いしばっているのだ。

「最後の最後だ！　やられたみんなのことを思い出せ！」

自衛隊員だから、兵士だから、なにより仲間を助けたいから。

伊藤は伏せたまま一人ひとりの隊員を見た。皆、闘志をとりもどしている。ならば——

指揮官にとって、言うべき言葉はたった一つ。

「突撃、進めえ——！」伊藤は号令をかけると同時にとびだしていた。

「中隊長につづけ！」山根も怒鳴って走り出してゆく。

「さあ立て！　行こう」今川も駆け出した。

「うおおおぉぉっっ！」

地の裂け目から湧き出したように、隊員達は立ち上がった。

半世紀の時を越え、対峙したもの達を例外なく震え上がらせた日本人兵士の咆哮が、戦場に響き渡った。

突貫だった。

腰だめの小銃を乱射しながら殺到する七十人の漢《おとこ》たちは、いまこの瞬間だけは、汚れない誇り高き戦士達だった。

「こちら〈カリウス〉、全車、抵抗するもののみ射撃せよ！」

そんな命令を出す山本もまた、無邪気だった。

丁は自衛隊員の決死の白兵突撃を目の当たりにして、叫んだ。「全員、樹木線に走れ！」

後ろも見ずに走った。前方樹木線から、先に後退した組の援護射撃が見える。

勝利の女神は、決して諦めなかった、愚かで勇敢な男達に微笑みかけようとしていた。

突然舞うように山根が一回転して倒れ、伊藤が怒鳴った。「おい！」

山根は腰に手を当てて地面で呻いた。「くそ……携帯電話やられた」

第三小隊の正面で、最後まで味方の援護をつづけた工作員は、慌てて逃げだそうとした。

「待て、こらあっ！」凄まじい形相で一士が喚く。

追いつかれるとみた工作員が、振り向きざまに繰り出したＡＫの銃剣を一士はかわし、小銃を直突で突きだした。工作員は銃剣を弾倉で防いだが、一士はそのまま身体全体でぶつかってゆく。一士の背中に銃床が振り下ろされる。もつれた二人の横合いから、別の隊員が背を丸め体当たりし、工作員の太股を突き刺した。

絶叫を上げる工作員の手から、ＡＫが離れた。隊員達は工作員を押し倒し、群がって折り重なった。

「押さえろ！」

「いままでよくもやってくれたな、畜生！」

「殺せ！　とどめを刺せ！」

今川が小隊陸曹と駆けつけて怒鳴る。「殺しちゃだめだ！」

小隊陸曹が、興奮して喚く隊員を畑から芋でも抜くように、工作員の上から離してゆく。

古参陸曹たちが隊員を押さえる間に、今川は工作員の襟をつかんで引きずってゆき、手荒く投げ出した。「パスポートを拝見！　勝手に死ぬのは禁止！」

今川はなお暴れる工作員の顔面を、銃床で殴った。痛そうだなあ……、と他人事のように感心したが、しばらくは顎に感覚がなくなる。半分意識の飛んだ工作員をうつ伏せにして、馬乗りのまま腰の雑嚢を探り、とりだしたプラスチック製手錠で両手親指をきつく縛った。さらに、腕をまっすぐにさせてV字形にし、予備の靴紐を伸びたバネのように間隔をあけて両腕も縛る。これで力が入らない。

「捕虜を捕獲！　中隊長に報告！　——口に何か詰めといて！」

山本は、林からの弱々しい銃撃に、もう主砲は必要ないと思った。機銃で充分だ。もちろん主砲を撃ち込めば戦果の拡張はできる。……しかし、蛮勇はいらないのだ。

「〈カリウス〉よりマルマルアルファ、離隔の頃合いだ、後衛する、送れ」

「〈カリウス〉へ！　捕虜を捕獲した！　負傷してる、車輛に乗せてくれ、送れ」

「〈カリウス〉、待て。――〈マイバッハ〉、戦闘室の空きがあるか？　送れ！」

「〈マイバッハ〉から〈カリウス〉、負傷者でいっぱいです、無理です！　送れ」

「〈カリウス〉了解、〈マイバッハ〉は集落に負傷者を運べ。――マルマルアルファ、〈ケルシャー〉に跨乗させる、送れ」

乗り心地は最悪だが、捕虜には我慢して貰うことにする。

……命からがら、丁は樹木のしげる中へと走り込んだ。

衣服は泥にまみれてところどころ裂け、顔は強張っていた。荒い息は、足場の悪い田圃を全力疾走したせいばかりではなかった。

「同志少佐」頭上から、静かな女の声が降ってきた。丁が驚いて見上げると、潤花が太い枝の上でドラグノフを構えていた。「少佐の後には、あと何人が？」

「おらん、俺が最後だ、お前も集合点へ行け！」丁は言って、草を騒がせて闇へと消えた。

――方成中《パンソンジュン》がいなかった……。

指示された場所に〈カリウス〉と〈ケルシャー〉が到着する。〈カリウス〉は装軌車輛特有の、その場で回る超信地旋回で〝昼飯の角度〟で盾になり、その陰で出血やら殴打やらで元気をなくした工作員を、隊員が粗大ゴミのように車体後部に放り上げた。

「こちら〈カリウス〉、捕虜を乗せた、これよりずらかるぞ、送れ」

普通科隊員のほとんどが、もつれる足で後退している。

二輌の七四式改は道路を〈カリウス〉の援護で〈ケルシャー〉が先に越え、三蔵法師の天竺《てんじく》への道なみに遠かった数百メートルを走り抜け、集落へと戻った。

集落の広場では、動ける車輛という車輛に、隊員が積み込まれていた。

捕虜は応急手当だけ施され、一足先に段列地域野戦病院へ連行された。

「急げ、やつら戻ってくるかもしれんぞ！」

前線から戻っても、幹部達の仕事はまだ終わらない。限られた車輛の乗車割り、機密を要する装備の保管、破壊と、やるべきことは撃たれた弾ほどあった。擱座《かくざ》した車輛は運転装置を破壊しただけで放置するしかない。米軍なら黄燐手榴弾で完全に破壊するだろうが、貧乏が身にしみた自衛官には無理だった。

三輌に減った混成装甲部隊が見守り、伊藤、山根、今川は撤収を急ぐ中で、広場を赤いL型ライトの光で確認して回る。血痕がアスファルトをまだらに染めていた。焼けただれてパンクし、押し潰されたようになった高機動車があった。歩くたびに薬莢を踏んだ。

「何もねえな」伊藤が見回しながら言った。

「ああ」山根は頷き、老人を拘束していた鉄製の杭を、戦闘靴で忌々しげに蹴り上げた。

まだ乗り心地の良い車輛は部下達に譲り、伊藤と山根は〈カリウス〉の車体に上った。

背中を砲塔に凭れさせると、冷え切った身体にエンジンの熱が暖かい。

「僕も乗せてください」今川が走りよって、言った。

「あっち空いてねえのか」伊藤がせっかく譲ってやったのに物好きな、という顔で言う。

「もういっぱいです」

「ほんとかよ」と山根。

「ほんとです」今川が真顔で答えた。

「嘘つけ」と山根が笑い、伊藤が手を差し出した。「――乗れよ」

幹部三人が乗ると、山本は車長ハッチから顔を出した。「いいか？　じゃあ行くぞ！」

すべての車輛の出発を確かめてから、〈カリウス〉は走り出した。

第十二旅団、第四十八普通科連隊第三中隊は、民間人を守るという武人としてもっとも崇高で困難な戦いを制し、永遠の欠員を抱えたまま、帰還の途についた。


第三中隊の車列は、四十八普連段列地域へと戻った。

連隊長自ら挙手の敬礼で出迎える中、車列は七四式改を最後に入り口を抜けた。

車列が停止すると、他の中隊の隊員らが駆け寄る。伊藤、山根、今川は七四式から滑り降り、車長席の山本と僚車の村上に、ドレミの音符のように整列して心からの敬礼を捧げ、山本も微笑して答礼し、村上も満面の笑みで親指を立てた。

「大丈夫か、怪我はないか？　よくやったな！」それぞれの部下達を励まし、糧食班員達が用意したカレーを受け取らせ、身体の状態を聞いてゆく。

　山本もふうっ……、と大きく息をついた。ショウエイ製の戦車帽をおき、汗で張り付いた短髪を掻き上げた。ポケットから作業帽を引っ張り出して被り、七四式改を降りた。

　糧食班員がアルミコップをトレイに満載させて走り寄り、熱いコーヒーを差し出す。

「山本二尉……本当に、本当にお疲れさまでした」

「お、すまん」山本は受け取り、一口飲んだ。「……美味《うま》いな。この連隊じゃこんないいコーヒー、飲めんのか」

「……いえ、これは」と糧食班員は言葉を濁す。「……幕僚用のものです」

　山本は笑った。中隊の雑運営費で購入されるコーヒーなど、眠気覚ましの薬だ。

「こっちこそありがとうな。……みんな、それから村上！　一杯飲んだら泥かきと点検しとけ！　俺はとりあえず連隊長に口頭で報告してくる」

　機甲科隊員にとって休止とは、乗員のものでなく、車輌を世話する時間なのだ。

　伊藤、山根、今川は部下達がそれぞれカレーを頬張るのを確かめてから、ようやく人心地つく余裕ができた。鉄帽を脱いだ。

「煙草、持ってるか。俺のは全滅しちまった」山根が今川に尋ねた。

「持ってますよ、どうぞ」今川がポケットを探って、マルボロライト・メンソールの小箱を開けて差し出す。

「こんなの吸ってると勃《た》たなくなるっていうぞ」抜き出そうとすると、無事なのは一本だけだった。容赦なく抜いてくわえ、これだけは自前のジッポで火をつけて深々と吸い込む。伊藤が人差し指をちょいちょいと動かすので、山根は渡してやった。

「……僕も吸いたいなあ」持ち主が遠慮がちに言った。

一本の煙草をまわしのみしている三人の幹部に、声がかけられた。「……お仲間が亡くなって、どんな気持ちですか？」

三人の幹部は拭われたように表情を消した。最も多く部下が倒れた山根が、煙草をくわえたまま振り返る。想像力の欠如した女性リポーターへと一歩一歩、怒りを威嚇に変え、歩いてゆく。まだ若い女性リポーターは脅え、立ちすくんだ。笑顔で答えてくれると思っていたのだろう。「あ、あの……」

「やめとけ」伊藤が背後で言った。「……あそこで戦った、全員の名誉を汚す気か」

「……解ってるよ」山根は女性レポーターを見つめたまま紫煙を吐き、背中を向けた。

一息つけば、つらい仕事が残っている。負傷した部下の見舞い、そして戦死者の確認が……。気の合うもの、合わないもの、いろんな奴がいた。つい数時間前まで一緒にいた人間が、いまはいない。唐突に、ある時間を境にして消えてしまう。

――殉職した部下達に、守ろうとした人々から哀悼は捧げられるのだろうか……。

十二名が戦死、十八名が重傷を負った。軍事的に全滅とみなされるぎりぎりの、文字通りの死闘だった。

自衛隊史上、最悪の夜だった。

第九章　攻勢

十一月二十三日——、夜明け前。薄暗い早朝の、昨夜の雨の残る旅団臨時飛行場に、三機のチヌークが三対のローターの爆音を響かせて着地した。後部ランプが下がると、迷彩服姿の汐見は作業帽を風から庇いながら、濡れたアスファルトを踏んだ。

「ほんとにきちゃったな」背嚢を揺すって深呼吸する汐見を、現場隊員達の戦時神経症、いわゆるシェルショック対策のために急遽編成、派遣された心理治療隊の医官や看護師の一団が追い越してゆく。同乗を申請したのは、恩田部長だった。——

「捕虜を獲得したとすれば、現地部隊から尋問要員の派遣要請がある……」情報本部、情報現示室で恩田がそう告げたのは、室内は現地部隊から老人の救出成功、の一報に歓声があがったものの……、続報で攻撃をくわえた規模からすれば、おびただしい犠牲を払ったのを知り、沈黙した直後だった。桂川だけは口を開かず、テーブルに組んだ手の上から、じっとスクリーンを見詰めていた。——

班長、なんだか様子が変だったたな、と思いながら汐見は、立哨の隊員に旅団司令部、第二部の天幕の場所を聞き、ぬかるんだ地面に戦闘靴を急がせてオリーブ色のテントの林立する合間を縫った。

「統幕、情報本部より派遣されました、三尉、汐見孝典です」

「ご苦労さん、相田だ」徹夜明けの相田一尉が言った。「座れ――資料では世話になった」

「はい、失礼します」汐見は簡易パイプ椅子に座りながら、天幕内を見回した。

裸電球の下、ぎっしり書き込んだ紙が貼られたベニヤ板、殴り書きの文字が躍るホワイトボード。有線電話や無線機が効率よく並んでいた。……二部勤務とはいえ、臨戦部隊の緊張が肌で感じられる。着古しの迷彩服で良かった――。

「お前、装備あんのか」防衛庁を出発前、播磨が尋ねてくれた。「昔使ってた迷彩服がある。一般用だ、貸してやるよ。階級章をつけ替えれば、着られるだろう」

取りに帰る時間はなく、また、実戦を経験した部隊に新品など着ていけば、まず味方から軽侮される。情報の精度そのものにまで疑問が持たれてしまうだろう。

いや、そもそも僕に班長の代わりが務まるのかな……、と汐見は思う。

「捕虜は、まだ野戦病院だ。出血がひどくてな、安静が必要らしい。……ここだけの話、あの状況では酷かもしれんが、もうちょっと丁寧に扱ってやればな」相田が言った。「捕虜収集所へは、そのあとだ」

捕虜収集所は収容所とはちがい、現地部隊が一時的に捕虜を集めて尋問し、作戦上有益な情報を得るのが目的だ。

「だが……」相田がじっと汐見を見た。「ここには韓国語使いがいない」

ほらやっぱり、と汐見は不安を的中させた。相田は韓国語、とはいったが、要するに対北朝鮮の専門家、と言いたいのだろう。事実、恩田が派遣を口にした途端、情報現示室にいた誰もが注目したのは桂川だったのだから。

「汐見三尉」と、注目の的になりながら桂川は静かに言ったものだ。「行ってくれるか」

「え……、ぼ、僕がですか。韓国語はほとんど話せませんし対遊撃戦も――」

「大丈夫だ。――敵は日本語教育を受けてる。不自由はないはずだ。俺は自分の業務にかまけすぎてたかもしれない……だが君に教えるべきことは教えた」

「……はあ」気の抜けた返事をしてしまったが、桂川はかまわず立って振り返り、幕僚監視室の恩田に言った。「恩田一佐、要請があれば汐見三尉を派遣します」

「……そうか」恩田は多少疑義を感じている顔で言うと、珍しく、河辺が統制席から口を挟んだ。「いや、それでいいんじゃないですかね……桂川はここにいたほうが」

桂川は感謝を込めて一礼してから、汐見をまっすぐ見た。「俺はここから全力で支援する、安心しろ。それから情報幹部としての誇りを持て。戦闘職種のやつらになめられるな」

「だが、本当にいいのか、お前」播磨も言った。「直接尋問できる機会だろう？」

「あの、すいません、桂川班長」神田が分厚い用紙を差し出す。「これ届いたんですけど」

「ああ」桂川は受け取りながら、きっぱり頷いた。「……俺には、やらなくてはならないことがある」

――なめられるなって言われても、着いた早々にこれなんですけど……。

「まあそういうことだ」相田は言った。「桂川、捕虜の扱いについて、何か言ってたか?」

「え、……あ、はい」汐見はあわてて顔を上げた。「萎縮した胃を考慮して、食事はできるだけ柔らかい物を、とのことです。それから、我が方の傷病者と同じ扱いをして、それを報道に公開し宣伝戦、心理戦双方に利用できないか、検討していただきたいそうです」

「なるほど、考えとこう。それから汐見三尉、お前の居場所はここだ、邪魔にならんところで楽にしろ。何かあるか?」

「いえ、……」汐見は言いかけて借り物の背嚢から雑嚢を外し、手渡す。「みなさんに、これを持っていけって、桂川一尉が」

「あの野郎、妙なとこで気をつかう」相田は雑嚢を開き、嬉しそうに笑った。たくさんのチョコレート、使い捨てドリップコーヒーが詰め込まれている。「じゃあさっそく、モーニングコーヒーといくか。あの中毒者が持たせたんだ、ここの泥水よりは美味いんだろ」

相田がコーヒーを汐見に手渡す頃、各中隊は圧縮のために前進を開始した。

「ものは言いようだな」高秀馬が言った。「そうだろ、少佐？」

東の雲が明るい鼠色に染めはじめていた。一日で最も低い気温のなか、濡れそぼった北朝鮮兵士と工作員の主だった四人が、山肌の、太い赤松の陰に集まっていた。

「いまさら各個離脱、都市部に浸透なら、あの戦いは何のためだったんだ……！」

「わからん奴だな」丁はあざけった。「我々の任務は東京の同志から目をそらすための牽制だ。人死にが出るほどこの国の奴らは半狂乱になる。だが仲間を失ったいま、傀儡軍の包囲が絞られるまえに脱出し、もう一度やり直させる方がより多くの兵力、耳目を集められる」

「八人も殺されるほど意味があったのかと言ってんだ！　李上尉も警告したはずだ」

ほう、そうだったかな、という目で丁は潤花を見、ろくでもない男がろくでもない言い訳をする間中、じっと凝視していた潤花は言った。「日本軍……自衛隊は憲法上、否定されてます。そんな奴ら相手に人質を取れば、存在意義をかけて立ち向かってくるのは当然です。我々は奴らの精神的退路を塞いだのです」

「貴重な経験を積んだ訳だな」丁は冷ややかに言った。「だが勘違いするな、俺は貴様らに相談してるんじゃない、命令してるんだ……！」

丁の副官格の偵察兵が、わざとらしくＡＫを膝に立て、目を細めた。

――こいつら、いざとなれば党作戦部の全員を……？

「……だが、捕虜をおいていくわけにはいかんな」と丁は続けた。「方成中を奪還する。李上尉、行け。工作員の不始末だからな」

潤花は丁の浅ましい胸の内が知れた。部下達を人質にしておけば裏切る心配がなく、……おまけに失敗して射殺されても御の字、ってことか。「――解りました。三組を率いてゆきます」

「おいおい、貴重な革命戦士は出せんな。お前一人だよ」

――私ひとりで……？　潤花は驚きで視線を上げていた。

「ついでに敵陣内を攪乱してこい。――お前は女だ。そして奴らは男だ。解るな？」

言われるまでもない。その結果も。女が、戦場の興奮した兵士達の前に身を投げ出せばどんな目に遭うか……。このろくでなしは、かつて自分が陵辱したたから平気なはずだ、とでも思っているのか。

顔を蒼白にさせた潤花の傍らから、高秀馬が言った。「少佐、そりゃ無理だ！　李上尉は俺が支援する」

「だめだ。女で、しかも一人だからこそ敵は油断する。……いいか？　これは命令だ。俺の処断する権限を忘れるな」

「ですが！」

「解りました、少佐」潤花は立ち上がった。「いくぞ、高。奪還の準備だ」

工作員達のもとへ歩き出した潤花を追いながら、高が言った。「潤花、お前、なぜ言わない？　二人もやられたんだぞ！　方成中が捕虜になったのも――」

「偵察兵は六人死んだ。――高秀馬」潤花は木々の間で足を止め、振り返らず囁いた。「どうか解って……私のこと……好きなら」

少し呆然とする高を潤花は振り返り、汚れた顔で小さく微笑んだ。「お願い」


「お前、本当は自分で行きたかったんだろ」播磨はポケットからガムを取り出した。「……ガム、喰うか」

「え？」桂川はソファにかけたまま、膝の資料から目を上げた。「――いや、いいよ」

情報現示室を出た廊下の、喫煙所だった。どこからか調達された空気清浄機がうなりをあげている。

「なんだ、血糖値が下がりきった面しやがってるくせに」播磨はガムを一枚出して、口に放り込んだ。「現地へ飛んで、捕虜から尋問した情報を作戦指導に役立てる――、情報勤務の花道じゃねえのか」

「俺は黒子でいい。――これからも」

「性格だな、そりゃ。正面には出たくない、か」播磨は粉砕するようにガムを嚙み、どしんと桂川の隣に腰を下ろした。「だが、脅威の正面に立つ俺らに、米軍さんはちょっと冷たすぎないか」

「……そうだな」

「それじゃその理由は何だ？　確かにコマンドの対処は俺らで充分だが、俺の言いてえのは戦略的対応だ。第七艦隊を日本海に入れるなりして、北朝鮮に圧力がかけられる筈だ」

場違いな迷彩服姿で座る桂川は無言だった。

「それをしない。おまけに情報まで遮断する……なぜだ？」

桂川は前を向いたまま煙草をくわえた。だが、ライターを持つ手を播磨は押さえた。

「教えてくれ、なぜだ」

まっすぐ見詰めてくる播磨に、気勢を逸らすのに失敗した桂川は、束の間沈黙したが、口を開く。「――俺の推測でよければ」

「ああ、聞きてえ、聞かしてくれ」播磨はにこりともせず、ようやく手を離した。

「あくまで推測だけど……」桂川はコピー用紙を束ねた資料を播磨の膝においた。「見てくれ」

播磨はぱらぱらとめくった。「〝米国国内の麻薬犯罪の現況について〟……？」

「米国の駐在武官に調査依頼したものだ」桂川は言った。「見てのとおり、米国国内に密輸される北朝鮮製の麻薬が増えてる」

播磨は手元から、桂川に視線を戻した。「だがそれが、この事案とどんな関係が――」

「……増加したのは、韓国情報機関が拉致して北朝鮮部隊が奪還した男が、薬物の密輸工作に携わっていた期間と、一致する」

　播磨は無言だった。

「そして拉致された際、日本国内でＣＩＡの、それも対敵工作要員と密会していた。なにを意味するんだろう？」桂川は続けた。「北朝鮮情報機関要員の〝事業〟が、米国情報機関の管理下で行われていたとしたら」

「馬鹿な……！」播磨は顔を逸らした。「麻薬の密輸ルートを調べるために、接触してたんじゃないのか？　自国民を薬漬けにして、一体なんの利益があるんだ？」

「最初の質問は、米国がここまで動かない理由と、北が公表しない説明ができないな」桂川は続けた。「二番目の質問の答えは……情報機関には、ある。――あんな鎖国状態の国から情報をとる手段は限られてる。電子情報、亡命者の人的情報、報道、……ほかにもあるけど、起こったことを知るには役に立つ。でも……」

　桂川は言葉を切った。「事前の計画を知ることは出来ない」

「じゃあ、……さらわれた北朝鮮の奴は」

「そうだ」桂川はうなずく。「対象国国内で情報収集できなければ、国外にいて接触でき、ある程度信頼できる人間を、高度な情報に近づける立場に育て上げればいい」

「実績を上げさせる手段が……」播磨は呻いた。「……麻薬か！」

「麻薬問題に敏感な米国に密輸を成功させたとなれば、北朝鮮国内では最高の隠れ蓑だ。疑われても結局、米国が許すわけがない、と思うから。犠牲の数が多ければ多いほど、情報源は工作対象の組織での地位が上がる。血を吸って育つ木のようなものだな。そして資金調達、対敵工作としても効果が大きい」

「米国は、証拠となる人質を取られてるから、動けないのか……」

「ああ、こんなことを公表されれば、米国政府が吹っ飛ぶだけで済むかどうか……」桂川はつぶやいた。「けど米軍が動かないのは、最初のカードが切られた、と見るべきだね」

「最初のカード……」播磨は言った。「CIA要員はもう日本にはいない、ってことか」

「当然、二枚目のカード……白梁善も米国は要求しただろう、もう一人の生き証人だからね。……だが、北朝鮮が裏切り者とはいえ差し出す筈がないし、殺せば利用価値がなくなる。まだ都内のどこかに隠している。米国政府は、是が非でも確保したいだろうね」

「――とんでもねえ、まったく、……とんでもねえぜ」播磨は頭を振った。

「あくまで俺の推測だけどね」桂川は多少人間らしさを取り戻した声で言った。「米軍の動きを見てると……あたらずといえども遠からず、だろう」

平時にも有事を生きる情報幹部は煙草をくわえ直し、火をつけた。

「――永遠に、国と国との間にある闇から、真相が漏れないとしても」

味のしない紫煙を吐きながら、呟いていた。

「――桂川」便座型トイレ用の間仕切りから声がした。「例の古田が接触を重ねていた奴が割れた」

桂川は播磨と別れ入ったトイレで、小便器の前に立っていた。一人になりたかったからだが、そうはいかないらしかった。「……それは」

「警視庁の水原女史の捜査を追跡し、先回りさせてもらった。優秀だな、彼女は」声は静かに続けた。「それはともかく、相手は空自入間《いるま》基地、第二移動警戒隊本部、土肥原《どいはら》保《たもつ》准尉、だ」

「あいつが……」桂川は呟いた。

航空自衛隊は全国二十八カ所のレーダーサイトで日本上空を常時監視しているが、電波発信を停止しての定期的な保守点検時、また有事の損害を想定し、車両搭載の移動式三次元レーダーを運用するのが移動警戒隊だ。

つまり、レーダーサイトの穴を塞《ふさ》ぐ部隊だが、同時にその機密に最も近い部隊である。

土肥原は、それらの機密を流していたのか。

「割れたのはいいが」顔のない声は続ける。「土肥原が逮捕され、我々の真の目的が奴の口から漏れるのは、防がねばならん」

「ええ」桂川はファスナーを上げた。「解りました、……口を封じます」

「お前自身がか。だが、土肥原はいま、警視庁公安の秘匿監視下にある」声は続けた。

「こちらで張り付かせた者にやらせてもかまわんぞ」

「いえ、警察をまく手はあります」と桂川は答え、先ほど播磨に話した推測を繰り返し、説明してから言った。「それに、私自身が土肥原准尉を〝摩利〟に入れたのです」

「お前は、古田の死に土肥原が噛んでると思ってるのか。だが、我々の調べでは自殺だ」

話す男も桂川も知らなかったが、古田はスパイ行為に関わる精神的重圧に堪えかね、接線した北朝鮮工作員にもうやめたい、と漏らしたところ、いまさら無理だ、と嘲笑された。

——日本国内で我々が行動を起こせば、あんたも同罪だぞ……。

工作員の無思慮さが古田を酒浸りにし、妻との不和をもたらし、そして死を選ばせた。

「いえ……そうではなく——」桂川は小便器から、仕切りに向き直る。「〝花郎《ファラン》〟と約束しました。……罪を犯さなければならないのなら、私自身がやります」

相手は仕切りの向こうで沈黙したが、続けた。「解った、任せる。だが、舞台の終幕に雑音を入れさせるな」

「……まったく、簡単にいってくれるわね」水原は、桂川と通話を終えると、覆面車輌で眠気覚ましの缶コーヒーを啜った。「でも、急がなきゃ」

朝鮮労働党幹部は米国への亡命を希望していた。北朝鮮本国はまだ察知していないが、知れば暗殺される可能性がある——、と桂川は告げたのだった。

「土肥原を後回しにしてでも……」水原は呟く。「それにしてもどこに……？」

朝鮮総連の他、公安部が押さえている関連団体、協力団体は監視下にあるが、確認の一報はない。また、公安総務がローラー作戦で宿泊施設の旅舎検索、在日朝鮮人の経営する借家、アパートを虱潰《しらみ》しにしている。

この広い東京で、気の遠くなる作業で、どれをとっても徹底的なことはできない。

「未確認の安全家屋でもあるのかしら……なにか心あたりない？」

「主任、桂川って男、信用できるんですかね」工藤が唐突に言った。

え？　と水原は怪訝な目を向けた。

「ああいや、ちょっと気になることがあって、まあそれは確認してから……」工藤はあわてて答えた。「安全な隠れ家ですよね？　狙われる可能性のない」

ええ、とうなずく水原に工藤はすこし笑っていった。「いいところ知ってます」

「どこよ？」水原は大して期待しない口調で問い返す。

「警察署なんて、どうです？　二十四時間、しっかり警備されてるし」

怒鳴りつけられるのを承知での、工藤の冗談だった。疲れが溜まっている。

水原は缶を口許に寄せたまま、工藤をじっと見つめた。

「面白いわ、それ」そう言ってぐっと缶を傾けた。

桂川は入間基地にちかい、彩りの森公園で煙草を吸っていた。

仮眠を口実に情報本部から抜け出し、着替えを詰めたアタッシェを手に、背広姿で電車に乗り、西武池袋線へと乗り継いだのだった。

電車の混み具合は、新潟の戦争には関係なかった。ただ、国内の一部とはいえ〝無法地帯〟に関心があまりに低いのを、吊革につかまる桂川は奇妙に思った。軍隊が、有事に従うべき有事立法の存在しないにもかかわらず、出動しているのに――。

電車に乗っていた間にまた雨が降りはじめ、薄い革手袋をした手に傘をさしていた。

雨が降りつづく低い空を騒がせて、一機のヘリが頭上を通り過ぎてゆく。塗装からして、埼玉県警航空隊ヘリらしかった。

相手は必ず抜け出す、と請け合ったが遅い。尾行に充分注意するように言ったせいか。

「桂川さん」そう呼びかけられて、桂川は顔を上げた。

土肥原准尉だった。空自の制服を着ており、長年滑走路の照り返しを浴びて肌が黒く、短く刈った髪に縁取られた顔に、唇が厚い。

顔をうつむけたまま桂川は頷き、ぬかるんだ地面を、先に立って歩き出した。

公園の隅、木立の中、ビニールに詰められた落ち葉が積み上げられたところで、桂川は初めて土肥原の方を向いた。

「いや、抜けるのに苦労しちゃいましたよ、ま、長くやってると融通も利きますが」そう言って土肥原は笑う。

「……尾行の点検は」桂川は抑えた声で言った。

「ええ、言われたとおりですよ」

そうですか、と桂川が答えると、土肥原はちょっと辺りを見回した。「で、ご用はなんでしょう。空白の方もあまりゆっくりしてられなくてね」

「……毎月の報酬だけでは、足りなかったんですね」

「は？」土肥原は傘の下で眼を瞬《しばた》かせた。

「だから報酬の二重取りを考えた、か」桂川は無味乾燥に続け、端整と言えなくもない白い顔を、醜く陰惨に歪めた。「この……恥知らずが」

土肥原が大人しげな情報幹部の豹変に呆気《あっけ》にとられた瞬間、桂川は傘を捨て摑みかかった。

「なにしやがる！」土肥原は突き飛ばしたが、桂川は左腕を土肥原の首に巻き付け、右手で目薬の容器をつまみ出し、李秀学少領から手渡された薬を相手の口に注ごうとした。が――桂川は膝蹴りを腹に喰らい、動きを止めた。二度目で前のめりになり、三度目で右腕から力が抜けた。土肥原は、渾身の力でよろける桂川の胸を蹴り上げた。

ひっくり返るように、桂川は落ち葉を詰めたビニール袋の山に、背中から倒れ込む。

土肥原は足を空に向けた桂川を、無茶苦茶に蹴った。そして、そばにあった袋で埋め込むように、いくつも投げつけた。握りしめられ振り下ろされたビニール袋が破け、乾いた落ち葉が散った。桂川の足が痙攣している。

「馬鹿が……なにしやがる……気でも狂ったのか……」土肥原は荒い息で呟いた。制服を整えて傘を捜し、拾おうとした瞬間、いつの間にか起きあがった桂川が背後から襲った。

「……悪いね、准尉」桂川は左手で鼻をふさいで口を開かせると、右手の容器を土肥原の口に入れ、力を込めた。「余計なおしゃべりされたら、困るんでね」

容器の中身と雨滴を、土肥原は反射的に飲んでしまった。喉から嚥下《えんか》した音を、桂川は聞いた。……途端に肘を脇腹に突き込まれて、激痛に足をもつれさせた。

「な、なに飲ましやがったてめえ……」土肥原はそして、ひっ、としゃっくりのような音を口から漏らして目を見開き、胸を押さえて倒れ込んだ。

土肥原の様子を、地面に座り込んで見ていた桂川は立ち上がり、自分の傘を拾った。

十五分後、トイレで着替えて公園を出て公衆電話を探し、テレホンカードを入れて三桁の番号を押す。「一一九番です、火事ですか、怪我人ですか」

「彩りの森公園で人が倒れています。航空自衛隊の人です」桂川は告げ、ハンカチで包んだ受話器をもどし、駅へと向かった。

「いまならまだ戻れる」高秀馬が、山から枯れたススキの野原に下りると囁いた。「潤花」

潤花は微笑み、首を振った。「方を見捨てる訳にはいかない」

任務に失敗した工作員の末路は悲惨だが、捕虜になった工作員の末路など、さらに惨《むご》い。良くて銃殺、悪ければ死より惨い〝山おくり〟で、人として生まれたのを呪い、死者を羨《うらや》んで、地の底でぼろ屑のように生かされるだけだ。

「それに」潤花は振り返り、ＰＫＭ軽機関銃をもって三人の工作員に続く偵察兵を、皮肉に眼差した。「狂犬のお目付役もいる」

十五時を過ぎた頃だった。東京と違い、厚い雲に曇っていたが、雨は降っていない。

一キロほど先を、自衛隊の部隊が進んでいる筈だ。

潤花は出発前、まず胃の中の物を吐き出し、武器はすべて置いた。そしてススキを音もさせずかき分けながら、自衛官に話す〝お話〟を練った。

……昨夜の戦闘で部隊は多くの戦死者を出し、士気が崩壊した。自分は逃げて投降しようとしたのを男達に見つかり、総括という名目で乱暴された。

細部まで頭の中で創りあげ、記憶した。こうしておけば、訊問されても矛盾が出にくい。

「よし……、そろそろだな。――私を殴れ」潤花のドラグノフを担ぐ工作員に言った。

「そんな……できません」〝お話〟の内容は聞かせてあったが、工作員は顔を背けた。

「いいから殴れ。傷跡もないのは怪しまれる。――それに、そんなときに抵抗もしない奴と思われるのは、私は嫌だ」

戦闘員は、目を伏せたまま、潤花を数回殴った。

「それでいい……」潤花は切れた唇の血をぬぐった。「それから狙うのは左腕だ、いいな?」

「潤花、必ず帰ってこい」高秀馬が言った。「丁は犬糞野郎だ、奴がなんと言おうと、終われば迎えに行く。必ずな」

三人の工作員が、自分たちにはもう救いがたい潤花を見ていた。——私の仲間だ……。

潤花は一人一人を抱きしめた。潤花の身体から、泥と汗の異臭に混じって、柔らかな芳香がした。——最後に抱きしめた高秀馬の頬に手をそっと添え、囁いた。「……私は、女か?」

高が口を開く前に、くるりと背を向ける。「どうしてもついてゆくと言ってくれたとき、……嬉しかったぞ」

それから、上着を両手で左右に裂いた。

……第四十八普連、第二中隊、第一小隊長は振り返り、手のひらを隊員に見せた。

小隊は前進をやめ、銃を構えて伏せた。前方五十メートル、視界を塞ぐススキの間から、かき分ける音がする。——敵か? それにしてはあまりに無防備すぎる。民間人か、それとも……。自衛官達は息を殺して見守り、相手が姿を現すのを待った。

その人影は、転がるようにしてスキから飛び出し、自衛官達の前に現れた。自分で自分を抱きかかえるように腕を交差させ、よろよろと進んでくる。そして、押さえた上着の合わせ目から、白いものが垣間見えた。──女だ！

「動くな！」小隊長は銃を構えた。

「助けて……！」女は止まらず、よろめきながら進んでくる。

その時、銃声がした。左腕上腕で血がはじけ、女は倒れ込んだ。

「第一班、九時方向、距離二百メーター、撃て！」射撃をくわえると三人の敵は、景色に吸われるように逃げてゆく。

「二班、三班、周囲を警戒！　一班、確保しろ。──マルマルに報告！」

隊員が怖々、近づく。三中隊が言ってた。奴ら、自殺同然の攻撃までしてきたんだ。

「起きろ！」その声に潤花が身動きすると、「ゆっくりとだ！　膝をついて、両手を頭の後ろで組め！」と声が降る。

潤花は身を起こしながら腕を組んだ。押さえていた上着がはだけ、身体を隠すものが下着だけになる。

「……おい、キンケンヒメだぞ」

「馬鹿、キムヒョンヒだろ」小銃を構えた陸士同士が囁きあう。

班長の陸曹の手が伸び、潤花の身体を探った。はだけた上着のポケットに指を入れると、布地越しに潤花の胸に触れた。潤花は、びくりと震えた。

「あ……失礼」思わず陸曹は口走り、相手は捕虜だ、とすこし怒った顔になった。「武器は持ってないようですが、……」

今度は困り顔になった小隊陸曹と小隊長は、顔を寄せて何事か相談しはじめた。

「……女ですよ……」

「物事には順番が……」

「ここはやっぱり、……筋道からいうと」

覚悟していても、潤花のうつむけた顔は強張り、屈辱感と恐怖で身体が震えた。

小隊長は潤花を見た。――あんたからか、と精々脅えた顔をしてみせる。

「中隊本部に連行しろ」小隊長は言った。「これ以上は、なにを言われるかわからん」

潤花は靴ひもで縛られ、両脇を二人の隊員に抱えられた。小銃を構えた一人が後からついてくる。ちらりと眼を上げるたび、隊員が緊張しきった顔で睨み返してくる。いつ麻酔が切れるか知れないゴリラを見る眼。中隊本部には女性隊員と警務隊員が待ち受けていた。

「……怪我してる」と女性隊員は言い、潤花に駆け寄る。「あ……服が裂けてる！」

じろりと両脇の隊員を見る。連行してきた隊員らが図ったようにふるふると首を振った。

「何もされてない……武器は持ってない……助けて、痛い」潤花はか細い声を上げた。

女性隊員にススキの中で身体検査されると、車両へと歩かされた。

報告を受けた旅団本部は動揺した。……警察から女性工作員の報告はあったが、捕獲時までは、頭が回っていなかった。音楽隊の気丈な女性隊員を派遣するくらいしか、考えつかなかった。

「しかし、下手に扱うとマスコミが飛びつきかねん」真田が言った。

「そうですね、こういうことであることないこと雑誌にでも書かれれば、せっかく支持的な世論も台なしです……。とくに婦人団体は敏感でしょうね」

制服を着ていないコマンドは、抑留資格の発生までジュネーブ条約第三条約に則《のっと》って人道的に処遇しなくてはならない。以後は警察に引き渡す……つまり犯罪者だ。

「その捕虜、美人か」正本が真顔で尋ね、佐伯が答えた。「え……いえ、そこまでは」

「美人なら、余計にまずい。マスコミの興味が集中して、うるさく取材要求がくる。そして会わせなければ、我々が不祥事を起こしたように広められる」

「遊撃戦の専門家として意見は」堂本が、天幕の隅に座わる汐見に尋ねた。

旅団長や幕僚達に見つめられ、汐見はすいません、本当の専門家は上官です、と言いそうになったが、抑えて桂川から習った中から答えを探す。

「はい、その、ええと、あまり難しく考える必要はないのでは、と思います」

「というと、どういうことだ？」堂本が促す。

「はい、……もちろん工作員ですから充分な警戒を要しますが、それ以外は、同性による取り扱い、監視、治療を行い、あわせて宣伝戦に使えばよいのでは、と。……すいません」

「そうだな……」堂本は頷いた。「何しろ男社会だからな、ここは。しかし治療ともなると、女性医官がいないが」

「あの……」と汐見。「一緒に来た心理治療隊になら、心当たりがあるかもしれません」

「なるほど、佐伯一佐、手配を頼む」堂本は命じ、「それにしても、私は良く覚えていないんだが、……捕虜収容所はどこの管理で、いつできるのかね？」

答えられる幕僚はいなかった。こんなところにも、この国の現実的な不備があった。


「ごめんなさいね……、あまり温かくはできなかったけど」

藤原弘美三曹と名乗る女軍が、中華粥を入れた飯盒《はんごう》を、潤花の前に置いた。カルビと冷麺くらいしか思いつかなかった給養隊員たちが、頭をひねった結果だった。

「ありがとう。……うれしい」潤花はプラスチック製のスプーンを受け取り、食べ始めた。温かい粥も、軽いスプーンも警戒ゆえと解っていても、潤花は嬉しかった。

食事の前に、藤原立ち会いのもと、二部幹部と警務隊に名前、認識番号、生年月日を訊問された。それから医官と看護師から簡単な問診をうけた。潤花は知るよしがなかったが、富士地区病院から、女性医官が運ばれつつあった。

「御飯食べたら、お風呂に行きましょうか、大丈夫?」藤原は言った。人の好い笑顔だ。韓国の女性要員とは比べられない。

衣類を脱がせ、持ち物をすべて取り上げるつもりだ。……潤花は迷った。方成中の奪還、脱出が控えている。あとの行動を考えれば、得策とは言えない。でも……。

けれど、温かい湯船は抗えない魅力だった。暗くなるまでの時間かせぎ、と潤花は自分に言い訳し、粥を口に入れたまま、頷いた。

藤原と野戦憲兵に、人目を忍んで段列地域の野外入浴セットへと連れて行かれる。二人の女軍が待っていた。腰に拳銃をぶら下げている。

天幕内の脱衣所で、潤花がぼろぼろの衣類をすべて脱いで全裸になると、藤原はそれを持って姿を消した。浴室の角に、一人ずつ立つ女軍に見張られながら、潤花は身体を沈めた。――あたたかい……。適度に包む湯の圧迫が、心も傷もいやしてくれる気がした。

潤花は、はあっ……と吐息をつき、巻いた包帯をビニールで目張りした左腕を湯船の縁にかけ、二人の女軍を見た。二人同時に襲えないよう配慮はしていたが、手にした拳銃の扱いになれているようには見えなかった。

「……美人よね」

「――どうやったらあんな身体になれるのかなあ」

二人の女性隊員は、潤花のピアニストのような引き締まった曲線を見て、言った。

「……ちょっとそこの！　どうしてそこで靴ひも直すの？　そっちも立ち止まらない！……さあ早く行った行った！……へらへらするな、スケベ、覗き魔、出歯亀！」

不届き者に声を張り上げた藤原は、調べたぼろぼろの潤花の衣類を手に、天幕をはぐった。もうそろそろ……、と潤花に言いかけて、藤原は口をつぐんだ。

潤花は湯気に霞んだ中で、湯船に白い半身を腰掛けていた。――逞しいが、女性の優美さを失っていない、凜然とした裸体だった。

「……見せ物じゃないわ」潤花はちらりと藤原を見て、呟いた。

我に返った藤原が、出るように促し、タオルを渡した。「いままでのものを着ててくれる？　着替えは用意するから。……これから、知ってることを聞きたいんだけど」

自衛隊は捕虜用の衣料など保有していない。方成中には必要なかったが、留守部隊の隊員が街まで買いに走り、届けられるのを待っているのだった。

なるほど、と潤花は思った。懐柔させて、落とす。これから憲兵か情報関係者の本格的な訊問が始まるわけね……。「わかった。知ってることは……みんな話す」

潤花は、藤原と野戦憲兵とともに、野外入浴セットの天幕を出る。

薄暮が、西の厚い雲を染めていた。

「もうひとり……、昨日捕まった男は……どうなったの」

潤花は、どんな身体検査でも発見できない武器を確認しながら、小声で藤原に尋ねた。

「元気にしてる、大丈夫よ。――」

　藤原がそう答えた瞬間だった。

　潤花は藤原の首に両腕を巻き付けて咆哮《ほうこう》を上げ、長身を利して藤原を振り回した。

「貴様！」警務隊員が慌てて飛び退《の》き、銃を向けた。

「動くな！」潤花は藤原の、早くも紫色になり始めた横顔を抱えて、怒鳴った。

　夕暮れがせまり影が長くなる中、騒ぎを聞きつけて数十人の隊員が駆けつけ、手に手に小銃を向けた。「離せ、やめろ！」

「離さんと撃つぞ！」怒声がいくつも上がる。

　潤花は歯を見せて藤原を苦もなく持ち上げ、隊員達の眼を睨み回した。「昨日捕まえた男を、今すぐここに連れてこい！　連れてこなければ、この女の首を折る」

「ふざけるな、離せ！」

「逃げられると思ってんのか！」

「――あと少し、力を入れただけで折れるぞ！　私を撃ってもこの女は助からない！　試す価値はないぞ、連れてこい！」

　隊員達は銃を構えたまま動けなかった。ここは、戦場ではない――。

「……このままでも、私を撃っても、この女の首は折れる。良くて一生車椅子だ。悪ければ、死ぬ。その覚悟があるか？　仲間を殺すんだぞ、自分の手で」

隊員の人垣から、誰かが走ってくる気配がする。

「覚悟がないなら――早く連れてこい！」視線と気迫で、隊員達を押した。「どうした、早くしないとこの女死ぬぞ！」

「ちょっと待ってくれ、冷静に話し合おう」人垣を分けて現れた、作業帽の軍官が言った。

「話す必要もない、簡単なことだ！　私とこの女が死ぬか、捕虜を連れてくるか、どっちだ！」

「いま怪我で絶対安静が必要なんだ、だから難しい！」

「嘘だな。――それにどんな状態でもかまわない、連れてこい！」

「だから……！」

「時間を稼いで狙撃でもさせるか？」潤花は悽愴《せいそう》な笑みで報いた。「狙撃手は、あそこと……あそこか？」

潤花が視線で示したまさにそこに、狙撃眼鏡と頰当《チークピース》てつきの六四式を構えた隊員の姿があった。潤花の視界からはずれた場所だったが、見抜かれていた。

「撃てるか？　私は丸腰だ、それでも撃てるか？」潤花は喚く。「嘘と思うなら、そこの憲兵に聞いてみろ！　丸腰の女を殺して、仲間も殺すのか？」

隊員らが問うように見ると、警務隊員は悔しそうに頷いた。

「解ったら、さっさと用意しろ！　捕虜と車だ！――日が沈むまでしか待たないぞ！　沈めば、この女を殺す！」

　軍官に耳打ちされた隊員が走り去るのを見送り、潤花は凶暴に辺りを睥睨《へいげい》するように見回し、そっと藤原の耳元で言った。「……ごめんね」

　旅団司令部は、苦悩していた。

「せっかく獲得した捕虜だぞ、あいつ一人獲得するのに、何人死んだんだ」真田が苛立ちのあまり、吐き捨てた。

「しかし、いまこの状況下で、隊員を見捨てたとあれば、全体の士気に影響が……。これからが作戦に決《けつ》をいれるときです」中島が言い返す。

「諸官、落ち着こう」正本が制した。「焦れば、出る知恵も出ん」

　とはいえ、いくつも選択肢がある訳ではない。

「……やむをえんだろう」堂本は口を開いた。「渡辺四部長、用意をさせろ」

　真田が堂本に口を開きかけた。

「一部長の言うことも解る。解る、が……我々は昨夜の作戦を、捕虜獲得のために行った訳ではない。払った犠牲もだ」

「しかし、敵は必ず藤原三曹を連れてゆきます、危険です」

「追尾部隊を編成、空からも追尾させろ」

「……了解」中島三部長が復唱した。

「当該部隊には人質の命を最優先。――部隊行動基準に従うよう、もう一度徹底させろ」

……西の稜線にはもう、針の穴ほどの夕陽が残っているだけだ。

潤花は激しい動悸のなか上辺は平静を装い、取り囲む隊員達の銃口と対峙していた。

「解った。……捕虜を渡そう」再び耳打ちされた軍官が答えた。

やがて人垣が割れ、灯りをともした旧式のジープが現れた。

「李上尉……」後部座席には方成中が乗っていた。顔色が悪いが、大丈夫な様子だ。

「連れてきたぞ、藤原を離せ！」作業帽の軍官が言った。

「約束したか？　私が」潤花は嘲笑って見せた。「離した途端、撃ち殺されるのはごめんだ。安心しろ、必ず生きて返す。……方、運転しろ。道をあけろ！」

潤花が、後部座席に藤原ごと倒れ込むように乗り、引きずりあげると、運転席の方は急発進させた。両側から隊員達の憎悪の視線を浴びながら、ジープは走った。

段列地域を抜けると、潤花はすぐに藤原から両腕をはなし、折り重なった状態から座席に座り直す。正面から互いの顔を見る。藤原は恐怖で言葉もない。

「妙な真似はするな」潤花は姉が妹にするように、藤原の髪を撫でた。「あなたは私に親切にしてくれた。……だから、殺したくない。いいわね？」

藤原は首の痛みも忘れ、がくがくと頷いた。

ジープは、やはり鬼の形相の一線中隊隊員が見送る警戒線を抜け、山間の道路をしばらく走った。暗い空にヘリの爆音が響き始める。

「ここでいい、止めろ！　ここからは徒歩だ」潤花は蛇行した道路にジープが止まると、藤原をじっと見た。「世話になった、ありがとう……。方、行くぞ！　肩につかまれ」

木々と夜陰を味方に、山肌を縫った。

「ここで小休止だ」潤花は見つけた窪地に方を座らせた。わずかな湧き水を両手ですくい、戻った。「痛む？　さ、飲め」

「……すいません」方は肩で息をしながら答えた。

ふと、人の気配がした。はっとして潤花が身構えると……、高秀馬と二人の工作員が茂みから現れた。「高、お前、どうしてここを……？」

「お前らを探してるヘリが、うようよしてるからよ」高秀馬が言った。「方も無事で良かったな。よしお前ら、担架をつくれ」

「李上尉、お返しします」工作員がドラグノフを差し出した。

「まあ、なんだ……」高は工作員たちが竹とシャツ、ズボンで即製担架を作るのを見ながら、顎をかいた。「……好きなもの同士は、互いの居場所が解るんじゃねえか……？」

「歩哨に立つ」潤花は急に歩き出し、薄く染めた片頰だけ見せて振り返る。「――馬鹿」

稜線の下、八合目付近の宿営地では、丁が意外そうに待っていた。命じた本人も、成功するとは思っていなかったのかもしれない。

「で……李上尉」潤花の報告を聞き終えた丁は言った。「人質の女軍だが、処断は怠りないだろうな」

「それは……」潤花が目をそらすと、方成中が答えた。「殺しました、僕が」

ふん、と丁は鼻を鳴らした。「御苦労だった、休め。せっかく多大な犠牲を払って得た捕虜を失ったんだ、やつらの士気も相当落ちただろう」

低く喉を鳴らす丁の前から、では昨日までの戦いは何だったのかと詰問したい潤花と、足を軽く引く方は離れた。

「痛むか?」潤花は小声で方に言った。

「ええ、少し。——あいつら、馬鹿だな」銀色のカプセルが並んだヒートを取り出して、潤花に見せた。「解放されるとき、医者が薬までくれましたよ……」

自衛隊の圧縮の輪は、いよいよ狭まってきた。


二十二時頃、正本副旅団長は緊急の記者会見で、すでに騒ぎを察知していた報道陣に、事案の概要を正直に述べた。捕虜取り扱いの不備、人質になった隊員の安否に、記者達の矛先は向けられた。

正本は女性兵士の人道的な扱いが逆手にとられたことは残念、と記者に応じ、それから、付け加えた。「……これより先、彼らに逃げ場はなく、我が方に追い詰められるのは必至の戦いの場に戻ったことは、彼ら自身の為にも大変、遺憾です」

正本の言葉に、嘘偽りはなかった。――作戦開始から、すでに四日。

第十二旅団と増強部隊は設定した統制線を幾つも越え、北朝鮮部隊を追い詰めている。

すでに作戦地域の三分の二を制圧、各部隊の警戒線は狭まることで密度を上げている。

圧縮は最終段階へと向かっていた。

騒ぎの余韻が漂う早朝、段列地域記者会見場のそとでは、声を潜めたやり取りがあった。

「何言ってるんですか、うちは日露戦争の昔から、戦争で読者を増やしてきたんじゃないですか！　違いますか？　でもって戦後は民主主義と反軍思想、国民の望むものを提供するのがうちのやり方でしょ？」

「で、でもさ、危ないじゃないか。それに本社の意向も」

「そんなの言ってるから、あんな集落攻防戦みたいないい絵をテレビに撮られたんです、でしょう？　それに、結局女性隊員は無事に戻ったわけだし」

何があっても自分だけは大丈夫、と考えられる年齢の女は、ふん、と鼻を鳴らした。

「なんかあっても、自衛隊が助けに来るわよ、税金払ってんだから、当然でしょう？

――とにかく、日が上ったら出発しましょ」

旅団司令部、戦闘指揮所。

藤原三曹、無事保護の一報には安堵したが、それ以後は天幕の中は重苦しかった。

「……我が方に有利なのは変わらない」と中島第三部長は呟いた。

そうは言っても、雰囲気もまた変わらない。

「ご苦労だったな、みんな」堂本は少しだけ疲れた声で言った。

「あの……」と片隅から汐見が手を挙げた。「いいでしょうか」

堂本は頷いて、促した。

「はい……、その、国内向け宣伝戦については、多少の成果があったと思います。女性捕虜を正当に扱い、少なくとも法制面の不備を、国民は知ったわけですから」

「気休めか?」堂本は気の抜けた感じで笑った。

「いえ、……それに逃亡した二人も、自分たちの受けた扱いを仲間に話すでしょう。これから投降を促す場合でも、彼らの判断材料になります」

「そうだな、――そう思うとしよう」堂本は頷いて言った。

「心理戦に使えない材料はない――、私の上官が、いつも言っていることですから」

「確か〝変人〟の……?」と佐伯がちょっと笑って、言った。

「はい、桂川班長です」汐見は誇らしげに言った。

その変人は、情報本部で公衆電話の受話器を握っていた。

「逃げられたらしいな」と、相手は言った。

「ああ」桂川は答えた。

「まあいいさ、訊問する機会が与えられるかどうかは解らんからな。――その件とは別に、昨日は御苦労だったな」

「俺の仕事をしたまでだ」

「そうだな。……ところで舞台は整ったとして、――戦いの幕引きは、これでいいのか」

「ああ。半分同胞のお前に言いたくないが、あんな厚顔な国が矛を収めるとは思えない。水面下で仲間が動いてる」

「解った。俺は今日帰国する。決行直前に、詳細を報せてくれ。――正確な情報こそが担保だ。こっちも上官を説き伏せる時間が必要だ」

「解った」桂川は受話器を置いて情報現示室に戻り、空幕防衛課運用班に内線をかけた。

それから三十分後――、長崎県五島列島沖、東シナ海、空自訓練エリアＰ－１。

国籍不明機《アンノウン》確認に緊急発進《スクランブル》した第三〇一飛行隊、中間和樹一尉の操縦するＦ－４ＥＪ改、〈アリス04〉は帰路に不可解な命令を、西部航空方面隊指揮所より受けた。

「〝ゴースト〟」後席の鹿島が機内交話装置を通じ、公認のあだ名、タッグネームで中間を呼んだ。「着陸飛行場変更《ダイバート》と言ってます」

「なんでまた……。理由は？　航空基地《AB》で事故か」

「いえ、説明はなしです」

低気圧の影響で雲量は多いが、飛行に支障はない。中間は過去に何度も、戦技競技会F－4部門、射爆撃の部で優勝に貢献した、技量は確かなF－4EJ改パイロット《ファントム・ライダー》だった。

解せない話ではあったが、空にいる者は地上で指揮する者に従わなくてはならない。

「そうか……、で、〝エルフ〟、どこへ行けって？」

「築城《ついき》ＡＢだそうです」鹿島は答えた。


正午、前線の雲が再び力を得て、小雨を降らせていた。

細い雨が天幕を濡らし、流れる音がわずかに漂う第十二旅団飛行統制所は、レーダー画面上に回転翼機の機影を捕らえていた。

「我が方の機体ではありません。あと十分後に作戦地域上空に達します」操作員が言った。

「飛行隊本部に連絡！――どこの機体だ」

「方向から見て、新潟空港から離陸したんでしょう。おそらく……」

「マスコミか……！」班長は吐き捨てた。「警告しろ！」

信務員が無線で呼びかけるが、班長は果たして効果があるかは解らなかった。自衛隊の空域統制は何の法的根拠も持たないからだ。

「当該機から返信、陸幕広報と旅団広報の許可は得たと言ってます！」

「ふざけるな……！　そんな許可を与えるはずがないし権限もない、再度警告しろ！」

当該機は、レーダー画面上、刻一刻と一線部隊の成す進出線へと近づいてゆく。

信務員が呼びかける。「……確かにもらったと言ってます」

班長の見つめる画面の中で、ついに不明機は部隊前縁を越えた。

「御巣鷹山と同じことを言いやがって……！　飛行隊の離陸はまだか！」

「いま、離陸したそうです！」別の信務員が、受話器を手に振り向いた。

「なんとかならんのか、あいつら……！　好き勝手だ」

「〈ハンター02〉、目標進路……」信務員は、飛行隊機を誘導する。

「高度二百——ん？」信務員は言葉を切った。「班長！」

「知る権利はあるだろうがこっちに……あ？　どうした」

「目標、失探しました！」

「山陰でレーダー履域から隠れたんじゃないのか、無線で呼びかけてみろ」

信務員はしばらく呼びかけ、顔を上げた。「……応答なし！」

班長は別のヘッドセットをひっつかみ、頭に載せた。「〈ハンター02〉、〈ハンター02〉！

目標の詳細知らせ、なにか見えるか！」

マスコミの機体の消失地点上空に達したUH－1からの返答は、叫び声に近かった。

「当該機を地上で発見、墜落した模様！　樹木と靄で動く者は見えない！　繰り返す
……！」

マスコミのヘリ墜落――。

それを知った者たちは、それぞれがそれぞれの思惑で動き始めた。

旅団戦闘指揮所。

「部隊の進出速度はこのまま」堂本は言った。「……特殊作戦群をヘリボーンで投入する」

臨時飛行場、出撃準備地点。

「ようやく出番か」鳶崎は雨に濡れながら言った。

M－4を下げた四個小隊の猛者《もさ》達が、ヘリのローターの騒音の中、整列していた。

「しかし、群長自ら出撃されなくても」中隊長が言った。

「初の実戦だぞ、わしが前線におらんでどうする。おまえらの働きぶりが見たいきのう。安心せい、指揮は任せる」

墜落地点から、五キロ地点。

「夏の虫は自らすすんで火に入る……、確か日本語にはそんな諺《ソクタム》があったな」

遠くを双眼鏡で見透かしながら、丁は潤花に言った。「……望み通りにしてやる」

飛行隊UH－1、〈ハンター12〉。

「緊張してるか」計器を確認しながら、戦死した吉森に代わった機長は言った。「……中里。大丈夫だ、俺らは予備機だしな、救助の」

「……はい」美佳は手順リストを消化しながら、正直に答えた。

――吉森一尉、どうか私を冷静でいさせてください。

「上から下への射撃は難しいんだ。……奴らに奇跡は二度もない。落ち着いていこう」

搭乗の号令がかけられ、迅速に特殊作戦群の隊員達が乗り込むと、七機のヘリは雨の中、飛び立っていった。

七機のヘリは墜落地点へと飛ぶ。

上空監視していた〈ハンター02〉が獲物を狙う猛禽のように旋回し、その場を離れる。墜落地点だ。機体は見えない。雨に煙る木々に覆われている。

予備機の一機を残して、七機のうち進入した四機は墜落地点をホバリングして取り囲むと、ほぼ同時に太いロープを二本ずつ地上へと伸ばす。

間を置かず、特戦群の隊員たちは、ロープを掴んで次々と連なって降下し始めた。金具を使用せず握力と挟んだ足の力に頼るファストロープと呼ばれる方法で、カラビナを使うリペリングに比べて短時間で降下、地表へと展開できる反面、安全性と使用するロープの価格が高い欠点もある。

「ようし、降りたもんから仕事にかかれ！」真っ先に降下した鳶崎が言った。

普教連が降下中に狙撃されたのは知っていたが、隊員達は躊躇わずロープを手に続いてゆく。命知らずの漢達《おとこ》だった。

墜落現場へと移動する中、梢の隙間から隊員の降下を見た丁は、舌打ちした。「一足違いか……接近して、ヘリも始末するぞ！」

丁らは森を抜けて、距離を縮めてゆく。……見えた。幹の重なりの向こう、開けた草地に、横倒しになりローターで雨雲を突くヘリの残骸と、日本兵がいた。

どこに潜みやがった……？　丁は目を凝らしたがほかに日本兵は見えない。どうします、と囁く副官格の偵察兵に、丁は言った。「かまわん……やれ！」

北朝鮮側のAKが上空の生きているヘリ、そして地上の死んだヘリの残骸に叫んだ途端、眼前のいたるところから一斉に、特戦群隊員のM－4カービンの銃声が、鬨《とき》の声のように上がった。ポン！　と音がして、飛んできた握りこぶし大の物体が、丁の目前で跳ね……炸裂した。M203の撃った四十ミリ擲弾だ。

破片を浴び、ぐぎゃ…！　と呻き身じろいだ副官格の偵察兵の肩が、血しぶきを上げた。肩をつかみ、指の間から血を吹き出させて激痛に歪む顔を見て、丁は不快気に舌打ちした。狙撃手の仕業だ……。「潤花、援護はどうした、潤花！」

「無理です！」潤花は馴れ馴れしい、と内心吐き捨てながら、無線機に言った。「こっちも狙撃手に囲まれてます……！」

装備は同等で、一通りの訓練をうけた狙撃手、それも複数相手では、いかな経験では凌駕する潤花でも、下手に動けなかった。

——昨日までの奴らとは違う、と丁は思った。

「始まったな、急ごう」荒木隆志一曹は、ヘリの残骸で作業する班員に言った。

辺りはローターで切り開かれ、機体は墜落の衝撃で柔らかい土に半ばめり込み、空を向いた左側面のスライドドアが雨に打たれ、スキッドが横にむなしく突き出ている。激突する太い木がないのは幸いだった。機体はひしゃげているが自動車と同じく、衝撃を機体が吸収し、乗員を守るように設計されているからだ。

「大丈夫ですか！　我々は自衛隊です、救助に来ました！」荒木は手袋をした手で、スライドドアを叩いた。中からどんどんと叩き返す音がする。「よし、生存者発見の報告！開けるから手伝え」

荒木は身軽に滑る機体へ昇り、部下とスライドドアを開けにかかった。持参したバールやエアーソーで、ほとんど解体する勢いでドアを排除する。雨で、火花に気を遣わなくて良いのだけが救いだ。

「よーし、引っぺがそう。手を貸してくれ」荒木と班員全員が手をかけ、渾身の力を入れると、ドアが音を立てて外れた。「大丈夫ですか！　慌てないで、ゆっくり出てください」

双方の射撃音が交錯し、暗渠のような機内から金切り声が上がる。「遅いじゃないの！」

「はいはい、どうも申し訳ありません」荒木は怒りもせず呆れもせず、女に手を貸して機外へと引き出す。男であれば、格闘徽章保持者の実力を発揮したかもしれないが。

横倒しの機内にはまだ、軽傷の女のほかに三名がいた。荒木は機内に潜り込み、動かない三人の身体に触れた。……パイロットは正副ともに死んでいた。特に正操縦士はほとんど地中に埋まった悲惨さだった。後部座席の男は意識を失っているが、それは幸いだと荒木は見て取った。……折れた大腿骨が、太股から肉を破って突きでている。開放骨折だ。

「生存者は四名中二名、うち一名は重傷！　緊急搬送の必要あり！　送れ！」

荒木が無線で報告する間、女——女性記者は鳶崎に食ってかかった。「いつになったらここから離れられるんですか！」

「えらいのう、よよと泣き崩れる可憐な乙女を連れ戻しに来たつもりやったが……」戦闘中に似つかわしくない飄然とした声だが、視線は鋭く周囲を窺っている。

離れていたヘリの輪から、負傷者収容用UH‐60が墜落機直上へ接近してくる。

それを見た丁は唇の雨滴を舐めた。「あいつに射撃を集中しろ」

UH‐60はベトナム戦争の戦訓から、主要な部分に12・7ミリ銃弾に耐えうる防弾処理が施されている。しかし、隙があるのを知っていた。

メイン、テイル両ローターに火線が集まる。メインローターのブレードに当たり、跳弾がシャフトの付け根のスウォッシュ・プレートに当たって火花を散らし、うっすらと白煙をあげはじめる。

「くそ……！　退避する！」ＵＨ－60のパイロットは毒づいた。

〈ハンター12〉、副操縦席の美佳は、白煙を引くＵＨ－60が、機首を翻すのをみた。——飛び方がおかしい。あたりどころが悪かったのか……。

「〈ヒリュウ01〉、そのまま整備補給点に帰還しろ！」無線から指揮官の声が聞こえる。

ＵＨ－60《ロクマル》が帰還……ということは——。

「〈ハンター12〉、目標上空に占位、負傷者を収容しろ、負傷者を収容しろ！」

負傷者収容は、予備機である自分たち、〈ハンター12〉の出番となる。美佳は胸が震えた。……今度はもう、だめかもしれない。

「〈ハンター12〉、了解。——負傷者を収容する」機長の答えを、吉森が死んだときと同じ、どこか遠くで美佳は聞いた。

　周囲のヘリも機関銃を射撃しはじめた。本来なら六二式機関銃が適当だが、構造上〝野戦には向かない兵器〟なので、12・7ミリＭ2キャリバーが太い火線を、地上に叩き込む。

　空からの重機関銃射撃にさすがに驚き、火線が弱まったのを幸い、〈ハンター12〉は進入し、報道ヘリの残骸上空で急制動をかけ、ホバリングする。ホイスト用ウインチで負傷者用バックボードが下ろされてゆく。全くの無防備だった。地上と僚機の援護射撃だけが頼りだった。

　美佳は、もう怖いとは思わなかった。——機体と乗せた人間に集中しろ……！

地上に達したバックボードに、ダウンウォッシュを受けながら、荒木が素早く負傷者を固定する。足に副木《そえぎ》を当て、頸椎保護パッドで首が揺れないようにしてあった。

ウインチが巻き上げられる。移動した敵の射撃が再び激しさを増す。ゆっくりと回る負傷者が、機体へとつり上げられてゆく——。

「……早くしろ」呟く機長の声は、わずかに震えていた。

ついに機体に達した負傷者を、機付き整備員は機内に引っ張り込み、固定した瞬間、叫んだ。「固定、よし！」

機長が待ちわびたように、コレクティブレバーに力を込めようとした途端、銃撃が激しくなった。機体に穴が開く音、はじかれる音、何かが割れる音——、嵐の中で窓を開けたような音が充満した。

うっ……！　と機長は声を上げた。跳弾が肩口に刺さってる。美佳は咄嗟に叫んでいた。

「……アイ、ハブ・コントロール！」

「早く出せ！　負傷者が死んじまう！」後部の機付き整備員が、負傷者に覆い被さって絶叫している。

——まず火線をはずせ！　そう思うと身体が勝手に動いた。レバーに力を込める。〈ハンター12〉は銃弾に追われながら、ふわりと機体が持ち上がった。そして、またレバーを下げた。数メートル上がった機体は、再び空気に沈んだ。

「うわっ、墜ちる！」直下で見守っていた荒木が叫んだ。

「いや、違うだろ」と鳶崎も見上げたまま叫んでいた。「射撃を外したんや」

鳶崎の読み通り、〈ハンター12〉を狙う火線が一瞬姿を見失い、止まった。

――いまだ……！　その瞬間、〈ハンター12〉は、機首を下げ、推進力を振り絞った。

疾風と化し、樹木をかすめて大きな弧を描く――。

美佳は食いしばった歯を覗かせ、見開いた眼で銃弾の交錯する空で前だけを見詰めていた。その顔は、エンジンの咆哮が響く中、戦神乙女《ワルキューレ》のように見えた。

眼下の森が速度で細部を失い、緑の模様の混ざった褐色の絨毯となって行き過ぎてゆく。もう追いかけてくる銃撃はない。――やりました、吉森一尉、私、できました……！

頰に涙が伝うのを感じて我に返り、鍛えてくれた上官にそっと胸の奥で感謝を捧げた。

――守ってくれた、吉森一尉は、私を……死んでしまったあとも……。

「すまん……、中里、……大丈夫か」肩を押さえる機長へ操縦を返しながら、美佳はただ頷き返すばかりだった。

特殊作戦群は遺体の回収を断念し、すばやく離脱にかかった。荒木は剝がしたドアを、機体の入り口にかけて塞ぐ。死者へのせめてもの心遣いだった。「また来ます。……必ず」

「よし、離脱にかからせえ」鳶崎は言った。戦果はなかったが損害はなく、任務は完遂した。初陣《ういじん》としては充分だ。

「やりましたね」と荒木が旅団司令部へと戻る三トン半の荷台で、小隊長の三原に言った。

返事がなく、荒木は隣の三原の顔を覗き込む。「——小隊長？」

三原は顔中、脂汗を流していた。目を見開き、震えている。

「小隊長！」三原はその声を聞きながら、前へと倒れ込んだ。

腹の中で、虫垂炎が我慢できる限界に達していた。

第十章　決戦……平壌、空爆

　その夜から、北朝鮮側は戦術を変えた。

「あ、班長！　僕です」汐見は戦闘指揮所天幕の入り口脇で、携帯電話に言った。「敵は少人数に分散し、各部隊の警戒線に強襲をかけています！」

「そのようだな」桂川は手を組み、情報現示室のスクリーンを見詰めた。当初の三分の二に狭まった、五頭連峰を取り囲む統制線の各地で、接敵の表示が赤く瞬いている。「夜明けまで統制線を固守、焦らないよう実施部隊に助言するんだ」

「解りました」と答えた汐見に、天幕から出てきた隊員が声をかけた。「三尉、こちらへ」

　天幕に入ると、幕僚達が作戦図に身を乗り出している。

「夜間は前進できないこちらを、擾乱《じょうらん》するつもりか？……しかし、どうして今頃」真田が呟く。擾乱とは、軍事用語でいう嫌がらせだ。

「ええ」中島も言った。「なぜ我が方が稠密になってからなんだ……。隠密攻撃や解囲攻撃なら、散兵線が薄い初期段階の方が、成功しやすかっただろうに」

「部隊の密度が上がったのを、逆手にとるつもりでしょうか」佐伯が誰にともなく言った。

「おそらく」堂本が口を開いた。「包囲を抜け再度都市部に浸透し、最後まで出血を強要するつもりだろう……我々に」

「まんまとおびき寄せられたか」中島が息をついた。「……くそ」

「目論見《もくろみ》が甘かったと敵さんに教えてやれ」堂本は言った。「特戦群へ下命！　直ちに哨戒挺身隊《しょうかいていしんたい》を編成、警戒線より浸透せよ。――敵を狩り出せ」

特殊部隊の得意とする、少人数の戦闘パトロール部隊の投入だった。


新潟で圧縮が大詰めを迎え、政府も最終的な判断を下さねばならない局面を迎えていた。殲滅か、捕獲か。――だが捕獲したとして事後、どう扱うのか。

「もっとも避けねばならんのは、平和国家たる我が国国内で、敵国兵士とはいえ全滅することだ……」

外交ルートはほぼ断絶、国連代表部を通じた会談で、捕虜を奪還した女性兵士の官姓名と認識番号、さらに証拠品を示しても、「当該女軍の名乗ったとされる官姓名の軍籍、認識番号そのものが存在しない」と返答、証拠品は「我が軍の装備によく似ているが、偽物だ」と人を食った回答に終始した。

平壌放送は連日伝えている――。「日本傀儡政府は犯罪者逮捕に軍を動員し、その犯罪者達を不当にも我が国人民と喧伝している。日本傀儡政府内での軍国主義勢力の台頭、また在日僑胞たちの晒されている不当な暴力を鑑《かんが》みるとき、首領様は大いなる一撃を、傀儡政府に賜るかを判断されるだろう」

戦争は開戦より、終結させる方が難しい。攻撃よりも後退戦に、より精鋭の兵員と指揮官が必要なように――。

十一月二十四日。

防衛庁、重要事態対応会議。

「本庁として自衛隊として、現況を打開するどのような選択を政府に提示できるか……、忌憚《きたん》なく討議してもらいたい」功刀《くぬぎ》が上座から口を開く。

内局、文民の部長達もロの字形のテーブルを取り囲み、情報本部からは恩田、そして桂川と播磨も出席していた。

「最終的な決を入れるとなれば、北朝鮮兵は自滅的攻撃にでると思われます」

「なんとか現地部隊に自制を呼びかけ、捕獲するよう求めてはどうか」

「しかし、北朝鮮兵士も必死です。捕獲されるよりは……」

桂川は恩田の背後に声をかけた。恩田が頷く。

「情報本部、対遊撃検討班、桂川一尉といいます」

「分析屋か……、何か提案でも？」

はい、と桂川は答えた。「問題は我が国内で敵兵が自決、攻撃にかかわらず全滅することと……我が国の長年かかって築いたイメージが壊れることです」

「イメージというのは？　なんだね」

「平和国家としての、です」桂川は言った。「——これが否定されれば、我が国の国益を著しく損ないます」

居並ぶ皆がうなずいた。それを確かめて桂川は、となれば……と続けた。

「対象国本国に、我々の意志と能力を伝え、当該地部隊に停戦命令を出させるのです」

「それは、要するに……」

「はい。策源地攻撃……」桂川は静かにうなずく。「……北朝鮮本土への、直接攻撃です！」

居並ぶ高官達の口から呆れ声が漏れた。「そんな真似が——許されるはずがなかろう！」

「大体、どこを狙うというのだ、弾道ミサイル発射基地か？」

桂川は気迫がみなぎっていた。臆せず続ける。「いえ。弾道ミサイル基地は地中に隠蔽され、最も破壊力のあるP－3Cのハープーンでも、破壊は困難です。残念ながら、自衛隊の装備では破壊できません……、なにより逆効果です」

「ではどうする、米軍に巡航ミサイル発射を要請するか？」

「――米国は各種情報から判断して、動きえないでしょう」

「ではどうやって、どこを狙う？」

苛立った内局の高官が言った。

「非磁性塗料《フェライト》を施した、ステルス仕様の支援戦闘機を使います。相手国の人命に損害を出す危険がほとんどなく、しかも、政治指導者へ精神的大打撃が加えられる場所を狙います」

「そんな都合のいい目標があるのかね？」

「対象国首都に、一カ所だけあります。我々の意志と警告を伝える格好の場所が」

「どこだね、先代首領様の像ではあるまいな」

「違います。……それは――」


第十二旅団。

「不動状況には追いこめましたが――」中島が言った。

雨降りしきる昨夜半から投入された一チーム四人の哨戒挺身隊数十組は、徐々に効果を表しつつあった。だが……。

「――競合地域内の連携がなかなか」中島は手元の報告書に目を落とす。……

……荒木隆史一曹のチームは追いつめた、と雨に濡れながら確信した。何しろ暗視装置の質が違い、その緑色の視界に、繁みへ逃げ込む北朝鮮コマンドを捕らえたのだ。やれ！　とばかりに全員で一斉射撃をくわえて発煙弾を投げ込む。すかさず、木の葉を銃弾でそぎ落とされ、骨格標本になった繁みに突入し、――目を見開いた。「あっ！」

敵は一人もおらず、そこは警戒陣地の正面だった。……はめられた！

「伏せろ！」荒木は本能的に怒鳴った。悪い予感は的中し、陣地からのすさまじい銃火が嵐となり、咄嗟に這いつくばった荒木のチームを襲った。「馬鹿！　撃つなあ！――くそ、小林、識別用の旗を振れ、早く！　味方にやられるぞ！」……。

「敵ながら……、大した奴らだ」堂本が言った。人間離れした脚力と精神力だ……。振り切られるチームや、応援要請されたヘリが挺身隊とコマンドを見分けられず、あわや誤射しかけた一幕もあった。

「みんなが怒鳴る中で、黙ってる奴を捜すのと同じだ」真田が感想を漏らした。入り乱れた状況で、必要な情報が埋もれてる、ってことか、と末席の汐見は思った。何かに似てる……？

「とにかく、友軍相撃だけはなんとしても避けろ。位置報告を徹底、識別もな」

識別……、汐見の脳裏に照明弾が打ち上がる。そうか！　サイレント・ピリオドだ！

汐見は気づくと手を挙げていた。「あ、あの……！」

「なんだ」真田が寝不足で血走った目を向けた。

「いえ、……あの」照明弾は不良品だったらしく、しおしおと燃え尽きる。

「まあ、一部長。どうした、なにか意見があるのかな」佐伯が穏やかに言った。

「はい……ではその、うちの変人……ではなくて上官が言うには、攪乱部隊投入の段階では、作戦地域内で動くのは鳥か獣か敵性勢力のみにすればいい、と言っています」

「うん、それで」佐伯が促した。

「ええと、それで自分の職種は通信で、出身は姫路で、友人の何人かが阪神大震災で家を失い、助け出された者もいて……」

「……汐見三尉？」怪訝な顔で佐伯が何かを確かめるように質した。

「なにを言っとるんだお前」真田が呆れていった。

「失礼しました。ええと」汐見は空咳一つして、自分を落ち着かせた。「要するに浮動状況の中、確度の高い識別が行えれば、敵を追い詰めるのに有効です」

「それで？」堂本が苦笑に似た表情で促す。

「はい。――現に接敵中の部隊以外は、一斉に、任意の時刻、動きを止めるのです」

「……ん？」と堂本は苦笑をやめた。

「つまりその時刻、動いているのは敵兵のみにするわけです」

「それをどうやって捕捉する」

「ヘリの赤外線暗視装置……それから対戦車隊の照準システム、情報小隊の戦場監視機材を総動員して、上空から監視すれば、なんとかならないでしょうか」

幕僚達は顔を見合わせた。

「……面白いな。確かに包囲開始段階では広すぎて無理だったが、いまなら、なんとか」

中島が言うと、真田も言った。「時刻はどうする？」

「完全に不規則、ランダムにすべきかと。敵に規則性を悟られれば、効果がなくなりますから。一時間後、次が三十分後、その次が二時間後、という風に」

試しても損はない、という表情が幕僚達に浮かび、佐伯が堂本を見た。「完全な時刻の統制を必要とし、周知徹底させるしかないが……効果はあると思われます」

「よろしい、許可する。やってみよう」堂本はうなずいた。

「効果はやってみるまでは解らない。……でも、良いアイディアだと思うよ」

佐伯が汐見に笑顔で言うと、真田も「どこから思いついた」と言った。

「自分の職種は通信です」ほっとして、汐見は言った。「国際遭難周波数では救難信号を受信するためだけに毎時六分間、世界中で電波発信を停止する、サイレント・ピリオドがあるのを思い出したんです。それに、災害活動で瓦礫の下にいる生存者の声を聞き取るために、そんな時間を当時の出動部隊もとっていたと聞きましたから」

「なるほど。……君の上官は変人だそうだが、君への薫陶をみると、なかなかの狸だと思うよ」堂本は言った。

変人の次は狸呼ばわりされた桂川が説明を終えると、防衛庁の上層部を成す人々は黙り込んだ。

「……我が国は北朝鮮との様々な問題で、常に翻弄されている。……これが答えになるかもしれんな」

「だが、政府が選択するかどうか」

「法律で禁止されているわけではありません。政府は誘導弾による急迫不正の攻撃の可能性がある場合、敵国領土の攻撃は自衛の範囲、と国会答弁しています。そして北朝鮮側はそれを公言しました。――政府の決断しだいです」

「しかし……相手は嘘か誠か、核兵器の保有を喧伝してるんだぞ」

「朝鮮戦争、ベトナム戦争、フォークランド紛争、アフガン戦争……、いずれも一方は核保有国でしたが、戦略、戦術、戦域のうち、最も小さな戦域核でさえ使用されておりません。危機の等級からすれば、この戦いで核を発射する可能性はありません」

「解った。選択肢の一つとして提示するのは、かまわんだろう」

「はい、ありがとうございます」桂川が着席しかけた時、会議室のドアが開いた。

「会議中、失礼します」ドア口に現れたのは、警務隊員を従えた堤光太郎二佐だった。

堤は、ざわつく室内をテーブルに沿って歩き、前を向いたまま立ちつくす桂川のもとで立ち止まった。「一尉、桂川雅志。……北朝鮮への情報漏洩——、自衛隊法、国家公務員法違反容疑で、身柄を拘束する」

「桂川……！」播磨が椅子から、信じられないように桂川を見上げた。

嵐の中の影像のように小さく震える無言の桂川に、腕章をした警務隊員が近づき、手錠をかけた。堤は桂川を促す。「来い」

「何かの間違いじゃないんですか、堤二佐！」播磨は立ち塞がった。

「播磨一尉、君の心情に関係なく、間違えたのはこの男の方だ。——通してくれ」

「桂川……」播磨は問いかけ、祈るように見つめながら、言った。「お前……嘘だろう？」

引き回されるように歩かされ、出席者の視線の礫《つぶて》を浴びても、桂川は無表情だった。

「おいっ！　お前にとって、俺や……、自衛隊は……この国は何だったんだ？　この国には、お前が可愛いって言ってくれた未知や、山本や、仲間がいたんだぞ！」

桂川の背中が、警務隊員の大きな背中に挟まれ、連行されてゆく。

「なんとか言え、馬鹿野郎！」

桂川は廊下に消え、ドアは閉じられた。

功刀は顔面を蒼白にして失態を嘆くと、休憩を宣言した。

「どういうことだ河辺君！　君の使ってた男が、いましがた警務隊に捕まったぞ」

「あの馬鹿、保全隊に目を付けられてたようですからね……、それにしても！　馬鹿が！」

「そんなことより、善後策をとらなくては……！」

「大丈夫ですよ、あなたと私を結びつける客観的な証拠はない。ここはすべてあの馬鹿に被ってもらう、って一手で逃げ切るしかないでしょうな」

「……なんてことだ、だからあれだけ……！」

「あとは、時間を変えて相談しましょうや……。あいつがどこまで喋るか、まだわからんでしょう」

通話が切れた。

そして、録音装置も止まった。


休憩で皆が出払った会議室で、ひとり頭を抱える播磨に、安田が駆け寄ってきた。「播磨一尉！」

「……なんだ」播磨は腕で頭を支えたまま答えた。

「現地の鳶崎群長から命令です。三原一尉が盲腸でぶっ倒れるわ、負傷者が出るわでてんやわんやだから、すぐ来いってことで、ヘリが本庁へリポートに降りるそうですよ」

「そうか……解った。こっちを頼むぞ」

「身体の加減、悪そうですが、なんならあっしが参りましょうか」

「うるせえ！」播磨は怒鳴って立ち上がる。「俺は行くぞ！」

大声を出すと、吹っ切れた。装備は、迎えのヘリが習志野に寄り、留守部隊を詰め込むということだった。そして空挺迷彩に作業帽を被った播磨は、地上十九階のA棟屋上のヘリポートに、雨を突き通す眼の、特殊部隊員の顔で立った。

……爆音が近づいていた。雨雲の下に現れたのは、OH－6Dの卵形の機影だった。

小さな機体が機敏にヘリポートに着陸すると、播磨は洗車機の中を思わせる飛沫を浴びながら、狭い機体後部に乗り込んだ。

その時、ヘリポートに二人の人影が現れた。桂川と堤だった。

「播磨！」桂川は手錠をかけられ、濡れそぼちながら怒鳴った。「……許してくれ」

ヘリポートから上昇するOH－6Dの窓から、播磨は無言で桂川を見つめるだけだった。

機影はどんどん上昇し、やがてゴルフボールほどの大きさになった。

「ところで、堤二佐。この手錠、痛いんですけどね」

「我慢しろ」

「あ、……すいません、携帯電話が鳴ってるんですが」

「大人しくしてろ」

電話をかけてきたのは水原だった。

私服の桂川は防衛庁近くの路上に、水原の車を見つけた。

「……待たせて悪い」ドアを開け、助手席に滑り込む。

水原は無言でステアリングを抱えて、雨の洗うフロントガラスを見ている。

「水原さん……？」

水原は膝にのせていたものをつかみ、桂川の顔に叩きつけた。「なによ、これは！」

桂川の膝やシフトレバー、ダッシュボードに十数枚の写真が散った。

拾い上げ、桂川は一枚一枚を見た。どれも違う男達が撮《うつ》されている。長い息をしながら、膝の上でそろえた。

「全部自衛隊の……情報関係者じゃないのよ！」

桂川は無言だった。

「あなた、私に探らせるだけ探らせて、――それから土肥原の口を封じたのね……？」水原は桂川に初めて身体を向けて、睨んだ。

「私を利用したの……いえ」水原の声は怒りで震えていた。「塡《は》めたんだわ」

「――半分は言うとおりだよ」桂川は認めた。

「あなたの目的は何なの……？　私は、私はもう……」

「水原さん」桂川は、屈辱に歪んだ水原の顔を見た。

――声がいつもと違う……？　いつもの飄《ひょう》々《ひょう》としたつかみ所のない声ではなく、誇りと自信、それに……血のみなぎった艶やかさがある……。

「水原さん、巻き込んだのは心から謝りたい。だけど、酷《ひど》いことはしない。約束するよ」

少しぼんやりして、水原は桂川の顔を見た。強さと優しさを同時に宿す綺麗な目をしてる……いつもはどこか視線を逸らした、煙たそうな目なのに……。

「俺は不正には荷担しない。――しないが、俺にとって大切な者を取り戻す、唯一の機会かもしれなかった……。だから、信じて欲しい」

安堵がようやく心を包むと、水原は奇妙なことだが桂川が欲しい、と思った。隠されていた桂川をもっと知りたいと、ほとんどやるせない感情になった。

抱きしめてしまえば、また少しだけ一緒にいられる。水原はそっと桂川に寄ろうとした。鼓動に触れてみたい――。

桂川は視線を逸らしてドアを開けた。閉めたドアにもたれ、煙草に火をつけた。

「……もう抱いては、くれないのね」水原は取り残された車内で、呟いた。


桂川は防衛庁へと戻ると、クリーニングしたての制服に着替え、警務隊員とともにA棟、陸幕の四階を歩いてゆく。手錠もされず、警務隊に連行されているのではない。

無遠慮に、調査課の執務室を開ける。

電話を終えたばかりの河辺は、闖入者《ちんにゅうしゃ》を見て言葉を失った。

「お、おまえが何でここに……、どうやって……！」

「どうも、河辺二佐。――ようやくあなたの背後の確証が取れたので、こうしてまかり越しました。いやあ、功刀防衛局長だったとは、世の中侮れません」

河辺の顔が蒼白になるのを眺めながら、「証拠を見せろ、なんて言いませんよね？」と桂川は楽しげに言った。「私に隊内情報の収集に当たらせたのは、あなたですものね」

「き、貴様、……何をした……」

「なに、あなたから戴いた資金を有効活用しただけですよ、大したことじゃありません。――ただ、それが北朝鮮の為でなく自衛隊の為に使われた……それだけです。まあ資金運用については帳簿を堤二佐に提出するんで、ちょっと面倒でしたけど」

河辺は言葉を失っていた。わずかに同情し、桂川は声を落とした。

「……私なら御しやすい、あなたはそう思ったんでしょうね。もちろんそう思われた私も悪いんですが……、でも通敵工作を持ちかけられた私がどう感じたか、想像しましたか」

答えはない。

「情報勤務者としての、最後に残った一片の誇りまで否定された、そう思いました。つまり」桂川は言葉を切った。「あなたは私に、私の交戦規則を満たさせたんです」

桂川は続けた。「そして私は私と自衛隊を守るため、一計を案じました。あなたとあなたを背後で操る者の情報網が、私一系統ではないだろう、他にも声をかけたに違いない、と。それらの分子、細胞を監視、排除のために対敵情報機関、〝摩利〟を組織しました。……我ながらいい工作でした。予算は使い放題で、しかも敵の金ですから。調査の過程でも収穫がありましたよ。警視庁公安部の松井って警部も北朝鮮に抱き込まれてるようですが、御存じでした？」

「よくも……貴様、馬鹿の分際で……」

「その馬鹿にしてやられたのは誰ですか？　まあいいですけど」

急にげたげたと耳障りな声で河辺は笑った。「はは……やっぱりお前ら情報勤務の奴らは馬鹿なんだよ、何様だ？　馬鹿が、偉そうに得意になってほざくな！」

桂川は困ったように河辺を見て、煙草に火をつけた。吸う間は言わせてやろうと思ったのだった。

「ほんとにおまえらは馬鹿だな、わからんのか？　教えてやるぞ、いいか、え？——こんなことをしても無駄だと言っとるんだ！　防衛にも政治にも無関心で享楽的な国民が創った自衛隊だ、同じようなことは何度でも、そうだ、何度でも起こるぞ。誇りなんてものはな、認めてくれるものがいなきゃ生まれてこねえんだよ、馬鹿！」

退屈そうに聞いていた桂川は河辺の机に歩み寄り、吸い殻を灰皿にねじ込みながら微笑んだ。「……あなたは、私が組織名を〝摩利〟にきめたとき、無関心に、ああいいよ、と言っただけですが、意味を考えたことはありますか？」

「あるか馬鹿野郎、知ったことか！」

「ふむ、知的好奇心がないな、馬鹿はどっちだか……まあいいや、お教えしときますよ」

桂川は新しい煙草に火をつけた。「摩利とは仏教の摩利支天、陽炎《かげろう》とも太陽のプロミネンスの神格化ともされる戦いの女神ですが……、原型は古代インド神話と言われてます」

ふっと紫煙を吐いて、桂川は言った。「原型の太陽の女神は、地上の人間に陽光を与える代わりに、自分の年齢を肩代わりさせ、永遠に若いままなのだそうです」

「それがどう繋がるんだ馬鹿野郎、言いたきゃさっさと言え！」

「解りませんか？」桂川は顔を冷ややかに険しくした。「いつもいつの時代にも、国民に関係なく、欲も得もなく国を守る人間は必ず存在する。……故に我らは」

口の隅から泡を吹く河辺を見下ろしながら、言った。

「摩利……陽炎の女神」


防衛庁の提案が首相官邸地下一階、対策本部会議室へともたらされた頃も、第十二旅団は哨戒と圧縮を並行して行い、これまでにない速度で北朝鮮側を追い込みつつあった。

「上尉、どうなってるんです……！」工作員の一人が、息を切らして囁いた。「地上の奴らをまけばヘリに追われて、ヘリを振り切ればまた地上の奴らに……繰り返しだ」

「わからん」潤花が答えた。「だが、奴らこちらを正確に識別している」

旅団司令部、指揮所天幕で、中島が言った。「順調だな」

「ええ」汐見は哨戒隊の接敵地点を中心に、コンパスで円を描く手を止めた。敵コマンドの移動経路を示す鎖状の模様が、五つ、連なっている。「予想以上です」

北朝鮮側にすれば哨戒挺身隊の動きは不可解だろう。急に気配を殺して動かなくなり、これ幸いと移動すれば、たちまちヘリに捕捉され、別の哨戒挺身隊に追われるのだ。

「日没までに追いつめられそうだ」佐伯が安堵の笑みを見せ、渡辺が呟いた。「このままなら、敵は真木山周辺で集結するんじゃないか」

……「解りました」潤花は無線機をおろした。「後退して合流しろ、との命令だ」

「あの狂犬野郎！」工作員の一人が唇を噛みしめた。「全員いれば、処断しやすいってか」

「上尉」別の工作員も言う。「俺たちだけなら、突破できます」

「そうだな」潤花は微笑んだ。「だが私は行く」

たとえ死ぬのが解っていても、いや、だからこそ……。――それに、高秀馬がいる。

「よくやってくれた、お前達は脱出しろ」潤花は、汚れきった四人の仲間を見回した。

「見捨てたと恥じる必要はない。生きるんだぞ」

「上尉……！」工作員のひとりが、立ち上がり身を翻した潤花に叫んだ。

そしてついに、北朝鮮コマンドを真木山の北東の麓、山内付近の名もない標高三百メートルほどの小山に押し込めたのだった。

作戦開始から五日、十一月二十四日十八時四十五分、北朝鮮特殊部隊は、陸上自衛隊第十二旅団と増強部隊に周囲を濃密に取り巻かれ、頼るべき機動力を封じられた。

「みんな、よくやってくれたな」堂本は幕僚全員、そして汐見と握手を交わすと、言った。

「ここから先の判断は、政治の仕事だ」

日本政府は最後通告を行ったが、北朝鮮は相変わらず無関係と言い切り、遺体の返還さえ拒絶した。それどころか軍事行動を伴う挑発行為だと喧伝した。〝外交花火〟としてのみ有効な、兵器として撃てば破滅する弾道ミサイルの存在を例によって声高に誇示し、戦後初めて軍事行動を選択した日本への恫喝をこめ、大規模軍事演習を発令した。

すべての外交ルートは閉ざされてしまった。

捕獲か、殲滅か――。

政府が苦渋のすえ決断したのは、第三の選択だった。

平壌、空爆作戦である。

航空自衛隊、築城基地。

中間一尉は、飛行隊司令から任務を聞くなり爆笑した。

訳もわからず築城へと飛んだ中間と鹿島のF－４ＥＪ改、〈アリス04〉は、着いた途端にハンガーに運び込まれ、濃いグレーへの塗りかえ作業に入った。理由は一切説明されず、隔離されパイロットルームで鬱々と座り続けた。

「……い、いや、失礼しました。おもしれえ、面白すぎる。誰が考えたかしらんが」

「大丈夫ですか、そんなに笑わなくても」後席の鹿島が呆れている。

「ん、まあそりゃそうだが」ようやく中間は笑い納めた。「それに気に入った」

「なにをですか？」

「人を救いに爆撃に行くのが、よ」

「まあそういうことだ」飛行隊司令も笑ったが、すぐに表情を引き締めた。「だが渡洋《とよう》爆撃になる。タンクを目一杯つけても航続距離ぎりぎりだ」

「ファントムもイーグルも、ライセンス生産されるまでは海の向こうからきましたよ」

航空自衛隊の渡洋爆撃能力自体は、ことさら秘密にされている訳ではない。

「そうだな。――一応、非磁性塗料がレーダー波をかなり吸収する。ノーマルよりはレーダー断面積《RCS》が小さく捕捉されにくいが、専用のステルス機のようにはいかんな」

最初からステルス前提で設計されたF－117、B－2はレーダー波吸収剤《RAM》で塗装するだけでなく機体形状、構造で捕らえられ難くしている。

「まあ何とかなるでしょう、何とかしますし」熟練ファントム・ライダーは不敵に言った。

「よし」飛行隊司令は言った。「武器は対艦誘導弾ＡＳＭ－２《FOX4》ただ一発のみ！」君らのコールサインは〈ユニコーン〉、作戦名もユニコーンだ！　飛んでこい！」

中間と鹿島は格納庫内で、モスグリーンのJG－5A《耐Gスーツ》、LPU－H1《サバイバルベスト》を着込み、FHG－2《航空ヘルメット》とMO－15《酸素マスク》をぶら下げて、すっかり見違える愛機の最終点検を行った。

「しかし、心もとねえな。二十ミリガトリング砲《FOX1》も対電子戦装置《ECMジャマー》もなしってか」

約六百四十発搭載される20ミリ弾も、敵のレーダーを欺き攪乱する装置も搭載していない。機体下の搭載ステーション《Sta》には、両翼中程にあるSta1と9に三百ガロンタンク、そして機体中心Sta5に対艦ミサイルASM－2だけだ。

「まあ航続距離ぎりぎりですから、僕としては有り難いですけどね……」

機内燃料タンク№1から6の四千七百六十六リットルと機外タンク六百ガロン、約二千八百リットルと合わせ、七千五百六十六リットルのジェット燃料を呑み込んでいたが、後席ナビゲーターである鹿島には一抹の不安はぬぐえない。

「できるだけしてもらえば、後は空に上がる俺たちの仕事だろ？」中間は言ってのけ、整備員が立てかけたラダーを昇り、コクピットに納まった。

桂川は、自分の打った芝居の一幕などだれも知らない情報現示室で、航空自衛隊のスクリーンを見つめていた。

「〈ユニコーン〉、タキシング開始！」

地図が映像へと切り替わる。ライトグレーの低視認塗装《ローヴィジ》ではない、ファントムの名の通り、滑走路灯に照らされ幽霊のような〈ユニコーン〉は、滑走路へと進んでゆく。

ランウェイで機体下に潜り込んだ整備員が、ミサイルのピンを抜く。アーミング。ラストチャンス――、そこがそう呼ばれているのは、桂川も知っていた。

整備員がパイロットに親指を立てるのが見えた。〈ユニコーン〉は滑走路へと曲がり、そして、停止した。トラックで身構える、精悍な短距離ランナーのように。

J79-GE17A《ジェットエンジン》から吹き出す炎が激しくなる。意を決したように滑走路を滑り出す。そして――、〈ユニコーン〉はアフターバーナーを叩きだし、たった一基のミサイルを抱いて、雨の中、夜空を目指して駆け上がっていった。――

頼むぞ、と桂川は思った。……膠着状態を再び動かせるか、この一撃にかかっている。すでに韓国の李秀学《イスハク》少領へは伝えてある。あちらはあちらで、動き出すはずだ。

李秀学少領はソウルの国防部、陸軍参謀総長室で参謀総長と面会していた。

「早耳だな、少領。日本空軍機の件だろう」

「はい、――無礼は承知の上であります」両袖デスクの前に立つ少領は答えた。

「かまわんさ、貴官の働きには感謝しているからな」

「……空軍は帰路、領海内での撃墜を決定したと聞きました」

「そうだ」参謀総長は認めた。「空軍参謀総長が、強硬に主張してな。撃墜して乗員、機体を回収すればあとあと有利なカードになると。もちろん私を含め、反対も多かった。進路、企図をすべてこちらに知らせた上、北韓への警告のためだけの空爆なのだからな。しかし空軍参謀総長は、次の目標が独島にならない保証はあるのか、と言いおった」

参謀総長は息をついた。「これ以上の弁護は、親日的発言ととられる」

「そうではありますまい、閣下」李少領は続けた。「彼らはあくまでも殲滅ではなく、停戦命令を出させるために、選択したのです。――我々は軍人です。合理的思考を求められる軍人です。日本という国、そこに生きる人々を知らず、自分たちの経験していない数十年前の民族的不幸のみで、現在を判断する大方の国民と同じではありません」

参謀総長はわずかに頷いた。

「そして日本とは一衣帯水《いちいたいすい》、我が国は古来から精神的文化的に、影響を与え続けました。いわば精神的な兄です。我が国は儒教の国です。必死にこれ以上の流血を避ける道を模索する日本を、見捨てられるでしょうか」

李少領は息をつき、懇願の視線で参謀総長を見つめた。「してはならない、と自分は信じています。――兄が弟を見捨てるわけにはいかない」

「失礼します」席を外していた副官が、紙片を手に入ってきた。「李少領、君にだ」

「恐縮であります」受け取り、中を見た。それから参謀総長に視線を移す。「どうやら名目は立ちそうです。……撃墜を主張した空軍高級将校の中に、北韓の鼠がおります」

「よろしい。機務司令部、憲兵隊を動員して今夜中に北韓諜報網の一斉摘発にかかれ。逃がすな。……日本空軍機撃墜を阻止しろ」

「私は閣下を信じておりました」李少領は言った。「準備は整えております」

李少領は烏山《オサン》まで飛び、自ら〈ユニコーン〉を守る覚悟だった。


〈ユニコーン〉は低い雨雲を抜けると、そこは穏やかな蒼《あお》い月の光の満ちる空だ。

「星の林に、月の船……と」前席で操縦桿を握る中間が酸素マスクのなかで、言った。

「なんです、それ」後席、鹿島が機内交話装置を通して尋ねる。

「万葉集だったかに載ってたぜ」中間がいい加減なことを言った。

慣性航法装置J／ASN－4に従い巡航高度、速度で対馬海峡を横断する。雲の切れ間からのぞく暗い海面には、漁《いさ》り火《び》一つ見えない。レーダー警戒装置J／APR6が韓国空軍コンバット《C》・レポーティング《R》・サイト《C》のレーダー波が届いていることを教えた。

「ほんとにレーダーに見えないんですかね」鹿島が言った。

「しらん。昨日喰ったラーメンはうまかったぜ」

「縁起でもない」

〈ユニコーン〉は洋上で飛翔を続ける。中間の眼前、ヘッド《H》・アップ《U》・ディスプレイ《D》にホログラム表示される記号が緑色に瞬くほかは、ほの蒼い闇だ。

「国境を越えると、平壌だった……詩的でも何でもありゃしねえ」

「……他に話題はないですか？」

「いやなら計器を可愛がってやれ」

朝鮮半島を北上するにつれ、軽口を叩く余裕がなくなる。

そして、これまでにないレーダー波の交錯の中で、〈ユニコーン〉は韓国と北朝鮮の軍事境界線、北緯三十八度を越えた。

「ナンバーワン、ナンバーナイン、ドロップ……ナウ！」

中間は空になり、また空戦機動《ACM》の邪魔になる燃料タンクを海上投棄した。いよいよ、他国領に単機侵入する時だ。

「撃墜《スプラッシュ》されて脱出し、目を覚ますと強制収容所でした……」

「もういい加減にして下さい！」

「そうだな……いくぞ！」

〈ユニコーン〉はかつて対日工作員の基地だった元山沖、東朝鮮湾で翼を翻し、朝鮮半島を横断すべく西へと針路をとった。……暗い陸地が音速で迫ってくる。平安南道だ。

「さて、こっからは冗談抜きだ」

「最初からにして下さい」

虎島半島、さらに文川を眼下に過ぎ去ると、山並みが文字通り漆黒《しっこく》の打ち寄せる波となって後方へと流れてゆく。レーダー警報、迎撃機いずれもない。しばらく互いの呼吸音だけ聞き続けた。鹿島が確認項目読み上げ《チャレンジ》を始める。

「……頼むぜ、成功したが帰って聞いたら青瓦台でした、とかいったら、——」

「大丈夫……、——！　今、霞嵐山通過！　もうすぐ平野部に到達！」

眼下の黒々とした山並みが、消えた。そして——、雨に滲む貧弱な灯が見え始めた。

薄ぼんやりした街灯りの中、大きくうねった大同江が鏡のように映えている。

朝鮮民主主義人民共和国首都、平壌特別市だ。

「よおっし、翼よあれが平壌だ！」中間は操縦桿を押し、低空の爆撃態勢に入った。

……情報現示室だけでなく中央指揮所、さらに大容量回線で結ばれた首相官邸、対策本部室で閣僚達も、平壌に達した輝点にじっと息を詰め、目を凝らしているはずだった。

「〈ユニコーン〉、兵器発射線に接近！」信務員の声に、情報現示室の空気が凝固する。

〈ユニコーン〉の中央演算装置《AYK-1》がHUDに指示する地点まで、あとわずか——。

「目標照準良し、発射準備良し！」中間は不意に、さんざん陸自を苦しめた国の首都にいるのが愉快になった。「万年発情大将軍、人民に恨みはねえが、お前にはある！　穴から出てこねえんでこっちから出張ってきたぜ！——鹿島、お前もなんか言っとけ！」

「早漏テポドン野郎、こっちの弾頭は発射可能《ホット》だぞ！　拉致被害者を返せ！」

「――Standby …… Attack」中間は唇を舐め、そしてトリガーを引いた。「Now! Fox 4, Fire!」

機体から離れた対艦ミサイルはターボジェットの白煙を叩きだし、機体を傾けて逸れた〈ユニコーン〉を残し、直進する。

ＡＳＭ－２は加速しながら大同江、中区域、普通江を飛び越し、その先には――、天を冒瀆《ぼうとく》する百五階建ての奇怪なピラミッドがあった。

柳京ホテルのなれの果てだった。八七年、世界青年学生祭典のため着工されたが外装だけ完成し、最近まで放置されていた、為政者の思いつき、失政の象徴だった。

慣性航法装置の導きで突き進んでいたＡＳＭ－２は、赤外線画像方式及び画像処理《IR-CCD》の電子の瞼をあげ、虚勢のように佇立したピラミッドを捕らえた。

直前の勢いをつける逆落としのため電子の視界からははずれたが、次の瞬間、ひびだらけのホテルの外壁の真ん中を襖《ふすま》のように突き破り――爆発した。

弾頭抜きの燃料のみの爆発だったが、朽ちかけのピラミッドは巨大な断末魔を上げて内部から崩壊し、頂上の四角錐は内部に落下して、そこから粉塵が吹き出した。

廃ホテルが汚い火山と化した時、〈ユニコーン〉はあろうことか祥原郡、平壌防空の最高機関、反航空司令部上空を高速で擦過し、離脱していた。

柳京ホテル建設を命じた本人は、中区域中央党一号庁舎執務室で中国大使と会談のさなかだった。

「もう、お止《や》めなさい」中国大使は言った。「これ以上の挑発は、アジアの長期的安定に寄与しないのです」

相手は黙っている。

「これ以上日本を刺激して、あの国の民が国家意識、愛国心に目覚めないほうが都合がいいのです。ひたすら金儲けに邁進《まいしん》し政治家も国民も、国家に思想を与えない状態を続けさせ、軍事力行使に極めて臆病にしておく。もちろん我らとて、かの国を恐れるわけではありませんが、こちらが強大な軍事力を保持しながら外交的に非難と謝罪を求めれば、かの国内部でそれを自主的にしてくれる。……極めて安上がりな国防ですよ」

黙り込んだ国家主席と中国大使の間に、山が崩れたような音が遠く響き渡る。

「……爆撃ですな。おそらく日本空軍機でしょう」

しばらく二人の高官は余韻を聞いていた。

「これでお解りになったでしょう、あれは警告です」中国大使は辞する旨をのべて、席を立った。「この件は厳重な箝口令《かんこうれい》を布《し》いた方が無難でしょうな。……爆撃された場所を探してご覧なさい、おそらく署名のように日本製部品が散らばっていますよ」

首都の空を蹂躙《じゅうりん》されたなどと北朝鮮が公表するはずもなく、もちろん日本も同様で、弱みを握られている米国も同じだった。

韓国もまた、二つの勢力が動き出していた。

朝鮮半島を横断し、黄海海上へと抜けた〈ユニコーン〉は帰還すべく南下を開始した。北朝鮮軍のミサイル、高射砲のレーダー波がいくつも交叉し、警報装置が電子音で警告するが、ロックオンには及んでいない。

「ほんとに捕捉できないようですね」

「とすれば目視《ヴィジュアル》しかないが、如何《いかん》せんパイロットがそのまま亡命しちまう可能性もある。そう上げるわけにはいかんだろうし、主力はMiG－21《フィッシュベッド》だ……いけるだろ」

とはいえ、数少ないがMiG－29《ファルクラム》の赤外線捜索追尾《IRST》センサーに捕捉されるとまずい。

もっとも警戒厳重な韓国との国境へと接近する。

「行きはよいよい、帰りは怖い……と」

「――国境まで、あとおよそ十分」

ヘルメットに覆われたレシーバーから、間断なくレーダー警報が響き始めた。

「こりゃロックオンされても解らんな……」

〈ユニコーン〉は飛ぶ。そして――「北緯三十八度通過、公海です！」

〈ユニコーン〉は、北朝鮮領から脱出に成功したのだった。

「……ん？　不明機《ストレンジャー》」と中間が声を上げた。「一時方向《ワンオクロック》、上方《ハイ》！」

「韓国空軍……？　ファルコンでしょうか」と鹿島が言った。

「だろうな」中間は腑に落ちない口調だった。「こっちはステルスもどきだぞ、……解ってて接近してくるのか？　こっちが見えなくても、あいつらが見つかっちまう」

戦闘空中哨戒《CAP》していた韓国空軍F－16は一旦〈ユニコーン〉とすれ違うと、そのまま追尾を開始する。

「送り狼かな……」


「〈ブルードラゴン〉、オサン・ベース要撃管制官《GCI》、目標確認《タリホー》」

「オサン・ベース、〈ブルードラゴン〉、攻撃態勢にて待機せよ《ホールド・フォア・インゲイジ》」

「〈ブルードラゴン〉、了解《ラジャー・ウィルコ》、実行する。攻撃態勢にて待機する《ホールド・フォア・インゲイジ》」

そのころ烏山基地ゲートに、ジープを先頭に兵士を満載した兵員輸送トラックが乗り付けられ、警衛の空軍兵士を脅して突破すると、慌ただしく基地内へと走り込んでゆく。

「要撃管制官、……日本空軍機を〈ブルードラゴン〉が公海上で捕捉、待機しています」

韓国空軍戦術航空管制本部《TACC》作戦室。いくつも並んだオペレーター席の正面、巨大なカラーデータスクリーンに、哨戒中の機体のシンボルが瞬いている。友軍機《フレンドリー》は青、そして敵国《バンディ》機《ツッ》は赤で表示される。――公海上、〈ブルードラゴン〉の捕捉している、航空自衛隊〈ユニコーン〉の輝点は赤かった。

「司令、攻撃態勢、万全です」要撃管制官が振り返り、報告した。

「よし――」

韓国空軍の指揮権は、米空軍第七空軍司令官が就任する空軍構成軍司令官が握り、不在時のみ韓国作戦司令官に指揮権があった。だが自衛隊機撃墜作戦を米側には知らせていない。知られたところで、米国も弱みを握られている以上、傍観するしかない。

静謐が覆った作戦室に、ドアの外から叫び合う声が近づいてくる。

「何事だ！」

室内の空軍士官、下士官が一瞬、ドアに注意を向けたとき、ドアがはじかれたように開き、制服の少領を先頭に、迷彩服を着た陸軍兵士が雪崩《なだ》れ込んだ。

「〈ブルードラゴン〉に命令、撃墜せよ！」司令は叫んだが要撃管制官は呆気にとられ、反応できなかった。

「全員手を止めろ！」少領は怒鳴った。そして、流れるような動作で拳銃を抜き、司令の頭に突きつけた。「沈《シム》司令、国家反逆罪で逮捕、指揮権を剝奪する」

「管制官！」司令は額に銃口を突きつけられながら叫んだ。「命令しろ！」

少領は拳銃を立ちすくんだ要撃管制官へと向けた。

「命令は撤回、……取り消しだ」

本心から言えば、F－16のパイロットは、気が進まなかった。

日本育ちの妻とともに何度か観光で日本を訪れ、日本人が学校で習ったり古老達の話すような人間ばかりではないと、実感として知っていたからだ。

だが同時に、戦争機械たる軍隊で、自分が感情をもつ人間として必要とされていないのも心得ていた。自分は末端であり、命令の正確、忠実な履行が求められる、パイロットだ。

だから「〈ブルードラゴン〉任務中止《ノックイットオフ》、任務中止《ノックイットオフ》！」と、なぜか慌てた統制官の声が聞こえたとき、驚くと同時に安堵の息をつき、右手のサイドスティック型操縦桿を倒す。

後方を飛行していたF－16が翼を翻し、アフターバーナーの炎で夜空を焦がしながら去ってゆく。

「結局、何だったんでしょうね」

「さあな。……わからんが、わからんでもいいことがあるからな」

鹿島と中間はそう言い交わし、自分たちを襲おうとした危機を知らないまま、日本への飛行を続けたのだった。

政治が賢明でなければ、時間と兵士の命は、必ず浪費される。

北朝鮮本国からは、いまだ停戦命令は出ていなかった。

「ここにいては、いずれ山頂に猛烈な砲撃のあとへリポートが設営され、あとは掃討されるばかりになる」丁は深夜、偵察兵と工作員達を集めて言った。「警戒がもっとも手薄な北の沢を突破する。分散して都市部に浸透しろ」

上陸した時の半数以下の、十一人……と潤花は思った。うち二人は、逃げろと言ったのについてきた。

「健闘を祈るぞ」と丁は全員の顔を見渡してから、潤花を見た。「……李上尉、お前はここに残って、最後の義務を果たせ」

皆の視線が酷薄な丁と、漂白された表情の潤花の顔を行き交った。

「少佐！」高秀馬が押し殺した囁きで詰め寄った。「そうなりゃ上尉は確実に殺される！」

「だが確実に、突破できる人数は増える。貴様、俺が命惜しさに言ってると思うのか？」

「違う！　だがなぜ李上尉が……」

殺気が空気を帯電させ始めた。このままでは、丁は今すぐ高秀馬らを処断するだろう。

「――解りました、少佐」潤花は静かに閉じていた目を開き、丁を見た。「ここから狙撃して、援護します」

――こうなるのは解っていた……、だからこそここへきたの、私は。

斥候、突破準備に偵察兵達が姿を消すと、工作員だけになった。生き残りは、潤花を含めて四人しかいない。

「……丁の犬野郎！」高秀馬が吐き捨てた。「殺してやりてえ！」

方が顔を伏せて肩を震わせた。「李上尉……！」

「私のことはいい」潤花は、自分を囲む三人の肩を叩いた。「それよりも、生き残れ」

「……李上尉、……李潤花上尉……」

「だめだと思ったら投降しろ。お前や私の扱いを見ても、捕虜に無茶はしないだろう。それも選択肢の一つだ……、覚えておけ」

「――はい」方は抑えきれなくなって、潤花に抱きついた。

潤花はされるがまま、あいた左手で幼子のようにすがりつく方の背中を撫でてやった。

……お母さん、と潤花は思った。私も母親になれた気がする……。

「高、方は怪我をしている、頼むぞ」潤花は高を見た。「それからこんな汚いなりだけど、受けてくれる？」

え？　と虚ろな表情の高秀馬に潤花はそっと唇を重ね、はなれた。「最初で最後よ。……さようなら、生き残って」

「潤花……！」

「おい、準備はいいか」偵察兵の一人が、顔を出した。

「いい。――さあ、行け」潤花はこれ以上の問答を許さない眼で、言った。

山本大輔は、潤花たちが突破を図る沢の対岸、七四式改の車長席でうとうとしていた。

「疲れてますね」と装塡手が声をかける。

「……まあ、な。いかんいかん」

「それにしても、〝S〟の奴らは良く動きますね」

「化けもんだからな」山本が欠伸《あくび》混じりに言った。

「さっきも夜間潜入に、何組か出ていきましたよ」

そのS、麓《ふもと》から潜入した三つの哨戒挺身隊の中には、播磨もいた。

三組は、沢沿いを無音で移動する。水汲《く》みにくる北朝鮮兵士の捕獲のためだ。警戒が低いのは偽装で、丁は自衛隊が対ゲリラ戦の基本を守っているのに気づいていなかった。

前方警戒員《ポイントマン》が停止し、播磨も動きを止めた。……人の動く、微かな気配がある。

M－4を構え、播磨は前方警戒員の背後に近づく。衣擦れ、草を踏む音さえさせない。

前方警戒員は膝を落とし、前を指さしていた。播磨が覗くと、少人数の自衛隊員ではない人影が、無音で移動してゆくのが見えた。

――敵だ！　播磨は手信号を送り、後ろの部下を呼び寄せる。

そして射撃を加えようとした――、その途端、一発の銃声が静寂にこだました。

部下のM－4が人影に射撃する一方、播磨は狙撃手がいると思われた方向にフルオートで射撃した。「桜2より、桜3！　敵が向かった、任せる！　こっちは狙撃手を始末する」

発見された丁達は走り出した。河原に飛び出す手前で、丁は伏せろ、と叫んだ。

何も起きない。慌てて追尾する奴を河原に飛び出させて、対岸からの相打ちを狙ったのだが……、無駄だったようだ。

「行くぞ！」丸石を蹴って河原に躍り出した丁達を、哨戒挺身隊の射撃が追った。

「運転はじめ！」山本は対岸の銃火に、車長席から立ち上がった。「ストール発進、……前進用意、前へ！」

エンジンが唸《うな》りを上げ、どっと排気管からガスが上がる。七四式改はハルダウンしていた穴から猛然と飛び出し、浅い川を波を立てて渡渉し始めた。

対岸に上がり、左旋回するのと哨戒挺身隊が飛び出すのは同時だった。並走しながら山本は、車長席から隊員に「まかせろ！」と怒鳴って速度を上げさせた。

潤花は狙撃地点で、照準器を覗いていた。

照準の十字には――丁の後ろ姿が重なっていた。

――よくも私を力ずくで辱め、弄んでくれたな……！

潤花の胸には、もう憎悪のほかは存在しないように思われた。

――お前だけは……私が殺す！

その時、視界が明るくなった。――自衛隊の照明弾だ。

そして潤花の目に、対岸から仲間を狙う自衛隊員の姿が映った。……危ない！　と潤花は咄嗟に目標を変えて、その隊員を撃った。

「撃て！」山本は車長席から叫んだ。

「いいんですか？」砲手が照準眼鏡に眼を当てたまま尋ね、山本は言った。「いい！」

咆哮とともに主砲から発射されたのは、――衝撃波だった。実弾ではなく、警告用の擬制弾、つまり空砲だった。

先頭を走る丁は振り返った刹那、轟音が鳴り響き、戦車の前面に真っ赤な発射炎が膨れあがるのを網膜に焼き付けた。けれど意識はそれまでだった。

衝撃波は無防備な北朝鮮部隊を襲って木の葉のように吹き飛ばし、巻き上げ、そして河原に川面へ叩きつけた。そのあと、起きあがれる者などいはしなかった。

戦車砲の余韻が響く中、播磨の組は狙撃手を追い詰めていた。

「動くな！」播磨は折り敷いた人影に警告した。「抵抗するな！」

潤花は吹き飛ばされた仲間を自衛隊員が取り巻くのを見て、照準器から目を離した。

――だめだった……、あの糞野郎を撃てなかった。

潤花が重い息を吐き立ち上がると、一斉にＭ－４が向けられた。

「武器を捨てろ」播磨が怒鳴った。

言われなくてもそのつもりだった。ただ本能的にドラグノフが手放せなかっただけ……。

潤花が手放そうとした瞬間、ＡＫの連射音が響いた。

「潤花ぁっ！」高秀馬が、乱射しながら走り寄ってくる。

「馬鹿、くるな！」潤花は播磨に銃口を向けられたまま、銃弾が肩をかすめた隊員が尻餅をつき、二人の隊員が高に応射するのを見て叫んだ。

「撃つな！」潤花はドラグノフの銃口をあげながら目の前の隊員に懇願した。「……撃たないで！　頼むから、あの人を撃たないで……！　お願い……！」

ドラグノフの銃口が上がる前に、播磨はためらいなくＭ－４を発砲した。

潤花の皮膚を貫き、骨を砕き、内臓を刻みながら、銃弾が背中へと抜けてゆく――。いくつも衝撃に後ずさり、そして、虚ろになった目を開いて天を仰ぎ、倒れた。

「潤花あっ！」高秀馬はＡＫを投げ捨て、潤花に駆け寄った。

「撃ち方やめ！」播磨はそう命じ、絶対にしてはならない行動をとった。拳銃をレッグホルスターから抜き、二人に近づいたのだ。

播磨は右手で拳銃を向け、男の取りすがる仰向けの女の首筋に、左手の指で触れた。

……！　わずかに太い眉を寄せた播磨に、高がつかみかかった。「てめえ、よくも！」

播磨は無造作に高の頬を殴りつけ、肘打ちを鼻に叩き込んで昏倒させ立ち上がる。

「こいつを拘束しろ」播磨は言い、通信員を見た。「ダストオフを至急要請！　最優先でだぞ」

「もっとはやく！」水原は助手席で言った。「生き物以外は、なにを轢《ひ》いてもいいから」

「そんなむちゃな……」運転席の工藤はぼやいたが、水原に劣らず緊張している。

どういう訳か捜査から外れた松井警部のかわりに、水原は班長代理として指揮していた。それまではつまはじきだったのに……たぶん桂川が約束を守ったのだろう。

水原の最初の指示は、警察署と鳥居坂泥酔者保護センターで収容者全員を撮影し、科学捜査研究所の画像解析に回すのに人手をさくことだった。これまでは工藤と二人だけで行っていた。

画像解析は、あらゆる変装を骨格、眼窩《がんか》で見抜く。そして、同一人物でありながら身分を偽り、警察署を転々とする者がいれば……、それが水原の追う男の筈だ。

そして、――疑わしい人物を収容した警察署に覆面車輌を止め、庁舎に入る。

案内された留置場保護房、鉄格子の向こうに男がいた。

「こんばんは」声をかけると、寝床に転がる男は呻きながら水原を見た。「……なんでえ、ねえちゃん」

蓬髪《ほうはつ》で、鼈甲《べっこう》縁眼鏡を掛けている。年齢は五十代初めか、酒に呑まれた男の顔を水原は、じっと見た。それから、留置管理の警官に手伝ってもらい、中に入った。

「おい、なんだ、くるな！」急に暴れだす男を警官が取り押さえ、口を開かせる。水原は眉をひそめながら男の口に指を入れ、――と、綿が出てきた。顔の輪郭を変える小道具だ。

――予想は当たった……！

「電話を借ります」水原は立ち上がった。

水原は大部屋の警察電話で、指示を求めると、護送を回すとの返答だった。「危険が予想されますから、配慮願います」と言って、電話を切った。

しばらく待った。その間にも、パトカーが次々と被疑者を連行してくる。新潟で戦争していても、犯罪には影響を与えない。

なんだ？　と表で立番警官が声を上げた。――水原も外を見ると、自衛隊のトラック三両が車止めに停車した。怪訝に思う暇もなく、迷彩服姿の自衛隊員がずかずかと玄関を抜けてきた。

「警視庁の要請で参りました、坂田三尉です」まだ若い、褐色の肌の大柄な男が言った。

「水原です。……皆さんが来るとは聞いてませんけど……？」

「あー、そうですか。連絡齟齬《そご》、ですかね。第一師団から来たんですが……、何なら確認してくださっても構いませんが？　待ちますよ」坂田三尉は笑った。

「要請されたにしても、随分着くのが早かったんですね」

「ええ、とにかく急げと上から言われたものですから。それに、情報本部の桂川大尉からも急ぐようにと言われました」

「そう、桂川さんに、ね。……」

迷彩服を着たどこの所属とも知れない男と、水原の間に奇妙な沈黙が、落ちた。

水原は確信し、そして迷彩服の男も水原が見抜いたのを知った。

身を翻えした水原の腕を、偽自衛官の一人が捕まえ、手荒に机に叩きつけた。

椅子が水原のかわりに音を立てて抗議し、積まれた書類が、屋根の雪のように崩れた。

頭を打ったのか、水原は床に座り込み、立ちあがれない。

「おいおい、レイディーに手荒なまねは良くない」坂田三尉は英語を完璧な発音で言い、水原に屈み込んだ。「ミズ、大丈夫かな?」

その瞬間、水原は拳銃を抜いて坂田三尉の額に突きつけた。

「驚いたな」坂田は言った。「日本のディテクティブは、普段はハンドガンを持たないと聞いてたのに」

水原は拳銃を突きつけたまま立ち上がり、坂田もかがめた腰を伸ばした。

水原は切れた唇の血を、目を逸らさないまま吐き捨てた。「女の顔を傷つけて、ただですむと思う?」

署内の警官達もことの成り行きに、しわぶき一つ漏らすものとてない。

坂田は笑みをやめない。「思わないが、君はそうせざるを得ないんじゃないかな?」

一斉に後ろの兵士達がM－16を発砲した。切れ目なく鳴り響く発射音、何かが吹き飛ぶ音、そして女性警官、女性職員の悲鳴が上がった。

発砲が終わると硝煙がうっすらと漂う大部屋で、立っている者はほとんどいなかった。

「まだやらせるかな？」

水原は硬直していたが、視界の隅に、怯えきった若い女性警官の姿を見た。

自分が意地を張れば……。水原は拳銃を力なく下ろした。

「大変結構、交渉成立だな。——お互いビィズィネェスだからね」

——ミッションの間違いでしょ、と皮肉の一つも浴びせたかったが、数人の偽自衛官が水原の脇を抜け、奥の留置場へと走るのを黙って見送るしかなかった。

「手荒な真似をしたのは謝罪したい。美しい上に勇敢な女性は、始末に負えないからね」

ふざけるな、馬鹿野郎……と睨み付ける。できるなら射殺してやりたい、と思った。

……頭上から、なにか空気を叩く音が聞こえ始めた。

「ただ、あなたがどんな抵抗をしても結果は同じだ。我々は巨大なシステムの一部として動いている」

坂田の背後で無線を受けた男が、坂田に耳打ちした。

「悪いがこれで失礼するよ。——撤収！」坂田の号令一つで、男達はきびすを返し、外へと走り出した。

水原は、男達が車輛に収まり走り出してからようやく、よろよろと玄関を出た。

署の屋上から巨大な回転翼機が、明るくなり始めた蒼い空を背景に飛び去ってゆく。米陸軍ＵＨ－60Ｌブラックホークだとは、もちろん水原には解らなかった。

「警部補！」工藤が走り出してきた。「大丈夫ですか！」

「私は大丈夫……署内の負傷者は？」

「それが」工藤が悔しげに言った。「それが……、一人もいません。あいつら、空砲を撃ちやがったんですよ！」

水原は目を閉じ、長い息をついた。完全にしてやられた――、と。


「……御苦労」堂本は警備の隊員の敬礼に応え、幕僚とともに捕虜収集所の天幕に入った。紫色の夜明けの光が、裸電球に照らされた内部に差し込む。

北朝鮮偵察兵、工作員達は全員が拘束され手当が施された。至近で発射炎をうけた重傷者も十一人中、四人いた。丁元鳳は脳震盪と脇腹、左腕の骨折で軽傷の部類だった。

「私は旅団長の堂本陸将補だ。……傷の具合はどうかね？」

「………」丁は椅子に座らされ、副木を当て包帯で厳重に包まれた両腕を、後ろ手に縛られていた。自殺防止の塩化ビニールの管を銜《くわ》え、堂本を見つめている。……敵意をいまだ失っていない眼だ。

「貴官らは取り調べの後、本国に強制送還されるだろう」堂本は部下を失った指揮官の強い視線で丁を睨みつけながら、続けた。「敵とはいえ……貴官らの義務感と敢闘精神には、同じ武人として敬意を表したい」

丁の目許が下がり、口が管を銜えたまま広がった。――北朝鮮偵察兵は嘲笑したのだ。

堂本は見下ろしながら眉根を寄せた。……何を笑ってるのだ？

「――猿ぐつわをはずしてやれ」堂本は言った。

「旅団長、危険です、自決の可能性が……」佐伯が堂本の背後で囁いた。

「最後まで戦おうとした男だ、囚われた状態で死を選ぶのは恥辱だろう。そうだな？　丁……少佐」

佐伯が頷くと、控えていた隊員が、丁の口から塩化ビニール管をはずした。

丁は少し咳き込んだ。何度も咳を繰り返すうちに、哄笑にかわった。「……馬鹿が、同じ武人だと？　笑わせるな、貴様らのような腰抜けと同じにするな！　我が人民の精鋭は負けたんじゃないぞ、苦しんだのは貴様らの方だ、忘れるな！」

耳障りな日本語の、発音以上に聞き苦しい言葉の数々を、堂本達は黙って聞いていた。

「だがいかにおまえらが犬野郎の愚か者でも、戦争とはなにか解っただろう？　死んだ者の数だけ己の愚昧さを呪え、そして我が人民軍に、少しでも近づく努力を始めるのだな！」

口から泡を飛ばして喋る丁に、堂本は返答した。——拳で。

大きく振りかぶった堂本の一撃は丁の顔面に放たれていた。避けられない丁は無様に椅子ごと浮き、倒れかける。

「恥を忘れた軍人がなにを抜かす！」堂本は怒気を露わに丁の襟を両手で摑み、座り直させる。半ば失神してぐらりと揺れる丁の頭を持ち上げ、堂本は続けた。

「国民を守る義務も果たさず、ひたすら守るべき人々から搾取し、欺瞞する連中に我々は誹《そし》られるいわれなどない！……我が国の過去が過ちなら、貴様らは一体何を学んだ？　言ってみろ！　劣等装備で虚勢をはり、愚かしい軍国主義の中でのうのうと生きている軍人にまだ言えることはあるか！　言ってみろ！」

口をつぐんだ丁の眼を睨み付け、堂本は息をついて腰を伸ばし、きびすを返した。

「……捕虜に不適切な対応だな」堂本は右手をさすり、静かな恥じた声で言った。「このこと、警務隊に報告したければかまわん、しておいてくれ」

「いえ」渡辺はつかつかと丁に近づき、殴り飛ばした。丁は床を離れて天幕の壁にぶつかり、がくりと首を前にうなだれ、動かなくなった。

堂本も幕僚達も、緻密だが控えめな渡辺第四部長の豹変に驚いていた。

「そんな眼で見ないでください」渡辺は言った。「私にも、腹に据えかねる時はありますよ……」

堂本旅団長は、夜明けとともに作戦終了を宣言した。

そして、堂本の強い要望で最後の戦いが行われた河原で、簡易な葬送式が執り行われた。

音楽隊が「葬送の譜」を演奏し自衛隊旗が半旗に掲げられる中、一個中隊の隊員が儀仗隊として行進する。……音楽隊には藤原三曹の姿もあった。涙が流れて止まらないまま、一所懸命、トランペットを吹いている。

儀仗隊長の号令で行進は終わり、隊員達は手にした銃を空へと向けた。

「構え、——撃て！」

殉職者へ捧げられた発射音が、山間《やまあい》に響き渡ってゆく。

最初の接敵となった橋梁の戦い、雨の中での死闘となった伏龍村集落攻防戦、そして圧縮最終段階での精鋭同士が繰り広げた戦い——、それらすべての交戦で倒れ、命を落とした隊員達への鎮魂は、これからも生きてゆく者からの手向《たむ》けだった。

堂本と幕僚、普教連の成瀬、四十八普連の連隊長、特殊作戦群の鳶崎は万感の思いを込めて見守った。

そして——、殉職した自衛官達への弔銃は終わった。

「北朝鮮特殊部隊兵士の御霊に——」儀仗隊長は続けて命じた。「撃て！」

戦いは兵士がそれぞれの義務に従ってのこと、死んでしまえば、皆穢《けが》れなき魂になる

——、そう考えた堂本の希望だった。

水面に遠く響き流れてゆく弔銃の音《ね》が、異国で倒れた北朝鮮兵士の慟哭《どうこく》にも聞こえ、堂本は虚空に敬意を込めた挙手の敬礼を捧げた。

晩秋の陽光が注ぎ始めた青空の下で、……第十二旅団、富士教導団隷下部隊、そして方面飛行隊は撤収準備に入ったが、一足先に飛び立ったヘリがあった。

……ここはどこだろう、と潤花は目を閉じたまま思った。お母さんに会えた気がしたのに……。耳をひっきりなしに叩くこの音はなんだろう……。

「ん？　意識が……？」傍らの座席についていた汐見は、潤花の顔をのぞき込んだ。

「いえ、まさか」看護師が点滴のパックを確かめながら答えた。「命はとりとめたと言っても、あれだけ内臓にダメージがあったんですから」

「いや、この人は死んだんだ」汐見は言った。「そういうことになってる」

高秀馬からすべての事情を聞き、懇願された。どうか、李潤花は戦死したことにしてほしいと……。できるだけはしてみよう、と汐見は約束した。

潤花は再び、眠りに落ちた。……

都内、在日米軍横田基地。

在日米軍司令部が所在し、福生市、立川市、武蔵村山市、羽村市、昭島市、瑞穂町の五市一町にまたがる広大な基地の滑走路で、桂川雅志は待ち続けていた。

長さ三千三百五十メートル、幅六十メートルの滑走路は閑散とし、桂川の背後、蒲鉾《かまぼこ》型の巨大な格納庫にも、第374空輸航空団の機体はほとんどなかった。東京ドームがじつに百五十七個納まる面積の基地は、この時間は例外なのか静かだった。

待つのには慣れた筈だった。春香と別れてからいつも何かを待ち続けた。流れすぎてゆく時間をただ見送り続けた。――待とう、と桂川は思った。一度は過ちですべてを失いかけた自分だ。過去は取り戻せなくても未来と、そして赦《ゆる》しを請《こ》うことはできる……。

――もう一度出会うんだな……春香に。

もう二度と、失ったりはしない。

桂川は顔を上げた。……風に乗って、爆音が近づいてくる。見ると、C－130が着陸体勢で進入してくるところだった。

C－130はタイヤを軋《きし》らせて着陸し、そのまま滑走路の端から近づいてくる。太い胴体と垂直尾翼に、韓国空軍の太極旗が見えた。

ブレーキをかけながら近づいてきたC－130は、桂川の視線の先で停止した。ターボプロップのエンジン音が耐え難いほどに耳朶《じだ》を打つが、桂川は足を踏み出した。

プロペラの回転が落ち、そして――、後部ランプドアが上下に分かれて開き始める。

我知らず足を速めた桂川の前に現れたのは、李陸軍少領だった。

「待たせたな！――さあ、……」そう言って、機体内部を振り返る。

少領の手に支えられ、滑走路に現れたのは……崔春香だった。

桂川は足を止め、プロペラの起こす風に晒されながら春香を見た。春香もまた、少領につかまっていた手を離し、桂川を見た。

自分の鼓動以外に、桂川は聞こえなかった。

少領の前を歩く春香は、茫洋《ぼうよう》とした表情のまま、視線を落としている。

「話の前に、用件だけ済ましておく」李少領はいくつかの封書を取り出した。「これが新しい住民登録証、パスポート、戸籍だ。偽造じゃないぞ。……もし、彼女かお前が望むなら、これを使え」

桂川は手渡された書類から目をあげた。「――すまない。よく連れてきてくれたな」

「こちらがちゃんと約束を守るところを見せたくてな」大韓民国少領はにっと笑った。

「弱みを握られたものが便宜を図るのは常だ、ここを使うのも大して手間はいらなかった」

「そうか……。ありがとう」

「今日のところは束の間の逢瀬《おうせ》になる。俺は天の川の渡し守という訳だ。……機体の向きを変える。無粋なことは言いたくないが、時間はそれまでに願うぞ」

ああ、と桂川は頷いた。

少領は機体に戻り、再びC－130は動き出した。向かい合う桂川と春香をおいて、離れてゆく……。

「……春香」そっと桂川は声をかけた。「――赦してほしい……」

目の前から消えないか案じるように――。顔も上げず、口を開かない春香は、桂川の眼にはまだ儚《はかな》げな幻と同じに見えた。

春香は顔を上げた。柔らかな頰の線は別れたあの時そのままに、つぶらな瞳は自分がここへ来た理由を見定めるように。心の天秤が二つの気持ちをのせて揺れている。

「……貴方の気持ちが本当なのか、確かめさせてくれる？」

桂川は静かに深く頷く。「君が望むまで、……どんなに長くても」

……韓国空軍のC－130は、ゆっくりと滑走路の脇で方向転換しつつあった。

「お客さんと日本軍大尉の話、長くかかるんですかね」操縦席でパイロットが言った。

「それほどかからんだろう」李少領も風防越しに桂川と春香の姿を見ながら言った。……長く離れていたとはいえ李の見る二人は、緊張はあるが拒絶のない、指先が自然に触れ合うのを待つ、互いに求め合う男女の姿だった。

李は鞄から魔法瓶を取り出した。「コーヒーでもどうだ？」

「有り難い」パイロットの顔がほころんだ。「……あんな綺麗な娘が、日本軍人に惹《ひ》かれてるのは癪《しゃく》だが、まあ、それで乾杯しましょう」

粗末なアルミカップで、正副パイロットと李は乾杯した後、C－130は動き出した。

「桂川、邪魔はしたくないが――」再び昇降ランプドアをさげ、李少領が顔を出す。

桂川は笑顔で頷き、春香を促して歩き出した。

「……せっかく用意してくれたけど、これは必要ないようだ」

桂川が差し出した書類を受け取ると、少領は桂川を見直した。「……いいのか？　これがあれば少しは――」

幹部自衛官の立場を慮《おもんぱか》っての言葉だったが、桂川は笑って首を振り、春香に頷いて見せた。――背負ってみせる、そんな顔だった。

「そうか、それもまたお前らしい。……祝いの席は苦手なんだが、良ければ呼んでくれ。……では、世話になった。礼を言う」

ドアが引き上げられ、離れた場所で加速して離陸するC－130を桂川は見送ってから、横田基地を後にしたのだった。

エピローグ

「……行ってきます」桂川は玄関で立ち上がった。

「ええ、行ってらっしゃい」春香は、ソフトアタッシェを差し出した。「今日、帰りは？遅くなりそう？」

「いや、多分いつも通りだな。でも、ちょっと本屋に寄るつもりだから、少しだけ遅くなるかもしれないいな」

「そう。大分暖かくなったけど、まだ寒いから気をつけて」春香は微笑んだ。「頬、まだ痛む？」

桂川の右頬には、大きな絆創膏が貼られていた。

「少しね。でも良くなってるよ。……それじゃ」

いってらっしゃい、と春香は送り出した。それから、今日は朝から気温が上がると告げた天気予報を思い出し、洗濯物の用意に歩き出した。

冬が過ぎ、新年度を迎えていた。

桂川は、小平学校に入校を命ぜられた。……だがそれは、情報勤務とは関係ない、会計教育部だった。

桂川の工作が、いかに有益で半ば黙認のうえだったとしても、自衛隊は冷たかった。また、対敵情報機関とはいえ隊内に秘密結社じみた〝摩利〟を結成し活動したことは、旧軍将校団のような活動を警戒する上層部から目を付けられる充分な理由だった。

そして娶《めと》った妻は韓国情報機関の、末端とはいえ要員の経歴があった。

おそらく、堤二佐ら、情報勤務者達の尽力があったのだろう、処分はなかった。土肥原准尉への薬物使用の傷害罪は、政府の手でうやむやにされ、土肥原は退職金の満額を手にして空自を去った。

桂川は自分が情報勤務から追放されたのを自覚していた。そして春香にはもちろん告げなかったが、自分が良くて二佐、悪ければ三佐で隊歴を終えることも。——

桂川が失ったものは、人間関係にも及んだ。

去年、新潟から帰還した播磨が真相を知ってまずしたのは、桂川を殴り倒すことだった。隊を敵の浸透から守るためとはいえ自分を欺き抜いた桂川を、その心中を察してなお、播磨は心情的に許せなかったのだった。分析部の大部屋で、無抵抗に転がった桂川に、播磨は「けじめの一発だ！」と怒鳴りつけた。

それからずっと、連絡はない。転居の葉書は出していたが、返事もなかった。

……春香は洗濯物の籠《かご》を抱えて、ベランダのカーテンを開けた。

見てはいけない、と思いながらそれを見た。

道路に小さくなった、鞄をさげコートを着た桂川の後ろ姿がある。……そして、それを尾行する黒塗りのセダンも……。

警察、自衛隊いずれとも知れなかったが、結婚して新居を構えてからずっと監視は続いていた。桂川は察していたけれど、これもまた、春香に告げないことだった。

春香は諦めたように息をついた。それでも、よし！　と気合いを入れ、洗濯物を干し始める。

あの人が私に一言も漏らさないのは負い目と、……それに二人の生活に充実感を持ってくれてるから。苦しくても、価値ある事だと思ってくれてるからだ。

――自分の幸せは自分で決める……そう言ったのは、私の方じゃない。

春香は一人得心し、青空の下で桂川を魅了した微笑みを浮かべ、頷いた。


桂川は、小平駐屯地へと歩き続ける。

日射しは春の暖かみを増すなかで、風は冬の名残で冷涼なこの季節が、桂川は好きだった。深呼吸すると、肺を空気がきりりと引き締めてくれる。煙草が減ったお陰だ。

……ただ、背後の監視の目がなければもっと爽快なんだけど、と思った。

後ろめたくもないのに、気にするだけ馬鹿らしいな、と思い返して再び足を速める。

「あ、一尉、おはようございます」

「ああ、おはよう。今日はあったかいな」

駐屯地が近づくにつれ、見知った顔が多くなる。同じ教場の若い三尉だった。足を止めて、桂川とともに歩き出す。

待たなくてもいいのに、と桂川は思った。実のところ苦手な三尉だった。——どこから漏れたのか教場では、桂川が去年の騒動の最中、対情報作戦を指揮して成果を上げ、ほとぼりが冷めるまで入校しているとの噂が流れていた。そのせいか胡散《うさん》臭そうに見る者と、この三尉のようにいらぬ興味をもって近づいてくる者と二通りがあった。

「調達関係の課題レポート、出来ました？」

「まあ、なんとか」桂川は答える。

「自分もなんとかですけど、……おかげで飯喰う暇もなかったですよ」

「そうか、大変だなあ」

「桂川一尉は奥さん、おられるんですよね」

「まあ、うん。食べる世話はしてくれるよ」

「……あの」と三尉は言った。「噂で聞いたんですけど、すげえ美人だとか」

桂川は咳き込んだ。「——か、花粉症かな？」

「いや、照れなくていいっすよ。一尉の業務歴にも興味がありますが、今度出会いの経緯についてぜひ――」

聞き流しながら歩いていた桂川は営門を見て、足が止まった。

明るい色のセーターに焦げ茶のジャンパー、ジーンズ姿の男が立っている。そして、車椅子に乗った少女と、傍らに立つ姿勢の良い女性と。

「よう」とその小柄な男は桂川が口を開くより先に言った。

「……播磨、真理子さん、みっちゃん」

かぁつぅうらぁ、と少女は両腕を伸ばして桂川に声を上げた。

「久しぶりだな。……顔、大丈夫か」

「ごめんなさいね、うちの人が……」真理子が頭を下げた。

「まだ痛い。春香が自慢の料理を食べさせられないって怒ってる」桂川は笑いながら言い、

「元気だった?」と未知に屈み込む。未知は喜んで桂川の顔をぺちぺちと叩いた。

言うなよ、と苦笑して顔を逸らした播磨は、三尉を見た。

「同じ教場の東三尉。――こいつは防大同期の播磨。……この綺麗な奥さんも同期だ」

「なんだお前、女性自衛官に興味あるのか?　やめとけやめとけ、大人しいのはベッ……」

「あなた……!」すかさず眼を三角にした真理子の小さく鋭い声が飛ぶ。

「朝からなに言ってる。それにしても、……どうしたんだ、こんなところにこんな時間」

「いや、……上官直々《じきじき》に、新年度だが休務をとれって言ってくれてな。……買い物に付き合うんだ」

「……そうか」桂川は答えた。

「――それでな、……もし良かったら、その、帰りに寄らせて貰っていいか？」

桂川は顔を上げた。播磨は唇をへの字に曲げて、脇を見ている。

「私からは言いにくいけど、許してやってくれないかしら……、ずっと桂川さんのことを気にして、なんだか可哀想なくらいだったのよ。転居葉書まで、破ってしまって……」

桂川は素直に嬉しかった。自分を気にかけてくれる、仲間がいる。

「ああ、喜んで」桂川は答えた。「歓迎するよ」

「よっしゃ、やっぱ持つべき者は良き同期だぜ。――おい、東といったな、お前も来い！」

「じ、自分もですか？」

「そうだ、結婚なんてしなくていいってことを、俺が身を入れて教えてやる！」

「行こう」と桂川が言った。「課業が始まる」

「おう、頑張ってこい。居残りなんかさせられるな、待ってるぞ！」

苦笑しながら桂川は東を促し、営門を通り抜けていった。

まだ堅い蕾の桜並木を抜けて、桂川は歩き出した――。

参考文献

〔軍事全般〕
「最新軍用銃事典」床井雅美　並木書房
「軍事研究」〔月刊誌〕ジャパン・ミリタリー・レビュー
「COMBAT　BIBLE」1〜4　上田信／毛利元貞　日本出版
「【大図解】世界のスパイ・偵察兵器」坂本明　グリーンアロー出版社
「【大図解】航空機雑学大全」坂本明　同
「【大図解】最新兵器戦闘マニュアル」坂本明　同
「アームズマガジン」〔月刊誌〕ホビージャパン
「コンバットマガジン」〔月刊誌〕ワールドフォトプレス
「図解　現代の航空戦」B・ガンストン／M・スピック　原書房
「Jグランド」イカロス出版
「Jウイング」同
「Strike And Tactical マガジン」
「AFV91」戦車マガジン社
「戦車名鑑〔現用編〕」コーエー

［自衛隊］
「そこが変だよ自衛隊！」大宮ひろ志　光人社
「そこが変だよ自衛隊！　Ｐａｒｔ２」大宮ひろ志　同
「防衛用語辞典」眞邉正行　国書刊行会
「兵士を見よ」杉山隆男　新潮社
「兵士に聞け」杉山隆男　同
「自衛隊最新図鑑」学研
「陸上自衛隊パーフェクトガイド」同
「海上自衛隊パーフェクトガイド」同
「航空自衛隊パーフェクトガイド」同
「自衛隊　㊙文書集」小西誠　社会批評社
「自衛隊の対テロ作戦」小西誠　同
「防衛庁・自衛隊」防衛研究会　かや書房
「自衛隊の教育と訓練」防衛研究会　同
「前進よーい、前へ」木元寛明　同
「野戦指揮官」木元寛明　同
「もののふ群像」亀井浩太郎　同
「学校では教えない自衛隊」荒木肇　並木書房
「自衛隊けいざい学入門」原田曝　光人社
「進め！　タンクボーイズ」吉田敬三　同
「自衛隊指揮官」瀧野隆浩　講談社
「自衛隊『影の部隊』」山本舜勝　同
「自衛隊vs北朝鮮」半田滋　新潮社

「自衛隊遊モア辞典」（財）防衛弘済会　講談社
別冊ベストカー　三推社◎講談社
「戦闘車輌デラックス」同
「闘うヘリデラックス」同
「陸上自衛隊スーパーバイブル」同
「ミグ25事件の真相」大小田八尋　学研M文庫
「軍事ジャーナリストが追跡する自衛隊最前線」アリアドネ企画
「知られざる自衛隊の裏わざ」同
「航空自衛隊F－4」イカロス出版

［韓国軍、北朝鮮軍］

「韓国軍・駐韓米軍」韓桂玉　かや書房
「オマエラ、軍隊シッテルカ!?」正・続　イ・ソンチャン　バジリコ
「最新朝鮮半島軍事情報の全貌」金元奉／光藤修　講談社
「北朝鮮の女スパイ」全富億　同
「北朝鮮のスパイ戦略」全富億　同
「北朝鮮　対日謀略白書」惠谷治　小学館
「世界テロ戦争」惠谷治　同
「拉致被害者は生きている」金国石　光文社
「北朝鮮特殊部隊」J・バミューデッツ　並木書房
「北朝鮮情報機関の全貌」清水惇　光人社
「北朝鮮軍特殊部隊の脅威」清水惇　同
「北朝鮮人民軍の全貌」金元奉　アリアドネ企画

「北朝鮮拉致工作員」安明進　徳間書店
「平壌25時」高英煥　同
「韓国朝鮮ことわざ辞典」金容権　同
グランドパワー別冊「世界の特殊部隊」デルタ出版
「SAPIO」［月刊誌］各号　小学館

［その他］
「エシュロン」産経新聞特別取材班　角川書店
「すべては傍受されている」ジェイムズ・バムフォード　同
「素顔のスペシャル・フォース」上・下　トム・クランシー　東洋書林
「極東の最強要塞 在日米軍」軍事同盟研究会　アリアドネ企画
「暗号攻防史」ルドルフ・キッペンハーン　文藝春秋
「わが朝鮮総連の罪と罰」韓光熙　同
「首相官邸」江田憲司　龍崎孝　同
「情報と国家」江畑謙介　講談社
「図解　ヘリコプター」鈴木英夫　同
「CIA」斎藤彰　同
「CIAは何をしていた？」ロバート・ベア　新潮社
「物語　韓国史」金両基　中央公論社
「韓国大統領列伝」池東旭　同
「日本のイメージ」鄭大均　同
「泥まみれの虎」宮崎駿　大日本絵画

以上の書籍にお世話になりました。著者と訳者、出版に携わったすべての人達に感謝いたします。ありがとうございました。

また、本作中で不適当な引用、参照がありましたらそれはすべて、著者である黒崎視音の責任に帰すことです。

なお、冒頭の引用は『天国の流れ星　カムサハムニダ李秀賢さん』（李さんの勇気をたたえる会編・光文社）、『営内服務』（陸上幕僚監部監修・学陽書房）より引きました。

ありがとうございました。

本書は二〇〇五年八月に単行本で刊行され、二〇〇八年一〇月に徳間文庫化されたものの新装版です。

本作品はフィクションであり、実在の個人・団体等とは一切関係がありません。

徳間文庫

交戦《こうせん》規則《きそく》 ROE《アールオーイー》

〈新装版〉

2023年2月15日 初刷

著者 黒《くろ》崎《さき》視《み》音《お》

発行者 小宮英行

発行所 株式会社 徳間書店

〒141－8202 東京都品川区上大崎三－一－一
目黒セントラルスクエア

電話 編集〇三(五四〇三)四三四九
販売〇四九(二九三)五五二一

振替 〇〇一四〇－〇－四四三九二

印刷 製本 大日本印刷株式会社

ISBN978-4-19-894845-0 (乱丁、落丁本はお取りかえいたします)